李鸣生，当代著名作家。1956 年生于四川简阳。1974 年入伍。1991 年毕业于解放军艺术学院文学系。中国报告文学学会副会长。中国作家协会报告文学委员会委员。中国文字著作权协会常务理事。

1981 年发表第一首诗歌。1982 年发表第一篇小说。1984 年发表第一部中篇报告文学。1990 年创作第一部电视剧剧本（中央电视台播出）。1991 年发表第一部长篇报告文学。主要作品有：《李鸣生文集》（十六卷），李鸣生“航天七部曲”（七卷），李鸣生“走出地球村”系列丛书（七卷），中篇小说、电视剧、电视专题片、电影纪录片多部，共约九百万字。

作品曾获三届鲁迅文学奖、三届国家“五个一工程”奖、三届中国报告文学奖，以及中国图书奖、中国改革开放三十年优秀报告文学奖、中国长篇广播金奖、北京市优秀文学作品奖、上海重大文艺工程精品图书奖、《当代》文学奖、首届《中华文学选刊》奖、冯牧文学奖、徐迟报告文学奖、全军文学作品特等奖、全军文学作品一等奖、中国人民解放军文艺奖等二十二项。

有作品入选《21 世纪中国文学大系》《21 世纪中国最佳纪实文学》《中国报告文学精品文库》《共和国作家文库》《新中国 60 年文学大系》《30 年文学典藏》《中国优秀报告文学读本》《中国报告文学精选》及大中专院校教材等数十种文本。

李鸣生微信公众号：lms6668

博客中国李鸣生专栏：limingsheng.blogchina.com

李鸣生新浪微博：@ 李鸣生

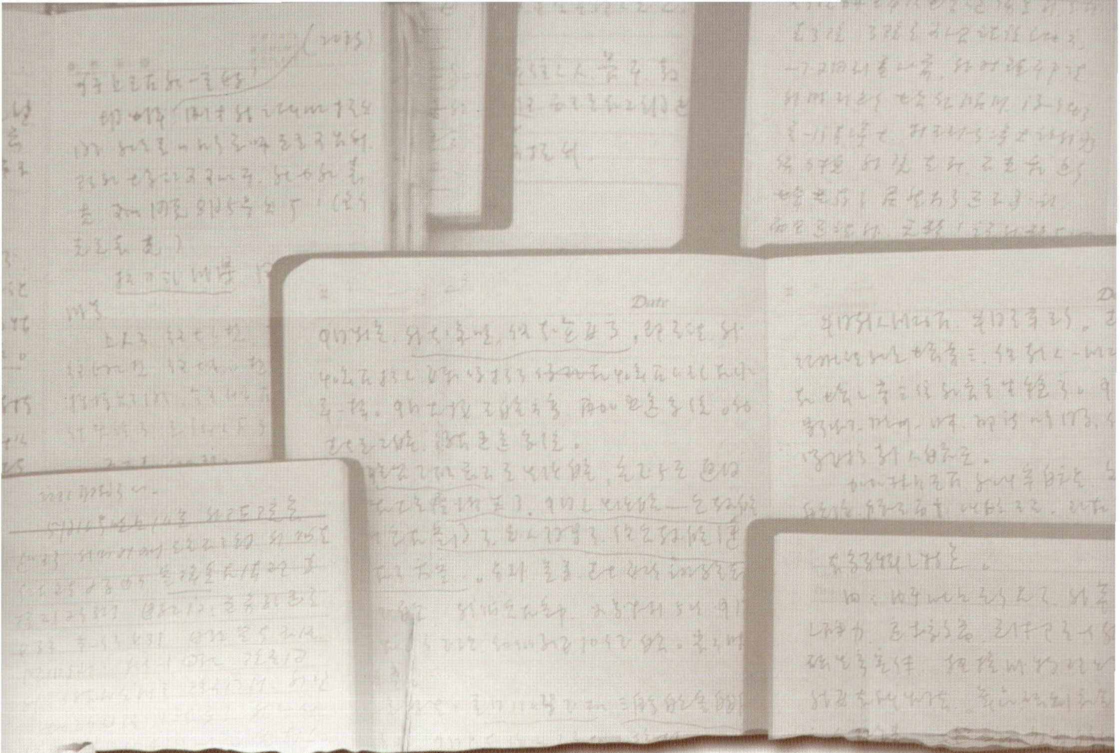

作者采访手迹

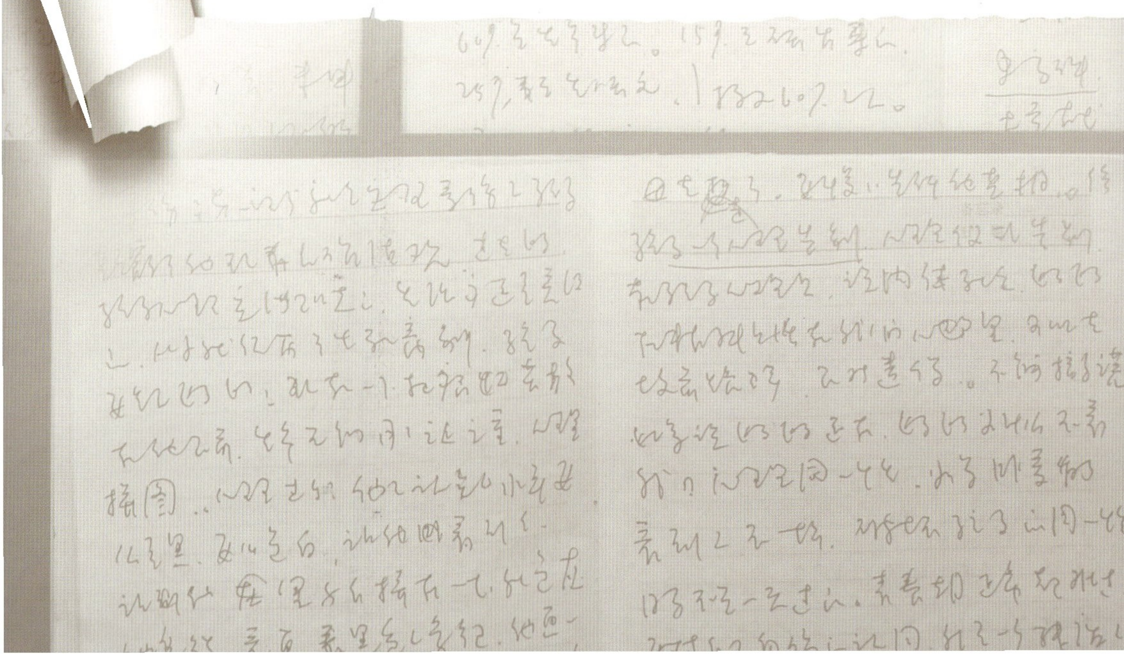

李鸣生文集

远征三万六

天地出版社

图书在版编目（CIP）数据

远征三万六/李鸣生著. —成都：天地出版社，2017.2
（李鸣生文集）
ISBN 978-7-5455-2152-8

Ⅰ. ①远… Ⅱ. ①李… Ⅲ. 报告文学-中国-当代
Ⅳ. ①I25

中国版本图书馆 CIP 数据核字（2016）第 179870 号

YUANZHENG SANWANLIU

远征三万六 李鸣生 著

出品人 罗文琦

选题策划 张 京
选题组稿 谭清洁 漆秋香
责任编辑 谭清洁 漆秋香等（本书责任编辑：漆秋香）
装帧设计 冠腾文化
电脑制作 四川胜翔数码印务设计有限公司
责任印制 田东洋

出版发行 天地出版社
（成都市青羊区槐树街 2 号 邮政编码：610031）
网 址 http://www.tiandiph.com
http://www.天地出版社.com
电子邮箱 tiandicbs@vip.163.com

印 刷 四川经纬印务有限公司
版 次 2017 年 2 月第一版
印 次 2017 年 2 月第一次印刷
规 格 168mm×240mm 1/16
总 印 张 330（本书印张：18.25）
总 字 数 4700 千(本书字数：271 千)
总 定 价 698.00 元
书 号 ISBN 978-7-5455-2152-8

序

有思想的非虚构：李鸣生报告文学论

丁晓原

尽管我们有《左传》《史记》这样久远的文学纪实的传统，但具有特指性的报告文学还只是一种只有百余年历史的后起文体。建构晚近三十年中国报告文学史的优秀作家有许多，其中特别重要的是一批穿越上世纪70年代末至新世纪的资深报告文学家，我们称之为跨世纪报告文学作家。但真正具有文体史意义的，或其创作参与了文体建设的报告文学作家，并不是很多。李鸣生是其中不可或缺的一位，他的写作对报告文学文体具有典型意义。这位写作了《飞向太空港》《澳星风险发射》《走出地球村》《中国“长征号”》《远征三万六》《千古一梦》《发射将军》“航天七部曲”的“太史令”，以其独特的创作，为我们书写了新中国航天的悲壮历史。它们既是航天的壮美诗史，也是国志，是文学。作家的地位是由作品的品位决定的，作家的个人史由其创作史建构。李鸣生以其高水准、大规模的航天作品，铸就了他在文坛作为中国航天首席报告文学家、中国航天文学领军者的地位，即使在世界航天文学的书写中也可作如是观。此外，《走出地球村》《中国863》和《震中在人心》三部作品分别获得第一届、第二届和第五届鲁迅文学奖。获得三届鲁迅文学奖的作家很少，尽管获奖不是评价作家创作的唯一尺度，但李鸣生的这些作品摄取独特，叙事宏阔，思考深广，语言表达颇具个性意味，是完全配得上鲁迅文学奖这一荣誉的。

我们对作家的创作进行价值评估，需要超越作品某种应时而生的新闻性，获得必要的时间间距和空间背景。时间是最有信度的批评家，空间也为批评提供了更多的参数。基于这样的认知，我们将李鸣生个人的报告文学创作史，推置于晚近三十多年中国报告文学史中加以观照考察，解析作家创作的特质，探索其何以并在多大程度上实现了对报告文学文体的有效诠释，这应该是很有意义的。

一

我以为，报告文学是一种个人化的社会写作。从作者主体角色的存在视之，这是一种典型的知识分子写作方式。对此，李鸣生也是认同的。他在鲁迅文学院第二十届中青年作家高级研讨班的研讨会上，就明确地告诉他的青年同道："我认为，真正的报告文学作家是典型的知识分子。"①

知识分子的范畴具有多种义项。这里所说的知识分子不是"知识"的知识分子或者是"专业"的知识分子，而是公共知识分子。这种知识分子的基本特点是介入社会；作为社会良知，基于独立思想而向社会发言。因此，报告文学的写字间是整个社会，它拒绝一厢情愿的私人写作。并且从根本上说，作家的思想品位决定着报告文学作品的品质，而有品位的思想需要作家秉持独立的人格。在李鸣生看来，"知识分子最大的特点就是他的人格的独立，这点，作为一名优秀的报告文学作家必须具备"。由此李鸣生给出"报告文学作家和新闻记者的区别"的关键之处在于，"新闻记者是要在现场报道，要在第一时间内把最有价值的信息传达出去（深度报道另当别论）；报告文学作家是要在这些新闻事件的基础上作出自己的独立思考，最终传递和表达的是你对这个世界的思考，而你的思考要与众不同。所以，在所有的社会问题上，作为报告文学作家必须建立起自己独立的思想体系，进行与众不同的思考，最终发出与众不

---

① 李鸣生：《报告文学作家要人格独立》，中国作家网 2013 年 7 月 2 日。

同的声音”。[①] 由此可见，思考、思想之于报告文学作家李鸣生所具有的特别意义。“一个民族光有空间的高度是不够的，还必须要有思想的高度。唯有拥有了思想的高度，其眼光、胸襟、境界才大不一样，甚至说话的气派、分量也大不相同；而天天看到、想到的，就不仅仅是秦砖汉瓦、巍峨长城，滔滔黄河、滚滚长江，还有五洲四海、辽阔世界，万里长空、茫茫宇宙!”（《**千古一梦·尾声**》）这是李鸣生长篇报告文学《千古一梦》中一段具有主题性意义的表述。根据这一表述，结合体现作者追寻思想自觉的创作实践，我们可以获得观照、读取李鸣生报告文学特质与价值的一个优选的视角。在我看来，李鸣生的报告文学体现为一种有思想的非虚构写作范式。

思想为美是报告文学写作美学中的一条重要原则，这是这一文体作为知识分子写作方式的一种内在规定。著有《西部在移民》的麦天枢曾经说过：“当思想的深度构成读者对报告文学的普遍要求的时候，思想性就表现为一种美；思想性通过文学手段来承载，思想性就变成了文学性。”[②] 优秀的报告文学是作家卓异思想的产物，同时它又如思想的“发生器”，能够激活读者的关联思考与叩问。《哥德巴赫猜想》在新的历史时期首次正面叙写讴歌科学工作者的业绩和科学精神，在拨乱反正之初具有显然的思想先锋意义。《人妖之间》直击现实严重的腐败，开创了新时期以批判为价值取向的“问题报告文学”的先河。作者感于世相而提出的“人们啊，要警惕”的告诫，危言醒世，启人深思！李鸣生初入文坛，就浸润着新时期报告文学的文学精神。在其后的写作中，他奉持“独立人格、独立立场、独立思想、独立写作”的原则。这一原则来自他长期写作实践的真切体悟，也视为他对报告文学理想写作的一种诉求。出版文集时，这一原则被赫然印在文集的封面上，这充分说明作者对这诸多“独立”的特别看重。

我以为，四个“独立”的核心在于“独立思想”。“独立思想”是我

① 李鸣生：《报告文学作家要人格独立》，中国作家网 2013 年 7 月 2 日。
② 参见《太行夜话——报告文学五人谈》，《光明日报》1988 年 9 月 23 日。

们解读李鸣生报告文学的“文眼”。李鸣生是一位对思想有着执着认知的作家。他以为：“一个作家的思想非常重要，无论你是写什么的。思想决定作品的高度，决定作品的品质，甚至说思想决定一切。而这种思想，必须属于自己。”① “思想”在李鸣生报告文学写作中是一种整体性的存在，它涉及选题与格局、价值取向和叙事设置、思想表达和语言策略，等等。特别与众不同的是，思想于报告文学家李鸣生而言，更可贵的是体现为思考的方法、思维的智慧。我们读李鸣生的作品，很容易获得一种直观的感觉，就是大题材、大视野、大构架、大叙事、大主题、大气场。同样是科技题材的报告文学，徐迟的《地质之光》《哥德巴赫猜想》《生命之树长绿》等可谓是精致的诗，而李鸣生的《飞向太空港》《千古一梦》等作品是一种史诗的创制，即便是《发射将军》这样的人物报告文学，也注意将个人史与国史的叙事有机融合，体现出别有意味的史性。我以为李鸣生写作中显示出的种种大观，从根本上说是来自作家的大思维。其中具有李鸣生原创性新思维的，是其关于“星际文明”“宇宙文明”的发明与阐释。这是李鸣生卓然有成、自立于文坛的思想前提。

二

航天书写于李鸣生而言是一种宿命，一种天作之合的情缘，是个体生命史的建构，也是作者贡献天地文明的事业！“十五年的发射场生活，使我比一般人更有条件看到天空，也更有机会随着火箭卫星的一次次升腾，对我们居住的这个星球以及顽强地活在这个星球上的同类进行立体的思索，从而改变了我跪着看待人生的姿势，获得了一个与众不同的审视世界的角度。”（《飞向太空港·后记〈天空让人想起使命〉》）这位结缘于航天伟业的作家，是以航天人的姿态入轨报告文学天地的。从李鸣生的话中，我们可以获知作者不仅具有得天独厚的熟稔题材的条件，而且

① 参见杨鸥：《李鸣生：中国航天史诗的书写者》，《人民日报·海外版》2010年8月6日。

更重要的是由此衍生出的心理优势和写作智慧。“发射场成了我的精神牧场”（《千古一梦》）。在对象主体化的领悟之中，李鸣生开启了辽阔宽广的思维空间。这种思维空间早在写作《飞向太空港》时就已形成了。《飞向太空港》叙写的是中国“长征三号”火箭发射美国“亚洲一号”卫星的故事。这样的题材在当时极易写成高度意识形态化的主题，但李鸣生显然并没有为思维定式所囿。有作品“题记”可证：“谨以此书，献给创造空间文明、寻找人类新家园的航天勇士们！”这里所说的“空间文明”为李鸣生首先提出，在作品后记《天空让人想起使命》中，作者对此有具体的阐释。这篇后记中，作者从容地挥洒着沛然的才情，演绎着飞天想象的迷人：在宇宙文明的时代，“也许，宇宙公民们还会从各自的星球走来，手牵着手，肩并着肩，欢聚一堂，嬉笑打闹，谈天说地。而地球人回忆的话题一定是：在很久很久以前，我们如何艰难、痛苦地挣扎在地球上”。这不只是凌虚的想象，更有对科学逻辑的预知。李鸣生认为：“从区域文明到地球文明，从地球文明到星际文明，从星际文明再到地球文明，应该是一个无法抗拒的自然规律。航天时代带来的宇宙意识，导致了人类认识的飞跃，从而把人类的思想与情感引升到一个辽远而广阔的大境界。”这一表述中所包含的卓异的宏大思维，表明了作者思维的开阔与大气。而正是这样的思维建构，促成了《飞向太空港》得以大起高开，使李鸣生此后能以高水准的创作在充满竞争的报告文学领域中步履稳健地登堂入室。

《飞向太空港》的主题不只是此类题材通常会有的爱国主义精神。它的主题是复调式的。作者将中外航天合作置于中国改革开放的大背景之中，《周游列国的中国专家们》等章节极其真实地反映了开放之初始，人们在观念、能力、文化以及适应国际规则等方面所面临的种种问题。从这一点而言，这部作品可以说是为中国的开放史留存了一段生动而珍贵的侧影。而更富创意的是作者基于空间文明的思想，将不同文明的交流设置为一个叙写重点，以开放、包容的姿态，使作品超越政治叙事，建构起一个更为宏大的文明叙事。作品共六章，其中第四章《火箭，另一个伟大的文明》、第五章《我们都是地球人》和第六章《跨越国界的飞行》都直接关联了不同文明交流的叙事。正如作品中作者在与美方技术专家交流时所说，中美火箭与卫星的合作，“不单单是一次空间技术的合作，也是两个民族、两种文化、两种感情的一次交流与沟通；不光是发射一颗卫星，也是中美两国科学家在一起共同创造空间文明。因为开发宇宙，造福人类，是全人类的共同使命”。这里给出的正是《飞向太空港》的核心价值。李鸣生在《中国“长征号”》中有一段关于“长征号”意义的表述凝练而到位：“‘长征号’其实就是中华民族的一种象征，它象征着力量，象征着智慧，象征着精神！‘长征号’从封闭走向开放、从靶场走向市场的历史，就是中华民族从传统走向现代、从国内走向世界的历史；‘长征号’与世界接轨的历史，就是中华民族与世界融合的历史。”我想，这一表述用于对《飞向太空港》多维主题的解读，也是非常合适的。

如果按照“主旋律”作品的写作制式，李鸣生的《澳星风险发射》自然无法进入“主旋律”的“轨道”；而若是按照“问题报告文学”的写作要求，则这一作品需要设置为“批判”的模式。《澳星风险发射》由作品题目就可知晓所写重心，但这里的“风险”并不是作为一种“问题”来作否定性报告的。航天是一种高风险的科技，因此，失败也是航天史的一种真实。作者将 1992 年 3 月 22 日“澳星”发射失败视作一种客观存在，以一种中性的叙事立场，在中国航天文学中第一次直面失败，并对此作全展式的报告，“本来，人们对那个春天的夜晚寄予了再大不过的希望。结果，那个春天的夜晚回报给人们的却是天大的懊丧和无尽的遗憾；中华民族的自尊心受到了空前的刺激，火箭子孙的感情遭到了莫名的戏弄”，“失败似一道无形的阴影，笼罩在发射场的上空；失败像一个看不见的幽灵，潜伏在人们的心底”。作品以真实而很有故事性的叙写，凸显了极具中国特色的失败心理和失败文化。但显然，李鸣生并不是因为“懊丧”与“遗恨”而言说失败，而是因为真正领悟了诗人惠特曼所说的“当失败不可避免时，失败也是伟大的”的深意。作者以为：“一个民族，如果不光会欢呼成功，而且还能正视失败、接受失败、超越失败，甚至达到一种欣赏失败的境界，那这个民族该是多么地伟大而不可战胜啊!”由此，作品既展示“澳星”发射失败后种种中国式的反应，也不吝笔墨实写了中国航天人艰辛负重、超越失败的壮美精神。这样颠覆常规的写作，在当代中国报告文学史上也是少数的典型个例。作品这种有意义的立异，正是建立在作者独立思想、独立写作的基础之上的。从这个角度而言，《澳星风险发射》是有思想非虚构的一个典型样本。

如果我们仅仅关注创作了航天及其他高科技题材作品的李鸣生的存在价值，是不够的，也是不完整的。我们还应当关注他的另一部作品——《震中在人心》，关注这部作品的写作怎样“避免概念化，避免传统的主流叙事”，又怎样将“传统的‘主流’叙事转化为作家个性化的作品叙事”[①]。李鸣生的这一表达实际上涉及了公共的“主流叙事”和作家个人的“作品叙事”这个重要的话题。真正的报告文学需要作家在面对重大的公共写作题材时，善于将新闻写作常设的“主流叙事”有效地转化为文学创作别异的“作品叙事”。这里的“作品叙事”，就是基于主体独特感受、独立价值判断、独立思想的具有个人色彩的非虚构的文学叙事。在这一点上，《震中在人心》尤显其意义。这部取材于汶川特大地震的作品，在第五届鲁迅文学奖终评中以名列第一胜出。有意思的是，在初评时因为作品思想的某种“异调”、主题的非主旋律而差一点遭淘汰出局。这是很值得我们思考的。我们需要反思何为地震非虚构作品的终极价值。我以为钱刚的《唐山大地震》和李鸣生的《震中在人心》，在某种角度上对此作了例说。《唐山大地震》就是一部具有多功能的皇皇之作，它“是作者为今天和明天的人类学家、社会学家、地震学家、心理学家……为我们整个星球上的人们留下的一部关于大毁灭的真实记录，一部蒙受了不可抵御的灾难的人的真实记录”[②]。《震中在人心》不仅有通常的对抗震救灾的感人场面的描写，而且更有对人类遭遇重大创伤的生命之痛的感悟，还有对地震灾害作出的深刻反思。作品不仅观照地震的视角独异，而且在情感与思考的深度上超越了同类作品。作者曾说，“面对灾难，作

① 《李鸣生在〈千古一梦〉研讨会上的发言》，中国作家网 2009 年 5 月 22 日。
② 徐怀中：《唐山大地震·代序》，《解放军文艺》1986 年第 3 期。

家不应缺席；面对死亡，文学不该沉默”。大地震的写作有很多可能性，应该有对一方有难、八方支援，以人为本、抢救生命等主题的表现。但大地震终究是对人类的重创，因此大悲悯应该是此类写作不可或缺的元素。“我只为真相，只为实情，只为血印，只为泪痕，只为记录，只为见证。我不想把废墟变成大厦，把悲剧变成喜剧；我不想把谎言变成真理，把哭泣变成歌声；我不想把反思变成庆典……公示汶川大地震灾难的真相，传递废墟的气息，留下亡灵的心声，定格人心的表情。”正是有了这样的思考，作者不仅独异地摄取地震的镜头，而且在叙事处理、情感书写和思考深度以及批判性等方面超越了同类题材的作品。

有思想的非虚构，需要达成报告客体的本真、呈现主体自我的元真，从而实现报告文学文体有自我且真实的文体性。真实是报告文学的生命，是其文体力量生成的支点。报告文学的真实说到底需要作家独立地思考和判断，不违心，不唯上，不唯书，不唯权威名家，而能唯实，尊重并敬畏叙写对象本身的历史存在。作为一个有思想的非虚构作家，李鸣生是严格持守这样的写作原则的。其作品里有一个关于钱学森的个例可以说明这一点。钱学森是名满世界的杰出科学家，“钱学森的脑袋比一般人的大，略呈方形；尤其是额头，非常宽阔，而且发亮。你很难说清他的脑袋具体哪点与众不同，但给你的印象就是与众不同，似乎藏有一座智慧的金山，又像装着一组成功的密码，满脑袋都长满了天才的花朵与知识的森林，甚至连每根头发丝都像是一棵智慧的大树”。（《走出地球村》）可是就是这样的科学家，当年却坚持航天飞船“五人舱”的设计主张。“钱学森解释说，这五个人的分工是：一个是指令长，一个是航天员，一个是随船工程师，一个是随船医生，再加上一个政委。”（《千古一梦》）就是“再加上一个政委”的极简叙说，意味无限地实写了当时中国航天发展的复杂的政治生态。尽管科学的“钥匙”可以开启政治的“后门”，但科技的研发需要盖上“政治的印章”。“再加上一个政委”并不是钱学森的非科学，而是政治异化下一种集体无意识的表达。这便是历史的真实，也是一个关于钱学森的真实的插曲。

三

研读李鸣生的报告文学，我以为他的最大优势，并不在于新闻性，而体现为作品思想性的整体生成和他对非虚构文学性的自觉追求。这是决定李鸣生报告文学写作能在较高水准上长期可持续发展的关键因素。而这对新常态语境中的报告文学写作，更具有切实的意义。所谓“新常态”，取自经济学界的一个热词，报告文学的“新常态”就是全媒体或融媒体的存在。全媒体时代的报告文学，它原有的“新闻性”红利大为减少，文体一般的新闻优势已不存在。这就需要报告文学基于非虚构原则，通过有深度有个性的思想表达和非虚构文学的美学建设，激发文体内在的活力，有效强化非虚构叙事的优势。

文学性不高，是制约报告文学作为审美文体而发展的一个重要因素，也是影响读者阅读的一个基本问题。尤其在全媒体时代，报告文学文体的新闻性优势已经失去，报告文学的写作并不能简单依赖新闻性，在此背景中，文学性的意义就显得特别重要。报告文学的文学性是什么？烦琐的学院派式的论证最终也许还是无解。在美国非虚构作家杰克·哈特的《故事技巧——叙事性非虚构文学写作指南》中，“叙事性非虚构文学”命题及其展开的思路，对于报告文学文学性的研究和达成，或许能给我们一些有意义的启发。

我以为作为一种叙事文学样式，将报告文学定义为“叙事性非虚构文学”，是符合这一文体逻辑的。报告文学是真实的叙事，小说是虚构的叙事，它们共同的要求是叙事。叙事构成报告文学写作的本体，它既承载着作品思想情感等价值表达，同时又是写作本身的重要目的。

李鸣生的作品具有强烈的叙事意识。《中国“长征号”》是中国火箭发射美国卫星的大叙事，作品以事件演化为叙事线索。这是作品建章的目录：第一章《怪圈》、第二章《变轨》、第三章《推销》、第四章《天机》、第五章《谈判》、第六章《碰撞》、第七章《发射》、第八章《草图》、第九章《保险》、第十章《贷款》、第十一章《合同》、第十二章

《失败》、第十三章《检讨》、第十四章《发愤》、第十五章《官司》、第十六章《爆炸》、第十七章《阵痛》、第十八章《反省》、第十九章《雪耻》、第二十章《代价》。由章目设置可见，作者十分重视作品的叙事构篇，贯穿其中的线索主干清晰而又跌宕曲折，故事性很强，对读者别有一种牵引力。《发射将军》是一部人物报告，作品以“发射将军”与发射相关的人生历程为叙事线索，具有某种纪传体的特征。作品从第一章《军委令》将主人公由战场奉调至发射场作为故事的发端，以人物离休生活“晚年赋”作结，突出了“故事性”人物的叙事。吸引读者的是将军的传奇和在传奇中蕴含的伟大精神。

一个叙事优化的文本，首先需要建构一个与之适配的叙事结构。李鸣生能根据客体本身内在的逻辑和主题思想表达的需要来配置这样的结构。《走出地球村》写的是“东方红一号”卫星飞天的故事。卫星的研制动议于 1958 年，发射成功在 1970 年。这是一个具有特殊的政治生态的时期。根据这样一种特殊的存在，作品设置卫星叙事和政治叙事双线叙事结构。政治叙事在《走出地球村》中是充分的，从开篇“苏联第一颗卫星上天，艾森豪威尔总统手中桥牌落地”，到“美国人造‘小月亮’挂到天上，周恩来午夜拿起直通毛泽东的电话”，一直贯穿到收结“卫星功臣登上天安门”。而“‘小弟弟’找‘老大哥’学放卫星”“忍着饥饿的肚子，中国从八公里起飞”“‘东方红一号’人造卫星方案诞生”“马灯前钱学森坐卧不安”“火箭司令神游戈壁”等则为卫星叙事。这种双线并置反映的正是“东方红一号”卫星的一种特殊的历史真实。这样的安排一方面强化了对科学家忍辱负重、刻苦创造、献身科学光辉形象的再现，另一方面对非科学的政治对于科学的干预、对于科学家的摧残，进行了深刻的反思和批判。

一般来说，李鸣生的报告文学叙事构架是宏大的，这是因为叙事对象具有先在的宏大性。但是单纯的宏大无法抵达文学叙事所需要的细部深层的景致，宏大叙事需要有具体叙事作坚实的支撑。李鸣生也有作品如《发射将军》，表面看不是宏大题材，书写的只是某个人物。但对于这样的作品作者并不就小写微，而是注意将人物推置时代与历史的宏大背景中加以表现。在历时演进的纵轴上融合将军的个人叙事、导弹部队的集体叙事和共和国历史的大叙事。作为文学的非虚构叙事，在李鸣生报告文学中大叙事与小叙事是相生的，而小叙事的核心则是具体的人物叙事。“叙事需要三大支柱：人物、动作和场景。排在第一位的是人物，因为人物能够推动动作和场景的发展。”① 对于人物叙事的意义，李鸣生是充分认知的。他说自己的作品“希望通过人物把我们的历史，一个非同寻常的历史写出来”②。李鸣生把人物作为历史叙事的要素，而在我看来人物就是历史的本身，作者笔下的许多人物，航天人、科学家等，正是他们创造了作者叙写的历史。不仅如此，作者再现的人物，许多是中国脊梁式的人物而又具有常人情怀。作品的感染力来自于这些走近读者的真实而感人的人物。

李鸣生报告文学的人物叙事，颇多性格叙事、精神叙事。《中国863》是一部题材重大的长篇，作品首章《悄悄发生的革命》格局甚大，由美国“星球大战计划”、欧洲“尤里卡计划”、日本“振兴科学技术政策大纲”叙述领起，导出中国的“863 计划”。这是典型的宏大叙事。以后的全部篇幅从第二章到第七章都为具体的人物叙事，其中第二章《科委来了个“厉害的老太婆”》，是作品重点写作的一章。“厉害的老太婆”是朱丽兰。“厉害”是其作为管理者的主导性格，改革创新，敢于担当。但作品没有将她写成一个单面的概念人物，而是运用细节集成的方法，还原朱丽兰既“厉害”又和蔼；既是工作狂，又会理发、织毛衣、弹钢琴的圆形立体的本真。而李鸣生航天系列中的航天人的形象，是最烙印在心底的、难忘感人的。作者叙写这些人物，不只写他们的科学智慧、科技才能，而更重于对他们作精神性叙事。赵廉清是创建西昌发射场的指挥者，在非常年代，知其不可为而为之，积劳成疾。他留给这个世界最后的镜头是：“他手上紧紧揣着一样东西。这样东西不是别的，就是他生前一直随身携带的那个军用挎包！而护士打开挎包后，只看见两样东

① 杰克·哈特：《故事技巧——叙事性非虚构文学写作指南》，第 74 页，叶青、曾铁峰译，中国人民大学出版社，2012 年。

② 《李鸣生在〈千古一梦〉研讨会上的发言》，中国作家网 2009 年 5 月 22 日。

西：一份皱巴巴的施工图纸，一个被啃了小半的冷馒头!”（《千古一梦》）从这样的细节中我们可以看到，一个瘦小羸弱的生命里，升华出一个伟大的精神形象。

四

故事是什么？乔恩·弗兰克林在《为故事而写作》中为我们给出了“定义”之一：“当人物遇到错综复杂的情况，而他又不得不面对和解决时，行动就发生了，故事正是由一连串这样的行动所构成的。”① 这一表述中关键词是冲突，是矛盾。故事存在于冲突、矛盾之中，冲突、矛盾推衍出故事。非虚构的报告文学作者无法依靠想象力制造故事，但是他可以从对真实客体冲突、矛盾的存在中，选择并呈现其中的故事。李鸣生说，在他的作品中，“我希望呈现大的矛盾”②。《走出地球村》中有极“左”政治与卫星科技的矛盾，《中国“长征号”》中有开放与保守、体制与市场、国力基础与航天发展、中外文化等之间的矛盾，航天人存在的价值就是“面对和解决”“错综复杂”的矛盾冲突。这些形成了李鸣生叙事的基本构架和基础。这样的矛盾构篇也决定了李鸣生报告文学叙事的丰富性和复杂性。在总体的矛盾叙事基础上，作者再相宜地采用悬念式叙事方法，就更有效地强化了作品叙事的故事性。悬念不是虚拟的，而是实际发生的状况，也是航天高风险的一种表征。作品一环扣一环的悬念叙写，渲染了其时其地其情的紧张感。而报告文学所需的现场感就在这紧张感之中，特别扣人心弦，使人身临其境，强化了故事性叙事对读者的吸附力。

李鸣生报告文学的叙事方法是富有变化的，他能根据不同的报告对象运用相应的方法。在他的作品中读者可以分享到多种叙事艺术所产生的叙事之美。在《千古一梦》中，作者设计了“双声叙事”，即作者（采

① 杰克·哈特：《故事技巧——叙事性非虚构文学写作指南》，第6页，叶青、曾轶峰译，中国人民大学出版社，2012年。

② 《李鸣生在〈千古一梦〉研讨会上的发言》，中国作家网2009年5月22日。

访者）叙事和人物（被访者）叙事的结合，特别是导入当事人的自述，以人物的亲历亲验，真实地还原出特定时空中人物和事件的现场情状。这是一份珍贵的活的航天档案。《发射将军》则注意在“实体叙事”中有机地穿插“软性叙事”。所谓“实体叙事”是指与作品主人公“发射将军”直接关联的主干内容的记写，而“软性叙事”则如对导弹部队饥饿、文艺生活极度贫乏等的叙说。《震中在人心》则是一部运用镜头观察和叙事的作品，“用镜头定格真相，让文字留下思考”，大量的照片极具视觉冲击力和情思震撼力，不只是为文字的叙述提供了直观的背景，而且照片本身也成为作品的一种独特的叙事元素，生成了超越文字的叙述力量。

五

文学是语言的艺术，报告文学也是。语言是作品思想的现实，也是叙事生成的工具，还是作为审美的报告文学的要素。报告文学创作中语言的问题，主要是缺乏主体鲜明个性的语言新闻化，另一个是小说化的语言絮叨铺张。李鸣生的报告文学大多为长篇，但语言凝练具有表现力，诚朴简约不过度藻饰，并且具有自己鲜明的个性，许多语言表达有意味、情味、趣味，有效地增强了他作品的文学美感。在这里，我不打算对李鸣生报告文学的语言艺术进行全面的解析，只就他的“智慧语言”和“软语言”运用之美作一解读。

所谓“智慧语言”，是指形象生动、意含新异别致、具有特殊表现力的语言。比如“已经点火的火箭竟然无视天下众生，老练得如同一位千岁老人，打个盘腿坐在那儿，连动都懒得动弹一下”。（《澳星风险发射》）写卫星发射的失败，作者用拟人化的手法形容，以独特的冷峻与幽默，写意地写出发射失败的状态和航天人的尴尬，用语非常新颖。作者以幽默笔法言说失败，正与作品正视失败、超越失败的主题相关。幽默的语言是典型的智慧语言。在李鸣生的作品中已不是偶尔为之，而是一种个性的语言景观。“在国际市场上，美国人早就大把大把地捞着美元，中国人为什么不能去弄点‘零花钱’？在国际空间俱乐部里，美国人可以大口大口地喝着‘咖啡’，中国人为什么就不能去喝上一杯‘清茶’?”（**《中国“长征号”》**）这一表达的语境是，对于中国航天进入国际市场，国内以为冒险，西方设置障碍。这里的美元与“零花钱”之喻，客观地表示中美航天科技实力和航天市场份额的差距，“清茶”之类意含走中国自己的航天发展之路。整体的表意是非常清晰的，就是中国应该进入国际航天市场进行竞争，只不过用“李式语言”表达，意味意趣就大不一样了。“已经欠着一屁股账的中国专家当然拿不出这笔钱来，他们只有一个价值连城的传家宝，这就是：自力更生!”（**《中国“长征号”》**）“一屁股账”与“价值连城”对举，极简地实写了中国航天发展的境况，高度凝练了中国航天的伟大精神。

李鸣生幽默的语言可分为“麻辣幽默”和“冷幽默”。“这一年，‘反右斗争’刚刚过去，‘大跃进’的旋风又骤然卷起，中国人像被灌了一桶大剂量的兴奋剂。”（**《千古一梦》**）“据说，两年前一所中学考试时，发生过这样一个故事——试卷问：爱因斯坦是谁？学生答：美国当代著名歌星。”（**《飞向太空港》**）这种幽默让我们无法轻松说笑，其间的麻辣唤起读者对非常年代的反思与批判；是对过度娱乐化，忽视科学世相的揭露和讽刺。“美国人把这条山沟称为‘神秘的峡谷’，而当地彝族老人则说：‘什么神秘不神秘，这山沟就是我们过去放羊的地方!’故此，当地人称‘赶羊沟’。”（**《飞向太空港》**）这样的文字可谓冷幽默，读起来会忍俊不禁。报告文学拒绝虚构，但它同样需要作家具有丰富的想象力。想象之翼可以飞扬智慧的语言。“世界各国许多中学的少男少女们，每晚相聚在迷人的星空下，像谈论童话似的，长时间不知疲倦地谈论着卫星、卫星、卫星。仿佛苏联的这颗人造卫星，成了他们嘴里一块永远嚼不够的口香糖。”（**《走出地球村》**）以“口香糖”喻说人类第一颗人造卫星发射后对各国学生的影响力，新颖生动，可意会，也可言说，体现了李鸣生语言表达的一种智慧。

软语可人，是我阅读李鸣生作品时的一种直觉。我这里无法给出“软语”的标准解释。所谓软语，是一种“闲语”，它不属于主干叙事，但与主干叙事有所关联；在表情表意方面偏于柔细，静安之中，可入情入心。“将军家的院门是双扇的大铁门，夕阳照在斑斑驳驳的门上，给人暖洋洋的感觉。每当这时，将军便坐在门外一张自制的小折椅上，像一位坐在长满颗粒饱满的庄稼地边的老农，静静地守候着儿孙们的归来。夕阳在他眼角的皱褶里绣着陈年旧事，时光在他花白的头上写着岁月沧桑。”（《发射将军》）将军从战场到发射场，军人形象刚硬，棱角分明。而此时进入晚景的将军没有了豪情、霸气，却有人间的亲情和慈祥。“夕阳在他眼角的皱褶里绣着陈年旧事，时光在他花白的头上写着岁月沧桑。”我们从诗一样的句子中，可以读出将军人生种种的况味。

李鸣生的报告文学有种种特点和优点，而我最为看重的是他的作品有思想，也很文学。有思想，也文学，这就是我所希望读到的报告文学。

2015年8月28日

目　录

序　章
我们先聊天

话题一：人类为何患有孤独病?

从什么时候起，人类开始使用“孤独”这个字眼的?

要说清这个问题可能很困难。但从人类有文字记载的历史来看，孤独的心态老人有之，小孩有之，男人有之，女人有之，圣人有之，凡夫有之，帝王有之，庶民有之，古人有之，今人有之，中国有之，外国有之。一句话，只要是地球人，多多少少都有之。

难怪有人说，人类天生患有孤独病。

此话乍一听来，好像有点玄乎，但稍加琢磨，似乎也有道理。我们清晨出门，头上有阳光照耀，身旁有鸟儿歌唱，碰见熟人，双方打个招呼，彼此道声“您好!”晚上回家，与妻子开句玩笑，和儿女一阵打闹，而后翻开当天的报纸看上一则新闻，启动音响听上一段乐曲，再打开电视选择一个频道。这时，桌上的电话响了，或是女友向你倾诉一段衷情，或是哥们儿紧急告知股票可能上涨。接着，门上的电铃又叫了，不是楼下的王大妈来收电费，就是有客人专程登门造访……

由此可见，声音是信息，颜色是信息，气味是信息，语言是信息，文字是信息，图像是信息，自然景物是信息，内心想象是信息，一切消息、情报、甜言、梦语、密码、指令等，都是信息。世界在不断运动发展，信息在不断变化产生，信息遍布于我们四周，信息充满了我们的时间和空间。我们生活在一个信息汹涌的大海里，无时无刻不与他人和外界发生交往、互通信息。

因此，在现代社会里，信息可以说是人类的第二生命。渴望交流、害怕孤独的心情，除不正常者之外，人人有之。国家与国家之间、民族与民族之间、个人与个人之间，彼此谁离得开谁？一个民族，封闭的结果，就是落后，就是灭亡；一个人，封闭的结果，就是神经错乱，就是慢性自杀。假若一个旅行者，有一天不幸漂泊到一个孤岛上，或者误入一片荒漠中，那他一定会千方百计向四周发出信号：或大声疾呼，或点燃篝火，或掏出镜子反射阳光，或扒下衣服高高挥舞。其目的只有一个，尽快与外界取得联系，以摆脱自身的困境与孤独。总之，无论是一个伟大的圣者，还是一个了不起的英雄，一旦将他或她关上十年二十年，断绝与外界的任何联系，那么他或她唯一的想法一定是：活着不如死了好！

然而，当我们从更久远的历史和更宽阔的空间来看待这一问题时，便不得不为孤独的人类感到有些悲哀了。想想看，偌大一个宇宙，没边没际，无始无终，像地球这样的行星，光银河系就多达十亿颗！早在四十五年前，美国天文学家斯托尔派就曾指出："银河系中适合生物居住的星球诞生的生命，并不一定全部进化得很完善，但可以粗略估计，其中一百万至一千万个行星上居住着像地球人一样的生物。在这些太空人中，文明程度超过地球人者大有人在。"而居住在地球上的人类，其历史虽然已有几千年乃至几百万年，可迄今为止，依然还是独立苍茫，一意孤行，与宇宙中任何一个星球都缺乏真正意义上的联系与交流，或者说根本就没有任何联系和交流。虽说美国在 1969 年便登上了月球，但人类留在月球上的纪念，也不过是几行浅浅的脚印而已。

面对茫茫宇宙，如此封闭渺小的地球人，能不落下孤独的毛病吗？

当然，人类这个长久孤零零地漂泊在宇宙边沿的流浪儿，也是从不甘于寂寞、从不拒绝交流的。人类自站立起来并开始在这个赖以生存的地球上行走时，害怕孤独、渴望交流的心情就潜伏在心了。这种心情我们既可以理解为后天生长的一种愿望，也可以看作是上帝造就的一种本能。远的且不说，从近一百五十年的历史来看，这种心情就表现得尤为充分。

1820 年，德国著名的数学家高斯第一个提出了一种与宇宙联络的方案。他认为，如果承认太空人是高度智慧生物，那么他们一定对数学中的几何相当敏感，于是高斯决定用数学语言宣布人类的存在：他建议在西伯利亚大面积种植针叶林带，组成一个巨大的直角三角形轮廓，中间的空地播种小麦。待小麦成熟后，金色的三角形被常青的绿边勾勒出来，便会显得十分的醒目。即使在冬天，青青的麦地被皑皑白雪覆盖后，轮廓也会鲜明无比。敏感的太空人一旦发现了这个新鲜而又醒目的三角形，便有可能与地球人联系。

二十年后，即 1840 年，维也纳天文台的范利特诺又冒出一个更为积极、更为热烈的想法——他倡议在非洲撒哈拉大沙漠中挖掘一个直径为三十公里的人工圆湖，先在湖里注满水，再在水面点燃煤油，而后形成一支冲天的火炬，这样便可引起太空人对地球的注意。

然而，这些设想实现起来无疑都有一定的困难。从人类掌握的科学手段来看，最实际最可靠也最简便的，还是无线电。因为电波和光波一样，每秒钟可以前进三十万公里，是宇宙中最快的速度。而且它比光优越，不会被空间的宇宙云所遮挡。

于是，1960 年春，美国康奈尔大学的德雷克教授使用射电望远镜，开始了第一次与太空人联系的尝试。十年后，他又用大型射电望远镜向太空人射去了一支友谊之箭。这是人类第一次有意向外星智慧生物发去的信息，也是人类第一封简明的自我“介绍信”。

接着，1972 年至 1973 年，美国两艘“先驱者”无人宇宙飞船又飞往太空，主要任务是接近木星进行摄影，并带有一张金属问候卡。这张问候卡上刻有一对地球男女裸体像，裸体男人高高举起右手，以此向太空人表示亲切的问候。

再接着，1977 年 9 月，美国“旅行者”一号和二号宇宙飞船，相继向离太阳更加遥远的地方飞去，预计十年之后越出太阳系。在这两艘飞船的侧面，科学家们专门安装了一张镀金的铜唱片，包装上刻有用科学语言注明的唱片使用方法。这张唱片被称之为“地球之音”，即使十亿年之后，其音质也同样嘹亮如初。唱片的开始部分，是一百一十六幅代表地球景色和事物的图画，其中有人类在银河系中的位置，地球和地球的大气成分，以及海洋、河川、沙漠、山脉、大陆、花卉、树木、昆虫、飞鸟、海洋生物和冰霜雪花。而地球上的重要建筑，则选择了中国的万里长城、印度的泰姬陵、美国的金门桥等。更有意思的是，这张唱片上的古典音乐响过之后，便是美国总统和联合国秘书长的问候信及五十多种地球语言的问候词……

上述事例，不难看出，渴望交流、害怕孤独，是人类与生俱来的天性。人类之所以孤独，病因固然很多，但病根却只有一个，这就是，人类与地球之外的世界，始终缺乏联系和交流，或者说根本就没有联系和交流；而要想实现这种联系和交流，依靠的只有两个字：通信！

可见，通信问题才是人类孤独的病症所在；只有解决好了通信问题，孤独的人类才不再孤独。

话题二：一个英国军官的预言

人类从野蛮跨进文明，不过是近万年的事情。

但通信问题对人类的困扰，却有好长好长的历史。

大家知道，歌德是德国的一位伟大诗人，他的诗几乎人人知晓并广为流传。但歌德说过的一句名言，恐怕就很少有人知道了——他说，人类社会的基础是通信！

一位伟大的浪漫诗人居然如此看重通信，似乎有点不可思议，但事实便是如此。可以说，人类文明的每一发展阶段，都受到了特定的通信媒介的支配，而且每一新的通信方式的兴起，在社会和文化领域都引起了重大的变革。例如：语言的产生，文字的发明，造纸、印刷术的出现，电话、电视以及电子计算机的问世等。每一次的变革，都无一例外地使人类社会跨入了一个更高的文明阶段。

当然，我们之所以说通信如此重要，并非仅仅因为歌德所言，而完全是由人类自身的生存需要所决定的。人类为摆脱通信带来的苦恼与困扰，经历了一个漫长的过程，而所付出的努力和代价，也是相当沉痛而巨大的。

在古代，我们的先祖最早传递信息，靠的是乱打手势和哇哇乱叫。后来，出现了语言和文字，才改用语言和文字直接传递。但用语言和文字传递信息，依然存在着诸多的不便。比如要想收到一封几千里之外的家书，或者向偏僻的遥远之地送去一封重要的信件，先祖们往往需要苦苦等上数月甚至一年半载。因为这种传递的方式，只能靠人双腿步行，或使用“驿马”“驿车”等。更为糟糕的是，一旦碰上特殊情况，如突然遭到敌人袭击，这种用语言和文字的传递方法，便显得苍白无力。为了摆脱这种因通信落后而造成的痛苦乃至灾难，先祖们经过长期的实践与探索后，又改用声音和火光来传递信息，如击鼓鸣锣、烽火狼烟等。

早在两千七百多年前，中国在周朝幽王时期，便开始使用烽火传递信息的方法。这种方法就是从边界起，每隔一定的距离筑起一个高高的土台，即烽火台。台上竖一吊杆，杆上吊一放有薪草的笼子，一旦发现有敌入侵，立即点火，并将着火的笼子高高举起，这就是“烽”。烽火台一般白天烧烟，夜间举火，因烧烟多用杂草和狼粪，故烽火台又称“狼烟台”。中国历朝历代都是依靠这种烽火来传递军事情报的。除烽火外，古代的中国军队还常用旗帜作为通信手段。这种旗帜通信的联络方法，至今还为海军所用。

到了公元 1 世纪，中国发明了造纸术，6 世纪发明了印刷术，11 世纪又发明了活字印刷术。由于这一系列的发明在信息技术史上是一个伟大的创举，给人类的通信带来了明显的好处，故 8 世纪造纸术开始传入阿拉伯，12 世纪传入欧洲，15 世纪活字印刷术也跟着传入欧洲。于是，印刷书籍很快成为人类有利可图的一项事业，知识信息的传递不再是朵朵浪花的涓涓溪水，而变成了汹涌澎湃的滔滔洪流。而且，纸和印刷术发明的直接后果是，世界开始出现了一批又一批的《圣经》。

在西方，到了 18 世纪末期，法国的夏普创造了横木通信机。这种通信机受到法国政府的重视，曾在欧洲广泛使用，并在战争中大显神威。拿破仑称帝后，这种通信机更是得到了广泛的应用，从法国到欧洲形成了数百个通信网。

后来的情况就越来越好了。1831 年英国的法拉第发现了电磁感应现象；1837 年美国的莫尔斯发明了电报机和电报电码；1876 年美国的贝尔发明了电话；1904 年英国的弗莱明发明了真空二极管；1920 年美国电子管式电台开始广播；1936 年英国电视广播正式启用；1946 年美国第一台电子计算机问世。尤其是无线电通信的出现，为人类沉闷的生活带来了兴奋的阳光和欢乐的空气。

然而，随着人类社会的发展，信息交流的节奏越来越快，人类渴望沟通、急需交流的心情越来越迫切，因而对通信的需求条件也就越来越高，仅靠现有的无线电通信手段，已无法满足人类日益膨胀的需求欲望。因为无线电和光线一样，只能沿着直线传播，即使是比较先进的微波通信，也不能在地球的表面随便拐弯，前进途中一旦遇到高山或大海，既无法绕道而行，又不能插翅飞过，而只能像体育中的接力赛一样，在途中设立一个又一个的中继站，方能将电波最后送到终点。

这种靠设立中继站的办法显然并非上策。若是一马平川，距离又短，可以；若要翻山越岭，横跨江河，甚至飞跃蓝天，漂洋过海，那就无能为力了。因为这种中继站约五十公里就得有一个，高度还需五十米。想想，从北京到新疆，需建多少个？从中国到美国，需建多少个？从美国到苏联，从苏联到法国，从法国再到日本，又需建立多少个？何况，中继站造价昂贵，且在茫茫荒漠中，在滔滔海面上，根本无法建立。换句话说，要靠设立中继站的办法来实行全球通信，只能是白日做梦。

于是，如何解决“地球村”个人与个人之间、地区与地区之间、国家与国家之间的远距离、大容量的通信问题，成为世界科学家们面对的一大难题。

事情常常就是这样，在关键的路口、关键的时刻，一旦有那么一个人出现了，历史就改变了。

这个人真的就出现了。此人叫亚瑟·克拉克，英国皇家空军的一名雷达军官。据有关资料表明，这是一个从小在骨子里就有预言未来欲望的天才人物。预言，历来被认为是一桩充满了风险的买卖，但克拉克却把预言看作他人生的一大乐事。他勇于创新，富于幻想，除了尊重真理，对任何权威从来都嗤之以鼻。他给人最深的印象是：手上仿佛随时都握着未来。

克拉克从军队退役后，一直潜心从事对未来学的研究。他对未来的发展曾作过无数次振奋人心的预言，同时又沉醉于科幻作品的写作。他不仅从事小品文和故事的创作，而且创作的小说还成为电影《2001 年太空漫游》的文学脚本。但他最迷恋的，还是预言未来和无线电通信。当人类在通信的路上被新的困难所阻挡时，这位年轻而优秀的工程师陷入了深深的苦恼与思索之中。在宁静的深夜，他不是对着稿子拼命写作，就是守着孤孤单单的电话机发呆，或者望着迷迷茫茫的星空出神。或许是他当过雷达兵的缘故，他对天空和电波有一种特殊的感觉。每当他守着电话出神或望着天空发呆时，他总在幻想一件事：一个人如果站在地平线上极目远望，最多可以看到四点七公里；但是一旦登上五十米高的楼顶，便可环视半径为二十五公里的地区。照此推论下去，若是能将一颗卫星发射到天上的某个地方，这颗卫星便可自由地飞越地球任何一个国家和地区，既不受国界的限制，也不怕气候的影响。无论是高耸入云的崇山峻岭，还是一望无际的原始森林，不管是渺无人烟的戈壁沙漠，还是神奇莫测的南北极地，卫星都可高高在上，无拘无束地传送着信息。那么，要是有一天能将地球上的中继站移至太空，在空中建起一个无线电通信中继站，全球的通信问题不就可以解决了吗？

这个想法被他同时代的人看成是一种幼稚，甚至视为神经病。但“幼稚”而又“神经病”的克拉克就这么想了，而且想得昏天黑地、如痴如醉。

1945 年那个天高气爽、阳光灿烂的春天，克拉克经过多年的苦心研究和推算，终于发现在离地球三万六千公里的赤道上空，存在着一条可以使卫星相对地球保持静止不动的轨道。由于在这条轨道上运行的卫星周期约等于二十四小时，即运行速度与地球自转速度同步，故后来被科学家们称为地球同步轨道。敏感的克拉克意识到，这是一条极有利用价值的特殊轨道，如果在这条轨道上建立一个全球通信中继站，那就再理想不过了。

于是，1945 年 5 月 25 日，克拉克向英国的星际航行协会呈送了一份备忘录。在这份备忘录中，克拉克阐述了自己的设想并做了大胆预言：人类实现全球通信的日子不会太远了！如果有一天人类能在静止轨道上等距离地配制三颗人造卫星，那么地球上除南极和北极之外的任何地方，都可实现通信！

接着，克拉克又在同年 10 月美国的第一期《无线电世界》杂志上，发表了一篇令人目瞪口呆的文章——《地外中继站》，对围绕地球旋转的同步轨道上的中继卫星进行了一番绘声绘色的描述，还介绍了一幅卫星沿着同步轨道飞行的示意图。

在 20 世纪 40 年代，对人造卫星还只是一种理论上的奢望的人类来说，克拉克的这一大胆预言，无疑是一个伟大的、划时代的预言！他为解决人类的通信问题，提供了一个新的视角、新的思维和新的可能。只是，要把这一预言变为现实，当时的科学技术水平还无能为力。因为不仅三万六千公里高的赤道上空人类无法攀越，就连当时最乐观的人也不认为发射人造卫星的事情能在 20 世纪发生。

然而，一个连预言都没有的时代，能有满意的现实吗？

话题三：飞出“地球村”的第一只“信鸽”

不知是哪一位哲学家还是预言家，曾把地球称之为人类最后的挪亚方舟，并说这船是圆的，离开它很困难。

然而人类是个天真而又不知足的孩子，欲望的追逐从来就不肯停息；尤其是渐渐长大后，一旦认识了自己赖以生存的地球，认识到自己不仅是个生存者，而且还是个征服者，并以征服者的姿态开始大摇大摆地在地球上走来走去时，便死活也不愿在这“船”上爬来爬去了，而首先想到的一点就是，如何从地球的这一端走向另一端，接着再从有限的地球走向无限的空间。

于是我们说，天才的人类总是浪漫而又实际的。

富于幻想的克拉克的预言仅过去了十二年，讲究实际的苏联人便在 1957 年将人类的第一颗人造卫星送上了天。这对孤独的人类不仅是一个极大的安慰和鼓舞，而且还为人类社会带来了一场最深刻、最广泛的信息革命，从而出现了各种新型的通信手段，开始了人类信息技术的新纪元。

当然，要将克拉克的预言最终变成现实，的确不是一件容易的事情。或许在有些人看来，完全是不可能的甚至是荒诞的。但毫无办法，人类文明的脚步总是踏着幽暗的小道向着未知的世界顽强挺进；而我们生存的这个世界也总是从荒诞中走来并还将继续荒诞下去。

为了把克拉克的预言变为现实，早在 1954 年 7 月，美国的海军就曾利用月球的反射特性，进行过无线电话的传输试验，并于 1956 年开通了华盛顿至夏威夷之间的通信业务。但因月亮远离地球三十八万多公里，电波在空间损耗极大，故没有什么实用价值。此后，美国又发射了“回声一号”和“回声二号”卫星，并利用它将艾森豪威尔总统的一篇文告从加利福尼亚州传到了新泽西州。同时还使信息第一次跨越大西洋，从美国贝尔电话实验室传到了法国国家无线电通信研究中心。但终因这种卫星发射信号无法增大而宣告失败。

好在克拉克的预言实在太诱人了，加上美国人对苏联第一颗卫星上天一直耿耿于怀，因此，从不服输的美国人决心要在通信卫星上好好露一手，以挽回当年丢失的面子。于是 1962 年，美国抢先发射了第一颗试验性的同步通信卫星。遗憾的是，由于卫星上的设备失灵，无法进行通信，卫星成了一个废品。五个月后，美国又发射了第二颗同步通信卫星。这颗卫星沟通了停泊在尼日利亚的“金斯波特号”军舰与加利福尼亚州之间的电话联系，使通信记录达到了一万两千四百公里。可卫星虽然送入了轨道，轨道平面与地球赤道平面之间的夹角却与设计要求不符，仍无法实行全球通信。直到一年之后的 1964 年 8 月 19 日，美国才终于成功地将一颗叫“辛康一号”的同步通信卫星送入了三万六千公里高的静止轨道，并将这颗卫星定点于东经一百六十二点五度的赤道上空，从而将克拉克十九年前的预言变成了现实。

第一颗通信卫星发射成功，标志着人类社会进入了信息时代，标志着人类终于征服了三万六千公里高的赤道上空，从而在太空占有一席之地，使国家与国家之间、民族与民族之间的相互交流成为可能；同时，也预示着通信商业化的很快到来。因为通信卫星代表着一个相当可观的潜在市场，这一点，聪明的美国人比谁的反应都快。早在 1962 年 8 月 31

日，也就是“阿波罗”计划刚刚公布两个月之后，肯尼迪总统就对这种不再是从地面到地面的通信方式表示关注，并主张利用卫星搞一个统一的世界通信系统。次年 8 月，美国国会便投票通过了建立和经营一个国际通信网的决议。因此，同步通信卫星发射成功的第二天，拥有两亿美元的美国通信卫星公司便宣布成立，一千万张股票在几小时内就抢购一空。于是有人比喻说，同步通信卫星是从“地球村”里飞出的第一只“信鸽”，它代表上帝为人类捎来了排解孤独、沟通信息的福音！

对此，人们不能不想到的是，一百年前当美国总统林肯遇刺时，由于通信手段的落后，消息在十二天之后才传到伦敦。而仅仅一个世纪后的今天，通信卫星却能在不到一秒钟之内将信息传遍世界！

第一颗同步通信卫星发射成功后，美国便利用这颗卫星为欧洲和北美转播了在日本东京举行的奥运会开幕式实况。就连肯尼迪总统遇刺的特大新闻，也是通过这颗卫星迅速传播到欧洲和亚洲的日本的。甚至，美国还利用这颗卫星承担过对越战争的军事通信指挥。而让人们直接感受到通信卫星与人类生活息息相关、不可或缺的，还使人们通过这颗通信卫星的转播，看到了奥林匹克运动会比赛实况这一事实。它在引起世界轰动的同时，也给人们的心灵造成了极大震撼，使各国的科学家和普通百姓对通信卫星产生了浓厚的兴趣。于是，通信卫星很快被看成一笔可以赚大钱的好买卖。以美国为首的十四个发起国当即签署了“国际通信卫星”协议，组成了国际通信卫星组织，并决定用通信卫星来部署一个国际无线通信网。

1965 年春天的某个清晨，一只“晨鸟”终于迎来了世界商业卫星史上的第一个黎明——第一颗国际通信卫星在熹微的阳光和清新的空气中顺利“飞”入三万六千公里高的同步轨道，并在两个星期后定点于大西洋的上空。善于想象的美国人赋予了这颗卫星一个颇有诗意的名字：“晨鸟”。这只盘旋在人类头顶的、潇洒而又骄傲的“晨鸟”，利用“国际电报联盟”成立一百周年之际，成功地向欧洲和美洲进行了彩色电视节目转播，借此向世界庄严宣告：通信卫星从此可以进行商业性营业！

从此，在人类的航天史上，揭开了商业卫星发射的序幕；火箭发射技术，跨入了商业服务的新时代；而国际通信卫星这只翩翩翱翔于大西洋上空的“晨鸟”，更是深深地吸引着全世界的眼球。

两年之后，这只骄傲的“晨鸟”又进行了一次轰动世界的精彩表演。这就是 1967 年 6 月 25 日，在事先商定好的《我们的世界》节目里，五大洲的三亿人被电视的魔力吸引到电视机跟前，清楚地看到了通过卫星转播后依次从屏幕上出现的来自瑞典、西班牙、法国、墨西哥及其他许多国家和地区的各种图像。这次“世界电视联播”，几乎对全球进行了一次“快镜头”的扫描，而以此证明的是：人类已有能力在几秒钟之内将任何信息传遍整个地球！

话题四：谁能控制空间，谁就能控制地球

自从克拉克想到的那条同步轨道被美国首先占领并利用后，一向清冷的太空便开始热闹起来，从此不再安宁。通信卫星一夜间变成了一棵巨大的“摇钱树”，每年数以亿计的美元开始源源不断地滚入美国人和法国人的腰包。

然而，有市场，就有竞争，不管是人间还是天上。

欲与通信卫星抗衡的，是美国一些铺设海底电缆的部门。它们在 1956 年就铺设了第一条海底电缆线，从而使信息首次横贯了大西洋。之后的几年时间里，为了扩展自己的市场，又铺设了从英国到加拿大、从英国到美国等五条海底电缆线。但由于海底电缆线通话能力极其有限，且造价昂贵——一条连接大西洋两岸的海底电缆线就需一亿五千万美元！而一颗国际通信卫星却只需四千万美元，还包含发射费用。因此，美国政府在 1977 年决定，不再铺设第七条大西洋海底电缆。

结果，欲与天上的卫星抗衡的海底对手乖乖败下阵来。而高悬于太空的那条同步轨道，则举世瞩目、身价倍增。世界各国的目光都不约而同地盯住了这条轨道，并随之纷纷发起远征。通信卫星越来越受到各国的高度重视和广泛运用，茫茫太空很快成了商业卫星任意驰骋的世界，成了各国竞相角逐的贸易市场！其根本原因在于，自美国的第一只“信

鸽”飞出“地球村”后，人们就开始意识到，生存空间和信息交流对人类的生存发展实在是太重要了。活动领域的大小和信息传递的速度，已成为衡量人类进化和发展水平的重要标志。一个国家，一个民族，若在思维上有了创造性的突破，便可导致认识境界的飞跃；若在认识境界上有了提升，则可大踏步地发展甚至彻底改变整个民族的命运与面貌。在远古时期，由于人类的速度和体力有限，其活动领域只能在有限的陆地。15 世纪、16 世纪初，因哥伦布和麦哲伦的海上远航，使西班牙人和葡萄牙人的活动领域由陆地推向公海，并抢占了大片海外殖民地，从而巩固了自己在欧洲的霸权地位。进入 18 世纪后，英国依靠工业革命建立了强大的海上舰队和商船队，夺取了海上优势，使大英帝国在世界称雄长达一个多世纪。1957 年，苏联第一颗人造卫星上天，人类摆脱了地球的束缚，其活动范围从陆地延伸到了太空。而通信卫星的出现，一下又缩短了地球上个人与个人、国家与国家、民族与民族之间的距离，从而改变了人类对自身和宇宙的习惯看法，导致整个人类战略思想和认识境界的突破与飞跃。

难怪美国总统肯尼迪说：“谁能控制空间，谁就能控制地球。”难怪克里姆林宫多次宣称：“控制空间，是赢得战争的先决条件。”难怪美国和苏联一开始就把发展航天技术与军事实力紧紧连在一起，把天战作为本国战略的重要组成部分。特别是美国和苏联，后来将卫星在空间的军事运用，提高到了一个全民军事化的新高度。

例如，美国先后在 1982 年和 1983 年成立了空军和海军的航天司令部，接着又于 1985 年成立了联合航天司令部，主要负责管理石油航天系统，以此作为将来指挥天战的统帅中心，并在 1985 年发射了一颗反卫星导弹，首次成功地击毁了一颗在五百五十五公里上空运行的卫星。而苏联也早在 1964 年就成立了国土防空军事空间防御司令部，并开始反卫星武器的研制，从而成为世界上第一个拥有反卫星武器的国家。其中一种装有炸药装置的卫星，可在接到命令后九十分钟内发射出去，抵抗或者击毁低轨道卫星和航天飞机。

欧洲诸国在空间实力上虽然不敢同美苏抗衡，但也决心在未来的空间战中一显身手。法国前国防部长埃尔尼在一次航天会议上，就雄心勃勃地说过：“在空间防御方面，如果我们的欧洲同伴不搞，法国就是单枪匹马也要干！”

因此，许多最先进的卫星首先都用到了军事上。据确凿资料表明，美国在海湾战争中，光通信卫星多国部队就动用了十四颗，首开了世界空间军事史的先河，也标志着大规模的海、陆、空、天四维立体战争时代的到来。

人类对空间的开发，除在军事上有着巨大的价值之外，在国民经济各部门也产生了极大的社会效益和经济效益。据有关权威部门统计，国际通信卫星目前已承担了世界三分之二的国际电话业务和几乎全部洲际电视转播业务，每年光空间通信营业额就高达二十亿美元，且通信费用越来越低。

从美国的情况来看，已基本形成了卫星商业化。仅 1986 年一年，空间总收益就达六十三亿美元，通信卫星就占了二十六亿美元。过去，美国每年因恶劣天气预报不准，造成经济损失达一百亿美元。利用气象卫星预报后，每年减少损失二十亿美元。如果发射一颗地球资源卫星，只需花费两千万至五千万美元，但它在地质、农业、林业、水利等四十三种不同行业的应用中，每年可收益十四亿美元以上；要是发射一颗陆地卫星，成本只需几千万到一亿美元，一年可获益三十亿美元；而海洋卫星的经济效益在 1986～2000 年内，每年可高达九十四亿美元。据美国中西部研究院估算，美国在开发宇宙上的投资与效益之比是一比十四。即是说，投资一亿美元，便可赚回十四亿美元。假如全部空间技术都能转移到国民经济各部门中去，那么美国每年受益可达八百亿至一千亿美元！

此外，空间领域的开发与人们的生活也息息相关。事实上，通信卫星不仅能将洛杉矶一位年轻姑娘的甜言细语传送给她在日本出差的男朋友，或者把阿里的拳击比赛传输到北京的夜间电视屏幕上，而且还能采用视听的方法进行集体教学。这对经济落后而又非常缺乏教师的发展中国家，是一个再好不过的办法。

例如，20 世纪六七十年代的印度，大约有六亿人口，是世界第二个人口大国。但是，全国人口中有百分之七十都是文盲，而且还分布在全国五十六万个村子里。如果采取传统的教育方式对这批文盲进行授课教育，其结果肯定是一件再糟糕不过的事情。为了解决好这一世界性的难题，在联合国教科文组织的支持下，印度政府和美国政府进行了一次“卫星电视教育试验”。这次试验选择了两千四百个村子作为试点，通过定位于肯尼亚上空的“技术应用卫星六号”，向包括儿童和成年人在内的五百万印度人讲授文化课和宣传健康、卫生、农业和计划生育方面的知识。在一年的试验中，每天授课四至五小时。由于这次试验的结果令印度政府大为惊喜，故印度决定发射自己的卫星。

通过卫星不仅能教学，而且还能召开远距离的会议。1967 年 6 月，在法国图尔市开会的医生们，就通过卫星与他们的美国同行交换过意见。同样，1972 年 12 月，当六千名意大利医生举行一次隆重的学术讨论大会时，他们也通过卫星转播的彩色电视与荣获诺贝尔医学奖的几名纽约学者见了面。

于是，长期被人忽略的赤道上空，越来越被人们看好，世界各国为了争抢空间这块风水宝地，大力进行巨额投资，有的甚至发展到了不惜血本的地步——

美国：1959～1985 年，用于航天的总投资为一千九百亿美元。其中，“阿波罗十一号”飞船历时十一年半，动用厂商两万多家、大学一百二十所、参试人员四百余万，共耗资二百六十亿美元。

苏联：每年航天经费约占国民经济总产值的百分之一。仅 1984 年一年，用于航天的投资便高达三百五十亿美元，大大超过了美国。

欧空局：欧空局是以法国和西德为首的十五个西欧国家组成的一个空间组织。该组织自成立后，对应用卫星极为重视。1986 年总投资为二十二亿美元，经济效益高达二十亿美元。之后，又对四大通信卫星投资十六亿欧洲货币单位，对气象卫星投资四亿四千四百万欧洲货币单位，对对地观察卫星投资七亿六百万欧洲货币单位。

日本：日本的应用卫星的发展很有特色，一切采取拿来主义，几乎完全是依靠美国的技术大步发展。1961～1983 年，日本航天总投资为四十亿美元。但仅 20 世纪 80 年代初期光研制大气地球观测卫星，就投资了七百亿日元。而在 1986 年之后的十年时间里，则准备用一百亿美元来发展本国的航天事业。

加拿大：加拿大是世界上最早建立国内卫星通信系统的国家，可惜的是自己没有发射卫星的能力，应用卫星种类也不多。但即使这样，1987 年也在空间上投资了一亿一千五百万加元，其中通信卫星便占了四千万加元。此外，在电视卫星、移动通信卫星以及搜索与救援卫星上投资了一亿四千五百万加元，在遥感卫星上投资了二亿二千五百万加元，而在 1987～1991 年，空间投资则上升为二亿二百万加元，其中通信卫星占了百分之二十四点六。

印度：1963～1985 年空间总投资为十一亿二千万美元，并且曾用七千八百万美元从美国福特公司购买了两颗卫星，后又以五千八百万美元从美国购买了第三颗卫星。仅 1981～1987 年，“印度卫星”在空间部分的总投资便为三十亿五千七百万卢比。

巴西：1981～1987 年空间总投资为四亿九千三百万美元。仅 1987 年便投资了八千二百万美元。为研制两颗巴西卫星和建立两个测控站，曾一次性投资了一亿三千一百万美元。

澳大利亚：曾抛出五亿美元委托美国休斯公司研制并发射了三颗卫星。由于没有建立自己的航天工业而深感吃亏，于是从 1985 年起，下决心开始制订卫星发展计划，当年便投资了二百五十万澳元。

韩国：1986 年组建了空间科学和天文研究所，从而成为东南亚第一个独立研制卫星的国家。仅 1989 年，便在空间上投资了十二亿韩元。

…………

总之，全世界用于航天的总投资已高达四千多亿美元！随着人类生活的节奏越来越快，信息的交流越来越迫切，卫星应用的国际组织也日益增多。自 1964 年国际通信卫星组织成立至 80 年代中期，已发展到了一百一十二个成员国和地区，经营着世界上最大的通信系统。1971 年 11 月 15 日，苏联又以本国为主，成立了由蒙古和东欧共九个国家参加的国际宇宙通信组织。这两个集团的出现，使得通信卫星产业的竞争愈演愈烈。此后，有二十二个国家和组织发射了航天器，五十八个国家投资发展了航天技术，一百七十个国家和地区应用了航天技术，每年有一百多颗航天器和上百吨重的物质进入太空。

据统计，截至 1983 年，全世界已向三万六千公里高的赤道上空发射了一百四十余颗同步通信卫星！四十年前克拉克梦想的那条有限的静止轨道，转眼间已变得拥挤不堪。仅在太平洋、印度洋、大西洋的上空，便有十九颗通信卫星，其中大西洋的上空就占了十颗！

然而，在这条已被各国纷纷抢占并还在继续抢占的轨道上，居然没有一颗中国的通信卫星。换句话说，在三万六千公里高的赤道上空，还没有中国的一席之地。

于是，为了不让中国在太空缺席，1970 年那个大雪纷飞的冬季，一支数千人组成的航天大军从茫茫戈壁秘密来到四川西昌，向三万六千公里高的赤道上空发起远征！

话题五：西昌发射场和一个士兵的故事

1973 年底，也是一个大雪纷飞的冬季，一个刚刚走出校门的中学生，脱下学生服，穿上绿军装，以一个士兵的名义，走进西昌发射场，加入了这支航天大军的行列，成了中国航天历史的见证人。

在这个士兵的感觉中，这是命运对他的嘲弄，甚至是抛弃。那时的西昌发射场还不能叫发射场，四周除了荒凉的山，便是瘦瘦的土，再就是一块块冷冰冰的石头。在一个长达几十里的大峡谷里，除了清晨半山腰上升起几缕袅袅炊烟，中午山脚下摇出几头毛驴，傍晚草地里走来一群牛羊，以及偶尔碰见路边两个打着赤脚、光着屁股、连小鸡鸡都是一团乌黑的彝族小孩，几乎见不到房子和人影。甚至，连夏日的风吹在脸上都是凉的。

士兵在这荒山沟里最大的痛苦，就是信息不通。压抑、苦闷、孤独，成了他精神生活中日夜交替变奏的三部曲。这种近似与世隔绝的日子，用他自已的话说，“像被一下塞进了一个军用罐头盒里”。但年轻的士兵天生浪漫而又富于幻想，心里居然还悄悄揣着一个多少有点吓人的梦想：想当一个作家！

非常遗憾的是，这个士兵所处的现实与想当作家的梦想实在相去甚远。他想看看报，却只有一张报——《解放军报》；他想翻翻杂志，却只有一份杂志——《解放军文艺》；他想唱唱歌，却只有一本歌曲——《解放军歌曲》；他想读读书，却只有一本书——《毛泽东选集》。而他的想法又实在太多太多，比如，想坐在图书馆读几本世界文学名著；想走进阅览室翻翻全国的报纸杂志；想在电影院看上一场外国电影；想到大礼堂看上一场他最喜欢的话剧；等等，等等。

为了排解这种因信息不通而造成的精神苦闷，士兵有一天终于想到一个办法：他用从每月六块钱的津贴中省下的钱，步行十几里路，到一个小镇上买回一个小收音机。他想，只要有了这个小收音机，他就可以收听到全国各地的新闻联播、音乐节目、相声评书以及各种广播剧和长篇小说连播。可由于身处峡谷，信号受到阻隔，这个廉价的收音机却只能收到一个台；而且这一个台不是断断续续，就是刺刺啦啦，很少有能听清楚的时候。

但士兵并未就此罢休，每当他感到孤独时，便给远方的同学写信，请其代购和查找有关文学书籍。遗憾的是，从他发出信到收到回信，至少要苦苦等上一月甚至两月；而等那些苦苦盼望的文学书籍好不容易寄到时，已是三四个月乃至半年后的事情了；而且打开邮包时，因路途遥远曲折，有的图书早已破烂不堪、残缺不齐。

有一年春节前夕，士兵非常想念自己远在老家的亲人，便向连队请了假，然后搭乘一辆连队外出买菜的大卡车，专程赶往一百多里之外的西昌，去给家里的亲人打长途电话。那是大凉山一个奇冷的冬日，天空静静地飘着大片大片的雪花，士兵裹着一件军用大衣，斜靠在没有任何遮挡的大卡车上，手里居然捧着一本文学刊物看得如饥似渴。尽管他浑身冻得直打哆嗦，可一想到将与自己的亲人通话，心里便充满了少有的温暖与快活。那天打长途电话的人很多，而能打长途电话的邮局西昌却只有一个，于是牢记《三大纪律八项注意》的士兵只好老老实实地排队等。等了一个半小时后，士兵终于走进了长途电话间。然而很不幸的是，一个只有五百公里的长途电话，挂了几次都没挂通；后来好不容易挂通了，话筒里除了哧哧哇哇的杂音，什么也听不清。无奈之下，士兵只好气急败坏地对着话筒“哇哇”乱叫一通，而后乖乖付了半个月的津贴，才愤然离去。

士兵来到等车的地点时，连队买菜的大卡车已经离去。为了按时赶回连队，士兵只得去爬火车，再爬汽车，然后又走了十几里的山路，才总算赶回连队。可当他匆匆赶去销假时，连队规定的时间早已超过（连队归队时间为下午四点以前）。结果，士兵用了几乎一天的时间，跑了两百多里的路程，花了半个月的津贴，非但没有挂通一个电话，没有与亲人说上一句话，反而还因没有按时赶回连队，挨了一顿批评。

这个傍晚对士兵来说是黑色的。他没吃饭，独自爬到山顶，坐在一块冰冷的岩石上，凝望着被晚霞映得时红时黑的天空，久久出神。他想，要是自己有一天身处的这个发射场能发射一颗通信卫星，解除他和战友们的孤独与苦闷，该有多好啊！也就是从这天起，士兵心里便有了一个小小的希望，他希望自己有一天能亲眼看到中国的通信卫星从西昌发射场升起。

此后，士兵便有了抬头望天的习惯。每当落日西下的傍晚，或者冷冷清清的礼拜天，他总是喜欢独自坐在荒山坡上，抬头望天——望日落日出，望月明月暗；望风起风落，望云聚云散；望雨粗雨细，望雾浓雾淡；望小鸟飞翔，望雄鹰盘旋；望大雁南飞，望流星似线。

天空，成了他灵魂的栖身地；天空，成了他思想的大容器。

然而，随着士兵抬头望天的次数越来越多，他心里那个小小的希望却越来越小，山沟里冰冷而沉闷的现实，让他感到发射卫星的事儿，好像压根儿就是一个真实的谎言。

时间到了 1981 年的某个夜晚，当时整个中国都掀起了一个观看女排比赛的热潮，那个夜晚电视转播的内容是中日女排决赛。这时的士兵已成了一名青年军官，他所在的山沟有个单位也有了一台黑白电视，尽管声音刺刺啦啦图像模糊不清，但他还是早早便守在了被上百名军人围得水泄不通的黑白电视机前。当时中国没有自己的通信卫星，为了转播这次比赛实况，国家有关部门只有自己掏钱租了国际通信卫星的一个频道，按小时计价——据说价格贵得吓人，一个小时就要几千美元！可就在比赛进入最后一局也是最激烈、最关键的一局时，电视突然停止转播，屏幕顿时一片漆黑！接着，漆黑的屏幕上打出一行字来："卫星租用时间已到！"一百多名官兵顿时咆哮起来，整个屋子吵得一塌糊涂；而青年军官不是生气，简直就是愤怒了——他为自己的民族感到了一种无法忍受的耻辱！于是年轻气盛的他，愤怒之下竟将一张凳子高高举起，再狠狠地砸在地上，而后冲出房间对着夜空大声骂了一句："我操你妈！"

后来总算有了那个辉煌壮美的夜晚：1984 年 4 月 8 日。

这个晚上中国的第一颗同步通信卫星从西昌发射场成功地飞向了三万六千公里高的赤道上空，中国从此有了属于自己的通信卫星，从而结束了长期租用外国卫星的历史。

青年军官有幸参加了这次发射任务，并目睹了发射的全过程。在那个激动人心的夜晚，他焦急地守候在离发射架仅有一百多米的一个荒坡上。当他亲眼看见托举着卫星的火箭在一片熊熊烈火中隆隆升起时，他惊呆了！因为就在那辉煌壮美的一瞬间，他看到了人世间最壮美的一幅"风景"，看到了一个流传了千年的活生生的真实神话；同时他的灵魂也受到了从未有过的巨大震撼，第一次亲身感受到了人类的智慧和力量的神奇与伟大！于是火箭升空后，他急匆匆地跑到烟熏火燎、热浪冲天的发射场上，脱下已经褪色的军衣，狂热地挥动着，放肆地叫喊着……

火箭渐渐远去，青年军官久久凝望着被烈火烧焦了的发射架，凝望着那深邃迷人的茫茫夜空，回想起自己留在这大山沟里的十年青春，以及发射场成千上万的战友们走过的苦难历程，他忍不住偷偷流下了眼泪，并在心里暗暗发誓：总有一天，我要写一本书！

后来，这个青年军官走出了山沟，走出了发射场，从西昌闯进了北京，并成了一名作家。

然而，当年在发射架下的誓言他没有忘记；大山沟里十五年又苦又涩的青春岁月他没有忘记；那些在西昌发射场默默生活了几十年至今依然还默默生活在西场发射的战友他更是无法忘记！每当想起他们，尤其想起他们的后代——个个聪明可爱却在二十年间没一个考上大学的孩子们，他心里便会隐隐作痛，甚至滴血……

于是，在一个夜深人静的夜晚，他终于坐在写字台前，铺开稿纸，开始了本书的写作。

这位当年的年轻士兵后来的青年军官，就是本书的作者、现在与你聊天的我。

第一章
七亿人民要通信

1. 能打电话该多好

其实，四十年前英国科学家克拉克发现的在三万六千公里高的赤道上空的那条轨道，中国的科学家们早就注意到了；只是因为自己迟迟没有搞出远程火箭，所以只能望天兴叹。

但到了 1970 年 4 月，当中国的第一颗“东方红一号”人造卫星上天之后，情况就大不一样了，有关部门和专家很快对中国“东方红二号”卫星即同步通信卫星开始了酝酿策划，其心情相当迫切。

中国之所以急于搞出“东方红二号”通信卫星，有着较为复杂的历史背景。现在回过头去看，主要是因为国内现实的需要。

20 世纪 60 至 70 年代的中国，应该说是一个实实在在的穷国。穷国当然就落后，而且是方方面面落后。这种落后表现在中国的通信问题上，就再常见、再典型不过了。从新中国成立到 20 世纪 60 年代末，中国的民用陆上通信，主要靠明线和短波。这种极其落后的通信手段给中国老百姓在生活上造成的方方面面的障碍和各种各样的痛苦，只要是那个年代过来的中国人，都有目共睹，深有体会。由于经济贫困、技术落后，以及地理条件的限制，这种落后的通信线路主要集中在大中城市和人口稠密的地区，不少偏远山区和人口稀少的地方，要想享受这种落后的待遇，连资格都没有！

在通信落后的日子里，从那个年代过来的人想必都有自己的亲身经历和深切体会。比如说，要打长途电话，你若生活在农村或偏远小镇，就必须到县一级的邮局去打，因为区和公社一级的邮局根本不能打长途电话。而且，等你辛辛苦苦跑到县邮局排上一两个小时的队后，未必就一定打得通；而要给偏远地区的亲戚朋友写上一封信，至少要一两个月甚至有的要半年才能收到；若遇有急事要发电报，最快也得十天半个月。有时明明发电报让对方去车站接你，可人到了，电报却没到；若是要与海外的亲人越洋通话，就更是难于上青天了，即使你专程跑到城里打通了电话，价格也相当吓人！

举个很有意思的例子，1970 年中国发射第一颗人造卫星时，由于当时中国的通信太落后，至关重要的通信问题也只能依靠明线来保障。即是说，从戈壁滩到北京城，沿线两千多公里的路途上，每间隔五十米就得支上一根电线杆。而且，为保证沿途的电线和电线杆不被风暴刮倒，不遭“阶级敌人”破坏，中国人民解放军总参谋部还动员了成千上万的民兵，在每根电线杆下站上两人，在黑暗与冷风中专门对电线和电线杆进行昼夜守护。这种全世界只有中国才有的、土得不能再土的通信办法，居然保证了中国第一颗“东方红一号”人造卫星的发射成功。尽管此举堪称人类通信史上的一个奇迹，然而在昔日西方人的眼里、今天中国人的眼中，这又是一件多么荒唐可笑、令人费解的事情啊！

再举一个例子，1984 年 4 月之前，新疆、西藏等边远地区，如果要看中央电视台当天的电视新闻报道，只能用飞机把当天的电视新闻报道的录像带，先从北京运到乌鲁木齐或者拉萨，再用汽车把录像带从乌鲁木齐或者拉萨运到下属的某个地区，接着再用人力或毛驴车把录像带运至下属的某个地点。等这些偏远地点的人们看到这个所谓的当天的“电视新闻”时，已经是一个星期以后的事情了，新闻自然也就成了“旧闻”！

特别是生活在南疆地区的人民，不仅一般的老百姓从来打不上电话，就是各个县邮电局的局长们，半年、一年甚至好几年也打不上一个电话！因为从北京到新疆，总共还不到六十个电话话路！若是发电报，也同样面临重重困难。比如，维吾尔族人或哈萨克族人要发一封电报，首先得从很远很远的地方跑到县里的邮电局，把发报的内容先用维吾尔语或者哈萨克语写好，邮递员再把维吾尔语或者哈萨克语翻译成汉语，然后才能发往北京。看报的事儿，就更艰难了，当地机关的人可以说从来就没有看过日报，极少数人能看到“周报”，一般都是看“月报”或者“季报”，甚至有的地委书记看的都是“月报”。所谓“周报”“月报”和“季报”，就是说北京当天出的报纸，南疆一些地区一般都要等上一周或者一月才能看到。这种看报法，被当地人戏称为“看捆报”。即是说，报纸不是一张一张地看，而是等着一捆一捆地看。因为报纸从北京运到乌鲁木齐后，要用邮车经过长途跋涉再运到各个地区，然后靠人背马拉，逐一将报纸往下分发。有时遇上邮车坏了或路途不能行走，报纸就只有扔在那儿堆积成灾了。

祖祖辈辈生活在如此残酷现实中的人民，当然是渴望落后的通信能尽快得到改变。但真要改变，谈何容易！中国家底薄弱，国力不济，条件有限。如果发展无线电通信，泄密又太厉害；要是进一步发展明线通信，同样面临泄密问题。比如，在20世纪六七十年代，美国在南疆扔下的不少窃听器，就是通过明线搞走了中国核试验基地不少秘密；苏联为了获取中国大量的各种情报，也在南疆的好多电线杆上安装了窃听器。

况且，搞明线成本也高。有人做过计算，若从乌鲁木齐到哈什架一对电线杆的铜线，所需铜为三百多吨！若从北京架一对铜线到乌鲁木齐，所需铜就是一个天文数字了！解放军总参谋部通信部也做过一个估算，若用电缆技术解决西藏与成都、新疆与兰州的电话通信（请注意，仅仅是电话通信），国家就需要投资人民币十亿元！而且，用架电线杆的办法进行明线通信，受天灾人祸的影响很大，像戈壁滩上的电线杆一旦遇到风沙的袭击，就会刮倒或折断。

再从华北、东北以及西北等地区的情况来看，这些地区虽然地域辽阔，资源丰富，但由于通信的落后和交通的不便，使开发受到严重影响。据邮电部门统计，进入20世纪80年代后，上海每天打往江、浙两省的电话，有百分之二十五都不能当天接通！甚至广泛开展国际合作的沿海地区，通信的容量也相差甚远。至于其他一些远离大城市的小地方，其通信的需求量，就更是远远无法满足。

那么除了发展明线，是不是就再也无路可走了呢？当然不是。还有一条路，就是搞微波通信。但微波线路的价格又实在贵得吓人——搞一万公里的微波线路，就需耗资三亿元人民币！如果全国都搞，则需覆盖几十万公里。再加上每年的看管费、维修费以及其他乱七八糟的开支，算算看，该是多少？中国地域广阔，人口众多，乃世界之最，如此一笔巨款，世界上有哪个国家承担得起？

但是，若是采用同步通信卫星，所需投资还不到一亿元人民币！而且只需一颗通信卫星，便可解决七亿人口大国的全部通信！

当然，1970 年的中国之所以要搞通信卫星，除上述客观原因外，还有如下三方面的因素：

一是国际竞争的需要。

自从人类的第一只“信鸽”飞出“地球村”后，世界各国便开始了对太空同步轨道位置的角逐，使通信卫星成为人们日常生活中最有影响的东西。因为人们已经真切地享受到了美国“晨鸟”通信卫星让人在零点几秒钟内便可收到世界各种信息的快感。然而一个相当严峻的现实是，由于所有的通信卫星都只能置身于赤道上空的同步轨道上，若是无节制地发展下去，这条珍贵却有限的同步轨道很快就会达到饱和，最后必然星满为患，泛滥成灾！

因此，在 20 世纪 70 年代初，全世界有一百零一个国家在日内瓦举行了世界空间无线电会议，共同签署了一项国际协议。该项协议中有这样一条规定：位于赤道上空同步轨道上的通信卫星，在经度上“位精度”的左右不得少于一度！因为经过严格计算，同步轨道上最多只能容纳一百二十颗同步通信卫星。一旦达到这个数额，地球上任何一个国家，不得再往上发射同步通信卫星！

于是，世界各国对同步轨道的争夺愈加激烈。尤其是巴西、印度和夏威夷群岛所处的赤道位置，由于分别位于大西洋、印度洋和太平洋上空，更是成为世界各国争抢的焦点。原因是高悬于太空的同步轨道，其位置也有好坏优劣之分，如同剧院、电影院一样，有“甲座”，有“乙座”，也有“丙座”，甚至还有“头等包厢”。谁的卫星先发射上去，谁就先占领“头等包厢”或“甲座”；谁的卫星后发射上去，谁就只能占有“乙座”或“丙座”；如果再往后排列下去，有的国家连“站座”都捞不上了，甚至连跨进“剧院”大门的机会也将永远失去！

面临如此竞争局势，中国搞通信卫星也就势在必行。否则，过了这个村就没这个店；否则，中华民族就可能永远在同步轨道缺席！而神州大地，处处需要沟通，七亿人民，谁都渴望交流。

二是军事战备的需要。

由于用卫星进行军事通信联络，既迅速、准确、不间断，又有着极强的保密性，因此一开始通信卫星就受到各国军事家们的特别关注。美国空军在 1958 年 12 月发射的世界上第一颗试验通信卫星“斯科尔”，就是一颗军用卫星；从 1966 年起，又陆续有了“初级国防通信卫星”“林肯号”试验卫星“战术通信卫星”以及“国防通信卫星”。苏联更是如此，从 1964 年起，就不断将军用卫星送入轨道。

据统计，仅从 1957 年到 1987 年，二十年间全世界共发射了两千多颗军事卫星。在已经发射上天的总的卫星家族中，军用卫星就占了百分之七十。这些卫星先后被用于侦察、海洋监视、导弹预警、通信、导航、气象、测地以及反卫星等各种军事活动。在 1971 年的印巴危机和 1973 年的阿以战争中，美国和苏联均使用了侦察卫星从太空对战场进行侦察和监视；在 1991 年的海湾战争中，美国更是动用了几乎全部的军用卫星，并在海湾战争中大显身手。通信卫星在军事上的巨大作用，由此可见一斑。

20 世纪 70 年代初的中国，由于中苏珍宝岛之战的硝烟尚未散尽，苏联在边境屯兵百万，难以数计的导弹始终指向中国的各大城市和战略要地，中苏关系可谓剑拔弩张；加之中国和美国的关系也一直处于对峙状态。因此，备战备荒，一直作为基本的国策之一。从军事角度考虑，积极建立和发展卫星通信，以便更广泛、有效地用于战争，就显得尤为迫切和重要。

三是政治斗争的需要。

20 世纪 70 年代的中国，政治高于一切，政治压倒一切，无论哪项工作，都离不开政治，都必须服从政治，突出政治。发射卫星，本是科学范畴，也不例外。“东方红一号”卫星上天后，中华民族令世界刮目相看，中国的形象大放光彩，其国际地位与国际威望，一夜间便发生了天翻地覆的改变。用当时的一句时髦话来说，就是“大长了无产阶级的志气，大灭了资产阶级的威风”，“对帝修反是一次沉重的打击”。过去对中国敬而远之的一些国家，开始用一种新的眼光打量中国；以往对中国不屑一顾的一些国家，也不得不很快调整了视角；尤其是那些一直集合在社会主义大旗之下的社会主义兄弟国家，对社会主义中国更是推崇备至，高呼万岁！因为卫星上天，就意味着“东风”又压倒了“西风”，就大长了无产阶级的志气，就又一次显示了社会主义阵营的强大和社会主义制度的优越。

因此，为了提高民族的威望，确立和巩固中国在国际舞台的政治地位，中国不仅需要原子弹，需要“东方红一号”卫星，还需要“东方红二号”通信卫星！这种看起来与政治似乎无关的东西，在国际政治斗争中却往往起着举足轻重、妙不可言的作用。

另一方面，国内一部分“左”得可爱的政客们，则把中国的原子弹爆炸成功、“东方红一号”卫星的上天，完全归功于“毛泽东思想的伟大胜利”，完全看作是“无产阶级文化大革命的伟大成果”。由此获得这样一个逻辑：中国既然有了原子弹，有了“东方红一号”人造卫星，当然就应该有“东方红二号”通信卫星。这样，才能进一步体现“毛泽东思想的伟大胜利”和“无产阶级文化大革命的伟大成果”。再说，“美帝国主义”和“修正主义”早都有了一颗又一颗的通信卫星，社会主义的中国为什么就没有？同在一个地球上的“美帝国主义”都能跑到三万六千公里高的地方去占领自己的地盘，并耀武扬威、横行霸道、不可一世，堂堂社会主义中国这头“东方的雄狮”，为什么就不能“咆哮”两下或者“怒吼”两声，给它们点颜色瞧瞧？所以这些政客在考虑发射“东方红二号”通信卫星时，很自然地就会带着强烈的政治色彩，从国内政治斗争的需要出发，把发射通信卫星当作一块很有质量的政治筹码，其设想与规划，也就不可避免地滑入了政治的红色轨道。

由此可见，20 世纪 70 年代的中国，通信问题已成为亟待解决的一个主要矛盾。由于它的落后，已严重地阻碍了国内社会生产的健康发展和人民生活水平的逐步提高；由于它的无力，中国在与世界文明信息的交往中已受到很大的影响。不仅九百六十万平方公里的神州大地需要沟通，七亿中国人民渴望交流，而且国家政府机关，军事、科技、外交等部门，落后的通信现状也同样需要尽快得到改变！

故此，“东方红一号”卫星上天后，国防科委、七机部、邮电部以及总参通信部等单位，便先后分别向中央、中央军委和国务院提出了要搞“东方红二号”同步通信卫星的设想。

1970 年 6 月 3 日，中央军委做出决定：由国防科委着手安排“东方红二号”同步通信卫星的研制任务。

于是，同年 6 月，七机部火箭研究院和中国空间研究院分别组成队伍，拉开了设计研制“东方红二号”同步通信卫星的序幕。

2. 中国有个白拜尔

德国社会民主党有个著名的领袖，叫白拜尔。

中国有个应该著名却长期默默无闻的科学家，也叫白拜尔。

中国这个叫白拜尔的科学家，就是最早与“东方红二号”通信卫星打交道的人。

在中国的传统姓名中，“白拜尔”无疑是一个少见的名字。关于这个名字，还有一段故事。1936 年，当白拜尔还躺在母亲的肚子里时，他的名字便被父亲命定了。那是一个对白拜尔来说还没有记忆的秋日，而在他父亲的眼里，则是一个充满了漫天希望和激荡着战斗豪情的日子。那个秋日的傍晚，风声阵阵，残阳如血，村里除了偶尔传出几声狗叫，天地一片肃穆宁静。淡淡暮色中，白拜尔的母亲将丈夫送至村口，泪水涟涟，依依不舍。末了，丈夫对挺着大肚子的妻子说：“孩子生下来后，如果是个女孩，就叫秋叶；要是个男孩，就叫白拜尔。”丈夫说完，头一昂，迈着有力的步子走出村口，上了太行山。

父亲一去就是九年，直到 1945 年春才带着满身游击队的气息回到家乡。九年中，白拜尔在父亲的心里一直是团模糊的梦影。九年后，当父亲回到家里时，就是不叫“爹”的白拜尔，已是一个黑乎乎的愣小子了。这时的白拜尔并不知道父亲的真实姓名，父亲为什么要给他取名叫白拜尔，他更是一无所知。直到长大成人，他才知道，原来德国社会民主党有个著名领袖叫白拜尔，此人不仅是个著名的革命家，而且还是一个长寿老人。父亲之所以给他取名为白拜尔，正是希望他不仅要长命百岁，而且还要成为一个优秀的革命家！

遗憾的是，白拜尔并未完全按照父亲预设的人生轨道往前滑行，而是踏上了一条科学救国的荆棘之路。

也许是天意使然，白拜尔从小就对科学家崇拜至极，对未来世界充满奇思妙想。1956 年，他以优异的成绩考入清华大学自动控制系。六年后，他抱着优异的毕业成绩跨进了中国科学院自动化控制研究所的大门。此时的中国，大多数人都还未从饥饿的痛苦中复苏过来，而饿着肚子的白拜尔却一头潜入了自动控制系统的“大海”之中。他先搞飞机的自动驾驶仪，再搞超地空导弹，到 1966 年，便开始搞卫星的控制系统了。

很不幸的是，白拜尔全力施展自己的专业才干之时，正是中国“文化大革命”的开始之日。在那轰轰烈烈的“大革命”的日子里，白拜尔被“大革命”一阵又一阵的恶浪冲得头昏脑涨，昏天黑地。而之所以如此，一切的一切，都因为他那个“老革命”的父亲。

在白拜尔的一生中，父亲对他的影响最深。可以说，当他还在娘的肚子里时，父亲的精神品格便已渗透在了他的血脉。正是父亲的精神品格，将他塑造成了一名真正的男子汉。在他人生的路上，一方面，父亲像春风，像拐杖，像月亮，像太阳，始终支撑和引导着他沿着一条光明磊落的道路往前走；另一方面，父亲的大起大落、荣辱沉浮，又像一道永远无法消除的阴影，始终笼罩着他坎坷不幸的命运。而且，这阴影一直伴他走完一生。

白拜尔的父亲，就是大名鼎鼎的高扬。

高扬，1935 年毕业于东北大学经济系，是共和国第一任中央交通工业工作部副部长。1959年庐山会议后，被打成了“右倾机会主义分子”，尔后被流放到贵阳一家小厂当了一个副厂长。一人当道，鸡犬升天，光宗耀祖；一人倒霉，祸及全家，株连九族。这是几千年来留荡在中国大地上的一股遗风。这股遗风横扫千里，凶猛异常，穿越千年时空，至今无人抵挡。

白拜尔的父亲流放到贵阳后，白拜尔的母亲、弟弟和姐姐的一个孩子，也被迫跟着去了贵阳。当时，中国六亿人都在挨饥受饿，远在贵阳的白拜尔全家，自然也吃尽苦头。而孤身一人在京的白拜尔，正在清华大学攻读三年级的课程。父亲倒霉后，虽然没有将他赶出清华大学的校门，但他的心灵却受到了一次强力的震撼与难言的伤害。从那时起，他跋涉的双脚似乎被一双无形的巨手戴上了一副沉重的铁链；一向单纯的脑子，有了一个个曲里拐弯的问号。他开始思考自己的家庭，思考自己的前程，以及自己的家庭与自己的前程的微妙关系。他隐隐感到，自己那个所谓的“革命家庭”，既是他幸福的港湾，又是他不幸的根源。

1962年，白拜尔的父亲回到北京，平反后出任化工部部长。白拜尔的家庭和他个人的日子，像熬过了长长的梅雨季节，终于见到了一抹初升的太阳。但“文革”开始后，由于康生的迫害，白拜尔的父亲再次被打成“反党、反社会主义、反毛泽东思想”的“三反分子”，家也被抄了个底朝天。无家可归的白拜尔，只好在办公室里睡地铺；而还在上高中的弟弟则因为惧怕“造反派”的“革命行动”，不敢回家，被迫流浪在北京火车站。

这又一次几乎是摧毁性的打击，在白拜尔的灵魂深处，真可谓是爆发了一场“革命”。在好长一段时间里，白拜尔不说一句话，只是一人独自默默地思考着、苦想着……渐渐地，他由浮躁变为冷静，从别扭进入自然：他思维的触角开始从自己小小的家庭伸向整个民族。他由自己家庭的苦难，想到了民族的苦难；从家庭的命运，想到了民族的命运。

他开始成熟起来。

然而，随着“大革命”的不断深入，白拜尔的家庭受到了越来越严重的冲击，白拜尔本人的处境也越来越不妙。到了1968年，“清理阶级队伍”的运动刚一开始，白拜尔便轻而易举地从革命队伍中被“清理”出来，被赶去修建房子。

修建房子这活儿对白拜尔来说，其实也算不了什么。由于从小受父亲的影响，他早已练就了一副坚强的筋骨，何况贝多芬那句“扼住命运的咽喉”的名言，他每天都要在心里默默强化几遍。运石块，拉沙子，扛水泥，他样样抢着干。后来还主动报名当了砖瓦匠，而且只要他一上手，总是将每一堵砖墙砌得工工整整、稳稳当当！

多年后已任航天总公司副总经理的白拜尔谈起这段经历时，认为这是他六十年来心境最悠闲、最平静、也最美好的一段时光。那段时间里的他，每天早出晚归、风雨无阻，思想上没负担，工作上无压力，既不在意别人的走运，也无所谓自己的倒霉，一切听天由命，顺其自然。在工地干活儿时，他不哼不哈、不卑不亢，只管埋头干活出汗，不问他人曲直是非。尤其是在工地午休那一会儿，是他每天最幸福的时刻。他坐在水泥地的阳台上，靠着墙根，扬着脸，眯着眼，偷望着天上暖融融的太阳，让内心深处的冷气一丝一丝地从毛孔里排泄出来。而后，想一会儿事，打一会儿盹，下午再接着拌沙、和泥、拿砖、砌墙。工地，成了他精神的疗养所，同时也成了他思想的跑马场。

也许是白拜尔的这种人生姿态被人看作是一种“老实”，也许是中国的航天事业的确需要他这样一位人才，总之，半年后的一个中午，正当白拜尔在工地的阳台上一边晒着太阳一边打盹时，有人跑来问他：“白拜尔，你愿不愿意回去搞点‘东方红二号’通信卫星的预研工作？”

此前，白拜尔对搞“东方红二号”通信卫星的事有所耳闻，知道这项工作并不是热门，许多人都不愿干。但对此时此刻的他来说，只要让工作，就是天赐的幸福，根本不存在挑肥拣瘦的问题。于是他忙回答说：“行，只要让干，干什么都行！”

来人说：“那好吧，明天就别来工地了，回研究所去，抓紧搞同步通信卫星的预研工作。”

白拜尔一句话也没再说，只点了点头，便算接受了任务。

下午，他继续走向工地，继续拌沙、和泥、拿砖、砌墙。稍有不同的是，他无意中竟吹起了几声口哨。直到砌完最后一块砖头，他才从墙上跳下来，清点清点工具，拍拍手上的泥土，然后吹着口哨，带着满身的汗味和半年来的酸甜苦辣，回到了研究所。

那个年代的事情就是如此的简单，叫你出去就出去，叫你回来就回来，不需要什么理由，也用不着任何解释，全凭党组织的一句话。作为受害者的个人，不会有什么怨言，不敢有什么牢骚，因为那个年代的中国知识分子只要能让工作，就谢天谢地、感恩不尽了，哪有什么牢骚怨言！

白拜尔虽然并非完全不敢有怨言、不敢有牢骚，却也深感“秀才遇到兵，有理说不清”。只不过他不愿意去计较这些罢了，也懒得去计较这些。他是一个注重实际和一心追求事业的人，只要能让他出来工作，就无怨无恨、心满意足了，一切都会随之烟消云散。

白拜尔第二天就去了研究所。有关领导和他做了简单交谈后，他便重新回到了自己那间早已布满了厚厚尘土的“办公室”。可笑的是，白拜尔是中国第一个接触“东方红二号”同步通信卫星预研工作的人，却并不知道同步通信卫星到底是怎么回事，甚至连同步轨道究竟是个什么概念，也糊里糊涂闹不清。

白拜尔一头扎进资料室，开始阅读大量的书报杂志，并到处想方设法搜集国外的有关资料。一段时间后，他才了解到，美国早在 1962 年就发射了同步通信卫星，而且同步通信卫星的世界原来竟是那样的精彩、那样的奇妙！然而令他深感困惑的是，堂堂中华大国，为何不急于去太空争夺民族的地盘，却偏偏热衷于搞什么“文化大革命”？于是，他为自己的国家担忧起来，为自己的民族着急起来。他开始像一个小学生一样，从同步通信卫星的基础知识、基本概念学起，然后再逐步深入到控制系统内部诸多问题的研究之中。他在大学学的是俄语，而所有的关于通信卫星的书籍和资料全都是英语。他只好一边学英语一边看资料，没日没夜地在图书馆坚持坐了整整半年。最终他的英语达到了可以看专业书籍的水平；同步通信卫星也在脑子里开始清晰起来，并渐渐形成了一定的思路。后来有人开玩笑说，中国同步通信卫星的最初设想，是白拜尔在图书馆里“坐”出来的。

白拜尔这时还没自己的房子，凑合住在父母家里，而且相距单位几十里。那时搞科研不像现在，没有一辆专车，没有一间办公室，没有一分钱的补助，更不会有什么专款作为启动资金，而一切的一切，全都是自己看着办。白拜尔从来不去想条件之类的问题。他是一个现实者，也是一个知足者，能让他天天上班搞科研，就是他最快乐最幸福的事情了。

他每天一早起床，骑上一辆除了铃铛不响全身都响的自行车，匆匆而去，匆匆而回，风里雨里，从不停歇。他家住和平里，要骑一个小时的车才能到达单位。他几乎每晚都要加班，却从来吃不上一顿夜餐。有时遇上下雨，等回到家时，全身的衣服都湿透了。

上班途中，他每天都能看见红旗飘飘以及那潮水般的人群，听到锣鼓咚咚和漫天轰鸣的造反口号声。尤其是那大街小巷花花绿绿形形色色铺天盖地的大字报，更是时时吸引着、诱惑着他那颗依然豪情滚滚的心。但他对眼前发生的这场“大革命”，毕竟有着自己的思考和看法，毕竟在心里缠绕了一个个大大小小的问号。因此，他既不参加这个组，也不卷入那个派，做到视而不见，充耳不闻，独善其身。尽管当时搞通信卫星预研工作的只有他单枪匹马一个人，可他把这件事情看得很神圣、很重要、很光荣，认为这是一个千载难逢、来之不易的大好机会。并且，他觉得自己好不容易获得了工作的权利，为国家干点实际的事情，总比空喊几句口号有用得多。

半年后，从军垦农场解放回来的孙宗扬、刘良栋、李铁寿也加入了通信卫星预研工作的行列，四个人便组成了一个卫星小组，由白拜尔任组长。白拜尔说，这是他第一次当官，可惜只管了三个人。这样，孤独的白拜尔不再感到孤独，同伴的携手使他多少增添了几分暖意。他们开始跑工厂，对有关的问题进行广泛地调研，从理论图纸到具体部件，再到技术上关键的部位，一一认真研究，而后再从中国通信卫星控制系统需要的必要性和可行性两方面进行反复论证。到 1970 年 6 月，中国空间技术研究院召开关于通信卫星的方案论证会时，他们概念性的方案就已经搞出来了。

这个会上讨论的控制系统的方案，就是白拜尔他们搞的“双制旋”方案。

在这一时期里，由于林彪把持了中央军委的工作，因而各项工作都要突出“政治第一”，发射卫星的事儿，自然也就成了中国在国际舞台上炫耀的最大的政治资本。1970 年 7 月 13 日，林彪偕同黄永胜等人，亲赴南苑火箭研究院进行视察。在视察过程中，林彪口口声声不离的一句话，就是“政治第一”。黄永胜还提出了“两年赶，三年超”的任务口号，即两年赶上国际先进水平，三年超过国际先进水平。

在这一声势浩荡的政治鼓动下，各个研究所大干快干外加盲目地干，一时蔚然成风。而且，有关部门对发射通信卫星的问题，很快还做出了闪电似的计划。此计划明确提出，要在一年之内发射通信卫星，并要求转播第二年“五一”国际劳动节天安门的实况。

面对这一强权政治背景下制订的计划，参加会议的专家们尽管谁都知道不行，但又谁都不敢说不行。

1970 年 9 月，502 研究所宣告成立。接着，一个专门研制“东方红二号”卫星的卫星小组也正式组建，白拜尔任副组长。中国同步通信卫星的研制工作，进入真枪实弹阶段。

卫星小组的成立，使白拜尔看到了希望，也更增添了信心。他在心里暗暗下了决心，一定要抛开个人的一切，全身心地投入，尽快搞出通信卫星。然而不幸的是，在那个年代的中国，科学的每一道关口，总是高高悬挂着一个又一个的“红灯”，而且，沿途还藏着大大小小的“政治警察”，让科学家们无法放松手脚，按自己选择的路线和速度正常前行。

1971 年林彪事件发生后，由于各种政治斗争愈演愈烈，刚刚热起来的通信卫星研制工作又很快处于低潮。这一时期的卫星研制工作，也成了无人喂养的孩子，基本处于没人过问、自生自灭的状态。直到 1975 年，整个国内政治形势开始发生好转后，通信卫星的研制工作才重新开始复兴起来。

但就在这个时候，通信卫星的方案在具体的实施中出现了两大技术问题。这两个问题如何处理，一时成为大家争论的焦点和面对的难题。

白拜尔自告奋勇，愿意出面解决这两个难题。

他用了整整十个月的时间，昼夜加班加点，终于对这两个问题有了较透彻的研究。可就在这时，轰轰烈烈的“反击右倾翻案风”又突然刮起来了。

邓小平复出时，曾为白拜尔的父亲说过一句话：“高扬这个人，我看应该给平反了，给分配工作了。”因此，“反击右倾翻案风”开始后，白拜尔的父亲便被打成了“又在走的走资派”。而他，自然也就成了“又在走的走资兵”。康生整他父亲的材料，整一份寄一份，全都寄到他的单位上，害得他有苦无处诉、有冤无处申，整天被这些黑材料缠得死去活来，不得安宁。甚至什么地方出现了所谓的“反动标语”，就会有人跑来找他盘问情况，查对笔迹，仿佛他成了政工人员的一个试验品。而且，有人趁机还开会对他进行批斗，说他搞“黑题目”，说他存心破坏通信卫星工程。批斗的方式还十分特别：每次开会时，让他先讲通信卫星，等他一讲完，再对他进行批判。

如此折腾一番后，就让白拜尔离开了卫星小组，靠了边，而且有人还做了规定：有关通信卫星研制方面的工具器材，一律不许借给白拜尔使用。

就这样，白拜尔靠边了，什么事也不让干了，什么事想干也干不了了。他成了一个想走也走不动的“走资兵”，一个真正没有自由的“自由人”。

但白拜尔闲不住，用他自己的话说，是个天生的“贱骨头”，一天不干事，心里就痒痒。于是他想方设法找事干，不顾一切地找事干。正好，研究所要办一个自动控制理论班，需要有人讲课。他就毛遂自荐，要去讲课。感谢领导最后也大发慈悲，同意他去“试试”。他一试就是一年，把一个学习班“试”得热火朝天，以至于他讲课讲上了瘾，后来竟产生了想离开研究所去大学当讲师的念头。

当然，这一时期的白拜尔并没忘记通信卫星，也无法忘记通信卫星。他知道通信卫星控制系统中的技术难题还没解决，必须继续进行下去，必须同那些不让干的人对着干。于是，他在讲课的同时，便和李义怀、邹广瑞两个同志一起，悄悄组成了一个搞卫星的三人小组，由公开转为秘密，由表层转为地下，由白天转为晚上。不准干，就对着干；不让干，就偷着干。反正为了国家，为了民族，为了中国的通信卫星早日上天，谁愿怎么着就怎么着，一切都豁出去了。

虽然是那个年代，但白拜尔他们这一秘密“地下活动”，居然得到了很多人的大胆支持。他们所搞的研究，尽管既不是组织下达的政治任务，也不是某个领导交代的工作，在别人的眼里，全都是偷偷摸摸干的“私活儿”。可他们只要说是为了搞通信卫星，各个基层单位部门和工人师傅们都坚决支持，大力协助。比如，某领导有规定不让白拜尔借器材使用，白拜尔就悄悄找人借，或者找别人帮他借，只要有，管器材的人准会借给他使用。再比如，他们需要加工某个零件时，便通过私人关系找到某个工厂，那个工厂的师傅们一听是为了通信卫星，二话不说，无条件加工。若是急活儿，工人师傅们还会连夜加班赶活。等活儿干完了，不但不抽一支烟，连“谢”字也不让你说一声。

就这样，不到一年时间，白拜尔他们居然把通信卫星的消旋控制系统的样机搞了出来。

样机摆在实验室里，每天就那么晃晃悠悠地转着，一转就转了半年。一些不干事的人看了，当然很扎眼，心里也不那么舒服，甚至有人还把它说成是“黑货”“私货”，“来路不明”，是“歪门邪道”。

白拜尔他们并不在乎这些，也没有工夫在乎这些，他们只管每天让样机在那儿顺顺当当地转悠就是了。他们相信，事实胜过雄辩。不管怎样，实干总比空喊口号有用得多。要想卫星上天，就得脚踏实地地做好每一件事情。事情做了，总比没做强。

但做了事情的白拜尔，日子依然不好过。八年来他为通信卫星干了那么多的工作，付出了那么多的代价，非但连口头表扬都没得到过一句，反而还挂起来靠了边，被折腾得死去活来，甚至在“四人帮”已经倒台的第二天，还对他进行了批判。

没有办法后，他还是去找了有关的领导，希望能对他的问题给个说法，希望能将他从悬吊的空中放回地上，希望能让他重新回到工作岗位，名正言顺、理直气壮、理所当然地做点事情。从 1966 年到 1977 年，他熬过了整整十一年。十一年中，他有过多少理想与追求，有过多少希望与梦幻，有过多少思考与设想，有过多少热情与期盼，可十一年中一切的一切，都随着他的青春、他的生命、他的爱情，以及他对国家、对民族的一片爱心与忠诚，统统顺风而去。

现在，到了一切都该结束的时候。他已过了不惑之年，他生命的年轮在一圈一圈地减少，他头上的白发在一根一根地增多。他不能眼睁睁地看着岁月像水一般地白白流去，他不能愧对祖宗，愧对子孙。他要工作，他要找回他人生被挤落的位置，他要恢复他做人应有的尊严。他要为自己的国家，为自己的民族，也为自己短暂的人生和不可欺骗、不可糊弄、不可亵渎的历史，做点应该做的事情。

他不能再等了。

他再也等不起了。

他再也无法忍受那如同慢性自杀般的苦苦等待了。

他的问题终于有了一个不是说法的说法，他的历史终于暂时打了个小小的小结，他悬吊多时的双足也终于有了一个立锥之地——他被重新分配到了控制理论研究所，搞控制系统的理论研究。即是说，他将离开卫星研制小组，他再也不能继续搞通信卫星的研制工作了（事实上，他早被赶出了卫星研制小组）。

这当然令他很伤感很遗憾，甚至令他遗憾得可以流泪。但他知道，这是没有办法的事情，能名正言顺地给他一个工作，已是非常难得了。带着一身的伤痛，他只好去了。

去了研究所的白拜尔依然干得很不顺心，这并非他不愿好好干，也不是他干得不好，而是他前行的路上似乎总有一道永远跟着他的怪影，如同他的脚后跟。他知道这怪影的形成并非仅是因为某件事情或某些个人，而完全是一种文化，一种只有在如此国度如此历史时期才会产生的“左”的政治文化。这种政治文化一旦形成，便会像空气一般弥漫在你的四周，让你不得安宁，后患无穷，既无法躲避，又难以改变。

因此，他心里便有了一种无形的压力（也是一种动力），始终在挤压着他、催促着他，令他小心翼翼、如履薄冰。

事情说来难以置信。1982年，他写了一篇有关卫星方面的学术论文，被中国宇航学会选中，要在日本东京召开的国际宇航学会上进行宣读。他接到通知后很高兴，不是因为要出国，而是觉得自己的价值总算得到了社会的承认。按国际惯例，他的论文必须用英文打字机打出标准字号方能呈送。那时的他压根儿就没见过英文打字机，也不知道哪儿有这种英文打字机，于是他满北京城到处打听寻找。等好不容易找到后，价格又太贵，打不起。后来他又找到一位同学，才把他介绍到了外语学院。外语学院的打字员听说他要到国外去宣读关于中国卫星方面的论文，连夜加班给他打好了，而且分文不取。

他把论文交上去后，便悄悄准备着，默默期待着。可等到开会时间到了，他没出国，别人却出去了。本是他撰写的论文，本该由他站在国际讲台上宣读，可离奇的是，他的论文竟让别人帮他做了宣读！

事后他才知道，这时的他，还属于"控制使用"对象。而控制使用的人，是绝对不能踏出国门一步的——万一出去泄露国家机密、出卖情报，怎么办？万一出去杀人放火、投敌叛国，怎么办？

那个夜晚的他，第一次有了一种不寒而栗的恐怖感。他简直没想到，中国的历史已经到了全国都在"解放思想""改革开放"的80年代，像他这样一心一意、忠心耿耿、老老实实地为党、为国、为民干实事儿的知识分子，居然还在暗中受到"控制"！

他的心伤透了。

他在心里发誓：以后再也不搞卫星了！宁肯去当教书匠，也不和卫星再打交道！

这时，一个由宋健创办的新的研究所成立，有人点名要他去那儿搞系统工程。他考虑再三，还是去了。只是，在告别卫星、告别原来的研究所的那个晚上，他伤心地哭了——他毕竟与他最热爱的卫星打了整整十六年的交道啊！

白拜尔放弃了卫星，却并未放弃自己对事业的追求。他是一个相当执着的人，一个经过了长期磨炼后性格变得异常坚强的人。过去的一切，他已不愿再将它放在心上，他关注和看重的，是明天，是未来。他相信时间会医治一切，相信明天会给他带来好运，相信那些不愉快的事情终有一天会因自己的努力而消逝。

他平心静气，开始闭门读书，潜心钻研。不久，他当了系统工程室主任。后来，他又出任了研究所总工程师。他搞计算机研究，搞社会应用经济研究，搞人才规划研究，搞住房改革研究，还搞小汽车市场需求研究。每一个项目的研究，他都搞得风风火火，有声有色。尤其是他搞的关于中国的住房改革方案和小汽车发展战略方案，得到了国务院陈俊涛同志的首肯。后来国务院召开小组会议，还请他出席。

1988 年，他当了航天航空工业部副总工程师。1993 年，他出任航天工业总公司副总经理，分工主管中国卫星的科研生产。

生命就是这般的无奈，历史就是如此的有趣。他一生不想当官，不愿当官，却又偏偏让他当官；当年他发誓不再搞卫星，仅仅事隔几年，竟又让他主管卫星！这究竟是怎么回事哟？

事实上，白拜尔并没忘记“东方红二号”通信卫星，也无法忘记这颗通信卫星。他虽然人到了另一个研究所，心却依然惦记着卫星；尤其是那个在腥风血雨中诞生的“东方红二号”通信卫星控制系统总体小组，以及坚持工作在这个卫星小组中的每一个成员，他更是永生难忘！时至今日，只要一谈起这个卫星小组，他便有一种怀旧感、亲切感和眷恋感，仿佛那是一个梦，一个永远也不会再醒来的梦中之梦！

3. 好人一生为何不平安？

谈到中国的“东方红二号”通信卫星，不能不谈到卫星控制系统总体小组的组长邹广瑞。

邹广瑞曾经是一个不是党员的好人，后来成了一个是个党员的好人，再后来成了一个不是党员的“坏人”，再再后来又成了一个是好人的党员。

之所以在此喋喋不休地谈论好人与党员、党员与好人的问题，是因为这个问题几乎苦恼了邹广瑞的一生，并对他当初搞通信卫星研制工作造成了很大的麻烦甚至不幸。

邹广瑞曾经是个军人。这位从小在东北黑土地上长大的汉子，还在念高中时，便加入了中国共产党。高中一毕业，年仅十八岁的他便抱着救国救民的雄心大志，参加了中国人民解放军，在东北军区司令部机要处搞密码电报。因此，邹广瑞的通信生涯，可以说从那个时候起就已经开始了。

1952 年，邹广瑞从部队转业，第二年便考入哈尔滨工业大学电机系。这时的他年仅二十一岁，可谓年轻有为，前途无量。由于他经过了部队“大熔炉”的特殊锻炼，便有了一般人不具有的组织才能，加之他做事踏实认真，待人热情诚恳，因此很快当选为班里的党支部书记。不久，又当选为党总支组织委员。

然而，当 1957 年那场反右斗争的政治风暴突兀而起时，邹广瑞也和中国大多数知识分子一样，在劫难逃。事情说来很简单，他所在的班有几名同学联名向学校写了一张提意见的大字报，在签名时，有同学把他的名字也签了上去，没想到这张小小的大字报却招来横祸。系党总支在开会讨论时，党总支书记要将这几位同学划为“右派”，而身为党总支组织委员的邹广瑞却坚决不同意。于是两人争吵起来。他对那位书记说：“这些同学有缺点，但他们提意见的出发点是好的，绝不是反党。我们应该对一个人的政治生命负责。我不同意把他们划成‘右派’。如果说他们是‘右派’的话，你这个党支部书记不也成了‘右派’吗?”

在那个年代以致后来相当长的一段历史时期里，党总支书记就是党的化身，他们的意见就是党的意见。邹广瑞反对总支书记，当然就是反对党；反对总支书记的意见，当然就是反对党的意见。因此，等到 1959 年反右倾“拔白旗”时，邹广瑞竟因此而被定了二十多条罪状。其主要罪状是：一、反对党总支书记，目无领导；二、只专不红，走白专道路；三、替右派说话，丧失了党的立场。结果，他被拔了“白旗”，开除党籍。

50 年代的青年，是相当看重政治地位的。是党员，就意味着比别人进步，就意味着在政治地位上比别人高了一等，就会有一种优越感，就会觉得生活充满了阳光，就会感到前途光明远大，日子过起来有滋有味，工作干起来也很有劲头。反之，如果被开除党籍，就意味着一个人在政治上被宣判了死刑，前途从此葬送！

邹广瑞被赶出了党的大门，这对尚未走向社会的他来说，当然是一次再沉重不过的打击。他几天几夜躺在床上不吃不喝，像一个幼小的儿子突然被娘扔进了荒山野林，没人过问没人理睬。他想不通，为什么自己对党忠心耿耿、死心塌地，却会遭到抛弃？他痛苦极了，甚至想到了死——想用死来表达对党的忠诚。

但邹广瑞不想死，也认为自己不能死。他是党一手培养起来的大学生，还没为党和人民作什么贡献，怎么能随便死去？同时他认为自己很委屈很冤枉，无论怎样，不管早晚，他一定要让党组织还他一个清白！

这位倔强的东北汉子就这样坚定了自己的人生之路。

谁也没想到的是，仅仅事隔半月，他竟又向党组织递交了一份写得工工整整的申请书，坚决要求加入中国共产党！

结果可想而知。

但邹广瑞不管这些，入党申请书照样坚持一份一份地写，一份一份地往上交，同时下决心要用自己的实际行动，来赎回自己的清白。

1960 年，邹广瑞大学毕业，因成绩优异，被保送到中国科学院自动化研究所读研究生。但他工作心切，向组织提出了不读研究生、直接参加工作的要求。组织根据当时实际工作的需要，批准了他的这一要求。从此，他背着沉重的思想包袱，踏上了艰辛的航天之路。

1970 年 6 月，通信卫星工作启动，通信卫星控制系统总体小组正式成立。白拜尔任副组长，邹广瑞任组长。这是一个由三十二人组成的卫星小组。三十二人中，没一个女的，全是清一色的男子汉。而且，三十二个男人中有十九个半都是单身汉。所谓的“半个单身汉”，指一年可以和老婆见两次面，剩下的全是两地分居。邹广瑞的爱人当时还在老家东北，自然也过着单身汉的日子。这单身汉的日子虽是清苦，但大伙心里热乎，一致表态说：“先把通信卫星干出来，再考虑解决两地分居的问题。”

可那毕竟是个混乱的年代，混乱已成为社会的一种“时尚”。邹广瑞在那样一种混乱无序的社会状态下接受这项任务，各方面都感到相当棘手。其根本的原因在于，一方面时代和广大人民群众急切呼唤通信卫星的出台，另一方面“左”的政治路线又极力干扰和阻止通信卫星研制工作的正常进行。这就给邹广瑞他们的工作带来了只有在那个特殊的年代才有的麻烦，以及由此造成的种种难题，使他们始终陷入一种尴尬的两难境地。

因此，卫星控制系统总体小组虽然看起来是成立了，但真正有力的组织领导机构却并不存在——当时研究所的领导机构已处于瘫痪状态，一切由“革命委员会”说了算。由此造成的局面是：要说没领导，又有所谓“领导一切”的“革命委员会”；要说有领导，有关通信卫星的研制工作又无人过问，一切具体工作，只有靠他们三十二个人凭着“红心”、忠心、良心和责任心自己动手干。

而这时的邹广瑞依然被排斥在党的大门之外。他的入党申请书却一直坚持在写。年年写，月月写，甚至有时每周都在写。有的写完后当即就交给了“党”，有的写完后他先放起来，等到了晚上再躲在被窝里偷偷地看、偷偷地念，觉得有不满意之处，再改，再写，直到改写到自己满意后，再恭恭敬敬地交到“党”的手上。从 1959 年到 1970 年，他坚持写了整整十一年的入党申请书。十一年中，他把写入党申请书作为自己改造世界观的一种手段，作为自己精神的一种寄托，甚至作为自己人生追求的一大目标。一有机会，他总要在“党”的门口流连徘徊，探望几眼，仿佛那里面曾丢失了他的价值与尊严，他必须重新找回！

遗憾的是，他交上去的那一份份入党申请书，如同一片片随风飘散的落叶，始终难以归根。那扇令他朝思暮想、梦魂牵绕的红色大门也一直对他紧紧关闭，甚至不露一丝缝隙。他如同希腊神话中的那个西西弗斯神，一次一次地将巨石推至山顶，巨石又一次一次地滑落山脚，没有终点，没有尽头。

但这位东北汉子不是一个轻易就肯趴下的人。他想，他不能做一个党员，并不等于他不能做一个好人。既然不能做一个中共党员，做一个堂堂正正的、有血有肉的、爱国爱民的中国人总是允许总是可以的吧。总之决不能就此虚度一生。为此，他把通信卫星的研制工作视如自己的生命。因为他知道，中国急需通信卫星，而国际上又没有可以租用的通信卫星，即使有可以租用的通信卫星，军事上也不能租用，到最后还得搞自己的卫星。

然而，如此一项伟大艰难的工程，要白手起家，从零做起，谈何容易!

控制系统是通信卫星的核心，国内过去从来没人搞过，美国虽然在这方面已经积累了成功的经验，但对社会主义的中国却一直实行封锁。因此，在考虑卫星控制系统的总体设计时，邹广瑞他们既没国内成功的经验可以借鉴，又无国外现存的资料可供参考。

另一困难是，没有启动经费，没有应有的工作条件，连有关的试验设备和试验场地都得靠他们自己做自己找。有的部件外单位不愿做，自己的研究所也不肯干，他们就自己动手想办法。比如，太阳辐射的红外线问题，别说国内从来没人搞过，就连国际上也没先例。为了尽快解决这一世界性的难题，同时也为国家节省资金（事实上他们手头没有一分钱的资金），他们便采用自己琢磨出来的土办法——用马粪纸做滤波器；用木头棍子做部件的模型。后来外国专家看了后，惊得目瞪口呆，怎么也不相信这一闻所未闻却又近在眼前的事实。

再比如，他们到处搞调研，没有活动经费，没有一辆车，出门时，或挤公共汽车，或以步代车。一次，他们要去位于北郊的天文台解决一个难题，路途数十里。由于单位不可能派车，而郊外公共汽车又不通，他们就只好从德胜门外走路。时值炎热的夏季，路上又饥又渴。为了省时间，他们抄近路，从老百姓的高粱地里走。渴了，就在老乡家里要碗凉水喝；饿了，便在路边买块烧饼啃。等走到天文台时，才发现每个人的身上都被高粱叶划出了一道道的血口。

当然，最令邹广瑞头疼的，还是“左”的政治风潮的干扰。他所在的那个卫星小组，当时被“革命委员会”认定是问题最大的一个“黑窝”。为了查清这个“黑窝”，“革命委员会”带了二十个人的工作组来到组里，要对搞卫星的专家们一个一个地进行清查。身为组长而在历史上又曾被开除过党籍的他，当然是首当其冲，而担任小组副组长的白拜尔，则更是清查的重点对象。

但邹广瑞这位“老运动员”对此并不惧怕。他认为搞通信卫星研制工作，是为了国家的荣誉，为了民族的利益，没什么错，也没什么可怕的。于是他就像 1957 年保护“右派”分子一样，对组里的同志一律实行保护政策，对“左”的那一套东西变着戏法进行抵制。当所里开会对白拜尔进行批判时，他和孙宗扬两人还公开站出来替白拜尔辩护、说情，让“革命”很难在他们组里进行下去、深入下去。

于是，有人说他“只促生产，不抓革命”，说他是“走资兵”的“保护伞”，说他是“吃屎的狗改不了，总跟党作对”！

邹广瑞的日子当然就不好过。他想入党的问题当然也就成了“痴心妄想”。

有人找他谈话，希望他“识时务”，“顾大局”；多“抓革命”，多“参加活动”，“积极向组织靠拢”，否则就会“卫星上天，红旗落地”。

但他不改初衷，而且态度十分坚决：“不管怎么样，通信卫星控制系统的研制工作不能停。大不了，你们把我抓去坐牢！”

问题便愈加复杂尖锐起来。邹广瑞很快被划入另册，甚至有人扬言，要对他“老账新账一起算”！

顶着强大的压力，邹广瑞率领着全组成员依然坚持工作。当面不能干，就转入地下工作；白天要“抓革命”，就晚上加班“促生产”；干了工作不敢向领导汇报，就自己悄悄在工作本上做记录；工作上遇到了困难不敢向上级反映，就偷偷想办法解决。总之，饭可以不吃，觉可以不睡，卫星不能耽误。

后来有人回忆说，这一时期的工作很像当年的地下共产党。不同的是，没有看得见的敌人，只有看不见的“对手”，这个看不见的“对手”，便是当时“左”的政治。这种“左”的政治像一双无形的巨手，随时可以抓住你的手脚，卡住你的脖子，让你心有余悸，不得安稳。

当然，领导中也有支持的。比如，研究所的党委书记张树科，是一位已经当了十八年书记的老同志了。他对通信卫星的研制工作有着清醒的认识，对卫星小组的行动也深表理解，但迫于当时政治形势的压力，他不能也不敢公开表态表示支持。于是，他只好等到半夜三更时，一个人打着手电，顶着雪风，偷偷摸摸地跑到试验现场去看邹广瑞他们加班。当他亲眼看见卫星小组的专家们饿着肚子，冒着风险，背着“黑锅”也在一丝不苟、孜孜不倦地坚持搞卫星控制系统的试验时，这位头发已经花白的党的老书记被深深地感动了！他含着热泪对卫星小组的专家们说：“你们就好好干吧，我这把老骨头支持你们!”然而，等第二天一到公共场合，这位好心的老书记面对那么多双看得见和看不见的眼睛，又有话而不敢言了。因为那随处可见的大字报和时时可闻的“革命”口号声实在令人心惊肉颤、不寒而栗呀！

在这样一种情况下，邹广瑞他们的脚步自然便显得格外的沉重与艰难。但这一时期卫星小组有个最大的特点，就是相依为命、同舟共济、团结战斗一条心。不管谁有了困难，大伙一起帮助克服；无论谁遇到了麻烦，共同想办法解决。彼此靠的是一种只有在那个年代才有的真诚，紧紧地维系着这个集体。

有一次，组里有一位专家病了，可他仍一直坚持加班。到了周末的晚上，他肚子疼得实在不行了，才同意去医院。当邹广瑞他们将他送到中关村医院时，由于是周末之夜，再加上病人又是个“臭老九”，值班医生不收。这位专家疼得在急诊室的地上打滚，也照样没人管。最后，邹广瑞火了，背着这位专家直接跑到了医生的家里。一诊断，患的是急性盲肠炎，而且已经穿孔了！医生的意见，必须马上手术！手术就得有亲属签字，可这位专家两地分居，身边没有一个亲人。在此危急之际，邹广瑞什么也不顾了，拿起笔来就签上了自己的名字。这位专家总算得救了。可他身体刚好一点，又回到组里开始加班。有人劝他回去休息，他却说：“休息什么呀？现在到处乱哄哄的没人管，我们再不加班干活，卫星什么时候才上天呀?”

的确，那个年代干工作不像现在，没有什么条件，也不讲什么价钱，属于应该干的工作，自个埋头干就是了。没有领导来管你，也没有上级机关来检查，靠的全是所谓的“革命自觉性”。本来，通信卫星的研制工作，有人不让干，他们完全可以不干，但他们偏偏冒着风险也要干——白天怕人看见，就晚上偷着加班，而且几乎每天晚上都要加班，常年如此，风雨无阻，雷打不变。每次加班，一般都要到深夜一两点，有时甚至还通宵达旦。由于加班后已到深夜，无法回家，便用一件棉大衣一裹，往地上一躺，凑合着睡上两三个小时，第二天再接着去“抓革命”。等到一天的“革命”结束之后，吃过晚饭再不约而同地偷着去“促生产”。

这种工作方式和工作精神今天看来可能有些不可思议，甚至很是荒唐，一般的年轻人更是无法理解，但历史就是如此。邹广瑞他们如此常年加班，不但没有一分钱的奖金，没有一分钱的夜餐补助，甚至连一包方便面也没有！每次加班到深夜，一旦肚子饿了，他们就用一个小铝锅，做点面条吃了接着再干。有时馋得实在不行了，有人就对邹广瑞开玩笑说：“组长，你就请一次客吧，我们实在馋得不行了！”邹广瑞就把自己兜里仅有的零钱搜集起来，然后跑到街上买上几个面包回来，大家掰着吃。有时干脆买上一把挂面，回来用清水一煮，再用酱油一泡，大家分着吃。由于几乎每天晚上加班吃的都是酱油泡面条，因此有人开玩笑说：“卫星里都有一股酱油面条味！”

邹广瑞后来回忆说：“我这个当组长的，当时最感到惭愧的一点，就是拿不出钱来给大伙买点东西吃。因为我们的工资很低，加上大多数人都是两地分居，几乎没有一个人不欠债！”当时有一句流行的话是：“借半年，攒半年。”说的就是每次探亲时就借钱，回来后用半年的时间还债。债还清了，再攒上半年的钱，等到第二年探亲时，再找同事借钱。如此循环下去，便总有还不清的债。当然，尽管当时大伙熬夜吃的是酱油泡面条，但个个都吃得津津有味、心甘情愿，没有一个人有一句怨言。

这，也许就是那个时代的人的一种精神特质。

然而，纵观中国知识分子的生命史，长期清贫的日子酿造的结果，便是生命之花加快萎缩，加快凋谢！

邹广瑞所领导的这个卫星小组的专家们也不例外。由于长期以来工作过于劳累，而物质生活上又太贫困，再加上那个年代才可能造成的某种精神负担，因此大多数人的身体不是这儿有毛病，就是那儿有问题，几乎没有、也不可能有一个健全的身体。一位叫马景阳的专家，因积劳成疾，还不幸患了肝炎。生病期间，这位专家仍偷着加班，直到后来病情严重，才被迫住进了医院。

面对这位情同手足、不幸倒下的病友，邹广瑞心里有一种说不出的复杂滋味。他唯一能做到的，就是哪怕有一点时间也要去看看这位生病的专家。他当然知道肝炎是会传染人的，搞不好，自己随时都有被传染上的可能。但他不怕，几乎连想都没有想过这个问题。他只知道马景阳是病人，自己应该去亲近他，应该去安慰他，应该让他感受到那个年代本来就少有的温情。“臭老九”本来就没人理没人管，他再不理再不管，还算人吗？因此，他每次去看望马景阳时，明明知道有传染的危险，照样与马景阳握手，照样同他紧挨在一起，送水喂药，谈这谈那。因为他知道，身处病中的马景阳这时什么都不怕，最怕的是大家会疏远他。

在此期间，卫星小组的其他成员也和邹广瑞一样，没有一个怕传染的。当得知马景阳患了肝炎后，他们不是躲避，更不是装着不知道，而是马上赶到医院，围坐在马景阳的身边，嘘寒问暖，细心照料，生怕对马景阳有一丝一毫的疏远。他们知道，马景阳的病都是这么多年搞卫星给累出来的，他现在人虽然暂时离开了卫星小组，但彼此的心却不能有丝毫的分疏。因此，他们和自己的组长邹广瑞一起，到处为马景阳寻方找药。最让他们感到痛苦和愧疚的，是很想给马景阳买点营养品好好补补身体，却又苦于囊中羞涩，实在拿不出什么钱来，最后大家一起凑出仅有的一点钱，为马景阳买去一点可怜的鸡蛋和挂面。他们能尽心做到的，就是在马景阳住院期间，始终坚持轮流对马景阳进行看护。

结果，卫星小组里有六七个人都先后被传染上了肝炎！

这不仅对患者来说是一大不幸，而且对整个卫星小组而言，也算是一场灾难。可他们不但对马景阳没有一点怨言，对自己的行为没有丝毫后悔，反而还对马景阳严加保密，生怕他知道后会影响他的病情。

住在医院的马景阳当然并不知道是他给同事们造成了不幸，他脑子里这一时期唯一牵挂的，就是通信卫星。尽管他的生命已经处于危难之中，却始终无法忘记通信卫星。他的病由于拖的时间太长，等到医院检查时，已经是肝硬化晚期了。可他即便已躺在了病床上，还依然坚持看图纸，想问题。每次邹广瑞他们去看他时，他总要对通信卫星的问题问这问那，并说："你们就别来看我了，这样太浪费时间，会耽误卫星研制工作的。"后来他知道自己不行了，连医生给他开的稍好一点的药，他也坚持不再吃了。他十分诚恳地对医生说："这些药花的都是国家的钱，挺贵的，就别再给我开药了，反正我吃了也是浪费。"他去世的那个傍晚，卫星小组的人全都围在他的身边，拉着他的手一起痛哭不止。临死前，他只说了一句："希望你们一定要把通信卫星搞上去！为我们的国家抢占一个地盘！"

邹广瑞事隔多年后也无法忘记这个痛苦凄凉的傍晚，他用小车推着年仅四十岁的马景阳，在虽是洁白却很阴冷的走廊里一步一步地走着。长长的走廊里除了沉缓的脚步声，便是他身后卫星小组全体成员一片悲伤的哭泣声……

马景阳的不幸离去，对正在进行中的通信卫星的研制工作，当然是一种损失；但也因为他的离去，无形中又为卫星小组增添了一种更为悲壮的气氛。一夜间大家仿佛都有了一种豁出去的感觉，并达成了一种不言而喻的默契与共识：既然是中国人，就要为中国争一口气，就要为自己的国家在太空抢占一个地盘！不然，愧对祖宗，愧对子孙，愧对历史！因为他们比谁都清楚，太空中的那条同步轨道，一共只允许发射一百二十颗同步通信卫星。中国发射同步通信卫星的最佳位置，是在太平洋的上空，而这个位置又恰恰是日本、印度尼西亚和苏联等国激烈争抢的地方。中国若在有限的时间内不把自己的卫星打上去，那么这个好位置就将永远被别国占领。就像老百姓摆地摊，讲个先来后到，谁先占了好摊位，谁就有利可得，且一劳永逸，可以一直"得"下去。

于是，悲愤转化为了一种大胆而又超常的力量。当邹广瑞和他的同伴们经过死亡的洗礼再回到浑浊的现实时，似乎过去的一切担忧都显得是那么的多余。为了中国的通信卫星，他们不再有过多的彷徨和犹豫，不再有过多的伤感与顾虑。他们无私，也就无畏。他们可以舍弃一切，也愿意舍弃一切。甚至，后来当有关部门要派邹广瑞等人出国时，为了尽快搞出卫星，他们也坚决不去！上级只好改派年轻人去。可几个年轻人已经到外语培训班学了两个月的外语，竟然又跑回来了，他们找到邹广瑞，说："你们老同志干了那么多年，累了那么多年，苦了那么多年都不去，我们年轻人怎么有资格、怎么有脸面、怎么好意思去？既然你们都不去，我们也不去！"结果，无论是老同志还是年轻人，全都留下来搞卫星，一个也没去。

粉碎"四人帮"后，日子总算有了一点起色。邹广瑞他们的卫星小组得到了通信卫星总体设计师孙家栋、通信卫星总指挥刘传诗以及副总设计师戚发轫等人的大力支持。他们十年来苦苦研制出来的通信卫星的消旋控制系统，经有关专家和部门鉴定，也决定采用。事后证明，他们的这一控制系统的设计方案，不仅在国内是首创，在国际也是一流。曾经是党员后来又不是党员的邹广瑞的历史问题，也有了一个说法。这位从 1959 年起到 1979 年止，整整二十年来一直坚持不断地写入党申请书的、不是共产党员却比共产党员还要共产党员的卫星专家，当写到也许是三百份也许是五百份甚至可能是一千份入党申请书时，终于被党组织批准为中国共产党党员！

然而，当这一渴盼已久的时刻真正到来时，这位头发花白的卫星控制专家，已经没有了当年的热情与激动，只有在今后的人生路上应该怎样做人以及如何再为自己的国家多作贡献、多出智慧的冷静思考。

第二章
将军的遗憾

4. 他是林彪的人吗?

在一个极不正常的年代里，中国的第一颗通信卫星问题不仅让专家们感到阻力重重，也让国防科技战线的领导们同样感到束手无策。

1972 年 4 月的一个傍晚，国防科委副主任罗舜初将军神色凝重地坐在回家的车上。北京的春天来得快，走得也急，整整一个春天，罗舜初几乎还没有意识到春天的到来，大好春色转眼间便消失得无影无踪了。而这个傍晚坐在车上的罗舜初，对春天给人间带来的种种浪漫与喜悦、温馨与柔情，更是没有一丝一毫的感觉——除了闷热，还是闷热。

罗舜初和往常一样，走进家门的第一件事情，就是坐在他那张宽大的写字台前，习惯性地点燃一支香烟。

罗舜初的一大嗜好，是抽烟。他抽烟的历史，几乎与他的生命一样久长。凡是与他接触过的人，可能未必了解他抽烟的历史，但一定知道他抽烟的厉害。他最喜欢抽的烟，是中华牌香烟。他每早醒来的第一件事情，就是抽上一支烟，每晚睡觉前的最后一件事情，也是抽上一支烟，至于从早到晚他到底抽了多少支烟，恐怕就难以统计了。尤其是当他主持会议或决策某项问题时，更是吞云吐雾，左右开弓，一支接一支，连续几小时持续不断！

罗舜初今天的烟，比往常抽得还要厉害。

下午，在科委机关的大会上，有人宣布了中央的决定：罗舜初同志暂不参加科委党委常委工作，集中精力检查交代问题！

他听了后像没听见一样，照常点燃一支中华牌香烟，默默地抽着，一句话也没说。他只平静地坐在那里，好像早就知道，这一天迟早会到来。

他草草收拾了一下东西，便回家了。回家的路上，司机照常开车，没有觉察出首长与平常有什么不同。而坐在车上的他，在短短几公里的途中，似乎把一生的问题都想透了。

罗舜初到国防科委工作后，由于特殊的工作性质和过于繁忙的事务，使得他的生活极不规律——常常是下午三四点钟吃午饭，凌晨一二点吃晚饭。而只有一个规律多年不变：每天下班后一到家，找他谈论各种工作问题的电话总是接连不断。甚至有时到了十二点，依然还有铃声响起。然而今天，他坐在家里已经抽完了半盒烟，两部电话像是被人掐断了线似的，突然中断了任何信息，始终静静地待在那儿，一声不响。

当晚，罗舜初将军按平时的习惯，照常上床睡觉。

显然，今天的我们难以猜测也无法断定罗舜初将军这个夜晚到底都想了些什么，但这个晚上的罗舜初要想平平静静地入睡，恐怕也是很难的一件事情。因为像他这样一位即使在枪林弹雨中和生病期间也从不中断工作的人，一下子离开自己的岗位甩手不干，谈何容易！

两年前，也是这个时候，罗舜初正协助周恩来组织指挥中国第一颗“东方红一号”卫星的发射工作。当时，正是动荡年代中最混乱的时期，为了落实好周恩来总理的每一个指示，从而保证中国第一颗卫星顺利上天，已经年过半百、身上又多处留有战伤的他居然和年轻参谋一样，坚持昼夜值班，随时处理各种问题，每天只有三四个小时的睡眠。这除了他用顽强的意志作支撑，每天就只有靠吞云吐雾，超量吸烟来支撑！他的警卫员在那一个月的时间里，从他三百元左右的工资中拿出了一半的钱为他买中华牌香烟。当时的中华牌香烟是五毛钱一包，即是说，他一个月就抽了三百包，每天平均两百支！直到“东方红一号”人造卫星发射成功，他最后一次向周恩来总理汇报完卫星的运行情况后，才长长地松了一口气。

“东方红一号”卫星发射成功后，在全国欢腾的“五一”节之夜，周恩来在天安门城楼上与他有过长时间的交谈。谈话快结束时，周恩来还对他说："要注意身体，要再接再厉，第二颗、第三颗卫星还等着你们去组织指挥呢!"

"五一"节过后不久，中央军委便下达了要搞同步通信卫星研制工作的指示。因此，他在参与中国第一艘核潜艇下水和"实践一号"科学试验卫星的组织领导工作的同时，开始着手组织通信卫星的研制工作。1970年8月，他参与组织召开了国防科委规划工作会议。同年11月9日，他又在京西宾馆亲自主持召开了著名的"11·9"会议。在这个会上，上百名科学家济济一堂，热烈研讨了通信卫星、导航卫星、侦察卫星和载人飞船的问题，对有关的研制、发射计划做了一系列的安排。尤其是通信卫星，大家一致认为应该作为重点中的重点，并确定由孙家栋担任卫星总体设计负责人。

"11·9"会议后，全国掀起了继1958年之后的又一股"卫星热"。很显然，由于当时林彪把持了中央军委的工作，其指导思想很不切合实际，因而使许多工作计划违背了科学规律，陷入盲目之中。再加上当时的经费严重不足，故刚刚掀起的"卫星热"仅半年之后，便很快又凉了下来，载人飞船和导航卫星根本就无法往下进行。而通信卫星由于大家比较好理解，同时也觉得发射这样的卫星很实际。比如一旦研制、发射成功，就可以打电话、看电视等，所以尽管艰难曲折，也依然在往下进行。

就在这时，震惊中外的事件发生了——林彪连同座机一起坠毁温都尔汗。这个后来被称之为"9·13"的重大政治事件，犹如一枚惊雷在整个中国大地横空炸响；对国防科委来说，同样是一次强烈的震撼!

"9·13"事件之后，一股清查林彪反党集团的政治旋风很快刮向了中国的每一个角落，也很快刮向了国防科委。

于是，有人利用林彪在"571"工程中把国防科委作为借用力量，以及罗舜初曾在东北四野与黄永胜、吴法宪、李作鹏、邱会作同在林彪手下工作过这一客观事实，想乘机将罗舜初划入林彪线上的人物。他们不久前还在会上气势汹汹地指责罗舜初在东北时就开始反对林彪，在思想和感情上始终站在聂荣臻一边（此时的聂荣臻已被扣上了"二月逆流"

黑干将的帽子），一夜间又反过来说罗舜初是林彪的追随者（这类政客的嘴脸在中国历来的政治运动中总是屡见不鲜）。甚至有人还别有用心地当面向周恩来进谗言，说："罗舜初是林彪一军团的！"周恩来却当即纠正说："罗舜初是军委系统的。"

面对这意想不到的攻击，罗舜初很冷静，也很坦然。他对自己的这段历史比谁都清楚，比谁都明白——多年来，他除了与林彪有过工作上的关系，没有任何私交，更无"阴谋"可言。在"9·13"事件发生的第二天，周恩来就当面询问过他有关情况。他把他所知道的情况如实向周恩来做了汇报，并向周恩来表示说："林彪出逃，我确实没有想到。之前他在工作上交代的几件事情，我确实照办了，但没有个人之间的私交。我与林彪的关系，可以接受组织的审查。"

经过审查，许多过去并不清楚罗舜初与林彪有关系的人这才知道，原来这位在战争年代曾在林彪麾下担任过被国民党称为"旋风部队"的东北野战军主力纵队的政委、南下时担任四野先遣兵团先头军军长的老红军，新中国成立后与林彪虽然同在北京，却从未去过林彪的住地毛家湾，也从未与林彪或叶群直接通过电话，更无其他不正当的"秘密来往"。他与黄、吴、李、邱虽然同在黑土地上并肩战斗过，但这么多年除了正常的工作关系，私下并无任何交往，甚至连他们家住何处，他也不很清楚。他留下足迹最多的地方，除了中南海西花厅和聂荣臻元帅的住地，便是国防科委所属的各个基地和研究所。熟悉罗舜初将军的人都知道，每逢节假日，当有人提着烟提着酒去首长家串门"拜访"时，他却总要到搞科研的第一线去转一转，和一些专家和师傅们拉拉家常、聊聊天，了解了解情况。他不仅熟悉那些年长的老科学家的特长、脾气与性格，而且还能叫得上一些富有才华的中青年科技工作者的名字，知道他们的喜怒哀乐、忧愁疾苦，以及妻儿在何方、老家是何处。一些不了解他经历的人，从他那脱口而出的一个个精确无误的科学数据以及对中国科技事业的宏伟规划与发展前景的侃侃而谈中，都误认为他是投笔从戎的清华学子，而绝不会想到他在参加革命前只断断续续念过三年小学。

于是，"9·13"事件之后不久，周恩来出于对他的全面了解，决定由他负责国防科委的日常工作。

但有人对罗舜初另有“看法”，下决心要将罗舜初赶出国防科委，彻底搬掉这个顽固不化的倔老头！即使最后赶不走他，也要想法将他批垮批臭，让他不得安宁，无法工作！

1972 年 2 月 25 日，中央派赴国防科委学习小组进驻国防科委。之后，有人上蹿下跳，四处活动，煽风点火，巧设名目，威逼罗舜初下台，直至一天下午，突然向他宣布：马上停止工作，回家待命！

因此，虽有大将风度的罗舜初，要在这个夜晚完全做到无动于衷，安然入睡，是不可能的事情。

5. “毛先生”与红缨枪

第二天，罗舜初的心情平静多了。

其实，从罗舜初扔掉打狗棍投身于红军队伍那一刻起，他的命运便与政治斗争的风风雨雨紧紧连在了一起。人生旅途中各种刀光剑影、风起云涌、险象环生、变化莫测的事情，他见得多了，也经历得多了。因此，他一旦从高官要职上退下来，便显得平静而坦然。

“五一”劳动节这天，刚吃过早饭，罗舜初便把全家召集在一起开了个小会。他一边抽着烟，一边若无其事地说道：“我下台了，以后你们要更好地学习、更好地工作。关于我的问题，你们不要有任何牢骚怨言，要相信我，也要相信组织，相信我的问题总有一天会搞清楚的。”说完，他又回到屋里，继续抽烟。

第二天，罗舜初便开始闭门读书。

罗舜初读的第一本书，是《毛泽东选集》第一卷。“毛选”他过去是读过的，但平常由于太忙，所以实在没有时间仔细读一遍。现在好了，一切繁杂的事务皆抛脑后，可以静下心来仔细地读上一遍了。

他每天按时起床，按时睡觉，按时读书，和平常上班不同的是，生活有了规律。他每天吃过早饭的第一件事情，就是读“毛选”。他读得极为认真，极为仔细，几乎是一字一句地读。他一边读，一边用红蓝铅笔画上许多红道道，有时还写上几句或者一段心得体会。而且，他一边读，一边想，读得如痴如醉。渐渐地，他恍惚感到自己不是在读书，而简直就是与毛泽东在一起亲切交谈。每当拿起书本，那些许多年前与毛泽东有关的事情，便会从字里行间中一一浮现出来。

罗舜初第一次见到毛泽东，是 1929 年。心情忧郁的毛泽东那年到闽西养病，路过福建上杭时，在罗舜初的家乡大洋坝村住了一个晚上。大洋坝村的老乡当时叫毛泽东并不叫“毛委员”，而是叫“毛先生”。在村里住下后的毛先生当晚并未上床睡觉，而是蹲在一盏油灯下，挑灯夜读，通宵达旦。罗舜初当时是少先队总队长，为保护毛先生的安全，他率领着十几个打着光脚板、扛着红缨枪的少先队员围在毛先生住房的四周，给毛先生站了整整一个晚上的岗。就在这天晚上，毛先生挑灯夜读的身影在他幼小的心灵里留下了深刻的印象。

两年后，罗舜初参加了红军，后来任了作战参谋。当了作战参谋的罗舜初与毛泽东和周恩来等中央首长的接触日渐增多，彼此渐渐熟悉起来。由于罗舜初年轻而又个子瘦小，所以毛泽东和周恩来等首长都喜欢管他叫“小罗”。

一次，毛泽东和罗舜初聊天，聊着聊着，罗舜初顺嘴就说了一句：“主席，我几年前就认识你了。”

毛泽东不解，问：“几年前你还是个娃子，怎么认得我?”

罗舜初回答说：“你在我的家乡大洋坝村读过整整一个晚上的书。”

毛泽东听后恍然大悟，开怀一笑：“咳！那晚领着一帮娃子为我站岗的，原来就是你这个小伢子呀!”

此时的毛泽东已在瑞金被剥夺了对红军的领导权，故这一时期的毛泽东陷入了非常孤独的苦闷之中。但毛泽东仍然十分关注敌我状况，从不放弃任何获取军事信息的机会，一有“战机”，他便向罗舜初打听各种有关的军事情报。罗舜初对当时的上层政治斗争虽然并不十分清楚，可在感情上却偏向毛泽东的这一边。因此，每当毛泽东向他打听有关的情况时，他总是将他所知道的军情如实相告。

遵义会议后，毛泽东重新接过了统率红军的指挥棒。于是，在赤水两岸，在大渡河畔，便总能见到一个精明能干的瘦个子参谋紧紧跟随在毛泽东和周恩来的身边。

这个瘦个子参谋，便是罗舜初。

由于年轻、机灵、精明而又能干的罗舜初给毛泽东留下了很好的印象，所以，后来才有了毛泽东两次写信推荐罗舜初上学的故事。那是在延安，已经当了中央军委二局副局长的罗舜初有一次同毛泽东闲聊时，谈到了自己理论基础差很想去学习的打算。毛泽东听后很高兴，说年轻人应该多学习，是件好事情，并当即给中央党校写了一封推荐信。没想到的是，当罗舜初拿着毛主席的推荐信跑到中央党校时，中央党校竟以罗舜初文化基础太差为由而谢绝接收。罗舜初回来向毛泽东讲明情况后，毛泽东很生气，当场便将那封信一把撕了个粉碎，而后挥毫运笔，又给在抗日大学的罗瑞卿写了一封推荐信。这样，罗舜初才总算跨进了抗大的校门。

罗舜初在抗大学习期间，毛泽东也很关心他的学习。每次罗舜初回机关时，毛泽东都要问问他和其他同志的学习情况。当毛泽东听说有些课程讲得太深太快时，还找到罗瑞卿交换意见，希望以后注意改进。以至于后来罗瑞卿跟罗舜初开玩笑说："好个小罗，你竟敢到毛主席那儿告我的状!"

罗舜初从抗大毕业前夕，朱德老总从前方发来电报，点名要罗舜初到八路军总部去担任作战科科长。毛泽东欣然应允。出发前，罗舜初去向毛泽东告别，毛泽东对罗舜初说："有些同志不愿去前线，你却愿意，这很好。希望你到了前线后，要加强学习，努力工作，好好锻炼自己!"

新中国成立，毛泽东当了新中国的领袖。1955 年，罗舜初被授予中将军衔。授衔那天，毛泽东刚一握住他的手，便和他开玩笑说："现在革命成功了，你怎么还这么瘦啊？以后要像我一样，多吃点红烧肉，长胖一点!"即使在"文化大革命"中，日理万机的毛泽东只要有机会见到罗舜初，也总要问上几句。有时实在太忙，也会点点头、握握手。就在"东方红一号"卫星发射成功之后的"五一"劳动节之夜，罗舜初领着卫星功臣们登上天安门后，还受到了毛泽东等国家领导人的热情接见。当毛泽东在天安门城楼上握住他的手时，还亲切地管他叫"小罗"，并风趣地跟他开玩笑："小罗，你怎么还这么瘦啊？是不是打卫星给累的？以后一定要多吃点红烧肉，再长胖一点！"

…………

罗舜初一边读"毛选"，一边回想一些事情，不知不觉中便将"毛选"四卷全部通读了一遍。

读完了"毛选"四卷的罗舜初，对他熟悉的毛泽东以及毛泽东思想的形成，似乎又有了新的认识和理解；同时对自己的历史、现在和未来，好像也有了一个更为准确的把握。可是，一旦面对眼前轰轰烈烈的无产阶级"文化大革命"的现实，眼睁睁地看着通信卫星的研制工作和其他各项国防科研项目一天天地消沉下去时，早已过了不惑之年的他，满脑子依然充满了大大小小的困惑。

面对这个世界，他好像越来越不认识了。

他又关起门来，继续读书。

他开始读《史记》，读《西游记》，读《三国演义》，读《水浒传》，读唐诗，读宋词，甚至连《聊斋志异》《红楼梦》这样的作品，他也读得如痴如醉，有滋有味。累了，他便到外边院子里走走，或者就在屋子里甩甩胳膊、蹬蹬腿，要不就是背起手来一边踱步，一边轻轻吟诵着那首他最喜欢的魏武帝曹操的《龟虽寿》：

> 神龟虽寿，犹有竟时。腾蛇乘雾，终为土灰。老骥伏枥，志在千里。　　烈士暮年，壮心不已。盈缩之期，不但在天。养怡之福，可得永年……

吟罢，他似乎便有了一种"壮心不已""志在千里"的感觉。

于是，他竟然又开始学起了英语。每当正在上大学的儿子周末回到家时，他便让儿子给他纠正纠正发音，考一考单词，再批改批改作业。他像一个京剧演员，一招一式地苦练着随时可能在台上施展的基本功。

然而，当他的思绪一旦回到冷冷清清、浑浑噩噩的现实时，他又有一种剪不断、理还乱的感觉。他本想用一颗平常之心来对待不平静之事，可要完全做到这一点，似乎也很困难——他毕竟是个一生征战、充满热血的将军啊！他更没想到的是，此时的他虽然已经离开了权力舞台的中心，可有人依然还十分在意他的存在。

6. 听怀仁堂的，还是克里姆林宫的?

1973年，在中国共产党第十次代表大会召开的前夕，周恩来对进驻国防科委的学习小组发出指示：在“十天之内，百人之内”结束对国防科委的清查工作，并尽快提出新的领导班子名单。接着，在内定国防科委领导班子时，周恩来提议，罗舜初继续留在国防科委工作。

然而，这一时期的周恩来，政治地位已处于一种十分微妙的状态，说话的分量也大不如从前了。“9·13”事件之前，由于“四人帮”与林彪势不两立、不共戴天，周恩来也就因祸得福，未被推到党内斗争的风口浪尖上。但“9·13”之后，随着林彪集团的消失，周恩来很快成为“四人帮”的对立面。于是，无论是作为共和国总理的周恩来，还是作为一个普通中国人的周恩来，其方方面面的关系都陷入了一种十分尴尬的两难境地。加上“四人帮”的直接干扰破坏，周恩来想让罗舜初继续留任国防科委工作的计划化为泡影。

罗舜初面对这一现实，既不感到有什么惊诧，也不觉得有什么遗憾，仿佛一切尽在意料之中。其实，作为一个多年工作、生活在国防科技战线的将军——中国火箭一次次重大发射试验的组织者和指挥者，罗舜初何尝不愿重新出来工作，何尝不愿回到他所熟悉的工厂、实验室、研究所、发射场，何尝不愿让自己再次投身到国防科技战线那浩浩荡荡、狂奔不息的千军万马之中，让自己那昔日挂满征尘的生命，在今天火箭的隆隆腾飞中，最后重温一次强国的梦想！他的真实想法是，如果能让他出来工作，大的建树不敢说，但至少他可以做到一点，就是把“左”的政治思潮对国防科技工作带来的干扰和损失，减少到最低限度。

事实上，这一时期的罗舜初想到的并非只是他个人的命运与前程，而更多的是对周恩来的担心和忧虑。作为一名多年处于政治旋涡中的将军，他深知此刻周恩来的处境。他一生襟怀坦白，光明磊落，仗义执言，敢作敢为。尽管现在的他身处逆境，但他不愿让别人来为他操心麻烦的事情，更害怕自己的祸水一不小心引向他人——尤其是周恩来。因为周恩来的存在，几乎影响了他的一生，甚至说，周恩来简直就是他命运的保护神!

罗舜初初识周恩来，略晚于毛泽东，但都在同一时期，即中央红军在苏区那段充满了苦涩与温馨的日子。当时的周恩来是红军中军事指挥的核心人物，与作战参谋罗舜初在工作上自然便有着密切的关系。周恩来像毛泽东一样，依然喜欢叫罗舜初为“小罗”。当时红军的总部机构比较简单，负责作战的一局局长时常空缺，局下面又未设作战科长，所以通常是朱德、周恩来、刘伯承等红军领导直接对几个作战参谋。这些参谋的权力说大很大，大到总的方针确定之后，参谋们便可根据朱德、周恩来和刘伯承的意图起草电报，安排部队的行军、打仗、住宿等；说小也小，小到有时连传令兵的差事也干。当时的通信设施极为落后，电话线很短，无线电台一个军团才摊上一部。有时要赶着传达总部首长的命令，参谋们便只有充当临时通信员，亲自跑上几十里的路程。由于罗舜初勤学肯问，办事细心，很受首长们的喜欢。周恩来一旦有了什么事情，也喜欢叫“小罗”去办。有时外出了解情况，或者查看地形，也总要带上年轻、机敏而又能干的他。有几次罗舜初在处理问题时不合洋顾问李德的意，惹得李德大发脾气，又吵又叫。这时周恩来便会站出来说上一句：“这事是我让他办的。”才让罗舜初逃过一关。

周恩来不仅在工作中关心、培养罗舜初，在生活上也处处给予照顾。当时苏区的生活十分艰苦，平常想要改善一下伙食，是件相当困难的事情。邓颖超当时刚从白区到来不久，手头多少还攒了一点“私房钱”。当她看见周恩来的身体日渐消瘦时，便拿出仅有的一点“私房钱”，要为周恩来改善一下伙食。周恩来得知后，便说：“把小罗也叫来吧，他也够瘦的了!”可当邓颖超做好饭菜叫来“小罗”时，“小罗”却不管两人如何再三劝说，就是不动一下筷子。以至于事隔几十年后的1959年的一天——那天是周恩来的生日，周恩来开完会后，特意请李富春、陈毅、聂荣臻、罗舜初等到家做客。当邓颖超端着热腾腾的水饺上来，一见罗舜初时，还对大伙说：“这个小罗呀，当年在苏区时，我们请他在家吃饭，他就是不动一下筷子，可气人了！”

遵义会议期间，罗舜初和周恩来在工作上愈加密切。由于遵义会议事关重大，周恩来是空前的劳累而又繁忙。为减少周恩来的劳累，周恩来每天在会上的发言稿，几乎都是由罗舜初代笔的——每晚到了深夜，周恩来便斜靠在床头，先闭上眼睛思考一会儿，然后再向罗舜初口述。周恩来一边口述，罗舜初一边记录。罗舜初记录完后，请周恩来过目。周恩来审阅改定后，第二天便以此作为大会发言的讲话稿。因此，罗舜初不仅工作作风、思维方式、待人接物等方面像周恩来，甚至在书写字体上也有周恩来的笔风。

当然，年轻、机灵而又能干的罗舜初不仅深得周恩来的厚爱，也讨其他中央首长的喜欢。红军撤离苏区前夕，陈毅想让罗舜初留在苏区，曾找到罗舜初说：“你留在苏区，和我在一起，愿意吗？”

罗舜初想了想，回答说：“我服从组织分配，在哪儿都行。”

陈毅知道周恩来喜欢罗舜初，便又找周恩来商量，周恩来笑了笑说：“不行啊，小罗我这儿还需要，还是让他跟我走吧。”

但等到红军过雪山时，罗舜初和周恩来就不得不暂时分开了。那段时间里的罗舜初身处重病之中，连坐都坐不起来，行军途中只能用担架抬着走，给军委机关的行动造成了困难。为了照顾罗舜初的身体，周恩来亲自找罗舜初谈话说：“你的身体不能再这样拖下去了。你先留下来，和朱总司令在一起，编入左路军，过几天再北上。”

这样，罗舜初便留在了左路军。此刻的他当然没有也不会想到，他留下的这段历史，几十年之后竟然会像魔术般地变成了他“反党”的“罪证”。

1949 年大军南下时，罗舜初留在了湖南。不久，又被召回北京。周恩来找他谈话说：“为了建设新中国，决定派你到海军去工作。那儿很需要人呢！”

于是，1950 年初，罗舜初出任海军参谋长。

此后，罗舜初与周恩来在工作关系上，又开始密切起来。

罗舜初在海军分管外事和装备，多次随周恩来率领的代表团去过苏联，并与斯大林见过面。一次，斯大林与中国代表团会面时，还指着罗舜初对周恩来说："周总理，你们的干部真年轻啊!"后来，斯大林去世时，罗舜初还随周恩来一起到苏联参加了斯大林的葬礼。

尽管如此，后来担任了海军副司令员的罗舜初，在与苏联的整个外事交往中，却始终坚持了中国——一个独立国家应该坚持的原则，以及中华民族神圣的尊严与自己独特的个性。

众所周知，20 世纪 50 年代初期，中国与苏联的关系可谓情同手足，亲如兄弟。中国在与苏联老大哥各方面的交往中，许多事情几乎是俯首帖耳、言听计从。中国的海军在武器装备等问题上，最初的基本模式也是沿袭苏联的那一套。罗舜初当时主管海军的外事工作，许多事情当然也得尊重苏联老大哥的意见。但在对待苏联的态度上，他又始终坚持一条：既不卑不亢，又有理有节；既尊重对方，又不盲目服从——坚决按照周恩来制定的外交原则办事。甚至为了捍卫自己国家的尊严，有一次他还和苏联专家拍过桌子，发了脾气。

那是 1956 年，苏联太平洋舰队首次访问中国。这是新中国成立后，第一个访问中国的外国舰队。按照当时的国际惯例，一个国家的舰队要对另一个国家进行访问时，必须遵循两条原则：第一，军舰不能靠岸；第二，要升东道国的国旗。在苏联太平洋舰队访华之前，当罗舜初在上海同苏联代表谈判时，苏联代表竟以"老大哥"自居，态度十分蛮横，既不肯在中国的海域上升中国的国旗，又要坚持让军舰停靠在上海的码头上。面对如此态度，罗舜初义正词严，毫不客气地说道："贵国舰队访问中国，我们表示由衷的欢迎。但我们有我们的主权，我们有我们的尊严。两国交往，就得按照国际公约办事，这是常识，也是用不着讨论的问题。"

可一连谈了几次，苏联代表仍坚持原态度不变。最后，罗舜初一下火了，桌子一拍，说："我们的态度很明确，第一，你们的军舰不能靠岸；第二，必须升我们的国旗。能否做到，你们先好好想想，等想好了，再来告诉我!"

说完，罗舜初拂袖而去。

最后，苏联代表只好照章办事。

在学习苏联的问题上，罗舜初也同样有自己的原则。他始终强调要结合中国的国情，反对全盘照搬。这样便引起个别苏联专家的不满，时常发生争执。当苏联专家有时硬要他服从他们的意见时，罗舜初便反问说："我是中国的官员，你说我是该听怀仁堂的呢，还是听克里姆林宫的?"

这件事情，后来还是有人告到周恩来那儿去了。周恩来找来罗舜初，问明情况后，说："你坚持原则是对的，但以后要注意外交策略。"而后，周恩来又和罗舜初谈了谈有关如何处理好与苏联的关系以及海军的基本建设和发展方向问题。

因此，罗舜初在海军工作期间，遵循的基本都是周恩来的思维工作方式，同时与身为国防部长的彭德怀在工作上也有较为频繁的接触。彭德怀每次召开有关海军的会议时，总喜欢叫上罗舜初参加，因为罗舜初对各方面的情况都很熟悉，甚至连某些很具体的参数也了如指掌。彭德怀一旦有了什么问题，罗舜初当场便可给予答复，并能提出解决问题的办法。所以，彭德怀每逢检查海军工作时，也要点名让副司令罗舜初参加。

没想到的是，此事后来也成了罗舜初的一大罪状。1959 年庐山会议后，彭德怀被打倒。在批判彭德怀的军委扩大会上，当大家议论到林彪的一些观点时，罗舜初说了几句"有些观点我感到不太好理解"之类的话，有人便告到了林彪那里。林彪听后，说了一句话："罗舜初这个人，早在东北的时候就开始反对我了。"再加之罗舜初平时与彭德怀在工作上交往甚多，故海军"反右"时，便给他罗列了一大堆罪状。诸如"反对毛主席建立强大海军的指示""反对苏联专家"，等等，将他定论为"彭德怀安插在海军的一颗钉子"，"是彭、黄反党、反中央、反毛主席的右倾机会主义路线在海军的坚决拥护者和执行者"，并准备将他连同彭德怀一网打尽。

罗荣桓得知此事后，经过调查研究，并向有关部门做了大量工作，罗舜初这才免遭厄运，得以从轻处理——免去海军副司令员的职务，然后安排去解放军政治学院“学习”。

罗舜初这一“学”，便“学”了整整三年。三年中，他对海军的建设问题做了一次深刻的反省，同时对政治斗争中的许多问题也做了一次透彻的思考。最让他深深忧虑的，还是海军的建设问题。从战争的血火中走过来的他，知道中国的海军并不强大，知道刚刚站起来的新中国非常需要拥有一支强大的海军。不然的话，历史的悲剧迟早都会重演。因此，从出任海军参谋长第一天起，他就一心为着建设一支强大的海军而积极努力。至于其他，他从来没有想过。但没想过的事情偏偏落在了他的头上。他最终还是被赶出了海军，像一位运动员离开了赛场，像一个士兵离开了战场，他胸中纵有奇韬大略、雄兵百万，也无可奈何，万般枉然！

1962 年，罗舜初终于度过了炼狱般的三年政治学习。随着政局的改变，他的不是问题的“问题”得到缓解。在考虑他工作安排时，罗荣桓元帅为尊重他的意见，专门找到他，问他还愿不愿回海军工作？他的回答很简单：“从感情上说，我愿回海军；从工作上讲，不宜回去。”于是，罗瑞卿和聂荣臻在讨论他的分配时，考虑到国防科技工作比较重要，决定先让他到新组建的国防部十院工作。1965 年 3 月，经周恩来提议，他出任国防工办副主任，同时兼国防科委副主任。

从此，他与火箭、卫星交上了朋友。

1970 年 4 月 24 日发射中国第一颗“东方红一号”人造卫星时，他是现场总指挥。那天发射中的有关问题，都是由他与周恩来总理直接电话联系。卫星上天后，他有了一种从未有过的欣慰感，一颗多年忐忑不安的心终于落到了实处。他总算又为自己的国家和人民做了一件事情，总算又完成了周恩来交给的一个任务。毫无疑问，1970 年 4 月 24 日这天，既是一个让全中国的人都感到骄傲的日子，同时也是他人生最辉煌的一个日子。

然而，正当他憋足力气，想让这种骄傲继续骄傲，想让这种辉煌再度辉煌时，他却被一种看不见而又实实在在存在的“左”的政治力量击倒了。如同一名正在前方冲锋陷阵的战士，突然被人在身后放了冷枪！

7. 历史究竟是什么?

1973年，随着异常寒冷的冬季的到来，罗舜初的日子又掀开了新的一页。

周恩来想让罗舜初继续留在国防科委工作的意见未能实现后，罗舜初的问题开始升级。一天，他闭门读书的宁静终于被响亮昂扬的“革命”口号声打破了——他被“请”出家门，弄到一间冰冷潮湿、终日不见阳光的小屋子里，成天写检查，交代问题。

检查什么呢？交代什么呢？每天坐在小屋里发呆的罗舜初百思不得其解。为了革命，他投奔了红军。从投奔红军那天起，他便冒着枪林弹雨，转战南北，出生入死，开始了革命。而且，无论是在战争年代，还是在和平时期，在他的感觉中，自己一直是个地地道道、彻头彻尾的革命者，自己也始终如一、忠心耿耿地在坚持革命。但他万万没有想到，革命者的命到头来反而还会被“革命”所“革”，这莫名其妙的“革命”现在竟然也“革”到自己头上来了?!

其实，罗舜初当初和后来革命的想法都很简单：开始就是想吃一顿饱饭，后来就想打土豪分田地，推翻国民党，创建一个新中国。新中国成立后，人民当家做了主人，他也做了主人，就想为自己的人民做点有益的事情，就想把自己的国家建设得富强一些，免得再受外国佬的欺负。因为他和自己的民族一同经历了战争与屈辱的历史，深深懂得一个国家、一个民族强大的重要性。所以，建设一个强大的中国，让中国的老百姓过上好日子，一直是隐藏在他心中的一个梦想。

几十年来，他一直在为自己这一梦想默默工作着、努力着、奋斗着，同时也在默默牺牲着、奉献着、忍受着——忍受着命运的不公，忍受着“反右”斗争的残酷打击，忍受着来自各种“左”的政治文化的干扰与摧残，忍受着大大小小的“革命运动”的胡作非为和无理取闹——包括现在的写检查和交代问题。

他实在想不通，共产党历来饱受“左”的危害，却为什么又始终摆脱不了“左”的影响？他更不明白，为国家干点实实在在的事情又有什么错？自“文化大革命”开始后，国防科技战线的工作就开始乱了。尤其是林彪主持军委工作后，“左”的政治思潮泛滥到了各个研究所、实验室和发射场，科学被政治替代，文明被愚昧混杂，“革命”的旗帜舞得呼呼啦啦，造反的口号喊得漫天价响，“政治第一”简直成了一枚佩挂在科学胸前的特等勋章！在这种情况下，有人扔掉科研工作不管，却把“政治”当饭吃，居然正确，居然有功?！而他按照周恩来的指示，积极抓科研，抓生产，顶着来自“左”的各个方面的压力，苦苦支撑和勉强维持着国防科委的一系列工作，把各种人为的损失减少到了最低的限度，居然有错？居然有罪？

一个星期过去了，罗舜初的检查竟没写出一个字来。

几十年来，他从不诿过于人，从不推卸责任，甚至多次挺身而出，为他人主动承担责任。但这一次，他实在不理解，到底要上多高的纲，才能满足有的人的胃口？

罗舜初找不到自己的错，有人却给他罗列了一大堆罪状：在苏区时就参加了 AB 团；长征中跟着张国焘跑；在抗日战争中又打白旗又打红旗，等等。

生活就是这般的有趣：有人在工作上挑不出你的毛病，就说你男女作风有问题；有人在现实中找不到整你的把柄，就到历史的垃圾堆里去搜寻你的“罪证”。总之，“欲加之罪何患无辞”。老祖宗说得是何等的精辟啊！

罗舜初便是如此。当有人要将他划入林彪黑线上人物的阴谋未能得逞后，又改变了进攻的角度，说他历史有问题；有人还指控他在中央苏区就追随王明路线。在一次帮助他提高认识的大会上，甚至有人公然宣称：罗舜初在历史上有严重的问题，必须做出老老实实的交代！结果，全场哗然。因为凡懂点历史常识的人都知道，罗舜初早在红军时期便是一直在毛泽东、周恩来和朱德身边工作的人物，在历史上怎么居然还有问题?！

但罗舜初还是被震惊了！

从这天起，罗舜初真的开始检查起自己来了。

是他害怕了吗？不是。可以这么说，从他参加红军那天起，到他靠边下台为止，近半个世纪以来，无论是在刀光剑影的战场，还是在政治斗争的会场，“害怕”两个字在他生活中好像从来就没出现过。“文革”中，毛泽东的侄儿毛远新等相继进入领导岗位，毛泽东的女儿李敏就在国防科委某局当参谋。身为国防科委副主任的他，如果要讨好毛泽东，完全可以利用自己手中的权力，给李敏升官晋级。可他非但没有这样做，反而当有人找到他，向他做出某种暗示时，他依然无动于衷。在讨论调整领导干部班子时，为了真正维护毛主席在全党全军的威望，他根据李敏同志的具体情况，坚持做到对李敏和与李敏资历相同的人一视同仁，而并未对李敏的官衔给予照顾。

而被林彪恨之入骨的罗瑞卿大将的儿子因为在国防科委工作，有人便提出，像这种人绝不能留在军队里，必须清除出去！罗舜初明知这个意见难以改变，也要明确表明自己的态度：“老子即使有什么问题，为什么要株连儿子？这不是我们党的政策！”还有，深知江青底细的任白戈同志被报刊点名后，很快便被打成了“黑线”人物。他在二机部某厂工作的儿子有一次被人打成了重伤，无人过问，也没人敢去过问。适逢罗舜初到该厂做工作调查，得知情况后，当即便赶去看望，并指示有关部门要妥善处理好此事。

罗舜初对高干子弟如此，对普通干部也不例外。一次，从海军转来一封揭发信，揭发国防科委某个干部在外出差时议论江青的历史，散布不满情绪。对此，罗舜初完全可以将这个干部定上一个“反对中央首长”的“现行反革命”罪，然后再到江青“首长”那儿去报功领赏。可他不但没有这么做，反而还以工作为由，将这位干部平调到下面的一个基地去任职。这位干部倒是保护住了，可罗舜初却为此承担了巨大的风险，当时凡是知道此事的人，无不为他捏着一把汗！

罗舜初不仅对反对江青的人敢于实施保护政策，对“四人帮”的另一个头面人物张春桥也敢当面论战。一次，罗舜初与张春桥在天安门城楼上相遇，当罗舜初同张春桥谈及某件事情而发生争执时，罗舜初一气之下，竟当众与张春桥毫不客气地辩论起来。

…………

既然如此，当有人在会上提出“罗舜初有历史问题”时，襟怀坦白、刚直不阿、敢作敢为的罗舜初，为何又会感到震惊，甚至马上开始认认真真地“检查”起自己来了呢?

所谓“罗舜初的历史问题”，实在是一个复杂而又沉重的话题。

1935 年，毛泽东亲自率领的中央红军与四方面军会合后，在川西北的毛尔盖，决定分左、右两路军向陕甘方向前进。由于此时的罗舜初身处重病之中，按照组织的决定，他随左路军行动。因此，他随朱德总司令和刘伯承总参谋长率领的军委直属队一部返回阿坝后，被张国焘编入四方面军总部，从此便留在了四方面军。

张国焘率部南下。在西去阿坝的途中，罗舜初看到了毛主席、中央军委给左路军的电报。电报指示四方面军应立即北上，并明确指出：北上是生路，南下是死路。同时罗舜初还从电报的内容得知，毛主席和中央军委直属队，以及一、三军团已胜利通过草地到达了甘南岷县以西的哈达铺。兴奋之中的罗舜初当即便将电报的内容传了出去，没想到很快便被张国焘觉察。四方面军到达阿坝后，张国焘突然召开干部会议，在会上做了反对毛泽东的讲话，并点了罗舜初的名，说他是“右倾机会主义”的忠实信徒。

几天之后的一个晚上，军委直属队的哨兵突然被张国焘的部下所撤。罗舜初发现后，当时便发了火：“如果他们要进来缴我们的枪或者抓人，我就和他们拼了!”朱德和刘伯承得知此事后，马上找到罗舜初，明确指示说：“我现在代表毛主席和党中央的意见，今后不能随便说话。如果今晚他们进来，要枪给枪，要抓人就让他抓，不能与他们发生冲突。以后可能还会发生新的问题，要做好思想准备。”

紧接着，军委直属队随左路军的电台以及机要科也被张国焘派人接管。

不久，军委直属队的一部分人员分别被编入四方面军所属单位，罗舜初仍留在了司令部工作。但为了对司令部的工作实行监控，张国焘又派来几个参谋安插在司令部里。这时的刘伯承由于已被调到了红大当校长，什么情况都不清楚，便找到罗舜初，要罗舜初一定要想法给他通报情况。罗舜初处境也很危险，但凡是他知道的一、二方面军和四方面军的情况，他都统统及时向刘伯承报告：或者利用行军途中的机会当面向刘伯承汇报；或者想法打电话悄悄透露。

在四方面军南下开往天全的途中，一天晚上，罗舜初与刘伯承住在一个房间里。刘伯承便对罗舜初说："朱总司令要我转告你，让你准备离开司令部。因为一方面你目前的处境不好，另一方面根据形势的发展来看，我们需要掌握空中的情报技术，准备让你到四方面军二局去学习这方面的技术工作。你自己有什么意见没有?"

"没有，一切服从组织的安排。"罗舜初回答说。

第二天，朱德总司令便亲自将罗舜初送到了四方面军二局，并由罗舜初担任了科长。

1936 年夏，张国焘南下的路线走不通后，又向西康的甘孜地区进发。在此期间，罗舜初深感张国焘路线的错误，便常与身边的几个同事发些议论。有一次，罗舜初又与几个同事说："我看呀，真正的右倾就是张国焘。李特我看也不行，老打败仗。以后我们二局的工作，全靠我们自己干。"此话很快便被传了出去。二局当即召开了支部大会，会上集中力量对罗舜初进行了批斗，说他反对张国焘，反对李特，对四方面军的领导不满。罗舜初也不示弱，他按照遵义会议的精神，阐述了自己的意见，并进行了有力的反驳。最后还表示说："我说的意见，都是替红军的前途着想。如果我是反革命，就不会活到今天。要怎么办，随你们便，反正杀头、枪毙我不怕!"

主持会议的人见罗舜初的态度如此强硬，也没办法，便将情况报告了张国焘。张国焘虽然不满，但为了掌握敌军的空中情报，又离不开罗舜初。两天后，罗舜初所在的科里突然派来了一个人称"丫头"的年轻的译电员。另一名译电员偷偷告诉罗舜初说，这"丫头"是保卫局派来的，还带着手枪和马，"是专门来监视你的，你可一定要小心一点!"

果然，此后无论是在行军途中，还是在工作期间，或者是每天晚饭后散步时，这“丫头”总是跟在罗舜初的屁股后面，将罗舜初的一言一行，全都摄入她的眼中。

朱德总司令知道此事后，很是着急，马上找到罗舜初，当面向他交代说：“我们很快就要和二方面军会合了，和毛主席他们也总有一天要会合的，所以，现在一定要学会忍耐，千万不要再增加我的难处。”

罗舜初说：“我现在的处境很困难，也很危险，我想活动一部分人员，拉出一支队伍出去打游击，然后到陕北去找毛主席！”

“不行！”朱德立即制止说，“你这个想法很不现实，也很危险。你现在连翅膀还没长出来呢，就是长出了翅膀，也飞不到陕北去！今后一定要少说话，更不能闹事，搞不好，就会像胡底同志一样掉脑袋。要多做工作，少说闲话，事情总有一天会有结果的。”

这样，罗舜初仍留在了二局工作。当时，二局搞空中情报技术的只有罗舜初和二局的局长蔡威两人。蔡威对川军的技术情况比较熟悉，但对蒋介石的中央军的特点就不甚了解。而罗舜初在中央苏区和长征途中经常同曾希圣同志在工作上保持联系，对蒋介石的中央军在技术上的一些规律摸得比较透，所以他只用了两三个月的时间，便独立承担了搞空中情报的技术工作。

红二、四方面军在甘孜会合后，决定北上，到陕甘地区同一方面军会师。当队伍进入甘南时，二局局长蔡威突然不幸病逝。这样，搞空中情报技术工作的人员便只剩下罗舜初一个人了。朱德总司令马上指定由罗舜初代理二局局长，并又对他做了新的指示：要很好地团结四方面军的同志，努力搞好情报工作；一定要想尽一切办法到达陕北，与毛主席领导的红军会师。

四方面军到达陕北保安后，罗舜初所在的四方面军的二局，被并入了中央军委的二局。接着，由曾希圣同志宣布了中央军委的命令，任命罗舜初为二局副局长。

…………

这就是所谓的罗舜初的“历史问题”。

显然，这段历史对罗舜初本人而言，是十分清楚的，也是问心无愧的。但除了朱德和刘伯承两人知道这段历史的真情，其他的人并不清楚。因此，尽管这一时期的罗舜初始终心系党中央，心系毛泽东，冒着生命危险为党做出了自己特殊的贡献，可他毕竟直接在张国焘手下的四方面军工作过，毕竟担任过四方面军二局的代理局长，留下的是一段敏感的历史；而这段历史，实在太容易让人做文章了。

在此之前，罗舜初对自己的这段历史其实并未在意。他觉得反正自己心中无鬼，也就不怕有人夜敲门；更何况自己的这段历史，早在红军一、二、四方面军在陕北胜利会师后，朱德就特意向毛主席讲过："小罗在草地因病留在左路军后，表现很好，同张国焘的斗争很坚决。"并对他这一时期的表现，给予了表扬。1962 年，他重新分配工作时，刘伯承也亲自对罗瑞卿说过："罗舜初在四方面军那段期间，表现不错。"所以，关于这段历史，过去虽然有人提起过，但他认为已经解决了。

现在，有人竟然在会上又重新提出了这个本来不是问题的问题，罗舜初当然一下就警觉起来。针对这一形势，他决定利用叫他写检查的这一机会，将他这段历史写成一份书面材料，向中央军委做一次正式的汇报，以防止有人借机陷害，落井下石。

于是，在 1973 年寒冬那个大雪纷飞的夜晚，罗舜初怀着极其悲愤而又复杂的心情，对几十年前那段用鲜血写就的历史又重新用墨水写了一遍。写完之后，他似乎还有些放心不下，又在结尾处这样写道：

> ……这就是我在四方面军的简要情况。这些情况朱德委员长和刘伯承同志是清楚的。别的人不了解当时的内情，我也不能随便讲，因此建议组织上写信或者询问朱德和刘伯承二位领导同志，查明我在四方面军的工作情况和表现。

后来罗舜初去世后，有人在他的文件袋里找到了这份唯一的"检查"。——不知什么原因，已经被罗舜初将军写好的这段历史，最终还是没有交上去！

有人说，历史就是一个任人打扮的少女。

但历史究竟是什么呢？

罗舜初似乎最终也没找到答案。

8. 沉默，也是一种武器

罗舜初陷入了他人生最灰暗的时期。

就在罗舜初每天在小屋里写检查的这段时间里，他的家也被折腾得乱七八糟：办公桌的锁被撬了，保险柜被抬走了，各种书刊、报纸和文件也统统被翻了个底朝天。头天还井然有序、像模像样的家，转眼间便变得破烂不堪、面目全非。

显然，这不仅仅是对将军权势的藐视，更重要的是对将军尊严的摧残！

面对这样一幅情景，每天回到家里的罗舜初，是颇有些感慨的。三十年河东，三十年河西。今天是至高无上的皇帝，明日就可能成为阶下囚。命运，总是令人难以琢磨，无法把玩。

不过，罗舜初是平静的。全社会都是如此，个人又有什么办法？像刘少奇、邓小平、陈毅、贺龙这样的大人物都无法免遭不幸，他一个小小的中将，一个靠了边的国防科委副主任，又怎么可能躲过这人造的厄运？

于是，他以沉默对待一切。

他每天照样“上班”，照样走进那间属于他的阴冷潮湿而又没有阳光的小屋，照样检查，照样交代。然后，每日将自己对国防科技的那些轰轰烈烈的宏伟构想，悄悄化入夜深人静的思考之中，化入自己那始终不灭的梦想之中。

然而，随着时间一天天、一月月、一年年像水一般白白流去，罗舜初的心病也在开始加重——他不得不为中国的通信卫星问题而深深忧虑起来。本来，继“东方红一号”卫星上天之后，如果没有“文化大革命”，通信卫星的研制工作完全可以按部就班、有规有矩地进行下去，而且用不着几年时间便可进入正常的发射程序。但四年过去了，通信卫星的研制工作几乎没有什么大的进展，不少环节还处于盲目无章、停滞不前，甚至一片瘫痪的恶性状态。自他靠边后，许多应该解决的问题没人解决，不少应该过问的工作没人过问，革命的红旗的确天天都在高高飘扬，卫星却始终躺在地上无人问津。他为此十分着急，而又深感力不从心。

终于，罗舜初病倒了。

那是一个阴冷的下午，从北京大学回来的儿子一到家，便叫了一声“爸”，可屋里没有一点动静，忙进屋一看，父亲一个人静静地躺在床上。儿子急忙上前，在父亲的额头用手一摸，才知道父亲正在发烧，一量体温，高烧三十九摄氏度多！

“病了多久了？”儿子问警卫员。

“两天了。”警卫员说。

“为什么不送医院？”

“医院让单位联系。”

“单位联系了吗？”

“打了几次电话，没人理睬。”

“胡扯！”

儿子急了，急忙给国防科委门诊部挂电话，可恰逢周六，医生都下班了，找不着人。

儿子急忙将父亲送往北京医院。

到了北京医院，医生看过病历后，说：“他属于军队的高干，军队高干的病历都转到解放军 301 医院去了，应该由 301 医院接待。”

儿子忙说：“医生，我父亲的病很重，你就先收下他吧！”

医生很认真：“他是高干，我们不能收。”

儿子忙退步：“我们不住高干病房，你就按普通的病人收下他吧！”

医生很负责：“那怎么行？你父亲是高干，就应该去 301 医院享受高干待遇。再说，万一有个什么，他是高干，我们怎么负得起这个责任？”

北京医院简单开了些药，便让他们再想办法。

儿子只好又与国防科委门诊部联系，对方回答没有医生。儿子再与 301 医院联系，对方回答没有高干病床。

无奈，儿子只好又将父亲送回家中。

经过一番折腾的罗舜初回到家里后，脑子似乎比先前清醒多了。此时，寒冬的夜晚已经降临，喧闹了一天的北京城开始沉入寂静，唯有窗外的雪风还在扯着嗓门，一个劲地吼着。躺在床上的罗舜初显得很平静，他对住不了医院一事似乎并无一点怨恨，好像一切都很正常，一切都在意料之中。两天来，躺在床上的他想了不少问题，最让他放心不下的，就是通信卫星。在他的一生中，凡是党中央、毛主席和周恩来交给他的任务，他每次都圆满完成，而且还完成得很出色。可这次，已经几年过去了，通信卫星的研制工作不但没有完成，反而还遥遥无期，很难往下进行。如果病中的他就此躺下不起，岂不愧对祖国，悔恨终生！奇怪的是，据他儿子后来说，两天来他居然做了很多很多的梦，有些梦是在不知不觉中做的，有些梦是在半醒半睡中做的，有些梦则是在完全清醒的状态下做的。而且，这些梦大都是关于国防科技、关于火箭卫星的，一个比一个宏大，一个比一个辉煌，一个比一个惊心动魄，震撼人心。可当这一个个辉煌的美梦醒来之后，呈现在他面前的，仍是一个个冰冷的现实。

突然，昏睡中的罗舜初叫起了儿子。

"爸。"正在生气的儿子听见父亲的叫声，急忙来到床前，拉住父亲的手。

"你还记得十年前我生病的事吗？"罗舜初问。

"记得。"

儿子当然记得。那是1964年春的一天，父亲突然晕倒在一个现场会上。为了搞清他的病症，经贺龙、聂荣臻和罗瑞卿三人批示同意，决定由协和医院、北京医院、301医院和宣武医院四家联合起来，为父亲做了一次脑血管造影检查。检查结果显示：脑血管堵塞形成侧支循环。为了治好父亲的病，聂荣臻还从国家有限的外汇中拨了点钱，专程派人到香港去购买了一些最先进的药物回来，以供父亲服用。只是，分管父亲的医生当时曾经说过这样一句话："如果情况好的话，能保持十年。"

罗舜初继续说道："我算了一下，今年正好是第十年，可能是我的老毛病又犯了。这次……"

"爸，没事的，你放心。"

“其实，生老病死，没什么可怕的。我的那些战友，不少人都死在了战场，我却有幸活了下来，而且活到了今天，比起他们，我是一个再幸运不过的人了。只是，有些很重要的工作，我还来不及做。这次如果我挺不过去了，你一定要好好学习，照顾好你妈妈。另外，不要对党有什么意见。”

罗舜初说完，便平静地躺在那里，一句话也不再说了。

儿子望着父亲，眼泪忍不住地流了出来。父亲有病住不进医院，儿子当然着急，可一时又无可奈何。

警卫员这时走了进来，把罗舜初的儿子拉至一旁，说：“现在只有一个办法，就是给周总理打个电话。”

罗舜初的儿子一听有道理，再说也别无他法，便找出父亲的电话本，然后挂通了周总理值班室的电话。

“喂，是总理值班室吗?”罗舜初的儿子小心翼翼地问道。

“是的。请问哪里?”

“我、我是罗舜初的……”

“哦，是罗副主任啊，好久没听见你的声音了，你最近还好吗?”

“不是，”罗舜初的儿子忙纠正说，“我是罗舜初的儿子，现在有个情况要向周总理报告。我父亲现在病得很厉害，可 301 医院说没有病床，住不进去，我担心这样下去会有危险!”

“现在总理正在开会，你稍等一下，我报告总理后再告诉你。”说完，对方挂了电话。

大约过了十来分钟，罗舜初家的电话响了。罗舜初的儿子急忙拿起电话，是周总理值班室打来的，还是刚才那位值班秘书的声音：“我报告总理了，并和 301 医院取得了联系，301 医院已经同意接收了，你们赶紧去吧!”

躺在床上的罗舜初尽管昏昏沉沉，还是听出了儿子打电话的意思，忙叫过儿子，说：“你们怎么又给周总理添麻烦了！我早就说过，不要去打搅周总理。”

正在这时，电话又响了，是 301 医院打来的，说床位已经腾出，请尽快把罗副主任送来。

罗舜初这才住进了医院。一检查，是急性肺炎；第二天再检查，又查出了脉管炎……

身体刚刚初愈，罗舜初便离开了医院。

然而，1974 年，江青在国防科委“放火烧荒”，一场轰轰烈烈的“批林批孔”运动又在国防科委拉开了序幕。

罗舜初的家被抄了个乱七八糟。最令罗舜初伤心的是，连他最需要的、几十年来不可缺少也从未缺少的信息工具——电话机，也被拆掉了！

不久，又要罗舜初接受大会的批斗。开批斗会那天，罗舜初在思想上做好了充分的准备。他知道，西北酒泉基地的司令员李福泽已经被抓去关起来了。而关押他的房子，听说也已经准备好了。因此，到了批斗会场时，他十分坦然，毫无惧色。批斗中当有人对他进行人身攻击时，他当即进行反驳，态度极其强硬。搞得大会无法往下进行。结果，双方大吵大闹一通之后，会议不欢而散。

回到家中的罗舜初什么也不想了，一心做好了被抓的准备。他本来随时可以给周恩来总理打电话，但他坚决不打，也不准家里的人打。他不愿因为他的事情而牵涉周恩来，甚至他还有意割断了与周恩来的任何联系。

然而，一天过去了，罗舜初没有被抓；两天过去了，罗舜初还是没有被抓。

事后得知，抓罗舜初的计划本已拟定，关押罗舜初的房子也准备妥当，但还是有人将此事报告了周恩来。周恩来得知后，马上给有关负责人打了电话，说：“罗舜初是在毛主席和朱德那儿挂了号的人，你们不能这么做。”这样，罗舜初才又一次幸免于难。

此后，罗舜初没有再受到批斗，每天依然靠边待在家里，无人搭理，没人理睬。而检查却是要写的，只是气氛比过去缓和多了。

直到 1975 年 4 月，罗舜初才接到了正式命令，前往沈阳军区出任副司令员。虽官复原职，却不得不离开京城。

行前，叶剑英、徐向前、聂荣臻三位元帅将罗舜初等一批人召集在一起，做了一次集体谈话，算是对几年来不是问题的问题的一个了结。

离开北京的那天晚上，国防科委机关的不少领导、专家、处长、参谋、干事、战士甚至打字员，都去车站为罗舜初送行。望着曾经与自己朝夕相处的一大群依依不舍的将士，罗舜初禁不住热泪盈眶。是的，通信卫星尚未上天，他却要离开岗位。尽管将士们不愿让他离去，但他又不得不离去！

八个月后，周恩来与世长辞，远在沈阳的罗舜初痛不欲生。他含泪写下他在毛主席和周恩来两位伟人身边工作的情况，被当时的内参刊载。

1978 年 9 月，邓小平访问朝鲜归来，路过沈阳。当在欢迎的人群中一眼见到罗舜初那张熟悉的脸孔时，邓小平走过去，握着罗舜初的手，还是不改当年的称呼：“小罗，你什么时候到这儿的？”

“1975 年 4 月。”罗舜初回答说。

“记得红军时期军委几个小鬼中，你的年纪最小，是不是？”

“是的，当时我还不到二十岁。”

“现在身体怎么样？”

“还行。”

“对工作有什么想法吗？”

面对这个话题，罗舜初似乎感到很沉重。他想了想，只简单地说了一句：“我已经是六十多岁的人了，身体比不上年轻的时候啦！”

望着确实已经苍老的罗舜初，邓小平点了点头，什么也没说。

其实，罗舜初对工作何尝没有自己的想法。几年来，他人虽然离开了国防科委，可他的心却无法与国防科委完全割舍开来。通信卫星的问题始终是他心上一个想解又解不开的结。火箭、卫星、导弹、发射场，以及那些科技专家和部队的将士们，总要时不时地出现在他的梦中。

然而，现实不是梦境。昨天与今天，毕竟是两个无法替换的时段。虽然他想选择历史，但历史已经淡忘了他。

1981 年 2 月 24 日，罗舜初因患肺心病在沈阳逝世，终年六十七岁。

他走得很平静，既没有什么牵挂，也没有什么怨恨，唯一的遗憾，就是在他离开这个世界之前，也没看到中国第一颗同步通信卫星的升起！

第三章

秘密代号“331”

9. 尼克松的“黑匣子”

1972 年 2 月 21 日，美国总统尼克松首次访华。

这是一个颇具历史意味、很有必要记住的日子。这个日子不仅对中美关系的建立起到了决定性的作用，而且对中国的卫星通信工程也产生了特殊的影响。如果说中美关系的建立应该感谢这一天来华的美国总统尼克松，那么中国卫星通信工程的兴起也与这天踏上中国领土的尼克松直接有关。

尼克松访华的前几天，美国的一架运输机提前降落在了北京首都机场。这架运输机刚一停稳，一个秘密的集装箱便从机上卸了下来。这个集装箱被迅速打开后，露出的是一个中国人从未见过的活动型的卫星地面站。在中方有关人员的协助下，美国的这个卫星地面站便安放在了首都机场，其天线直径仅有十米。

于是，当尼克松总统访华的专机一降落在北京首都机场，尼克松刚刚走下飞机的舷梯，英俊潇洒、面容冷峻的美国国防部安全军官黑格，便如同影子一般紧紧地跟在了尼克松的身后。这位美国军官既没带枪，也没带文件包，白白净净的手上只拎了一只小巧精致的黑皮箱。

当时，在场的绝大部分中国人对这个小小的黑皮箱并没有怎么注意，自然也就谈不上会有什么兴趣。殊不知这个后来被称之为“黑匣子”的黑皮包——微型活动卫星地面站的终端，却十分了得，它体积虽小、重量虽轻，却装着美利坚合众国三军总司令开启整个战争机器的“钥匙”。

依靠这个“黑匣子”里面的专线，尼克松总统可以在三秒钟之内，将美国三军总司令的作战命令传到分布在世界任何角落的美军连级以上的部队。同样，依靠这个“黑匣子”里面的专线，尼克松总统在访华期间与中方的一言一行、一举一动，也可以在短短的几秒钟之内通过美国在太平洋上空的通信卫星，传回到美国的千家万户。

最先注意到这个“黑匣子”的，是周恩来。

尼克松访华的当晚，周恩来陪同尼克松一起看当天中美活动的录像。刚看了几个镜头，尼克松便指着录像对周恩来说：“现在美国人民也坐在电视机旁看我们今天的活动情况。”

周恩来略微一惊：“是吗？”

尼克松笑了，指着身边的安全军官黑格拎着的黑皮箱说：“从我踏上中国领土的第一步起，我在中国每时每刻的活动情况，便全都由它记录在案。它所记录下的信息送给卫星地面站处理，然后再通过我们天上的通信卫星，将这儿的每一个活动细节随时传回美国。”

据有关工作人员回忆，周恩来听后十分震惊，但表面上依然显得漫不经心。面对尼克松身边那个神神秘秘的“黑匣子”，周恩来当时没有再说什么，事后却急忙找来有关人员，对“黑匣子”之事进行了认真的询问。

有关人员把“黑匣子”和卫星地面站的有关秘密详细地向周恩来做了介绍，最后不无遗憾地说了一句：“可惜的是，天上现在还没有我们中国的通信卫星！”

周恩来一下沉默了。

从第二天起，周恩来与尼克松在一起的日子里，眼睛总是有意或无意地看一看尼克松身边的那个“黑匣子”。

周恩来的这一微小的细节，被机敏而细心的基辛格博士注意到了。基辛格博士很快将这一信息传给了尼克松。

一次晚宴中，周恩来与尼克松频频举杯后，又一次谈到了那个神秘的“黑匣子”和卫星地面站。尼克松脱口说道：“我们这次带来的卫星地面站，到时就留给你们吧！”

在旁的基辛格博士也趁机说道：“对，周总理先生，就留给中国做个纪念吧!”

周恩来端起酒杯，笑了笑，说：“总统先生，我看还是卖给我们吧!”

就这样，尼克松访华结束后，他随身带来的那个卫星地面站，便被中国买了下来，留在了北京电信管理局。

本来，当年为了限制中国和苏联在某些领域的发展，按照国际组织巴黎统筹委员会的规定，像卫星地面站这样的设备，是绝对不能卖给中国的；但奇怪的是，美方这次竟然同意了。对此，我们是不是可以理解为是尼克松为了缓解中美两国关系而表示的一点诚意呢?

1972 年下半年，日本田中首相访华。和尼克松总统访华一样，田中首相也随身带来了“黑匣子”和卫星地面站。

从未见过日本卫星地面站的中国人，如同从未见过美国卫星地面站一样，再一次大开了眼界，同时心灵也受到强烈的震撼与刺激。而后也和尼克松访华一样，等田中首相访华结束后，中国把日本带来的卫星地面站也想法买了下来，留在了邮电部上海邮电科学研究院第一研究所。

按当时国际组织巴黎统筹委员会的规定，日本的卫星地面站同样不能卖给中国。但历史常常就是这样的有趣——田中首相居然也同意了——日本和美国一样，第一次向长期受压的中国显示了少有的大方。

两个卫星地面站的购买，为中国日后卫星地面站的发展提供了很好的借鉴——至少，它为中国的领导人和专家们提供了一个新的思路和方向，缩短了中国卫星地面站研制的时间。

10. 邮电学院“三剑客”

尼克松总统访华时随身带来的“黑匣子”和卫星地面站，不仅影响了共和国总理周恩来，而且对当时所有关心和正在研制中国通信卫星的有识之士及技术专家们，也产生了强烈的刺激。因为，在那个权威已被打倒、知识已被践踏、世界已被隔绝、信息已被中断的年代里，中国的科技专家和技术人员自“文革”开始八年来，大都蹲在牛棚里写检查、背“语录”，或者在“五七干校”插秧、收麦、喂猪、放羊、挑大粪，根本没有机会也没有资格见到如此先进发达、摄人心魄的卫星通信设备！此事对三个先后毕业于北京邮电学院（现为北京邮电大学）的年轻人，更是在心灵的深处引起了强烈的刺激和极大的震撼！

这三个年轻人，一个叫黄仲玉，一个叫林克平，一个叫钟义信。

有人后来将这三位人物称之为“邮电学院三剑客”。

若按照年龄排列，“三剑客”中黄仲玉排行老大，林克平排行老二，钟义信排行老三。

无论用历史的还是用当代的眼光来看，这“三剑客”都是人物。在这个世界上，一个人要想成为人物，不是一件容易的事情。尤其是要成为一个能在历史上留得下来的人物，更是不易。

排行老大的黄仲玉出生在湖南湘西大山区一个贫苦的农民之家。由于他的家乡和他的家庭都太穷太穷，以致 1948 年他考上中学后，因家里交不起两担米的学费，他只好被迫失学，在家种地放牛，同时充当公社的义务通信员。由于他的祖祖辈辈都生活在一个闭塞的大山沟里，他每次为了取回一封信或者发走一封信，都得走上几十里的山路。至于电话，别说用过，几辈人连电话的影子都从未见过。正是从这个时候起，黄仲玉开始真切感受到了中国农村通信的落后。

但黄仲玉从小就是个不太安分守己的人，他对家乡落后的现状似乎天生就有一种不满的情绪。1951 年，年仅十四岁的他积极报名，要求参加志愿军。可他爷爷不同意。黄仲玉的爷爷是位老红军，他随红二方面军翻过雪山，走过草地，到达甘肃后，因患了重病无法行走，便留在了老乡家中。爷爷最终没有走完长征，为此留下了终生的遗憾。于是，爷爷希望他一定要读书，并常常告诫他说：“你长大后一定要好好干，以弥补爷爷当年革命的不足。”结果，黄仲玉没有当成志愿军，靠助学金念完了高中。但考大学时他却落了榜，原因是中学时代的他爱好文学，《三国演义》《水浒传》《西游记》之类的作品，他一天到晚都在抱着读。而大学报考的是理科，数理化靠临阵磨刀去对付，岂有不落榜之理！

1956 年 10 月，黄仲玉被分到了邮电部湖南省训练班学习通信线路技术，使他再一次用自己的青春和汗水体验到了家乡通信的落后与艰难。

不到二十岁的他，每天的工作就是带着几百人爬山栽电线杆。相距五十米一根，先选位、测量、定点，再挖坑、栽杆、架线。他每天都要在山上跑上一二十里路，跑得双脚起泡，累得浑身是汗。碰上雨季或者大风，那就更倒霉了。扛着几十斤重的电线杆在泥泞的山道上跋涉，别说行走，连脚跟都站不稳；头天已经架好的电线杆，晚上大风一刮，杆子又被吹歪掀倒，电线又被撕裂刮断。尤其到了晚上，因在崇山峻岭之中作业，前不沾村，后不着店，只好夜夜露宿山头——将行军床往山上随便找块地方一支，再用大衣、雨衣或者塑料布一裹，倒下便睡。有时遇上打雷、下雨、刮风，无法入睡，便只好起来围着电线杆转圈。就这样，两年下来，五百多公里长的罗霄山脉上，全被黄仲玉带领的队伍栽上了电杆架上了线，他也因此而终身落下了关节炎。

当然，艰辛对一个20世纪50年代初的中国农村小青年来说，其实根本算不了什么，相反，架电线杆能为家乡的父老乡亲带来福音，这在黄仲玉的心中还始终流淌着一种像小溪般欢快的幸福感。真正让他困惑和痛苦的，是家乡那通信落后、信息封闭的残酷现实。在那凄风苦雨的两年中，电线杆如同插在他身上的一根根铁针，令他刻骨铭心；而睡在山上的那一个个蚊虫缠身、露水洗脸的夜晚，喜欢幻想的他想得最多的还是这样一个问题：要是有一天不用电线杆就能通信，那该多好啊！

因此，当1960年6月30日他被保送到北京邮电学院上学时，从小尝够了山区通信落后苦头的他，从走出家乡贫困闭塞的大山沟那一刻起，便发誓要为改变家乡和祖国落后的通信面貌而奉献终身。

1965年，黄仲玉大学毕业后有幸跨进了北京邮电部的大门。就在这一年，他回家探亲，家乡那依然落后的通信现状令他目瞪口呆：他当年辛辛苦苦架好的电线杆，早已东歪西倒，锈迹斑斑；公社的交换机，用木板做接线板，用子弹壳做塞孔，用一根铜线连起来做塞子。唯一的一部电话，还是一部总是喔喔作响、刺刺啦啦的老式磁石电话……面对现实，这位刚从北京邮电学院毕业的大学生落泪了。

回到北京的黄仲玉似乎获得了某种动力，心里时刻都在想着如何改变中国通信落后的事情。但日复一日、年复一年，中国落后的通信状况几乎没有什么大的改变。美国早在 1962 年就发射了人类第一颗通信卫星，可一眨眼十年过去了，中国也没有自己的通信卫星。他身处邮电部门，常年接触的都是通信工作，对因通信落后给中国老百姓造成的困苦，是再知情不过了。可被人称为“小黄”的他，面对国内落后的通信这一残酷的现实时，虽常常心急如焚，却又实在无能为力。

尼克松访华时，美国的卫星地面站刚落脚到中国，他便迫不及待地跑去首都机场看了。在观看的整个过程中，他心里始终有一种压抑感，有一种说不出来的难受滋味。久久一段时间里，他总是在心里反复责问自己：为什么美国人能做到的，中国人做不到呢？最后，他的结论是：美国人能做到的，中国人也一定能做到，一定要想法做到！

排行老二的林克平时为邮电部邮电科学研究院办公室秘书。当他得知尼克松总统随身携带了一个“黑匣子”的消息后，禁不住好一阵激动。一直在通信部门工作的他，当然知道那个“黑匣子”的厉害，可不知什么原因，激动中的他脑子里首先闪现出来的，竟是他小时候见到的父亲偷偷使用的那部简陋的电台。

林克平的父亲，便是大名鼎鼎的林青。如果你看过电影《永不消逝的电波》，电影中那个叫李侠的人物，就有和他父亲相似的经历。林克平的父亲在 1929 年参加了百色起义后，便当上了报务员，红军长征途中，成了电台队长，还在八路军驻西安办事处担任过电台的台长。太平洋战争爆发不久，周恩来住在重庆红岩村，他父亲又担任了八路军重庆办事处秘密电台的台长。新中国成立后，他父亲一直负责通信方面的工作。

生活在这样一种家庭的林克平，从小就和通信结下了缘分。林克平的父亲在重庆红岩村用电台搞秘密联络时，林克平每天都能见到父亲那紧张而又神秘的样子。有时夜半从梦中醒来，仿佛也能听见父亲“嘀嘀嘀”的发报声。最让林克平难忘的，是红岩村家中最顶上那个神秘的小阁楼。父亲每次要发报时，便偷偷地爬到那个小阁楼里，等发完报下来，浑身都湿透了，脱下的衣服用手一拧，汗水便像雨点般洒落一地。

年仅几岁的林克平当时并不知道父亲每天是在为共产党做地下通信工作，他只知道自己的父亲在悄悄地干着一件很神圣的事情，而且这件事情很危险、很艰难，因为国民党的警察和特务就在他家的对门，白天黑夜都在监视着红岩村，他几乎每天都能瞧见。

也就是从这个时候起，小小的林克平便真正懂得了“秘密”两个字的具体含义，同时也开始了他那简单而又复杂的通信生涯。新中国成立前夕，父母日夜忙碌，上小学的林克平利用上学或放学之机，不时为父母传递一些秘密信件，有时还为父母放哨，提供“情报”。尤其是下雨天，茫茫的雨雾一大早便笼罩了整个城市，林克平背着小书包，举着一把大大的雨伞，独自一人在雨路上蹦蹦跳跳地走着。每次做“小交通”出门时，妈妈怕他紧张，总要在他兜里塞上一角钱，让他去买点小零食在嘴里嚼着。因此他每次都用这一角钱去买上一包山楂片，然后一边走一边往嘴里塞。由于他举着的雨伞太大，几乎遮挡了他那又瘦又小的身子，雨伞便成了掩护他的一座移动的“小楼房”。所以每当他从警察或特务的视野中出现或消失时，谁也没想到他那把大大的雨伞下，竟藏着共产党的秘密字条。

1946 年，毛泽东去重庆和蒋介石谈判。为了迎接毛主席的到来，林克平还指挥幼儿园的小朋友们为毛主席和周总理唱了两首歌。毛主席在重庆时，就住在红岩村，即他家的楼下，所以他每天都能与那个“大个子毛伯伯”见面。由于他天性调皮，外加有点嘴馋，所以时不时地跑到“毛伯伯”那儿，厚着脸皮蹭点东西吃。有一次，毛主席谈判回来，渴了，一进门便找西瓜吃。但早上出门时分明放好的两块西瓜却不翼而飞，怎么也找不着了，问警卫员，说不知道。毛主席正纳闷，噘着嘴的林克平从楼上下来了：“毛伯伯，你的西瓜是我给偷吃了。我错了！”毛主席听后哈哈大笑，刮了刮他的鼻子说：“你这小机灵鬼，竟敢偷吃我的西瓜，很好！偷吃了还敢跑来承认，更好！”说完，毛主席还将他一把抱在腿上，问他：“长大了想干什么呀？”他小指头一跷，说：“像爸爸一样，发、电、报！”

果然，新中国成立后，林克平高中毕业报考大学时，征得父亲的同意，填写了北京邮电学院的志愿。1958 年秋，他如愿以偿，跨进了北京邮电学院的大门。1967 年毕业后，分配在了邮电部北京邮电科学研究院。因此，几十年来与通信有着千丝万缕的联系，同时对中国落后的通信现状又知之甚多的林克平，一旦得知自己朝思暮想的卫星地面站这次已随同尼克松总统的访华来到了中国时，便下决心一定要去亲眼看一看。

于是，在尼克松访华的当晚，他利用工作之便，迫不及待地与另外几个同事一起，专程跑到首都机场，然后想法走进了搁放美国卫星地面站的临时机房，第一次亲眼看到了天线直径只有十米长的美国卫星地面站。当有人指点着机房里的设备向他介绍说，这是直通美国的什么什么天线、那是用作什么什么的部件时，他感到既新鲜又刺激，一瞬间便改变了自己脑子里多年形成的固有的中国传统的通信概念。他当时就想：中国什么时候有这玩意儿就好了。

排行老三的钟义信与黄仲玉、林克平一样，也毕业于北京邮电学院，不同的是，钟义信是个孤儿。

钟义信出生在江西赣南一个贫困的农民之家。也许正因为是孤儿的缘故，钟义信从中学时代起，就有一股子发愤向上的劲头。但父母因病双双去世，他中学尚未念完便只好准备回家务农。他的班主任是个共产党员，鉴于他的学习成绩优秀，劝说他继续念书，并为他力争到了助学金。这样，钟义信有幸得以继续念书。所以“共产党就是好”这句在当时颇为流行的话，在他的人生之初便有了扎扎实实的内容；而“吃得苦中苦，方为人上人”这一古训，他更是比一般的人深有领悟。报考大学时，他与班主任的意见一样，都倾向报考北京邮电学院，其原因有三：一是他从小对无线电就有浓厚的兴趣；二是家乡的通信太落后，他立志要为改变家乡落后的通信面貌作贡献；三是认为北京邮电学院是半军事化的学校，吃饭可以不要钱。终于，在 1957 年他考上了北京邮电学院。

钟义信由于从小吃尽了苦头，深知能到北京上学十分不易，所以一旦跨进大学校门之后，便比一般的学生更为用功、更能吃苦。尤其是在“三年困难”时期，每天都是饿着肚子上课，别的同学下课后都趴在床上捂着肚子动弹不了了，他照样挎起书包去图书馆，一手捂着饥肠辘辘的肚子，一手摘抄大量的信息资料。1962 年大学毕业时，邮电学院一共考上了两名研究生，他便是其中的一个。而且，还是他最感兴趣的信息论专业。

信息论这个专业在当时的中国极其少有，除北京邮电学院之外，大概只有西安军事电讯工程学院才有。钟义信能上这个专业，可谓如鱼得水。由于他从 1962 年起就开始攻读信息专业，所以他对通信卫星的关注，早在 60 年代初期美国的通信卫星上天之后不久便开始了。1970 年，中国的第一颗人造卫星发射成功，对钟义信是一个很大的鼓舞，同时也增强了他对中国搞通信卫星的自信。此后，他对通信卫星的事情更加关注。

尼克松访华时，他因研究生毕业后留校任教，没有机会去机场亲眼看看美国的卫星地面站和那个神秘的“黑匣子”。但此事他很快就知道了，心里受到的震撼和刺激并不亚于第一次知道美国发射通信卫星。因为美国的卫星地面站从大洋彼岸活生生地搬到了中国的北京，对文明古国的中国既是一次形象的警示，又是一次绝妙的挑战。作为一名专门研究信息的青年专家，他深知通信问题对一个国家一个民族该是何等的重要！他从心里为美国先进的通信而高兴，同时又为自己的国家几十年来落后的通信而深感惭愧。

在尼克松访华的那段时间里，钟义信每天都处于一种深深的自责之中，处于一种浑身有劲而又无处可使的难堪之中。一想起家乡和全国各地那些通信极其落后的地方，他就有一种无名的冲动，肚子里那股憋了多年的气就有直往上冒的感觉，恨不得中国的卫星通信工程一觉醒来就大功告成。可每当他面对着红红绿绿的标语旗帜，耳听着地动山摇的“革命”口号时，心里又总会涌起一种英雄无用武之地的悲怆之感。

…………

“三剑客”在 1972 年不过是三个普普通通而又默默无闻的年轻人，他们虽然同是北京邮电学院的弟子，虽然各自都因尼克松的“黑匣子”而心灵受到震撼，并对中国的通信卫星问题也各有自己的打算，但彼此的思想当时并无交流，或者说还没有一个交流的机会。三个人的名字最终惊动中南海，是两年后的事情。

11. 写信写到中南海

1974 年 3 月的一个夜晚。

这本来应该是个充满温馨与柔情的春天的夜晚，可由于近期来“批林批孔”运动的蓬勃兴起，全北京城都被炒得热火朝天。因此，在这个美好的春夜里，不仅“走资派”个个草木皆兵、心有余悸，一般的老百姓也诚惶诚恐、小心翼翼，甚至连流动的空气里也仿佛飘荡着随时可能燃烧起来的火药气味。

但此时此刻，北京邮电部一间普通的小屋里依然还亮着灯光。灯光下，三个人影围坐在一张小圆桌旁，神秘地谈论着一件神秘的事情。窗外那个热闹而又时髦的“革命世界”，好像与他们并无关系。

灯下的这三个人，便是黄仲玉、林克平和钟义信。

三人谈论的既不是“批林批孔”，也不是“反修防修”，而是一个同那个年代的内容和色彩极不协调，与国家、人民的荣誉和利益又紧密相关的话题：中国的通信问题到底应该怎么办？中国卫星通信工程这艘大船怎么才能扬帆起航？

这个问题之所以被郑重其事、迫不及待地摆在了三人的面前，与尼克松总统两年前访华当然有关；但事情的起因还是 1973 年 7 月 3 日的一个会议。那天，邮电部召集有关人员传达中央工作会议精神，当时在邮电部计划科负责规划工作的黄仲玉参加了这个会议。就是在这个会上，邮电部领导传达了毛泽东不久前在中央工作会议上关于军工产品定型的重要指示：

> 军工产品，能定型的要定型，要认真抓。不能定型的不能生产，不能装备，援助人家也不行。林彪一伙把六个机械部搞到军委办事组管，搞乱了，误了几年时间，质量很差，有的搞不响。我们要急起直追。地方能搞的，也要搞。上海搞卫星，有可能搞成。各地有条件的，可以搞。定型要抓紧，尖端要加快。

同时，邮电部领导也在这个会上传达了周恩来的指示：“主席经常说，我们是试验阶段，不需要生产，但能上去，仍应上去!”

毛泽东和周恩来的指示传达后，在邮电部引起很大反响。因为毛泽东的指示中有两句话对邮电部来说相当关键，即“地方能搞的，也要搞”（指火箭、卫星）。按过去的规定，火箭、卫星属于军工产品，除国防科委和七机部外，地方不能搞。但毛泽东的这一指示下达后，却给地方想搞火箭、卫星的部门开了一盏绿灯，甚至说是赐了一把尚方宝剑。就是说，属于地方的邮电部也可以参与搞通信卫星了!

正为卫星通信的问题而发愁的黄仲玉听了毛主席的这一指示后，十分激动。1970 年中国成功地发射了第一颗人造卫星后，黄仲玉就激动过，也欣喜过，对中国发射通信卫星的事情一直抱着很大的希望。他认为中国完全可以趁机集中力量，全力以赴地搞好通信卫星的研制工作。可自中国第一颗人造卫星上天之后，在他的记忆中，各种各样的“革命”、乱七八糟的“运动”以及五花八门的批斗会，好像就从来没有间断过、停止过。现在，一晃快四年过去了，通信卫星的事情非但没有得到解决，“批林批孔”的运动反倒又轰轰烈烈地搞起来了。这一“批”，不知又要“批”到猴年马月了。

此外，中国通信落后的现实，也令他深感不安。他曾去过南疆，那儿的通信状况比内地不知要落后多少倍！他过去从未想到过。根据他多年的经验和他对许多实地的考察，他认为最好的办法就是发展卫星通信，既保密又实用，还省钱。而且，无论军事、外交、航运，还是民用方面，也都急需通信卫星!

黄仲玉很快找到邮电部部长钟夫翔，向他汇报了搞通信卫星的一些想法，并主张通信卫星不从国外买，由中国自己来搞。钟夫翔部长对此表示赞同和支持，并要他组织一个关于通信卫星的联合调查组。

黄仲玉又找到七机部五院和广播电视局的有关人员，就一些问题交换了意见，进行了商讨，大家一致认为通信卫星应该搞，而且都有要搞的迫切愿望。于是在黄仲玉的积极倡导下，邮电部、七机部五院和广播电视局便联合组成了一个卫星调查小组，由黄仲玉担任组长，邮电学院的钟义信出任技术顾问。

1973年秋，通信卫星联合调查小组对北京、上海和南京的有关部门、基地以及工厂进行了一番深入细致的调查，掌握了大量的第一手资料。调查小组结束调查回到北京后，又根据此次调查的情况，对到底如何发展中国的卫星通信问题专门进行了一番论证。最后，大家认为，中国若是自己搞通信卫星，是有基础、有条件的，也是可以搞起来的。因为，首先运载火箭没有问题；其次，卫星除了个别部件国内不能生产，需从外国引进，也没什么大的问题。

于是，调查小组便写了一份关于通信卫星的调查报告，各自向本部门做了详细的汇报。但这只是纸上谈兵而已，关键是如何将纸上谈兵尽快转化为实际行动？

黄仲玉找钟义信和林克平一起来商量的，正是这个问题。由于黄仲玉一直在邮电部的科技计划科做规划工作，加之又是长者，故成了三人的牵头人物。三人经过商讨，一致认为，发展通信卫星是改变中国落后的通信面貌的唯一途径，也是中国通信发展的一个方向。现在，全世界都在朝着一个信息的时代发展，中国如果再不把通信卫星的问题提到议事日程上来，那太空中本应属于中国的位置，不久就会被人抢占。再说，连印度这样落后的国家从70年代起，都开始通过通信卫星发展自己的教育电视，建起了几千个卫星地面站，堂堂的中华大国，总不能落在印度的后面吧？

但三个人商量来商量去，感到最难办的，是通信卫星的问题如何才能引起国家领导人的重视？怎样才能纳入国家的重点计划？因为在那个政治高于一切、压倒一切的年代，从中央到地方，从军内到军外，全中国都在忙于“革命”，忙于“批林批孔”，会有谁肯来过问像通信卫星这种与“革命”和“孔老二”没有什么关系的事情呢？

最后，他们想到了周恩来。

他们决定给周恩来写上一封信，向周恩来总理反映真实的情况和意见，建议中国尽快搞通信卫星。

但谁来执笔写？

钟义信是信息专业，又懂通信卫星技术方面的问题，再加上此前他就有要给中央写信反映情况的打算，所以给周恩来总理写信的重担便落在了他的身上。

第二天晚上，钟义信便在自己家的一间小屋里挑灯夜战，给周恩来写信。给中央领导人写信，对钟义信来说，这已不是第一次了。“文化大革命”开始后，他所学的信息专业比较理论化，有人便提出要停办信息专业课。他知道后，马上跑到西安军事电讯工程学院，找到学信息专业的同行，动员他们联名给中央领导人写信，反映信息这门学科的重要性，以保住信息专业不被砍掉。但因西安军事电讯工程学院属于军队院校，军人铁的纪律使他们不敢签名。无奈，钟义信只好又回到北京，自己给中央写了一封信。但信写好了却又不知道怎么才能送到中央。

1969 年，陈伯达突然提倡要大搞电子技术。钟义信便利用讲课之便，在北京邮电学院讲开了电子技术。同时，他也乘此机会，大讲信息技术，并说信息技术实际上比电子技术还要重要！也就是在这次讲课中，他首次提出了“信息科学”这个概念。他说，如果中国能把信息科学搞起来，那社会主义的建设不知要快多少倍，人们的生活会发生很大的变化。当时北京邮电学院的“革命委员会”的领导听了后，觉得不错，钟义信便向他们谈了要给中央写信的想法，“革命委员会”的领导表示同意。于是，钟义信便以“信息科学和它的社会意义”为题，给党中央写了一封信。然后以北京邮电学院“革命委员会”的名义，送给了“中央文革小组”。可这封信送出去之后，石沉大海，再无消息。

所以，这个晚上的钟义信在给周恩来写信时，思想上就难免会产生种种的顾虑：这封信能送到周总理的手上吗？周总理有时间来过问这样一封普普通通的群众来信吗？万一这封信落在了别人手上怎么办？

第二天，钟义信将信交到了黄仲玉的手上。黄仲玉看了后，觉得信写得很好，只是太长，便做了一些删改。然后，黄仲玉、钟义信和林克平三人又聚在一起，商量到底如何处理这封信的问题。

林克平是钟夫翔部长的秘书，处理这类问题很有经验。他说，周恩来总理肯定很忙，为了让周总理能在很短的时间内看完这封信，信的内容一定要简明扼要、直截了当，而且字体一定要又大又工整。于是，林克平再对通篇文字做了推敲修改，而后三人又将信逐字逐句地改了一次，这才从邮电部找来一位毛笔字写得好的同志，请他将信工工整整地重新誊抄了一遍。这样，不仅字体突出清晰，而且漂亮好看。

最后，三人依次签上了自己的名字：黄仲玉、钟义信、林克平。

但这封信通过什么方式送到周恩来的手上呢？

从普通邮局走，肯定不行；派专人送，又不可能。

怎么办？

还是当秘书的林克平有办法，他说，唯一的办法，就是随同机要文件一起走，而且挂号。

黄仲玉和钟义信当即表示赞同。

这样，一封由三位普通的年轻人签名的群众来信，顺着一条机要的秘密渠道，进了中南海的大门。

但信送走后，三个年轻人心里一直忐忑不安：这封信带给他们的，将是一个什么样的结果呢？

12. 周恩来的最后一个批示

1974 年 5 月 19 日凌晨。

这是中南海一个普普通通的工作日，也是周恩来一个普普通通的工作日。据有关人员后来回忆，这天的周恩来一连参加完两个会议之后，已是凌晨两点有余。他回到办公室，用冷水洗了洗脸，喝下一杯热牛奶，然后活动活动麻木的手脚，便又坐在了他那张宽大的写字台前，开始了新的一天工作。

按惯例，周恩来首先拿起一支已经削好的红蓝色铅笔，然后打开秘书已经为他准备好的红色文件夹，对有关文件逐一地进行了阅示。个别急需处理的文件，他又认真做了批示，而后交秘书即刻办理。

接着，周恩来又打开秘书今天特意为他准备好的另一个天蓝色的文件夹。这个天蓝色文件夹里存放的，是几十封已由秘书整理打印好了的群众来信的内容摘要。

看群众来信，已是周恩来多年养成的一个习惯。特别是“文化大革命”开始以后，周恩来曾多次告诉秘书，一旦遇有重要内容的群众来信，一定要送给他看，千万不要漏掉。作为一个国家的总理，他需要从各个渠道了解全国各个方面的情况。更何况周恩来是个极其细心的人，几十年的工作经验告诉他，兼听则明，偏听则暗，的确是一条真理。有些情况光听来自会议桌上的汇报，是不可能靠得住的，有时一封群众来信，往往可以受到意想不到的启发，很能说明问题。因此，不时地看看群众来信，已自觉或不自觉地成了周恩来的一种特殊的工作方式。

周恩来的工作本来就非常忙，又事必躬亲，其工作量之大，可以想象。据周恩来的秘书回忆，“文化大革命”前，因有人向毛主席反映周恩来的秘书太多，毛主席便讲了一句：“不要什么事情都靠秘书！”周恩来知道后，便撤销了总理办公室，将原来的“总理办公室”改称“总理值班室”，并只留下了两个秘书和三个干事。“文化大革命”开始后，周恩来更是忙得不可开交，中央机关和地方的“造反派”经常用保密机直接给总理值班室打电话。于是，周恩来与外界的电话联系便一天到晚接连不断。一次，中南海总机的工作人员建议说：总理值班室的电话太多，很难打进来，能不能换一个电话号码？周恩来知道后生气地说：“现在人民群众只有通过这个电话才能找到我，如果换了号码，他们怎么与我取得联系？”这样，总理值班室的电话号码始终未变。但后来全国纷纷成立了“革命委员会”，由于总理值班室有一次与“中央文革”小组因为一份文件的事闹了矛盾，江青便借机在钓鱼台十七号楼与周恩来胡搅蛮缠，说总理值班室根本没有把“中央文革”放在眼里，声称要解散总理值班室。在江青的威逼下，周恩来只好在一次国务院办公会上宣布：解散总理值班室！

堂堂一个共和国的总理，连一个起码而必需的值班室都没有，其工作量有多大就可想而知了。

特别是近一个时期来，寄自全国各地的群众来信越来越多。由于没有了总理办公室，秘书也只剩下了一个，周恩来便几乎成了光杆司令；

再加之他重病缠身，当然就比以往任何时候都苦、都累。“批林批孔”开始以后，全国各地的群众来信每日如同雪花一般纷纷飞至他的办公桌前。面对如此广泛的群众来信，周恩来实在有点看不过来了，但他又不能不看，不得不看，只好让秘书将群众来信搞一个内容摘要，再送给他看。

这天凌晨的周恩来一连看了几封群众来信摘要，内容千篇一律，全都是关于“批林批孔”的。正当他准备打住时，另一封群众来信却突然将他吸引住了。

展现在周恩来面前的，是一封与众不同的信。此信不仅层次清晰、主题明确，而且最关键的是内容与前面的来信截然不同。它所涉及的既不是“批林批孔”，也不是“斗私批修”，而是一看就令周恩来颇感兴趣的问题：通信卫星!

周恩来很惊喜，又感到有些意外。他没有想到，在这全国上下都在轰轰烈烈地“批林批孔”、数亿中国人都在高举“语录”狂呼口号的时候，居然有人放弃了“革命”的“大好时机”，直接给他写来这封信，谈到了他脑子里始终没有忘记的通信卫星问题。

周恩来的神志陡然兴奋起来。他清楚地记得，早在 1970 年 6 月 3 日，他在一份文件上就对通信卫星的问题做过批示。四年中，他记不清已有多少次同有关的部门谈到通信卫星的问题了。可由于政治形势所迫，全国许多部门都只“抓革命”，不“促生产”，通信卫星的问题一拖再拖，始终未能得到很好地贯彻落实。“批林批孔”运动开始后，他就更是深感力不从心了。随着“文化大革命”的步步推进，随着党内政治斗争的日趋尖锐，当一大批老同志纷纷被推翻打倒并置于死地之后，他的处境也越来越微妙、工作越来越难办、日子越来越不好过了。尤其是林彪事件之后，他成了“四人帮”直接的对立面、势不两立的“拦路虎”，别说一般性的工作不好开展，就是许多很重要的工作也难以进行。为了维护大局，为了国家的利益，他不得不强忍着，不得不硬撑着，因而他肩上的担子便比任何时候都显得更有分量，更为沉重。

从 1974 年年初起，斗争就更加明朗化了。少数人为了争权夺利，为了实现个人之野心，又别出心裁，阴谋策划，操纵发动了所谓的“批林批孔”运动。对这场已经在全国轰轰烈烈地开展起来的典型的政治运动，在政治上一向十分敏感的周恩来，当然有所察觉：与其说“批孔”，不如说“批周”。更不幸的是，近期来他的身体状况非常不好，越来越不好。301 和 305 医院的医生们已经多次强烈要求他住院治疗，秘书也无时不在向他发出提醒和劝告，可他别无选择，只能一天天地坚持下去。因为通信卫星问题是他心头一直牵挂的一件大事，他必须过问。现在，连群众都着急了，直接把信写到了他的手上，他能等闲视之，因病不管吗?

周恩来合上文件夹，叫来秘书，让马上把他正看的那封群众来信的原件找来。

片刻，秘书将这封群众来信的原稿送到了周恩来的手上。

周恩来接过信一看，只见信封上写着“周恩来总理亲启”几个十分工整的大字。凭字体判断，周恩来知道这不是一般的群众来信。他将信展开，一行工整有力的毛笔字便出现在他的眼前：《关于建设我国卫星通信的建议》。

一见这个题目，周恩来马上将信全部展开。这时，他突然一阵剧烈咳嗽，不得不用双手捂住胸口，艰难地弯下腰去。秘书慌忙过去扶住周恩来，周恩来一弯腰，吐出一口带血的痰。

秘书急忙劝告周恩来说：“总理，先回屋休息休息吧。”

周恩来摆了摆手，说：“没事的，过一会儿就好了。”

刚一说完，周恩来又是一阵剧烈的咳嗽。

片刻，周恩来端起茶杯，喝了两口，然后拿起信，一字一句地看了下去。

周恩来一边看一边想，一边还用红蓝铅笔在信上画下了一道又一道的红杠杠。看着看着，他焦虑的脸上便渐渐舒展开来。

在周恩来看来，此信写得很认真，很有见解，很有感情，也很有个性。不仅言简意赅，文笔流畅，书写规范，字迹清楚，而且，内容扎实，情况熟悉，逻辑严谨，推论准确，对中国的通信现状和未来的发展前景分析十分透彻。许多观点新鲜独特，很有价值，却又不带政治色彩和个人目的。作者先阐述了我国发展通信卫星的重要意义之后，又对我国发展通信卫星的现实性、必要性和可能性做了论证，最后，信这样写道：

> 中国是个社会主义国家，其最大的优越性就是能够做到大力协同。只要国家出面，把全国各部门的优势集中起来，我国的通信卫星就有条件、有基础、有能力搞上去。因此，我们建议：由国家出面，统一组织安排我国的通信卫星研制问题。

周恩来看完信，最后将目光停在了写信人的名字上：黄仲玉、钟义信、林克平。

这三位是什么人呢？

周恩来在三个人的名字下面，重重地画了一道红杠杠，然后又打上一个问号，这才站起身来，在办公桌前踱开了步子。

据工作人员后来回忆说，看完信之后的周恩来很激动，当时就叫过秘书，问起尼克松访华结束后留在中国的那个活动卫星地面站的情况。

秘书告诉周恩来说，这个美国的卫星地面站现在仍在北京，后来新买的也在。只是，有人对购买美国卫星地面站的事，一直持反对意见。尤其是前一段时间，有人还写了告状信到“中央文革”小组，闹腾得比较厉害。

周恩来听后，似乎一下被触动了什么，脸上闪过一丝忧虑的神情，接着，又是一阵剧烈的咳嗽。

周恩来一手捂着胸口，一手拿着那封被他画下了无数红道道的来信，起身慢慢走到窗前，望着灰蒙蒙的天空，陷入了一种难言的沉思之中。

应该说两年前尼克松总统访华时随身带来的那个黑匣子，对周恩来所产生的震动是比较大的。作为见多识广的周恩来，当然早就知道美国的通信比中国的通信先进，但他毕竟是个政治家，而不是一个无线电通信专家，他没想到，美国那个小小的“黑匣子”居然能将他和尼克松在北京的一言一行，眨眼间通过通信卫星传到美国的千家万户，传到世界的各个角落。这一活生生的事实，使他恍然感到，尽快发展中国的通信卫星，实在是迫在眉睫，势在必行。因此，他指示有关部门，买下了美国的两个卫星通信地面站，一个用于军事研究，另一个则用于民用开发。

但出乎周恩来意料的是，后来江青等人则利用此事大做文章，在某些基层单位掀起了一股大批“洋奴哲学”的风潮，说什么买美国的卫星地面站是“崇洋媚外”，是“践踏国格”，是“大长资产阶级的威风，大灭无产阶级的志气”。再加上后来一部分专家们到美国考察时，美国人送给了他们一对水晶蜗牛。这对水晶蜗牛拿回国后，又被江青等人借题发挥，大做文章，下至车间，上到中央，闹得满城风雨，沸沸扬扬！1974年1月25日，“批林批孔”运动揭开序幕后，江青等人更是借此推波助澜，到处将买卫星地面站的事和“蜗牛事件”散布扩张，小题大做。就在不久前，江青在人民大会堂召开的万人大会上，竟然还公开点名，对所谓的“蜗牛事件”做了凶狠的批判；并含沙射影，矛头直指他本人，说“蜗牛事件”是典型的“爬行主义”，是典型的“洋奴哲学”，其后台人物就在中央！

在如此剑拔弩张的形势下，面对这封普通而又非凡的群众来信，该做何处理呢？

周恩来捂着胸口，再次踱开了步子。

据有关工作人员回忆，这个凌晨的周恩来显得特别的疲累和憔悴，他看完信后，心情一直很沉重，犹如决战前的一位统帅，一时难以下定决心。他在屋里大约踱步几分钟，又到旁边用凉水洗了一把脸，这才重新坐回自己的办公桌前，再一次拿起信认真看了起来。

片刻，周恩来拿起一支红蓝铅笔，在信的天头这样写道：

> 即送春桥、剑英、洪文、先念同志。阅后批交计委、国防科委联合召开一个有关部门会议，先将卫星通信的制造、协作和使用方针定下，然后再按计划分工做出规划，督促进行。妥否请酌。
>
> 周恩来
>
> 1974.5.19

这就是周恩来著名的“5·19”批示。

周恩来写完这个批示之后的第十三天，即1974年6月1日，便被迫住进了305医院。此后，周恩来再也没有回到他那张宽大的办公桌前。

“5·19”批示，是周恩来生前留给这个世界的一个重要批示，也是最后一个批示。

13. 毛泽东与通信卫星

周恩来的“5·19”批示，成为中国卫星通信工程一个良好的转机。这一批示既代表了当时广大科技人员的心愿（因为当时五院、国防科委和别的部门的专家们，通过各种方式向中央和周恩来反映这一情况的也不少），又顺应了当时的历史潮流。尽管张春桥、王洪文、江青、陈伯达等人从内心对周恩来充满敌意，但搞卫星毕竟属于科学的范畴，中国的通信卫星要是真的搞成功了，不也是“无产阶级文化大革命的伟大胜利”吗？不还是“毛泽东思想的伟大胜利”吗？何况通信卫星这玩意儿就像不会说话的足球，在政治这块球场上，谁都可以“踢”上几脚，而且还能“踢”出不同的花样。

因此，周恩来的这一批示，虽然不可避免地受到“四人帮”的一些刁难，但最终还是没有遭到扼杀。它一出台，便很快打破了沉闷四年的僵局，成为中国研制、发射通信卫星以及实现卫星通信的重要方针和依据，从而拉开了中国卫星通信工程的序幕！

李先念看了周恩来的这个批示后，当即做了批示：秋里阅办。时间是1974年5月21日，即周恩来批示后的第二天。

余秋里接到批示后，当即召开了国家计委、国防科委、邮电部、国防部五院、广播电视局有关领导的会议，对通信卫星有关问题进行了会商；并成立了相应的几个小组，由四机部部长王诤担任通信小组的组长，还对通信卫星工程的经费也做了预算。

1974年6月11日，国家计委、国防科委联合召开有通信兵部、总参谋部、广播事业局、四机部、七机部有关领导参加的座谈会，对通信卫星的频率体制、研制分工、发射时间等重大原则问题，初步交换了意见。

1974 年 9 月 30 日，国家计委、国防科委联合起草了《关于发展我国通信卫星问题的报告》的讨论稿。国务院有关部、委和军队有关部门又对此报告做了三次讨论和修改。1974 年 11 月 25 日，国家计委和国防科委又联合召开了第二次卫星通信工程会议，正式讨论和修订了这个报告；并就有关重大原则问题，取得了一致的意见。

1975 年 2 月 17 日，国家计委和国防科委联名将报告送至中央。

这个报告拟定的内容很具体，主要明确了如下几个问题：

> 一、火箭、卫星的研制和生产，由七机部负责。卫星所需的高可靠、长寿命电子器件，由四机部负责研制生产。
>
> 二、地面微波精密跟踪、遥测、遥控的综合系统，由国防科委十院和七机部分别研制生产；低轨道遥测、遥控设备，由七机部负责。
>
> 三、采用国际通用技术体制的卫星地面站和数字通信体制的卫星地面站，均由四机部负责。
>
> 四、通信卫星发射试验靶场，由国防科委负责建设；卫星通信的管理使用中心，由邮电部负责建设。
>
> 五、火箭发动机高空试验车台和靶场发射塔架等有关的大型设备的加工，由一机部负责；液氢由石油化学工业部供应，液氢铁路槽车由铁道部负责生产。
>
> 六、整个卫星通信工程由国防科委负责，其中通信分系统由四机部负责牵头。

此外，在这个报告中还做了这样一个规定：卫星研制工作应本着"花钱少，多办事"的原则，尽可能利用现有设备、条件和已有的技术成果，尽量减少不必要的基本建设；并对通信卫星的整个研制和建设费用做了一个初步预算，共需经费九亿六千万元人民币。

1975 年 3 月 31 日，中央军委召开第八次常委会。会议由军委副主席叶剑英主持，邓小平出席了会议。会上，委员们对国家计委和国防科委上报的《关于发展我国通信卫星问题的报告》进行了热烈的讨论，各自充分发表了意见，对此报告的内容基本表示赞同；但也有人提出先搞侦察卫星，还有人提出先搞别的卫星，双方一时争持不下。邓小平见状，只说了一句："不用争了，我看还是先把通信卫星放在第一位吧！"于是会议经过再次讨论后，一致通过了《关于发展我国通信卫星问题的报告》，并决定马上请示中央。

请示报告全文如下：

主席、中央：

国家计委和国防科委《关于发展我国通信卫星问题的报告》，经军委常委第八次会议讨论同意。现呈上，请批示。

中央军委

1975.3.31

第二天，即1975年4月1日，此报告经叶剑英副主席签署后，呈送毛泽东和党中央。

这时的毛泽东眼睛正患白内障，且很快面临手术，看书写字已经相当困难了。当中央军委将发展中国通信卫星的报告送至他的床头时，躺在病榻上的毛泽东事实上已经停止了对一般文件的阅示。但秘书征询他的意见时，他表示要亲自看。那天，秘书将报告送到他的床前，他硬是坚持逐字逐句地看完了报告，然后，沉思片刻，从秘书手上要过笔，重重地画了一个圈。

据说，这是晚年的毛泽东躺在病榻上画下的最有分量的一个圈。

1975年9月10日，国防科委和国家计委以（75）计军字第395号文件，转发了毛泽东和党中央批准的这个报告。由于中央军委批准这个报告的日期是1975年3月31日，加之为了保密，故将中国发射通信卫星这一工程称为"331工程"。

第四章
张爱萍三次出征

14. 三十功名尘与土

通信卫星兴起之日，正是一代儒将张爱萍复出之时。

1975 年春的一个夜晚，北京海运仓总参第一招待所的一间客房里，原副总参谋长张爱萍将军在挥毫运笔——用老百姓的话说，在写毛笔字。

房间里能开的灯，全打开了，并不富余的屋子便显现出了前所未有的宽敞与明亮。自“文化大革命”开始后，张爱萍的家便被抄了，等熬过五年的牢狱生活之后，地球已绕着太阳不知转了多少圈。家，也早就不是家了。于是，感叹之余的张爱萍，一如人生旅途中的匆匆过客，只好暂时借居在了总参第一招待所这间不知已被多少过客居住过的客房里。虽说房间普通简单，倒也平添了几分难得的清闲。

老兵、诗人兼书法家的张爱萍站在铺好宣纸的桌前，目光炯炯，气沉丹田，手中的笔仿佛出鞘的剑，落笔之处，犹如风雷滚动，金蛇狂舞。只片刻工夫，一首岳飞的《满江红》便跃然纸上。字体虽稍偏瘦了一点，但字里行间，却能让人感受到将军内心的狂喜与激动；从那一笔一画中，将军那桀骜不驯的铮铮风骨，更是显得咄咄逼人：

怒发冲冠，凭栏处，潇潇雨歇。抬望眼，仰天长啸，壮怀激烈。三十功名尘与土，八千里路云和月。莫等闲，白了少年头，空悲切。

将军写罢，扔下笔，双手抚平宣纸，细细品味一番之后，似乎兴致未尽，又禁不住放声吟诵起来：

靖康耻，犹未雪；臣子恨，何时灭！驾长车，踏破贺兰山缺。壮志饥餐胡虏肉，笑谈渴饮匈奴血。待从头，收拾旧山河，朝天阙。

痛快！痛快！将军吟罢，连声感叹不止。

在洁白的宣纸上挥毫运笔，书写诗词，对满腹诗书、一身文气的张爱萍来说，乃是人生的一大乐趣和享受。从 1967 年至 1972 年这五年间，他也写诗，可那是在黑乎乎的囚洞里，在冷冰冰的铁窗下，在脏兮兮的报纸上，在恶狠狠的监视中。今晚，能在明亮的灯光下和柔和的宣纸上尽情挥毫，泼墨书写，还是他近十年来的第一次。他当然高兴，当然兴奋！

然而，令他兴奋的，绝不仅是因为他又可以自由自在地挥毫写字了，而是从明天起，他又将正式踏上久违的工作岗位，并不再以“囚徒”的模样，而是以副总参谋长兼国防科委主任的身份出现于世人的面前。

不久前，军委副主席叶剑英代表中央军委曾先后几次找他谈话，说中央已经决定，要他重新出来工作，并恢复他“文化大革命”前的副总参谋长的职务；同时，国防科技战线的混乱秩序亟待整顿，许多方面的工作需要开展，关于通信卫星的问题周恩来也有了专门的批示，因此中央要他在担任副总参谋长的同时，兼任国防科委主任。最后，叶剑英还说：“整顿治理国防科委系统，非你莫属！你是好样的，就应该站出来，即便拄着拐杖，也要往前迈步！”

从参加革命那天起，领受任务时从来就不犹豫的张爱萍，不知什么原因，这次竟多少有些犹豫。要他继续出任副总参谋长，这倒没有什么，他本来就是一个地地道道的军人。可要他同时兼任国防科委主任，他就不得不有所考虑了。

本来，当年他跨入国防科技的大门时，就很偶然。那是 1956 年，周恩来在政协二届二次全体会议上，代表党中央向全国人民发出了“向现代科学进军”的口号，并要求国家计委和中国科学院以及有关部门迅速制定出十二年科学技术发展规划。为此，1956 年 4 月的一天，国防部长彭德怀突然把一张会议通知交给他，要他第二天就作为军方代表去参加全国科学技术的规划会议。他接过通知一看，便说自己文化低，没有资格参加这样的会议。彭德怀却说：“你是初中生，在军队将领中，文化就算高的了，一定要去!”

他去了，第一次跨进了科学的殿堂。

从此，他的思路开始从军事设备和战略战术领域，转入了国防尖端科学技术这个陌生而又神秘的世界。他协助聂荣臻创建了航空委员会和国防部第五研究院，并在艰难的条件下组建起了国防科委。1958 年 9 月，他被任命为国防科委副主任，成了聂荣臻元帅的得力助手。接着，他开始走近导弹、原子弹，走近火箭、卫星，走进工厂、实验室，走进研究院和发射场；第一次和科学技术打上了交道，第一次同科学家们交上了朋友，同时也第一次深切感受到了科学的神奇与魅力。

1962 年底，中央科技专门委员会成立，他是委员之一，并兼任专委会办公室副主任。专委会主任周恩来交给他一大任务，要他尽快组织人员制定出原子弹研制试验的行动方案和时间表。他立即带领专家调查小组，对全国进行了广泛的调研，尔后制定出了一系列既符合科学规律而又效率极高的研制试验方案，并将中国首次爆炸原子弹的时间定在了 1964 年。

1964 年的 4 月 11 日，周恩来主持召开了第八次中央专委会，会上决定第一颗原子弹爆炸试验采用塔爆方式，并正式任命张爱萍为原子弹爆炸试验的现场总指挥！同年 9 月 16 日，他和刘西尧向中央专委会汇报了关于中国首次原子弹爆炸试验的准备情况和安排计划。9 月 27 日，他又以前线总指挥的身份，从北京乘专机飞抵西北核试验基地，指挥中国首次原子弹的爆炸试验。

在张爱萍的精心组织指挥下，原子弹在地下室里按时完成了装配工作，顺利进入最后的待命阶段。1964 年 10 月 9 日，他和试验现场的同志根据气象预报的情况，一起拟定了原子弹爆炸试验的时间：10 月 15 日至 20 日，并于 10 月 10 日派专人将他和刘西尧给中央起草的关于原子弹爆炸时间的报告送至北京。10 月 11 日，毛泽东和中央批准了他和刘西尧的这个报告。

报告一经批准，核试验基地顿时进入了空前紧张的准备状态。为了缓解这种紧张的气氛和放松一下人们的情绪，富有浪漫气质的他居然还邀请有关领导和专家到核试验基地附近的孔雀河和古楼兰王国废墟，进行了一次轻松的旅游。他陪同专家们有说有笑，末了，还和专家们围坐在千年荒寂的沙地上，共享了一顿野餐。

10 月 15 日 12 时，他又用秘密电话报告周恩来：经基地党委常委研究，原子弹爆炸试验时间定为 16 日 15 时。请求批示。半小时后，周恩来批准了这一报告。

当日下午，他又一次来到巍峨的铁塔面前，望着第二天便将在原子弹的爆炸声中轰然毁灭的铁塔，心中不禁感慨万千。为了迎来这个日子，他曾肩挎军用水壶，走遍了核试验基地的各个测试工号。可明天，他和无数科学家以及基地官兵们多年来用心血和智慧铸造的一切，便将化为一团黑色的蘑菇云。于是，在那一时刻，他抚摸着挎在腰间的相机，很想站在铁塔前照上一张相——让明天即将毁灭的东西在今天成为历史的永恒。然而，当他猛然想起自己定下的“不准照相”的规矩时，又悄悄收起了相机，以致留下了终身的遗憾。

第二天，即 10 月 16 日，这个后来令全中国乃至全世界震撼的日子，自然也令作为中国首次原子弹爆炸试验总指挥的他激动万分，终生难忘。这天下午，他站在离原子弹爆心六十公里处的白云岗指挥所（所谓指挥所，不过是在山坡上挖了一道半人深的堑壕），双手叉腰，凝望前方，焦急地等待着那惊心动魄的时刻到来。他的脚下，是一部直通周恩来总理的红色电话。当原子弹爆炸的时刻即将来临时，为了防止原子弹爆炸时冲击波对人体的辐射，观看的人们全都背对爆心卧倒，堑壕里的人也全都蹲了下去，唯独他依然面对爆心直直地站着。一位参谋急了，要他赶紧蹲下，他却伸手将那位参谋的头按住，说：“你们还年轻，一定要注意安全，我这个老头子的眼睛已经花了，即便受点辐射，也没什么关系。”说罢，他依然直直地站在那里，朝着铁塔的方向，目不转睛，直到那“比一千个太阳还亮”的火球从辽阔的地平线上隆隆升起！

在众人一片狂热的欢呼声中，他万分激动地拿起了直通周恩来办公室的专用电话，用从未有过的颤抖的声音报告说：“总理，原……原子弹爆炸成功啦！”

没想到周恩来的反应却让他一时语塞：“你们用什么证明的确是核爆炸？”

就在这时，确认是原子弹爆炸成功的有关测量数据传了过来，他这才第二次又向总理报告：“总理，根据多方面的数据证明，确实是原子弹爆炸！而且，很理想，很成功！”

周恩来这才向毛泽东报告。

毛泽东同样不无担忧地叮嘱了一句：“是不是真的核爆炸，一定要查清楚哟！”

于是，他和专家们又对有关的数据进行了反复的核实论证。两小时后，专家们写出了证明这次爆炸确实是原子弹爆炸的详细书面报告，经他和刘西尧签发后，火速传往北京。

毛主席和周恩来这才真正放了心。

那天，他最后一个离开原子弹爆炸试验的爆心区。在离开之前，他手捧一束马兰花，专程赶到为中国第一颗原子弹爆炸试验而献身的核试验基地烈士们的墓前，将马兰花放在坟头，默默地站了很久、很久……

蘑菇云的升起，让东方的中国挺直了脊梁，也让他增强了自信。第一颗原子弹爆炸试验成功后，他又担任了第一次空投原子弹试验的总指挥，并使这次震惊世界的试验再次获得成功！实践证明，外国人能办到的，中国人也同样可以办到，而且还可以办得相当漂亮。

因此，他那始终澎湃不息的生命又获得了一种新的感觉，他的眼前又看到了一派更为壮美的风景，他决心把自己的全部心血和热情投入到国防科技事业中去，为中华民族的真正腾飞奉献一生！

然而，正当他积极参与组织中国第一颗“东方红一号”人造卫星的研制、发射工作时，“无产阶级文化大革命”却开始了！

面对这意想不到的“革命”，如果他能“识时务”一些；如果他一开始便积极投身于这“革命”的热潮之中，或空喊口号，或高举“语录”，那他的命运或许将是另外一章。但他的“脑壳偏偏不开窍”，他对所谓史无前例的轰轰烈烈的“大革命”偏偏没有兴趣。

一天深夜，已经12点多了，有人突然通知他第二天10点务必要赶去天安门陪同毛主席接见红卫兵。这可让他大为恼火，原因是铁道兵和工程兵第二天将在位于山东济南的黄河上举行架桥演习，而他，是这次演习的总指挥！这个演习计划此前已经安排妥当，铁道兵和工程兵的人马均已到齐，如果他临阵不去，这场演习便将化为泡影且损失惨重！

怎么办？去天安门陪同毛主席接见红卫兵，固然风光、热闹、气派，同时还有唾手可捞的政治资本和甜头可尝。但问题的关键是，他若是不去天安门，毛主席照样可以接见红卫兵，小将们照样可以举语录喊口号呼“万岁”，“文化大革命”照样可以轰轰烈烈地往下进行；而他要是不去山东济南，规模浩荡、牵动全局、事关军心的演习就无法进行！

人而无信，不知其可；将而无信，何以统帅士兵！

最后，他毅然决定：准时赶往济南。天安门这个“热闹”还是不凑为好。于是，第二天一大早，他按计划直接飞向济南，参加了铁道兵在黄河上的架桥演习。

结果，当他第二天从济南返回北京总参谋部大院时，迎接他的竟是铺天盖地的几万张大字报（仅仅一夜之间便能刷出几万张大字报——有人统计是五万张，这在人类的文字书写史上，恐怕还是绝无仅有的）！

他被震惊了！

就在那一瞬间，他突然觉得自己一下子长了见识、见了世面，因为在他五十六年的生命历程中，还从未看到过如此波澜壮阔、声势浩荡、触目惊心、咄咄逼人的“书法大展”！

他很快冷静下来，挺身走进大字报的层层包围之中。好家伙！什么“打倒张爱萍！”“炮轰张爱萍！”“火烧张爱萍！”“油煎张爱萍！”“水煮张爱萍！”“清蒸张爱萍！”以及“张爱萍是三反分子！”“张爱萍是假党员！”

"张爱萍是叛徒!""张爱萍是军阀!"等等等等，形形色色，应有尽有。总之，几万张大字报全是关于他张爱萍的!

他一张一张地看，一张一张地读，从早上到晚上，看了整整一天，饱了从未有过的眼福。然后，什么也不问，什么也没说，头一昂，腿一抬，回家喝茶、吃饭，洗脚、睡觉。

第二天，他照样上班，照样工作，照样讲话，照样指示，照样吃饭，照样喝茶，照样训人。一句话，去他妈的——该干什么干什么。

但那毕竟是个"造反"的年代，"革命"的年代，一个地地道道的"秀才遇到兵，有理说不清"的年代!很快，他的处境便越来越难，越来越不妙了。

善于审时度势的周恩来对他的情况了如指掌。出于对他的保护，周恩来有意给他派了一个差事，叫他以总理联络员的身份，到各地去了解调查国防科技工业系统精简机构的情况，让他暂时避开斗争的锋芒，巧妙地离开了总参谋部。

事实上，一年前当罗瑞卿惨遭迫害、官职被罢时，仗义执言的张爱萍的处境就岌岌可危了。倘若他没有及时避开，完全有被迫害的可能。当时正好核试验基地要进行第三次原子弹爆炸试验，于是周恩来一纸命令，让他到远离北京千里之外的大戈壁滩上去组织指挥第三次原子弹的爆炸试验。这样，他才未因罗瑞卿一案而受株连。

然而，江山易改，本性难移。尽管张爱萍已经有过险情，现在又正背负着几万张大字报，但作为总理联络员的他，一到国防科技第一线后，依然我行我素，个人的前途命运、安危得失似乎早被他忘得一干二净!所到之处，他不是整顿作风，就是严肃纪律;不是支持"生产"，就是鼓励大干，到处点名批评，表态发言，俨然一副不"抓革命"，只"促生产"的劲头。

没过多久，他便累倒住进了医院。

就在他生病期间，有心人将他这一时期的言行专门汇集成册，并报告了有关"首长"。于是，一天深夜，一伙"革命群众"突然闯进他的病房，将他连哄带骗，又推又拉地押了出去，关在了一个不仅亲属不知道，就是连周恩来也不清楚的秘密牢房里。

这一关，就是整整五年！

五年间，他和整个世界失去了联系，甚至，连他最亲近的妻子儿女也从未得到过任何信息。直至1972年4月8日，他才终于第一次在囚洞里见到了被强行隔绝了五年的妻子和儿女。那天，他当着妻子儿女的面，第一次落下了眼泪。

此后，他好不容易获得“监外就医”。但在他的病房门口，仍有两道全副武装的“岗哨”，日夜忠于职守。直到1974年“八一”建军节这天，他被折磨了整整“一个抗战”的身影，才雄赳赳气昂昂地出现在了灯火辉煌的人民大会堂的招待会上。

不久，邓小平找他谈话，希望他出来工作。

他的回答只有四个字：考虑考虑。

接着，叶剑英找他谈话，也希望他出来工作，并明确要他重返国防科技战线，出任国防科委主任。

他的回答还是四个字：考虑考虑。

是的，他不得不考虑考虑。从1958年到1966年，他在国防科技战线奋斗了八年，如果说在这八年中他还算干了一件大事情的话，那就是成功地组织指挥了中国第一颗原子弹的爆炸试验！这件事无论是在昨天、今天还是明天，在中国的近代历史上恐怕都称得上是惊天动地的辉煌业绩。然而他最终的结果是什么呢？当了五年的囚徒和断了一条腿！

这二者当然没有必然的因果关系，但铁的事实却是如此。再说，他离开国防科委已经八年了，国防科委的现实情况他已有所耳闻：人心涣散，工作混乱，一片乱七八糟。他若是去接手如此一个烂摊子，等待他的又将会是一个什么样的结果呢？

然而，张爱萍就是张爱萍，“惧怕”二字从来与他无缘。他戎马倥偬，一生征战，从来就没有惧怕过、退却过。再说，“再穷，也要有根打狗棍！”是他常常挂在嘴边的一句名言，而国防科委正是铸造“打狗棍”的好地方，同时也是为国家为民族创造辉煌与荣誉的好地方，他不去，谁去？他不干，谁干？所以，当叶剑英第二次找他谈话时，他同意了，而且决心很大。

在这即将赴任出征的前夜，他自然非常高兴，禁不住拿起好久不拿的狼毫，尽情狂写起来。

这时，妻子李又兰将一杯热茶递到面前，他接过茶杯，一饮而尽。然后抓起电话，只对司机说了一句：加足汽油，明早出发！

15. 陈毅夫人与黄藤手杖

1975 年 3 月的一个早上，虽然时令已进入春季，可依然寒风阵阵，冷气袭人。张爱萍戎装整洁，精神焕发，匆匆出了家门。与往日不同之处，是他的手上多了一根手杖！

这是一根手柄上缠着红线的黄藤手杖。战争年代，每次出征时，他手中紧握的总是一把指挥杀敌的手枪，而今天，他手中抓住的却是一根用来支撑自己身体平衡的三尺黄藤手杖！

这根黄藤手杖，有一段不平凡的故事。

张爱萍从病房被抓走后，关进了一间阴暗潮湿、连一个小小的窗户也没有的私设的牢房里。由于长年的关押，加上各种轮番的折磨，他全身开始浮肿，肿得连眼睛都眯成了一条缝。而且，严重的关节炎常常令他手脚发颤，连行走都很困难。但日日月月、春夏秋冬，他始终坚持锻炼，不让自己躺下。

一天晚上，他去洗澡，由于身体浮肿虚弱，加之严重的关节炎，使他行动极为不便，一不小心，便重重地摔倒在了水泥地上。等他清醒过来时，直觉告诉他，左腿股骨断了！

他无可奈何地躺在地上，喊天不应，叫地不灵。但他想，不能躺在那儿等死，就是爬，也要爬回去！于是，他抓过一张小凳子，一点一点地支撑着，终于爬回囚洞里。但身后留下的，却是一条长长的血路！

有人将他摔倒的消息报告了专案组。可当专案组的人来看着他痛苦不堪地趴在地上时，竟然说他是装的！

他被激怒了！一把抓过凳子，让右腿跪在地上，把断了的左腿捧在怀里，然后右手抓住凳子用力一撑，竟一下站了起来！接着，他两眼一瞪，冲着专案组的人一声大吼："滚！"

专案组的人走了，他却以一副宁死不屈的姿态昂首挺胸站在那里，一动不动。片刻，脚下淌出一摊鲜血！

本来，如果张爱萍的腿能得到及时的抢救和有效的治疗，是可以恢复正常的，但一个被关押在囚洞里的"三反分子"，又有谁去过问他的死活呢？于是，由于治疗的不及时和不得力，他的左腿便活活地残废掉了！直到1974年他获得自由后，找到一位老中医，经过一百二十天的治疗，才终于重新站了起来。

为了鼓励他继续坚定不移地走下去，远在广州养病的陈毅的夫人张茜特意为他做了一根手杖，并在手杖的手柄上亲手为他缠了一层红线，然后又安排儿子陈昊苏从广州专程赶往北京，将这根手杖送到了他的手上。

接着，不少去看望他的人，都为他送去了一份最好的礼物——一根手杖！于是，一时间，他那间临时栖身的屋子里，便竖起了长长的一排手杖！而那每一根手杖，似乎都是他风雨人生中可靠的动力与支点！

因此，今天当他拄着黄藤手杖走出家门、奔向办公现场时，仿佛觉得自己的身后站着千千万万个支持者。尽管匆匆步履中比往日多了几分沉重，却依然显得铿锵有力、豪迈雄壮！

让司机感到奇怪的是，首次上任的张爱萍今天没叫他把车开往国防科委大楼，而是让他将车直接开到了七机部第一研究院的门口。

研究院门前荒草萋萋，一片冷冷清清，整个院子好像还未从沉睡中醒来。车刚一停稳，张爱萍便下了车。然而，拄着手杖刚往前走了几步，一抬头，两幅巨大的标语便赫然出现在他的眼前：

张爱萍！我们这里不关你的事！

张爱萍！从哪里来滚回哪里去！

张爱萍一看，嘴角发出一声轻蔑的冷笑。他几步走上去，抬起手杖，对准标语猛地一戳，气势汹汹的标语“哗啦”一声便耷拉在了地上。

而后，他举起黄藤手杖，用力一挥，像当年从堑壕冲向战场一样，率领随从的工作人员，疾步跨进了研究院的大门……

他走进研究室，和专家们围坐在一起，共同商讨有关技术方案问题；

他走进车间，与工人师傅一块吸烟聊天，恭听群众对科技工作的真实意见；

他走进会场，该表扬的表扬，该批评的批评，该整顿的整顿，只讲原则，不讲情面。

为了尽快恢复国防科技战线的正常秩序，他争分夺秒，连自己的身体也不顾了。本来，按医生的意见，他必须住院治疗，但他千说万说，终于说服了医生，同意他一边工作，一边治疗。于是，百忙中的他，每天中午都要挤上一个小时的时间，悄悄跑到医院打上一瓶点滴。

经过一段时间的深入了解，1975 年 3 月 27 日，他在七机部厂、所、部、站以上的干部会上，发表了题为《坚定不移地反对资产阶级派性》的讲话。在这个讲话中，他不是说好话，而是针对七机部的问题做了尖锐的批评：

> 第一，毛主席的指示在这儿没有能够得到贯彻执行。如毛主席早就提出的“抓革命、促生产、促工作、促战备”这些指示，你们是怎么贯彻执行的？还有，毛主席说：“无产阶级文化大革命，已经八年。现在，以安定团结为好。全党全军要团结。”你们是怎么贯彻执行的？……有的人天天发表议论，慷慨激昂，说得天花乱坠，就是对毛主席的指示不执行。毛主席的指示要落实在行动上，不要落实在口头上。林彪把语录本摇来摇去，看他落实得“多好”啊，可他干了些什么呢？最后连伟大领袖他都要谋害！
>
> 第二，林彪反党集团，特别是他们的代理人在这里的余毒没有完全肃清。这个余毒是什么？我认为，首先最大的罪恶是破坏七机部党委的团结，破坏干部的团结和群众的团结，破坏

七机部广大工人的团结，破坏技术人员的团结，总之一句话，破坏党内党外、上下左右的团结，搞分裂，把七机部搞乱了！

再讲后勤保障。这方面更乱、更糟。有人随便可以把那么好的钢材偷走，随便可以拿公家的东西去搞自己的私货，去卖给人家，搞什么收音机、电视机、打火机、煤油炉。管后勤的人，天天下棋、打架，怂恿人家偷东西，怂恿贪污盗窃。……有的工人说，有的领导干部睁一只眼、闭一只眼。我说，他现在两只眼都闭上了；两只眼睛一闭，休息了，养得胖胖的，不干事了。所以我们必须整顿，特别是整那些被派性迷了心窍的人……我在这里告诉你们，如果有人继续被派性迷了心窍，我们就不能不采取组织手段，将他开除出七机部！为了党和国家的利益，我们是不怕派性压力的。我到二三零厂去，第二天就贴了大字报，用“谁要你来的”等恶语施加压力。把我压住了吗？我要怕受压，早就退避三舍了。我能这样吗？第一，我是共产党员；第二，党交给我的任务，能在紧要关头退却、逃跑、投降吗？不行！

我再重复一遍，坚决打击歪风邪气，不要怕。怕什么？无非丢掉乌纱帽。那有什么，自己到盛锡福商店花钱买一顶就是了！毛主席告诉我们，为革命而死，这是死得其所。革命者本来就是要准备流血牺牲的。哪有一个革命者说，我来革命，是为了长命百岁？……

与此同时，张爱萍对国防科委机关也进行了严厉的整顿。

通过整顿，国防科技战线的面貌有了很大的改变，生产秩序也得到了恢复，不少科研工作开始转入正轨。他和科学家们还一起制定了国防科委今后几年的技术方案，并及时上报给了中央军委。1975 年 5 月 19 日，中央军委常委讨论并通过了他上报的这个技术方案。

之后，邓小平和叶剑英找他谈话。邓小平对他说：“这个计划搞得很漂亮！听说你去了七机部，还有大字报，要坚持待下去，无非是再次被打倒。倒了，起来，再倒，再起来嘛！就是说的话有错也不要紧，做工作没有不错的。错了就改嘛。错了的，我和剑英负责。要大胆地去干，不管什么老虎屁股都要摸！”

叶剑英也对他说：“这个计划很好，一定要争取时间实现它！”

此后，张爱萍更加拼命地工作。为了狠抓各项工作的落实，他去新疆、甘肃、青海，跑陕西、四川、贵阳，每到一个地方，他总是深入到最底层了解情况，解决难题，进而迅速推进工作的展开。

1975 年 10 月 27 日，西北核试验基地地下核爆炸试验再次获得成功，坐镇现场指挥的张爱萍激动不已，欣喜万分。庆祝会上，他与专家们握手、拥抱，且诗兴大发，当场写诗一首：

十年重上阳关道，
飞越祁连到马兰。
荟萃南山创新路，
故人相见尽欢颜。

然而，正当张爱萍准备继续大干快干一番时，一阵突兀而起的政治风暴却从北京一下刮到了黄土高坡，连他手中紧紧握着的那根黄藤手杖，也微微颤抖了一下。

16. 捷报送到批斗会场

核试验爆炸成功后，张爱萍从新疆风尘仆仆地赶到了陕西。刚一落脚，他便对该基地的工作进行了紧密部署，然后很快投入了下一个战役。

然而，生活似乎总是呈现出这样一个规律：在前方卖命干事的人，背后总是有人在为你精心编织着一张又一张的网，并随时准备着将你套入网中；而前方干事的人对背后的一切，往往全然不知。

1975 年 11 月 8 日这天，正当张爱萍全身心地扑在紧张的工作之中时，一架从北京悄然起飞的专机经过一个多小时的飞行，悄然降落在了宝鸡附近的军用机场上。当日下午，几个从飞机上下来的神秘人物，便截住了正在指挥工作的张爱萍，然后将他强行带上了飞机。

飞机返回首都机场后，有关人员既不准他去办公室，也不让他回家，而让事先安排好的专车直接将他拉进了中南海。

一进中南海，张爱萍便感到气氛不对。几位中央领导人早就板着面孔，坐在那里恭候多时了。张爱萍刚一落座，一位中央领导人便开口说道："张爱萍同志，你犯了严重的方向路线错误，知道吗？"

"不知道。"张爱萍冷冷地答道。

"不知道？你在右倾翻案风里，充当了主要角色！你要好好检查自己的严重错误，认真接受群众的批判！"这位中央领导人说完，递过一份材料，接着说，"这是伟大领袖毛主席的批示，你好好看看，回去认真传达！"

张爱萍接过材料，看了看，知道是有人告了黑状，便冷笑一声，随手将材料扔在了茶几上。

"张爱萍，你这是什么态度?!"一个严厉的声音几乎是吼了起来。

"你说是什么态度？我张爱萍就是这个态度。"张爱萍说。

另一位中央领导人见状，忙将张爱萍劝至旁边，开导他说："爱萍同志，不就是路线错误吗，何必呢？你就低个头，认个错，不就过去了。"

张爱萍依然傲气十足："问题是，我没有错，为什么要认错呢？"

"认个错有什么大不了的嘛，别人不都是认了错就过去了吗？"

"别人是别人，我是我——我是张爱萍！没错，凭什么认错？凡事总得讲个实事求是！"

"你呀，这个倔脾气，非倒霉不可！"

"大不了摘了我的乌纱帽，没什么可怕的！"张爱萍说完，黄藤手杖往地上一戳，愤然而去！

几天后，为解决张爱萍的问题，又在中南海召开了两次小的会议，但仍未能帮助张爱萍转变态度。

接着，按照中央有关领导人的指示，国防科委党委常委和七机部党的核心小组，又连续召开了长达二十五小时的会议，对张爱萍的"严重错误”进行了严厉的批判！

然而，张爱萍还是张爱萍，他始终不弯腰，始终不低头，始终不认错！他不但不好好交代自己的“罪行”，反而还一心想着火箭卫星。他一边接受着批判，一边拼着命地工作，在政治的会场上，他是挨批挨斗的“革命”对象；在科学的殿堂里，他又是神圣威严的指挥官。他可以从演练结束后的指挥大厅，匆匆赶到批斗会场；也可以从刚刚结束的批斗会场，跑到即将开始演练的指挥大厅。总之，这段时间的他，始终在“两条战线”交叉“作战”。

更为荒唐的是，1975 年 11 月 29 日，当中国第一颗返回式卫星回收成功时，有关工作人员拿着捷报却找不到作为这次卫星发射总指挥的他。最后，几经打听，工作人员总算找到了他，却是在批斗他的会场上！那天，当工作人员将返回式卫星成功回收的捷报送到他的手上时，批斗会正开得热火朝天，如火如荼。可张爱萍一见到“卫星成功返回”的报告，一下子便忘了自己是一个正在被“革命”的对象，高兴得手舞足蹈，不停地询问各种参数，反复地核实着各种数据，把一个革命大批判会场顿时变成了一个办公的现场，搞得组织会议的头头们大为恼火，却又毫无办法，无可奈何！

两天后的一个清晨，为了亲自迎接从发射场凯旋的专家和科技人员，张爱萍一大早便出现在了北京火车站的月台上。那天，北风呼啸，恶劣的天气让人走路说话都显得极其困难。但当载着专家和科技人员的列车徐徐驶进北京车站时，张爱萍却大步迎上前去，挥舞着手中的黄藤手杖大声地对卫星的功臣们说：“感谢你们，为国家又立了一功！希望你们再接再厉，树雄心，立壮志，把我国的空间技术搞上去！”

返回式卫星的发射和回收的成功，使中国成为继美国和苏联之后第三个掌握了回收卫星技术的国家。但是，卫星的成功虽然为国家赢得了荣誉，却并未给张爱萍带来福音。就在这颗卫星回收成功一个月后，中央批准了国防科委关于“反击右倾翻案风”“批邓联张”的战略部署。于是，对张爱萍的批判，又被提升到了一个更高的规格。甚至，连国家副主席王洪文也亲自参加了他的批斗会！

在如此严峻的形势下，为了维护国防科技战线的大局，张爱萍顶着巨大的压力依然坚持每天上班。但随着政治斗争的愈加激烈，他的处境一天不如一天，尽管他左冲右突，使出浑身解数，仍感力不从心，无可奈何。作为共和国的一名将军，他曾指挥过无数次战役，几乎都以胜利而告结束。可眼前的这一仗，他已深切地感到，恐怕很难再打下去了！

而且，这一时期，他本来就不好的心脏更加糟糕，无论走到哪里，医生、护士和氧气袋，几乎不离左右。

鉴于此，他的妻子、儿女和医生护士们竭力劝阻他不要再工作了，赶紧住院治病要紧，并开导他说："你脚下的路还长，只要身体健康，精神不死，总有大干事业的那一天。"

可他无法接受这一现实，心里总也憋不过那口气来。他想，为国家和人民做点实际的事情，没有什么错。如果都像一帮政客那样，成天净耍嘴皮子，光玩政治游戏，中国还能强大富强起来吗？老百姓还能活下去吗？

于是，他就那么一天天死死地撑着、扛着，直到 1976 年 1 月的一个晚上，当恶劣的政治形势逼得他再也别无选择时，他才被迫考虑，是否暂时退出"战壕"。那晚，妻子、儿女、医生、护士以及一些老战友们，挨个地对他进行反复"教育"，耐心劝导，希望他从长计议，眼下以身体为重，暂时退出工作岗位，马上住院接受治疗。可他一直犹豫不决，拄着黄藤手杖，在屋里烦躁地走来走去，不知如何是好。

的确，作为开创我军第一支海军的司令员和政委，作为指挥我军第一次陆海空协同作战的前指司令员兼政委，作为我国第一颗原子弹爆炸试验的基地总指挥，作为一个顶天立地的铁血男儿，张爱萍要做出退步的抉择，绝不是一件容易的事情。在他坎坷风雨的一生中，尽管他遇到过各种各样的艰难困苦和强硬对手，但被迫撤退还从未有过。当然，有退才有进，这道理他并非不明白，而是觉得自己一旦退将下来，会愧对人民愧对自己。可"左派"们步步紧逼，使他根本无法正常工作，若不从领导岗位上退下来，又别无选择。

最后，妻子、医生和护士硬是将一件白大褂套在了他的身上，他这才终于接受了大家的劝告。长子张翔一见父亲同意住院，忙将自己替父亲写好的请假报告递了过去。张爱萍接过一看，只见上面写着：

国防科委党委：

近期身体日渐不好，按照医生的意见，我住院治疗去了。有关科委的一切工作，请陶鲁茄同志负责。

张爱萍看完，无可奈何地摇了摇头，最终还是迟迟疑疑地签上了自己的名字，而后将手中的黄藤手杖往地上重重地一戳，仰天一声长叹，顶着肆虐的雪风，一瘸一拐，跨出了自家的门槛，迈进了医院的大门。

17. 山河破碎又问谁?

张爱萍住进了解放军 301 总医院。

消息很快传到叶剑英那里。第二天，叶剑英便向 301 医院发出了三条指示：

一、对张爱萍的病要好好治疗，精心护理；

二、不允许外人进医院干扰他的治疗；

三、张爱萍同志没有我的批准，不能离开医院，一定要安心养病！

张爱萍心里明白，叶剑英的这三条指示，只有一个目的：借助医院这把保护伞，对他实行巧妙的保护。

接着，聂荣臻元帅也专程赶到医院，还为他带去了营养品。两位同乡，两位战友，在病房见面后，彼此紧紧抓住对方的手，好久好久，却说不出一句话来。

张爱萍当然知道，这段时间里，以叶剑英、聂荣臻为首的一些中央领导同志，为他的问题做了不少工作，想了不少办法，在一些会上总是据理力争，甚至和有的人还吵得一塌糊涂。但由于“反击右倾翻案风”是毛泽东定的调子，连邓小平都在劫难逃，他被“火烧”，也就不足为奇了。

“爱萍，他们说我是你的后台，”过了好久，聂荣臻才说，“这话他们算是说对了，我就是你的后台，我甘愿当你的后台，看他们能把我怎么样!”

“聂老总，你不用为我担心，我相信我张爱萍垮不了!”张爱萍戳了戳手杖说，“你看，当初他们把腿都给我整断了一条，我不也照样站起来了吗？只是，我这一住进医院，科委的工作又要乱套了!”

“来日方长，你就安心养病吧!”聂荣臻说。

两人又谈了很久，直至深夜，聂荣臻才起身告辞。

张爱萍将聂荣臻送至门口，聂荣臻拉住他的手又再三叮嘱道：“记住，你现在的任务就是安心养病。没有我们的命令，不准离开医院!”

“聂老总，你就放心吧，我会安心养病的。”张爱萍连连点头道。

然而，聂荣臻一走，张爱萍的心反而更加不安了。

一个星期过去了，每天不是吃药，就是打针，除了吃饭，就是睡觉，他感到心烦意乱，无聊透了！他一生征战，风里雨里，行色匆匆，从来没有躺下歇着的时候。可现在，他像一头雄狮，被人困在了笼里，心中纵有雄兵百万，也无济于事。为此，他深感不安，夜夜失眠。

又是一个难眠的夜晚。张爱萍斜躺在床上，望着洁白的墙壁发愣。窗外，锣鼓震天，口号声声，“反击右倾翻案风”的运动轰轰烈烈。医生走了，护士们也走了，空荡而寂静的房间里只剩下守候在他身边的妻子李又兰。

这一段时期，妻子李又兰一直陪伴在他的身边，端水、喂药、擦洗、送饭，楼上楼下，家里医院，白天忙个不停，夜晚累个没完。可她不但没有丝毫的怨言，相反像一个很有经验的指导员，总是给他以耐心的劝导、亲切的安慰，不让他有半点脾气。

望着日渐消瘦的妻子，张爱萍心中有一种愧疚之感。结婚三十三年来，妻子跟着他除了吃苦，似乎并未享受到什么甜头。但在他们爱的旅途上，无论遇到什么风雨，不管碰上什么坎坷，他们总是生死与共，相扶相搀，一直走到今天。

三十三年前的张爱萍，还是新四军三师的副师长，在一次会议上，他结识了做会议记录的李又兰。李又兰年轻漂亮，喜爱文学，张爱萍一见钟情；而张爱萍文武双全，一派儒将风度，也深得李又兰的喜欢。半年后，经新四军代军长陈毅的批准，他们在硝烟弥漫的战火中举行了婚礼。

结婚不久，新四军军部将转移到淮南地区，张爱萍所在的师部也将转移到苏北地区。为了让丈夫一心出征，已怀身孕的李又兰毅然决定离开丈夫，去另一位地下工作者家暂住。临别前，他俩共同制定了一个“君子”协定：

1. 孩子出生后，李又兰承担抚育的重担，张爱萍带兵杀敌、驱寇兴邦的精力不可因家庭事务而受到影响；

2. 正直、自立、好学和有所作为，是孩子成长的目标，也是李又兰教育的重点；

3. 任何时候，两人都不能以任何理由溺爱孩子。

此后，张爱萍率部转战南北，出生入死；李又兰在敌伪区冒险工作，苦度日月。双方尽管心心相印，却天各一方，难以相聚。而且，死亡的阴影，无时不笼罩在李又兰的心中。尤其是孩子出世后，李又兰更是时刻都在为孩子的父亲担惊受怕，每次战斗打响，她的心情便格外紧张，直到战斗结束，传来丈夫平安的消息，她才能睡个安稳觉。

但后来一颗不幸的“子弹”，还是“射”中了李又兰的心。

那是蒋介石重新发动内战后，张爱萍又率部奔赴新的战场，在一次战斗中，头部不幸受伤。李又兰得到消息后，立即赶到战场。当组织决定将张爱萍转移到后方医院治疗时，她主动要求亲自护送。从苏北到胶东，从烟台再跨海到大连，途中艰难而又充满风险。但李又兰全然不顾，一路上既要照顾受伤的丈夫，又要喂养不满周岁的孩子，同时还要安排上百名逃难的老乡的食宿，诸如号房、筹粮、警戒、联络等大小事情，全都由她一一操办。而且，为了丈夫能早日康复，她把有限的细粮和肉蛋让给丈夫和孩子，粗粮和野菜则留给自己；为了丈夫能安心睡觉，她常常彻夜不眠地守在丈夫的担架边，实在困了，便用一条长凳子放在担架前，先将孩子拴在凳子腿上，自己再靠在凳子上合一会儿眼。张爱萍在大连做手术时，正值大雪纷飞的严冬时节，她每天天不见亮就起床，为丈夫做好可口的饭菜，再送到医院，直到又将丈夫送上战场。

也许正是因为李又兰的爱情经受了战火的严峻考验，以至于“文化大革命”中张爱萍遭到迫害时，她才又一次表现出了异常的坚贞和勇敢。1966 年，张爱萍突然被抓，李又兰和三个孩子也被连夜赶出了家门。她和三个孩子无家可归，只好栖身在一间四面透风的破房里。丈夫生死未卜，专案组的人就跑来要她揭发张爱萍的问题。她一听便大为恼火，对专案组的人义正词严地说：“对张爱萍我比你们任何人都更了解，他没有什么问题，也没有什么问题可揭发的!”有人要她与张爱萍划清界限，言下之意就是要她和张爱萍离婚。她听后轻蔑地一笑，说：“人都被你们弄走了，还有什么界限可划的？不过你们记住，不管张爱萍怎么样，我李又兰是不会和他离婚的!”

张爱萍被抓走时，时值寒冬腊月，却只穿了一件单衣。为了让丈夫能顶住那太冷太冷的雪风，熬过那太冷太冷的严冬，她连续熬了三个通宵，一针一线地赶制出了棉袄和棉被，又专门跑去买了两件棉布衬衣，然后几经周折，转送到张爱萍的手里。

狱中的张爱萍接到妻子送来的棉衣、棉被时，抚衣思人，禁不住热泪涟涟，感慨万千。为表达对亲人的思恋之情，在冷酷的冬夜，张爱萍捡起一张破报纸，让自己的血拌着泪，在报纸边缘上为妻子写下这样一首诗：

独出得寒衣，
老泪频滴，
亲人晰晰在眼里。

千针万线补心底，

唯有知己！

抱病度难期，

岁月艰巨，

更兼苦苦育儿女。

骨肉无消息，

何时解谜！

为了能让张爱萍脱离牢狱，获得自由，李又兰不畏艰难，不顾一切，为张爱萍四处鸣冤叫屈，八方投递申诉，找了聂荣臻，又找叶剑英，找了叶剑英，又找周恩来，经过无数次反复的努力，最后才使张爱萍免除牢狱之灾。

不难想象的是，在与丈夫分开的漫长的五年中，李又兰无论在精神上还是在生活上付出的该是怎样的一种代价！难怪张爱萍为此常常感叹说："李又兰当年真不该同我结婚。她同我结婚，受了很多的劳累、很大的牵连，不仅把她的才华给耽误了，而且把她的身体也给累垮了！"李又兰却说："不能那么说。受苦受难是我的财富，受牵连是我的自豪。在那场运动中，我如果不受到波及，那就是我的损失了！"

话虽如此，可作为一个女性，李又兰何尝不希望有一个平平稳稳的家，何尝不希望丈夫没灾没难、一生平安。她深知，人的悲剧便是性格的悲剧，张爱萍的性格和脾气已经决定了他一生必定会经受人世间的各种风风雨雨，即使想躲，也无法躲脱。因此，张爱萍出狱之后，她为他担心；张爱萍带病出任国防科委主任后，她也为他担心；现在，张爱萍住进医院并受到了军委副主席叶剑英的保护，她依然还是为他担心！在每天一声高一声的"反击右倾翻案风"的滚滚浪潮中，她时刻都为丈夫捏着一把汗，根本无法入眠，总感到丈夫随时都会被人抓走似的。

果然，李又兰的担心变成了现实。

1976 年 1 月 18 日，即周恩来刚刚去世后的第十天，躺在病床上的张爱萍正在看书，只听外面人声鼎沸，一片吵吵嚷嚷。原来，一伙"左派"

分子突然冲进了301医院，要将张爱萍拉出去进行批斗。医院的领导、医生和护士见状，忙出面劝阻，他们对那些"左派"说："首长有心脏病，不能离开医院，有什么问题，等病治好后再谈。再说，叶剑英副主席有三条明确的规定，没有他的同意，张爱萍将军不能离开医院。"可"左派"们依然我行我素，还是强行冲了进来。

然而，当"左派"们冲进张爱萍的病房时，却全被惊呆了：张爱萍身着一身军装，手拄黄藤手杖，威风凛凛地站在病房的中央。还未等"左派"们反应过来是怎么回事，只听一个带有浓厚川音的嗓门便吼了起来："你们都跟我走开。参加批斗会我自己会去，用不着你们跑来拉拉扯扯！"说完，张爱萍手中的黄藤手杖往地上重重地一戳，大步走出了病房。

当张爱萍来到先农坛体育馆时，八千余人的会场早已座无虚席。"批邓联张反击右倾翻案风"的巨幅标语横空飘挂，霍霍有声。张爱萍拄着手杖，一戳一戳地走上主席台。他不屑一顾地扫了一眼主持会议的"左派"头头，而后从兜里掏出一份"检查"，几乎是用朗读般的声音郑重其事地念了起来：

> 去年三月我重新工作以后，到了一些单位，接触了一部分干部和群众，讲了一些话，做了一些决定。假如我的所作所为是错误的，那么，将由我承担全部责任，与别的同志没有任何关系！

张爱萍一念完，将手中的黄藤手杖往地上重重地一戳，像是为自己的讲话打了一个句号。

当晚，满怀悲愤之情的张爱萍在病房里写下了一首题为《非常会》的打油诗：

> 群英八千不展眉，
> 沉默无语忧安危。

“右倾翻案”帽子飞，
“今不如昔”罪名追。
听狂吠、大棒挥，
“革命左派”乱世魁。
莺歌乱舞瞎鼓吹，
山河破碎又问谁？

此后，随着“天安门广场事件”的爆发，“反击右倾翻案风”运动一下又被推向了高潮，张爱萍的日子愈加不好过了。

不久，邓小平被打倒，叶剑英被打倒，张爱萍失去了最后一块防身的盾牌。“左派”们一次又一次地冲进医院，要将他拉出去批斗。为了保护张爱萍，医生和护士们不得不使出了“撒手锏”：“你们如果非要将张爱萍带走，可以，但你们也必须将他的病历档案一同带走。要是他有什么问题，一切后果由你们负责!”

“那我们就到医院来找他算账!”“左派”们说。

于是，每次医院一到探视的时间，张爱萍的病房便成了大批判的会场。

为了抵抗“左派”们的“革命行动”，尽可能减少外界对张爱萍的干扰，医生护士们后来终于想出了对付“左派”们的绝好办法：每到医院可以探视这天，医生护士们便一边站岗放哨，一边准备吊针、药水以及氧气瓶等医疗器械，只要“左派”们一进病房，他们就争先恐后地忙碌起来：有的忙着给张爱萍吸氧；有的忙着给张爱萍输液；有的忙着给张爱萍做心电图的检查……而身处“病危”中的张爱萍则静静地躺在床上，微闭双眼，一声不吭，一副昏昏沉睡、什么也不知道的模样。

结果，“左派”们面对“病危”中的张爱萍，无可奈何，本来不是“请客吃饭”的“革命”，也就只好变得“温良恭俭让”了。张爱萍因此减少了一时的痛苦，获得了几分难得的安宁。

然而，住在楼下病房的肖向荣之死，却让张爱萍再次领略了人生的残酷与世态的炎凉!

肖向荣是国防科委的副政委，靠边站后，与张爱萍一同住在301医院。“反击右倾翻案风”运动开始后，为了真心诚意地接受所谓的“教育”，他认认真真地检查自己，心甘情愿地接受各种各样的批斗。但随着批斗一次一次地增多，他愈加感到所谓的“接受教育”压根儿就不是那么回事，内心开始有了痛苦与悲凉。于是在一次又一次有力而无情的“反击”中，这位为革命把什么都奉献了的老革命，直到奉献出了自己最后一条老命，这才结束了被“教育”、被“反击”的批斗。

肖向荣的死讯传来时，张爱萍悲痛至极，心脏病陡然复发。联想到国家的前途和自己的命运，他心里有一种难以言说的复杂滋味。

此后的张爱萍，变得沉默起来。

1976年7月26日深夜，河北唐山突然发生强烈地震，张爱萍被迫搬进了地震棚里。在那国不泰民不安、全国上下一片惊恐慌乱的日子里，张爱萍完全忘记了自己的病痛，每日陷入极其沉痛的思索之中。每至深夜，他辗转难眠，常常一人拄着手杖溜出帐篷，或随便找块石头坐在地上，或拄着手杖默默伫立风中，望着被黑暗任意涂抹的夜空，久久发呆。他的身旁，是紧紧依偎着他的妻子李又兰。

18. 落叶悲风总是情

1976年10月，一个令全中国的人狂喜不已的金秋季节。

在这个季节里，“四人帮”终于垮台，张爱萍将军像中国许许多多在肉体和精神上都受到百般摧残的人一样，终于获得了自己应有的自由。

1977年春的一个早上，春风得意的张爱萍正在屋里吟诗写字，解放军总政治部副主任徐立清却突然来到家中，刚一落座，便开门见山，直截了当地说道：“爱萍同志，无事不登三宝殿，我今天来，是向你传达中央军委的决定的。”

“什么决定?”张爱萍忙问。

“叶剑英元帅让我代表他来找你谈话，在最近召开的军委会上，决定恢复你的一切职务，要你重新挑起国防科委的重担。这既是几位老帅的意见，也是小平同志的意见。”

张爱萍听后有些激动，也很沉重。他站起身来，拄着手杖在屋里踱着步子，一言不发。

徐立清望着张爱萍残疾的左腿，心里很不是滋味。片刻之后，他才说道：“爱萍同志，大家都知道你的身体很不好，但国防科委的情况你很清楚，许多重要的科技试验都等着急需要做，而要做好这些工作，恐怕只有你去比较合适。叶剑英元帅说了，你只要每天在办公室待上一个小时就行！”

“一个小时怎么行？”张爱萍突然摆了摆手说，“混日子，不是我张爱萍的性格，我担心的是我的身体不能胜任如此重任。既然要干，就要全力以赴。当一天和尚还是要撞一天钟嘛，何况我是一名老兵！”

“好！有你这句话就行。”徐立清上前一步，紧紧握住了张爱萍的手。

…………

就这样，张爱萍又第三次披挂出征。

中央为了全力支持他的工作，特派李耀文、陈彬等人来到国防科委，同他一起组成了一个坚强的领导班子。尽管当时“文革”的遗风依然存在，“四人帮”的流毒尚未肃清，但张爱萍顾不了这些，也用不着把这些放在心上，他在一边清理、整顿、健全管理队伍的同时，就风风火火、大刀阔斧、义无反顾地干了起来。

他拄着手杖，背着氧气袋，迈着颤悠悠的双腿，从这个工厂走进那个工厂，从这个研究所走进那个研究所，从这个发射场走进那个发射场，了解基层真实情况，理顺上下纵横关系，协调设备安装进度，制定工作铁的纪律。与此同时，他不耻下问、三顾茅庐，同当年一些被“打倒”和“靠边”的专家们真诚交往，促膝谈心，很快便将一些拉板车的、当伙夫的、种地的、做工的、有病住院的、打断了筋骨的甚至有意躲避不愿再干的火箭卫星专家们请回了研究所和发射场，汇集成了一支浩浩荡荡而又坚强有力的科研队伍。

不久，他便绘制出了国防科技战线的宏伟蓝图，即“三鸣惊人”的战略构想：

第一步，研制试验洲际运载火箭；

第二步，研制试验潜艇水下发射运载火箭；

第三步，在西昌发射同步通信卫星。

军委和中央很快批准了他的这一战略构想。

接着，他又更改了一直沿用了几十年的技术指挥系统党委负责制，重新明确规定：总师在技术上有超越党委的决定权。

再接着，他又在广大科技人员中倡导五种精神，即英勇献身的精神、科学求实的精神、团结协作的精神、自力更生艰苦奋斗的精神、严守纪律的精神。

许是为了报答人民对他的厚爱，许是为了弥补历史造成的缺陷与遗憾，抑或是为了表达他对国家和民族的一片赤诚与忠心，他几乎把全部的精力和智慧都用在了实现“三鸣惊人”的宏伟构想上。他只恨时间太少太少，生命太短太短！

不幸的是，在一次外出中，他的右胳膊又被摔断了，不得不被送进医院进行手术。可他刚能下床，又说服医生，回到了办公室。仿佛忘记了自己的疾病与残腿，忘记了自己刚刚用血和泪写下的历史，忘记了明天随时还可能降临的险恶风云。

国防科委、国防工办和科技专门委员会合为国防科工委之后，根据中央的决定，这三个部门均由他统率。不久，他又出任国务院副总理、国务委员兼国防部长以及中央军委副秘书长。于是我们从后来的历史中看到，在这位老兵的身上，既有着儒将的大气、豪放与刚毅，又有着一般男人少有的血性与诗情。他那不羁的个性在他那波澜壮阔的生命中得到了淋漓尽致的发挥与张扬，而他那独具光彩的人格魅力，又为他那颇为壮美的人生风景平添了一抹绚丽的彩虹。

1980 年 5 月，中国第一枚洲际运载火箭发射试验成功！

1982 年 10 月，中国第一枚潜艇水下发射火箭试验成功！

在张爱萍的指挥下，“三鸣”已实现了“二鸣”，只剩下了发射同步通信卫星最后“一鸣”。而这最后的“一鸣”，是“三鸣”中最难的“一鸣”。

张爱萍当然知道这最后“一鸣”的难度，但他更知道这最后“一鸣”一旦成功，堂堂中华民族将会飞升到一个前所未有的新的高度！因为那三万六千公里高的赤道上空，实在是一块相当诱人的疆土，任何一个国家一旦在上面占据了自己的位置，其好处就不言而喻了。

以转播奥林匹克运动会为例。1964 年，通信卫星首次将奥林匹克运动会比赛实况从东京转播到其他各大洲时，世界为之轰动一时；1968 年，第十九届奥林匹克运动会在墨西哥举行时，通信卫星转播了这次比赛的实况，围在电视机旁观看的人达五亿之多；第二十届奥林匹克运动会举行时，通过卫星转播观看比赛实况的人多达十亿之巨；1976 年，第二十一届奥林匹克运动会在蒙特利尔举行时，则有十五亿人观看了通过通信卫星转播的比赛实况；1980 年，第二十二届奥林匹克运动会在莫斯科举行时，为满足人们观赏的需要，苏联一下子准备了二十条彩色电视信道，其中有十四条都是通过通信卫星转播的。

张爱萍当然清楚，通信卫星的确立与发展，意义并非仅是为了转播奥林匹克运动会，而在国民经济建设中也有着广泛的用途和重大的作用，如大量信息的迅速交换；对国民经济和国家的管理，等等。没有它，一个国家要建立统一的全国通信自动化系统，几乎是难以想象和根本不可能的事情。为此，不仅美国十分重视，苏联也相当重视。就在美国的第一颗通信卫星“晨鸟”飞上太空的第十七天，苏联的“闪电号”应用卫星便发射成功。1965 年 11 月 30 日，苏联又第一次用卫星转播了彩色电视节目，从而成为世界上第一个拥有“家用”卫星通信网的国家。到了 1967 年 11 月 7 日，轨道通信网便正式投入使用。就在这一天，还通过卫星向全苏联广播了庆祝十月革命五十周年的电视节目。1974 年 3 月 26 日，苏联成功地发射了第一颗同步通信卫星。虽然这颗卫星较之美国落后了十年，但毕竟是世界上第二个拥有同步通信卫星的国家。此后，苏联开始了与东欧国家的频频接触，并积极着手组织另一个国际卫星组织，以此同美国为首的“国际通信卫星组织”抗衡。

身为国防部长和中央军委副秘书长的张爱萍，对通信卫星在政治与军事方面的价值与作用，更是十分看重。他从有关材料中得知，在不少重大的军事行动上，常常是通信卫星帮了美国的大忙。1975 年，美国企图控制东南亚地区，以牵制苏联，于 5 月 12 日派“马亚克斯号”军舰入侵柬埔寨海湾，结果引起世界强烈反对。事件发生后，位于地球静止轨道上的“国防通信卫星二号”，为美国总统、国防部指挥官以及特遣部队指挥员和飞机驾驶员之间提供了可靠的通信线路，从而直接接受五角大楼的指挥，使国防部指挥畅通无阻。1980 年，美国组织营救被伊朗政府关押人质的军事行动时，美国的飞机和舰队一起参加了这次大规模的军事行动。为了加强大西洋与印度洋舰队之间的密切联系，华盛顿通过通信卫星传递二者来往的电信和情报信息，从而使这次军事行动获得了有力的支援。

可见，通信卫星在军事上的重要作用早已引人注目，军事通信已成为各国军事当局须臾不可离开的耳目。它对沟通国家指挥机构与战场指挥官的联络、有效地对战场形势进行监视和控制、快速地向指挥官发布命令、及时调动和部署兵力等，有着举足轻重的作用。因此，美国、苏联、英国和北大西洋公约组织均建立了军用卫星通信系统。

然而，令张爱萍深感遗憾的是，中国还没有自己的通信卫星。中央军委早在 1970 年 6 月 3 日就决定国防科委着手组织安排通信卫星的研制问题，可一晃十二年过去了，那块已被各国轮番争抢过的赤道上空却始终没有中国的一席之地。

按理说，1975 年 3 月 31 日毛主席和中央就批准了通信卫星工程——“331”工程，1976 年 5 月 18 日国务院和中央军委又批准成立了“331 工程领导小组”，若按正常的程序往前推进，中国在 70 年代末发射通信卫星是不成问题的。但多年来由于政治运动高潮迭起，两派间终日陷入你争我斗的政治游戏之中，“批林批孔”的运动刚刚结束，“反击右倾翻案风”的浪潮又突然扑面而来，整个国防科技战线被搞得人心惶惶、寒气森森。张爱萍住进医院后，这一工程也就暂时搁浅了。

尤其令张爱萍深感气愤的是，就在“反击右倾翻案风”的运动刚开始不久，在王洪文、张春桥的支持下，“四人帮”在上海的代理人马天水，为了捞取政治资本，从而达到某种不可告人的政治目的，居然在中国的航天战线也搞起了小动作。在第一颗卫星发射失败后，他接着又指示要把第二颗卫星马上运到某发射基地去打！

但发射基地归张爱萍管，没有张爱萍的命令，他们寸步难行。于是马天水打电话找到张爱萍，要求到发射场去发射卫星。

张爱萍接到电话后，十分恼火，说："发射卫星是件严肃的事情，也是一件相当不容易的事情。现在卫星的地面试验都还没做，就拿到天上去打，这不是拿着国家的黄金当水漂打嘛！希望你们好好考虑一下，以国家的利益为重。"说完，张爱萍挂断了电话。

可马天水并不就此罢休，后来又将电话打到了医院："我们认为卫星没有问题，现在完全可以发射！"

张爱萍还是坚持自己的意见："不行，火箭和卫星研制出来后，还必须要做多次大量的地面试验，尤其是火箭发动机的试车试验，是相当重要的一环，稍有不慎，就会出大事情。"

"没关系，我们准备了四颗卫星。"

"什么，四颗卫星？"

"对，如果第一颗不行，我们就打第二颗，第二颗不行，我们再打第三颗，第三颗不行，我们再打第四颗！"

"如果第四颗还不行呢？！"张爱萍急了。

"那我们继续再造嘛！"马天水说得很轻松。

张爱萍一下火了："要是按照你的这种打法，别说中国打不起，就是美国、苏联也打不起！"说完，张爱萍又一次毫不客气地挂断了电话。

马天水当然不会就此打住，很快又通过别的人来催促此事。没有办法，张爱萍只好叫秘书转告说，他们如果实在要搞，可以，但必须要经过专家检查组的严格检查。只有产品验收合格了，才能去发射场。

但马天水依然我行我素，再次打来电话要马上去发射场。

张爱萍再也忍无可忍了，将手中的黄藤手杖戳得"咚咚"直响，厉声回答说："没有经过严格的地面试验，卫星是不能发射的！如果你一定要坚持发射，那你就自己去发射，我们的发射场不给你提供任何条件！"

最后，马天水只好同意让卫星先接受专家组的检查。

…………

科学被政治像烙烧饼样如此折腾来折腾去，当然不会有什么好的结果。尽管当时“331”工程也在进行之中，但毕竟难以在正常轨道上运行。张爱萍再度出山后，马上便找到中央有关领导汇报了通信卫星的有关情况。中央对张爱萍的设想和计划表示大力支持。于是，张爱萍这才于 1977 年 9 月 5 日把通信卫星工程定为国防科委的重点工程，也是全国的重点工程。

但宝贵的时间毕竟被耽误得太多了。在十余年的时间里，迷人的赤道上空已经被少数几个国家打入了一百多颗通信卫星，静止轨道上有限的好位置眼看就要被人抢占完了。中国若是再不抓紧抢占，就意味着自动放弃太空这块地盘！本来，为了抢时间，中国也曾考虑过先从国外购买通信卫星，但其条件竟是那样的苛刻：买的谁的卫星，就必须由谁来发射，而且要价高得吓人：光租一个转发器使用一年，租金就得一百万美元！若租一个转发器使用一天，租金就得三千七百三十美元！

一想起此事，张爱萍的民族自尊心就受到极大的刺激，就有一种深深的屈辱之感。他说：“太空中也有一个联合国席位的问题，堂堂中华大国不能在同步轨道上缺席，中华民族的脸不能丢在我们的手上！买，只能买一个、买两个，却不能永远买下去。所以，我们只能靠自己干。我们不光要造出自己的通信卫星，还要用自己的火箭把自己的通信卫星发射上天！我们有能力做到，我们也一定能做到！”

因此，当几项大的工程基本准备就绪之后，张爱萍又将深邃的目光投向了通信卫星即将升起的地方，也是当年他和他的战友们长征路过的地方——中国最具规模的现代化卫星发射中心——西昌发射场。

第五章
长征路与月亮城

19. 邓小平说，另外找个新靶场

提起西昌这个名字，无论是中国老百姓，还是外国航天专家，都不会感到陌生；甚至在某种意义上说，西昌在许多海外华人和外国朋友那里，已然成了当今中国的一个代名词。

究其原因，是西昌拥有一个中国乃至亚洲第一流的现代化卫星发射场。而且，这个发射场就坐落在当年红军二万五千里的长征路上。从1984年至1996年，西昌发射场已成功或不成功地发射了中外各类卫星二十三颗！尤其是1992年2月“长征二号”捆绑运载火箭点火冒烟、1992年12月星箭俱毁、1996年2月“长征三号B”火箭凌空爆炸等中国头号新闻，更是让西昌名声大震！

此外，由于造物主赐给西昌一个又大又圆、格外迷人的月亮，故西昌自古便有一个相当美丽的雅称：“月亮城”。只是，这美丽的“月亮城”若与后来的“卫星城”相比，其知名度小得简直可以忽略。因为在卫星尚未从西昌升起之前，中国人知道西昌是“月亮城”的并不多，外国人就更不用说了；至于位于西昌神秘峡谷中的那个后来让世界震惊的发射场，就更是鲜为人知了。

那么，这个曾经让世界震惊的中国最现代化的发射场，当初为什么会偏偏选在了荒凉而又落后的西昌呢？

追根溯源，与邓小平三十年前的一次视察有关。

1966年3月24日晚，担任中共中央总书记的邓小平以及国务院副总理的李富春、薄一波等几位党和国家领导人，当检查完了西北四省区的工作后，在西北局书记刘澜涛和陕西、甘肃、宁夏、青海四省（区）省（区）委书记的陪同下，一行四十余人乘坐专列抵达西北酒泉卫星发射基地。

这是一个天寒地冻、雪风贯耳的夜晚。这个夜晚对内地而言，是一个热闹非凡的美好之夜，可对塞外的戈壁滩来说，则是一个实在寂寞的难熬之夜。当邓小平的专列徐徐驶进基地火车站时，清冷的戈壁滩早已进入沉沉的梦乡。为了不影响基地火箭官兵们的休息，邓小平决定先在火车上过夜，等天亮后再说。可基地司令员李福泽、政委栗在山以及副司令员张贻祥等人已经在车站迎候多时了，于是随行的余秋里和赵尔陆便下车对李福泽和栗在山说："你们这里是大戈壁滩，条件很艰苦，吃住都很不方便。为了不给你们增加麻烦，我们今晚就先住在专列上。明天上午你们向邓小平总书记和李富春、薄一波副总理汇报一下情况，然后我们再到技术厂房和发射场看看，就走了。"

栗在山政委忙说："我们这里有招待所，吃住都不成问题，你们就留下来住两天吧。基地的广大干部战士和职工家属们，都很希望能见见邓小平总书记。"

余秋里和赵尔陆便随他们到基地招待所看了看，然后说："这里条件还不错。这样吧，明天早上我们向总书记报告一下，让他住下来，到处走走看看。"

第二天一早，邓小平下了火车。据栗在山政委后来回忆说，这天的邓小平兴致很高，一下火车，便向前来欢迎他的基地广大干部战士频频招手，微笑致意。他一边走一边说："这个发射场当初组建和定点时，还是我批的呢！这里是荒凉的戈壁滩，很艰苦，你们在这儿当无名英雄了！"

当日上午，李福泽和栗在山等基地领导向邓小平汇报了发射场区的建设、布局、训练、试验、培训以及农副业生产和部队生活等情况。小平同志听后，高兴地说："你们把戈壁滩建设得很不错。过去这儿是'风吹石头跑，遍地不长草'，现在有了铁路、公路、树木和房子，像个小城市。这是你们辛勤劳动的结果。你们还培养了一支能吃苦、思想过得硬的专业技术干部队伍，这是我们建设国家、发展国防科技事业的宝贵人才，要关心爱护他们。在你们组建队伍后短短的几年时间里，就成功地发射了我们国家自己制造的导弹，这个成绩很大。我们有了保卫国防的尖端武器，今后还要大力发展这项事业！”

邓小平说到这里，停下来，走到窗前，望着茫茫的戈壁滩，问：“这儿的山有多高？距边境有多远？”

李福泽一一做了回答。

邓小平想了想，很是郑重地说：“现在看来，这个发射基地离边境太近，一旦有什么情况，对我们很不利。我提议，你们多做些调查研究，再到适当的地方，另外选个新靶场。”

邓小平的这一提议，是从更高、更远的战略上来考虑的，为中国航天后来的发展提供了一个新的思路；而这一思路，与当时的国际形势紧密相关。

几年前，苏联专家从酒泉基地全部撤走之后，中苏关系越来越恶化。苏联不仅在中苏和中蒙边境陈兵百万，而且还不断对中国进行武装挑衅，随时都有突然发动战争的可能；另一方面，美国等几个国家也千方百计在经济和技术上对中国实行严密封锁。因此，在国际形势越来越严峻的情况下，倘若一旦战火爆发，身处中苏边境的酒泉发射基地，安全难有保障。

李福泽司令员和栗在山政委听了邓小平的这番话后，思想很受启发。中午，为了款待第一次远道而来的邓小平，李福泽和栗在山特意让招待所的炊事员做了具有西北风味的手抓羊肉。这顿午餐大家吃得很高兴，尤其是薄一波副总理和赵尔陆同志对西北少数民族这种传统的吃法大加赞赏。

下午，也许是天意，发射场区突然晴空万里，阳光灿烂，戈壁滩出现了近期来少有的好天气。邓小平一行乘车前往地地导弹发射场，参观了干部战士的操作表演。接着又驱车赶到地空导弹发射阵地，观看了地空导弹的发射试验。当导弹准确击中目标时，邓小平激动得站起来，热烈鼓掌。

李福泽告诉邓小平说："前几年，我们就是用这种型号的导弹打掉了敌人的高空侦察机。"

邓小平听后很高兴，指着正在空中飞行的导弹说："这就是我国发达和神圣不可侵犯的标志。祝贺你们!"

回到基地生活区后，李福泽和栗在山等又陪同邓小平沿着弱水河散步。邓小平一边走，一边说："这儿的地下水很浅嘛，看来戈壁滩只要有水，就可以发展生产。你们要多栽树，一棵大树就像一眼水井。树栽多了，将来气候就会变得更好。"

第二天，即 3 月 26 日，邓小平又看望了基地广大官兵、职工和家属。在场区的东风大道上，大家夹道欢迎邓小平的到来，所到之处，群情热烈，盛况空前。此后，邓小平和李富春、薄一波还接见了基地团以上的干部和基层先进单位以及先进工作者的代表，并与大家合影留念。

当日下午，邓小平一行离开基地。道别握手时，邓小平再次嘱咐李福泽和栗在山说："你们要抓紧选择新的发射场，并尽快投入建设。我对四川的地理情况比较熟悉，我考虑了一下，四川的阿坝是个大草原，你们可以派人去看看。如果那儿不行，再到别的地方看看。总之，你们要抓紧时间解决好这个问题!"

邓小平走后，选择新的发射场的问题，很快列入酒泉基地党委议事日程。基地对中国尖端技术方面的问题做了认真研究，认为在发展导弹技术的基础上，应该进一步发展中国的航天事业，如洲际导弹、通信卫星和宇宙飞船的研制等。现已建成的东、西两个发射场，由于受发射条件和国际环境的制约，无法满足发射高轨道卫星（如同步通信卫星）和宇宙飞船的要求。如果利用西北发射场，即酒泉东风发射场来发射卫星和飞船，虽然航区比较安全，也可以充分利用已有的工程设施和地面观测系统，但离苏联和蒙古人民共和国太近，随时有遭到苏联袭击的可能，不宜再进行新的建设；要是利用东发射场，即岢岚发射场来发射卫星和飞船，也同样不行。原因是该发射场当初是为发射地地导弹而建的，而卫星和宇宙飞船的试验型号多、任务重，若与导弹武器系统在同一个靶场进行试验，既不利于战备，又影响研制周期和作战使用，再加之该靶场受地理位置的限制，也不适宜发射卫星和宇宙飞船。

因此，为了战备的需要和中国航天事业以后的发展，重新选择一个新的理想的发射场来发射卫星和宇宙飞船，便成为一个急需解决的重大问题。

1967 年 3 月 8 日，酒泉发射基地经过研究，向国防科委提出了希望尽快考虑选择和建设新的发射场的问题的报告，并建议成立一个专案小组，负责预研和试验的有关问题。

1969 年 10 月 18 日，黄永胜根据林彪亲自口授的指示精神，连夜整理成一份“绝密”的命令，而后以“林副主席”的名义，火速下达全军。此命令的大意是：

> 苏联谈判代表团将于 10 月 20 日来北京，对此应提高警惕。为了防止苏联利用谈判作烟幕，对我进行突然袭击，全军各部队要立即疏散。各种主要装备、设备及目标要进行伪装和隐蔽。通讯联络要经常畅通。

这便是当年一夜间惊动了全军、全国乃至全世界的“林副主席的一号命令”!

在林彪的“一号命令”下，以刘少奇、邓小平为首的一大批老革命被赶出了京城；一大批城市居民被迁往了偏远的农村；一大批“三线”工厂也被搬进了深山老林。

紧接着，根据林彪“一号命令”的精神，军委办事组从战备的角度，提出了必须尽快考虑建设新的导弹发射场的问题。

于是，原本属于正常的发射场选址工作，一下子便被林彪的“一号命令”提到了战备的高度，且形势严峻，咄咄逼人。

1969 年 10 月 29 日，李福泽司令员特意邀请当时任七机部副部长的钱学森到酒泉基地，就是否需要再建一个卫星、飞船发射基地的问题交换了意见。双方在谈到有无必要再建一个发射场时，钱学森说：“我是主张再干一个发射场的。要找个地方，专心致志地干这件事情。当然这也不完全是试验，主要是使用。我们需要建立第三个基地，一是准备打仗，二是要使用。”

在此基础上，基地司令部写出了《关于建设卫星、飞船发射基地的理由、设想和初步方案》的意见草案。

1969 年的 11 月 1 日和 3 日，中央军委办事组负责人黄永胜、吴法宪先后两次在北京京西宾馆接见了酒泉基地有关的几位领导人。由于当时国际形势紧张，战争的火药味很浓，黄永胜、吴法宪在这次接见中明确提出了“要疏散，要打仗”的口号，指示基地要在战略地位比较稳定的“三线”地区选择和建设新的发射场。正在建设中的新疆某反导弹基地因离“苏修”太近，必须马上停建，迅速搬迁（此反导弹基地已投入了三四千万元的人民币）。

于是，根据中央军委办事组领导的指示精神，酒泉基地召开常委会，对此专门进行了研究，并于 1969 年 11 月 4 日向国防科委呈报了《关于选择宇宙飞行试验发射场区问题的请示》报告。这个报告指出：为粉碎帝国主义的核讹诈，多快好省地发展国防科学技术，赶超世界先进科技水平，迅速选择、建设一个宇宙飞行试验场区，是完全必要的。报告认为新的发射场选择在四川的天水至成都一带比较有利。

11 月 8 日，李福泽和钱学森就建设卫星、飞船发射场的问题，再次在基地举行了会谈。钱学森在会谈中说：“怎样建设卫星、飞船发射基地，你们基地积累了很多的经验，建岢岚基地时又大大向前进了一步。现在进一步总结经验，肯定能把新的基地建设好。这个新基地的性质是什么？到底怎么个搞法，还得一步一步地走着看。”

谈到新基地的建设规模时，钱学森说：“新建基地后，把我们自己的卫星、飞船控制集中起来。现在先搞得小一点，为第一期。将来搞大的时候，再考虑第二期。可以先考虑六种卫星和不载人飞船。把规模搞得现实一点，紧凑一点。”李福泽则着重指出：“新的基地既要吸收外国的先进经验，又要不受框框的限制，要走自己的路。”

11 月 20 日至 22 日，酒泉基地为此召开了常委扩大会，专门研究了新发射场的勘察定点问题；并于12月4日，向国防科委正式提交了《关于“三线”建设选点勘察计划的报告》。

国防科委很快批准了这一报告。

于是，12月初，一个由四十余人组成的选场勘察组宣告成立。以四川为主要目标的新的发射场的勘察工作，在紧锣密鼓中秘密行动起来。

20. 寻找飞船发射场

1969年12月4日上午9时，勘察组一行四十余人从北京南苑机场登上飞往四川成都的军用专机，拉开了勘察发射场的序幕。

这是一次秘密的军事行动。负责这次行动的，一个是酒泉基地副司令员张贻祥，另一个是酒泉基地副参谋长乔平。

张贻祥副司令员是位老红军，既不抽烟，也不喝酒，被人称为“没有脾气的好老头”。勘察靶场，对他来说可谓轻车熟路。早在1953年，中国第一个常规兵器试验靶场决定组建时，中央军委军械部几个老总点兵点将，最后还是点到了他的头上。张贻祥时为华北军区军械部政委，兵器靶场决定要紧急勘察定点时，他正带领着一个工作组在张家口地区检查军械仓库工作。未等他返回北京，中央军委军械部的一封加急电报便发到了他的手上。电报说，由他担任兵器靶场的选场勘察委员会主任，就地改编工作组后，立即带领勘察组付诸行动，有关问题无须回京请示，所缺衣物及其他用品将由北京派专人送到。

于是，张贻祥星夜兼程，带着刚刚改编的勘察组赶到了内蒙古大草原，在冰天雪地中展开了艰难的勘察工作。内蒙古地区的勘察工作结束后，张贻祥又带着勘察组前往东北地区进行勘察。就在这时，一个好消息突然传来：中央军委批准了军械部关于筹建兵器靶场的报告，并正式任命张贻祥为该靶场的场长。这样，还是“光杆司令”的张贻祥带着勘查组又经几个月的艰苦考察，终于在东北科尔沁大草原的白城选中了中国第一个兵器靶场的立足之地。1958年，当中国第一个导弹卫星发射基地——西北酒泉基地决定组建时，一纸命令下来，张贻祥又从科尔沁大草原奔赴戈壁滩，投入到酒泉发射场的勘察和筹建工作当中。

现在，又一个新的发射场的勘察工作拉开了序幕，登上了专机的张贻祥虽有几分激动，但一想到这次的勘察任务较之前几次更加复杂、更加艰巨，且时间也更为紧迫，心头便有了几分沉重。

与张贻祥同时登上专机的另一位负责人乔平，其心情也不轻松。由十来个单位组成的多达四十余人的勘察组刚一成立，便火速开拔，时间当然很是紧迫，准备工作也多少显得有点仓促。身为副参谋长的他，勘察组的许多实际工作，包括一些生活方面的细节问题，都必须考虑周全、落实清楚，否则就会影响这次行动计划。而且，此次勘察的地方多、面积广，不少山区的气候和地形地貌十分复杂，能否真正寻找到满意的“新大陆”，还是一个很难说清的问题。

因此，登上专机的乔平刚一落座，便打开地图手册，独自细细琢磨起来。乔平同张贻祥一样，在勘察发射场的问题上，也是一位颇有经验的勘察专家。这位曾担任过二十七军军长的山东汉子，自 1960 年离开炮兵部队到了酒泉基地后，便主要开始负责对发射场的勘察工作。可以说，全中国的发射场除去酒泉发射场，几乎都留下了他勘察的足迹。

勘察组的专机降落成都后，受到了成都军区的热情接待。当张贻祥副司令向成都军区的领导讲明来意后，成都军区的领导表示，有什么问题就解决什么问题，一定想法提供最好的条件，尽全力支持这次行动。

由于这次勘察的地方多、难度大，经研究，决定兵分两路。一路由张贻祥率领，人马分为三个小组：第一个小组由基地第一试验部副部长周光明带领；第二个小组由基地第二试验部副政委原野带领；第三个小组由基地第三试验部部长带领。另一路人马则由乔平和第四试验部部长申建基带领。两路人马在成都稍做准备，便分头开始行动。

这次行动，一开始便得到了地方组织大力的支持和群众积极的配合，且各方面的保密工作也做得相当出色。其勘察方式，采用空中勘察与地面勘察相结合的办法。两路人马除保证所需车辆外，还配备了两架专用飞机。

从 1969 年 12 月 4 日起，到 1970 年的 3 月初，勘察组在各种艰难困苦中度过了约四个月的野外日子。四个月中，勘察组先后对滇北、黔东、黔北、川南、川西、川北、甘南、陕西、陕北、豫西、鄂西、晋东南等九个省二十五个地区进行空中和地面立体式的勘察。空中共飞行三十二个架次，航程二万六千公里；足迹遍布八十一个县，地面行程多达五万六千公里！总算初选出了四川南部的越西县和甘肃南部的徽县两个地方。

勘察组返回酒泉基地后，将勘察情况向基地领导做了详细的汇报。基地及时召开了有关专家参加的常委会议，对四川的越西和甘肃的徽县两个地区进行了反复比较论证，一致认为，四川的越西优越于甘肃的徽县。理由是：越西地处大凉山中，四面环山，地形隐蔽，从战略的角度来看，地位较为稳定；向东北方向发射大倾角的卫星和飞船时，一、二级火箭的落点以及行区比较安全；这儿发射卫星，对侦察苏联和美国本土有利；越西靠铁路较近，在交通的发展上优于甘肃的徽县。

1970 年 3 月 15 日，酒泉基地向国防科委呈送了《卫星、飞船试验场选场勘察报告》；并在此报告中，建议上级批准四川越西方案。

国防科委和军委办事组很快批准了这一方案。

但方案批准后，国防科委和七机部有关领导对此方案仍感到有不踏实之处，很难一下子放下心来，便又与基地一起对越西方案进行了再一次的研究和论证。经论证，认为越西方案虽有上述优点，但在选择这个地方时，似乎过多地考虑到“靠山、分散、隐蔽”的因素，而对工程建设周期的长短、投资的多少，是否有利于长远的发展等问题欠周密的考虑。因此，为慎重起见，真正找准“新大陆”，酒泉基地根据国防科委的意见，决定对越西地区进行一次复勘，同时对西昌地区也顺便做一次补充勘察。

这一重担落在了乔平的肩上。

这时的乔平刚被任命为基地副司令员。接受任务后，他于 1970 年 4 月 21 日率领由七机部等单位组成的勘察组，再次踏上了前往四川的路程。乔平是一个说话少、干事多的人，而且办事一向认真负责、干脆利落、很讲效率。他一到成都，成都军区和省革命委员就表示一定全力支持，要什么条件就给什么条件，军区还当场决定，专门派军区的李副参谋长与勘察组一同随往，并当即向越西军分区下了电话通知，要对方务必做好各方面的准备。

乔平副司令员后来回忆说，那个年月办事情很简单，效率也高，不管办什么事情，空话少，手续少，相互扯皮也很少，只要上面一个电话、一个通知，下边就一律开绿灯，问题便会顺利得到解决。不像现在，办点事情很费劲，手续多，效率低，人事关系还挺复杂。一件事情折腾来折腾去，最后还没个结果。特别是像选择发射场、准备发射卫星这样的事情，无论走到哪里，只要向有关的部门一说，马上就会得到大力支持。

因此，乔平他们一到越西，勘察工作很快开展起来。

然而，野外勘察毕竟是件相当艰难的事情。尽管军区和地方组织为勘察组提供了很多的便利条件，可仍有各种各样的问题需要他们自己克服。更何况，这次勘察，事关原方案能否成立和能否重新找到新的发射场的问题。而这个新的发射场又并非一般的发射场，它要求高、规模大、投资多，既要考虑到现实的可能性，又要考虑到长远的发展规划；既要想到保密和施工，又要想到交通是否可行。因此，勘察组的每个同志，对这次勘察都格外重视。

为了争抢时间，他们每天起早贪黑，早出晚归，就像当年的红军一样，背着背包，挎着水壶，带着馒头，同时还要扛着沉重的测量仪器，翻山越岭，徒步前行。中午没有地方吃饭，就随便坐在山梁上，啃上两个从招待所带去的冷馒头。乔平副司令员后来说，山区那个时候的馒头可不像现在城里的馒头又白又软，而是又粗又硬，用手一捏，就会嘎嘎直响。特别是有胃病的同志，啃了这样的馒头，非胃疼不可，何况有时喝的还是冰凉的山泉水。但又别无他法，不啃也得啃。一旦胃疼了起来，便用手捂着走。有时一天要走一百多里的山路。而且，当时正是“文化大革命”的高潮时期，基层组织均已瘫痪，有时想找当地的领导接个头，或者找个老乡带带路，也很困难。由于语言不通，没有向导无法考察，便只好送点胶鞋、白酒和食盐之类的东西去讨好老乡，以保证勘察工作的正常进行。

一天傍晚，乔平他们来到一个叫苏雄的村镇，因跑了一天的路程，大伙又饥又渴，狼狈不堪。当地的民兵见他们穿着一身破旧的军装，满身泥土，并带着枪，便误认为他们是土匪（西昌在解放前夕，胡宗南的一支部队被解放军打垮后，溃散在了西昌的深山老林之中，后来时常下山烧杀抢掠，无恶不作）。于是，出于高度的无产阶级革命警惕，民兵们个个奋勇当先、赤膊上阵，当即便将他们抓了起来，关进了一间黑咕隆咚的屋子。无论他们怎样说明情况，不管他们如何出示证件，牢记阶级斗争的当地民兵们就是不信。最后，直到同行的上级机关的同志与有关部门取得联系后，才总算获得了“解放”。

…………

勘察组通过对越西地区的复察，感到该地还算可以，却并非理想中的“新大陆”。该地区尽管地形相当隐蔽，离铁道干线也不远，但主要的问题是，山太高，沟太深，地盘过于狭窄而不开阔。不光飞机场离得太远，铁道线也没有大的发展，而且四周的测量点在布局上也有困难。一旦开工，投资大，工期长，很难满足一个现代化发射场的最佳要求。

于是，勘察组在刚刚结束了对越西地区紧张的勘察之后，又于 6 月中旬风尘仆仆地赶到了西昌。

西昌为川南一个有着悠久历史的边远小镇。据有关专家对当地的出土文物和遗址考证，早在新石器时代，即四千年前左右，便有人类在此繁衍生息。在春秋战国时期，以古羌人为主的部落在此形成。秦始皇统一中国后，开始在此设置郡县。清代雍正元年，即公元 1782 年，此地被命名为西昌。民国二十八年，即 1939 年，西昌地区设为西康省，由当时的四川省主席刘文辉兼管。

此外，西昌还是中国工农红军长征的路经之地。1935 年 5 月，红军长途跋涉来到西昌。5 月 19 日，红军先头部队到达西昌的礼州，并举行了军事会议。5 月 29 日，刘伯承和彝族首领小叶丹还在彝海歃血结盟，使红军顺利通过了彝区。1950 年 3 月，中国人民解放军南下部队攻下西昌，西昌从此获得解放。遗憾的是，当年红军长征路过西昌时，国民党川康边防司令刘元璋命令西昌驻军刘元琮放火烧毁西昌城，致使西昌二十八条街被毁于一旦。

勘察组来到西昌后，受到了西昌军分区和地方政府的热情接待。在当地组织和群众的大力协助下，勘察组很快完成了对西昌松林地区的地形、地貌、战略地位以及气候和地震等方面的勘察与论证。结果发现，这个地方各方面的条件都比其他地方优越，其特点主要有如下七个方面：

第一，西昌纬度位置低，离赤道近，火箭发射时省力。

第二，西昌地形隐蔽，有利于战备，符合“深挖洞，广积粮，备战备荒为人民”的最高指示。

第三，西昌峡谷开阔，山间多有小盆地，便于多个发射阵地和测量观察点的布局；且各个发射阵地互不干扰，发射的方向也不会重合，有利于发射场将来的全面发展。

第四，西昌地处亚热带高原季风气候区，气候相当优越。年均气温十七摄氏度，几乎没有雾天。且雨、旱两季分明，全年日照时间多达三百二十天，因而“发射窗口”比别的地方相对要大，同时也有利于光学设备的测量。

第五，西昌离成昆铁路线和大型军用机场不远，东面的金沙江航道可通宜宾、抵重庆、达上海。在同类山区中，相比之下交通条件较好。

第六，西昌建发射场投资较少，周期短。

第七，西昌紧靠国家通信网络，只需埋设五十五公里的电缆，便可进行通信试验。

找到了西昌这个“新大陆”，勘察组的同志们高兴得手舞足蹈。乔平当即带着勘察组赶回酒泉基地，向基地党委做了详细汇报；并建议新的发射场由原定的越西地区改为西昌松林地区。

基地党委经研究论证，认为更改发射场的理由比较充分，随即向国防科委呈送了建议更改发射场的报告。

国防科委接到报告后，为慎重起见，并没有直接将更改发射场的报告呈报军委办事组，而是让国防科委组织一个勘察组，对西昌松林地区再做一次勘察，为最后的定论提供可靠的依据。

于是，1970 年 7 月 9 日，国防科委副主任兼酒泉基地司令员李福泽和乔平副司令员带领国防科委复查组再次奔赴西昌，对西昌松林地区又进行了一次全面认真地复查。

结论是：西昌的确比越西好。

国防科委这才同意了基地建议更改发射场址的报告，并于 8 月 16 日向军委办事组呈报了更改原发射场址的请示报告。

中央军委办事组很快批准了这一报告，同意新的发射场选定在西昌的松林地区，并由成都军区和四川省委解决有关兴建发射场的征地移民、地方劳力、地方材料、道路工程等问题。

但新的发射场方案须经中央专委会最后审定。

于是，1970 年 12 月 14 日下午，周恩来在人民大会堂福建厅主持召开中央专委会，听取国防科委对新的发射场的总体情况汇报。参加这次会议的有王洪文、叶剑英、李先念、黄永胜等。酒泉基地司令员李福泽做主要汇报，乔平副司令员补充具体意见。

当李福泽汇报到西昌的地理特点时，周恩来接过话茬说："西昌这地方我记得，当年长征时我们曾经路过那儿，在那里开过会，刘伯承元帅还和彝族首领拜过把兄弟呢！真是太巧了，在我们当年长征路过的地方，今天又要向太空发起新的长征，这很有历史意义。"

当李福泽讲到西昌的人文环境时，周恩来又插话说："西昌是彝族的聚居之地，别的少数民族也有不少，等我们的航天大军到了那儿后，一定要懂民族政策，处理好民族关系。"

接着，李福泽又指着挂在墙上的地图，讲解了新的发射场总体布局的基本设想。周恩来一边看着地图，一边询问有关发射中的具体情况。王洪文、黄永胜对有关战备问题，诸如是否保密、是否隐蔽等也进行了提问。

最后，周恩来站起来，征求大家的意见："新的发射场选在西昌，大家觉得怎么样?"

"就这样吧!"大家说。

“那好，国防科委的同志回去后，请抓紧进行。一些重大问题，一定要慎重!”周恩来说完，宣布散会。

至此，西昌发射场的确定，走完了最后一道程序。

21. 天军秘密大转移

中国的70年代，是一个真正热血奔涌、干劲冲天的火红年代。

1970年1月，当寻找新发射场的勘查组刚刚奔赴四川，酒泉基地组建新的发射部队的工作便在秘密中开始了。

当时，酒泉基地正积极准备中国第一颗“东方红一号”卫星的发射，要建新发射场的消息一传开，寒冷如冰的发射场和机关大院顿时一片沸沸腾腾，到处荡满了春天般的气息。不少干部战士纷纷向党组织表示：一颗红心，两种准备，只要祖国需要，随时准备投身到新的发射场的建设之中。许多单位还表示：一定要把“东方红一号”卫星发射上天，为战友送行！尤其是一些老工兵们，个个更是摩拳擦掌，热血沸腾，纷纷向党组织递交了“请战书”，积极要求为新的发射场的建设贡献自己的一切。当时在基地组织指挥“东方红一号”卫星发射的聂荣臻元帅和罗舜初将军看到这个情景后，十分感动，说：“我们中国有了这样的部队，就没有攀不上的高峰!”

根据军委办事组指示，新的发射场的基本建设工作必须要在1972年1月前完成，因此，这个所谓的“7201”秘密工程，对酒泉基地来说压力就相当的大。为了在新发射场确定之前把准备开赴新发射场的部队组建起来，基地以原基建工程部为基础，新成立了一个宇航工区，并专门召开了办公会，对基建、车辆、警卫、医疗等各方面的人员和工作都做了统筹的安排，决定开赴新发射场的总人数为五千八百三十八人，其中机关及直属分队一千三百四十人，建筑工兵团二千四百一十五人，汽车团两千零八十三人。在短短的几天之内，各路精兵良将全部到位，随时待命开拔。

因这次部队搬迁是从大西北到大西南，距离远、人员多、时间长、路线新，情况复杂，保密性强，基地和新组建的宇航工区还就这次行动的组织指挥、政治工作、后勤保障等方面的问题，专门对连以上的干部进行了集训。

1970 年 9 月 1 日，中央军委下达了部队开赴新的发射场区的命令。

9 月 4 日，新建的宇航工区党委发出了部队搬迁的动员令，号召“全体同志以战斗的姿态，认真做好战略搬迁工作，打好第一仗!”

紧接着，宇航工区又下达了部队搬迁的正式命令：分布在新疆、陕西、甘肃境内的所属部队，从 9 月 15 日起分三批向西昌地区转移；并着重强调，部队在搬迁、转移中，要认真执行中央军委的指示，必须做到“安全、迅速、保密”。

于是，在中国第一颗卫星“东方红一号”上天四个多月后，当全世界的目光都盯住大西北的酒泉发射场时，一支神秘的部队开始了从大西北向大西南的大转移：

9 月 15 日和 9 月 20 日，建筑工兵团分别乘坐第一和第二趟专列从酒泉基地出发；

9 月 25 日，宇航工区机关人员乘坐第三趟专列从酒泉基地出发；

9 月 27 日和 9 月 30 日，汽车四十一团乘坐第四和第五趟专列分别从新疆吐鲁番和托克逊出发；

…………

从 1970 年 9 月 15 日至 12 月 4 日，经过了近八十天的昼夜兼程，先后有二十趟专列、六百五十二节车皮抵达西昌，共运送人员四千六百二十三名，各种机械、车辆六百五十二部（台），各种物资约十六万立方米。第一次迅速、安全、顺利地完成了中国第一支火箭部队从北向南的秘密大转移。

然而，地处大凉山腹地的西昌，并非火箭官兵们梦想中的“天府之国”。新的发射场，选定在一条被当地老百姓称作“赶羊沟”的原始般的大峡谷里。这个大峡谷属于从奴隶社会一步跨入社会主义社会的彝族地区，其封闭、落后的情景可想而知。

因此，当这支火箭部队满怀希望地来到西昌后，大多数人的双脚刚一踏上西昌的土地，便被眼前的情景惊呆了！这儿山高谷深、峰峦叠嶂，既看不到他们梦想中的“南国风光”，也见不着传说中的“天府佳丽”，更没有令人垂涎的“川味小吃”。而抬头望去，到处都是一片空寂、一片荒凉、一片凄苦、一片绝望。除了满目的青山，还是青山；除了幽深的峡谷，还是峡谷；除了衰败的枯草，还是枯草；除了冷酷的石头，还是石头。而且，他们抵达西昌时，正赶上西昌的季风季节，挟裹着沙子的狂风，扯着粗野的嗓门，作对似的打着滚儿在山谷里横冲直撞，又吼又叫，让人连眼睛都睁不开。

据不少“老戈壁”的官兵们回忆，刚到西昌时，现实中的西昌与他们想象中的西昌完全是两码事儿。一看见那荒凉的大山沟，心里就有一种说不出的难受。有的官兵原以为离开死寂、荒凉的戈壁滩后，会跨进另一个多少有点人间烟火的生存环境，没想到这儿等待他们的却是另一种荒凉、另一种死寂。有的战士晚上听见野狼嚎叫，吓得不敢出门撒尿；有的战士听说山上有土匪，晚上站岗时吓得眼珠乱转，浑身直打哆嗦；有的战士听说彝族姑娘的裙子不能摸，只要摸一下对方就要嫁给他，吓得见了彝族姑娘就躲。

而当地的老百姓也从未见过如此神秘的“天兵”（当地山民称解放军是“天军”），对他们的服装行李、一言一行，感到新鲜，充满好奇。尤其是对那些只有四个轱辘却成天沿着山沟遍地疯跑的大汽车小汽车，更是视如怪物。无论男女，不管老少，他们整天一起围坐在半山坡上，或者蹲在自家破旧的房前，远远地看着跑来跑去的大小汽车以及奔忙的绿色身影，却不敢和“天兵”见面，怕与“天兵”接触。还有一部分不明真相的彝族同胞，因受了有些不法分子的挑唆，居然认为这支火箭部队是来侵占他们家园的！另有部分人还怀疑，是不是国民党的部队又打回来了？便产生了抵触情绪，甚至滋生了仇视心理。于是他们纷纷收起家当，携老带幼，远远逃往深山老林。因此，刚刚立足此地的部队很难与群众打成一片，生存、生活极为困难。

数千官兵初来乍到，首先遇到的一个大问题，就是没房住。于是部队领导紧急下令：各自搭建帐篷！

短短几天时间内，绵延分布十几公里的帐篷和草棚便在山脚下、河道旁实实在在地耸立起来，其宏大的场面与气势酷似古代重兵安营扎寨。

然而时值隆冬时节，大雪纷飞，山风呼啸，寒气袭人，无论帐篷还是草棚，既潮湿又阴冷，不少官兵常常在半夜被冻醒，随后便是大面积的流行感冒。为驱赶寒意，增加热量，官兵们只好去荒坡拾点干草铺在地上，再到山中捡些干枝堆在帐篷前点燃。

于是，战士中很快便有这样一首打油诗流传开来：

天是罗帐地是床，
大凉山下扎营房。
三块石头架口锅，
野菜盐巴下干粮。

数千官兵遇到的第二个大问题，是环境不适，水土不服。由于部队地处偏僻山区，物资严重缺乏，官兵们不但难以吃上普通的肉菜，连正常的副食供应也无法得到保证，致使营养不良，体质普遍下降，甚至一部分战士的脸上、身上还出现了浮肿；加上多数人当兵前生活在北方，参军后也同样生活在北方，现在一下子来到南方的荒山沟里，生活上感到很不习惯。比如，过去在饮食上一直是以馒头为主，现在一天三顿都是米饭，即便偶尔吃上一顿馒头，又糙又硬，很难咽进肚里。特别是对西昌的水，极不适应。许多干部战士到西昌没几天，便莫名其妙地患了“西昌病”。

所谓“西昌病”，就是拉肚子——吃什么都拉，连喝水也拉。而且这种拉肚子吃什么药都不管用。唯一的办法，就是离开西昌。只要一离开西昌，肚子马上就不拉了。于是人们便把这种拉肚子的病，统称为“西昌病”。

所以，在部队抵达西昌后的最初一段日子里，当地的老百姓便看到了这样一个颇为稀奇的情景：在一个叫“漫水湾”的地方，每天早上当部队的卫生所还未开门上班时，门口便已经排了一支长长的队伍。队伍中个个苦不堪言，每个人都做着一个相同的动作：用手捂着自己的肚子。事隔好长一段时间后，当地的老百姓才终于明白，原来那些捂着肚子排着队的“天兵”，患的都是“西昌病”。

“西昌病”的大量出现，对部队的战斗力造成严重的影响。

针对严酷的现实，部队很快召开动员大会，号召全体官兵：“发扬戈壁精神，树立雄心壮志，自力更生，站稳脚跟，向困难展开坚决的斗争!”

会后，各个部队搭帐篷的搭帐篷，开荒地的开荒地，挖水渠的挖水渠，劈柴火的劈柴火，纷纷火速行动起来。而且，帐篷四周，到处挂满了“自力更生，艰苦奋斗”“以苦为荣，以场为家”“战天斗地建‘三线’，敢教日月换新天”等巨幅标语。于是，沉睡了千年的峡谷仿佛也被这支部队的英雄气概所感染，开始变得有了生气，渐渐活跃起来。

从戈壁滩走来的火箭部队，总算在西昌站稳了脚跟。

22. 长征路上抢建“长征桥”

就在火箭部队刚刚在西昌落下脚跟时，国务院根据周恩来的指示，把兴建西昌发射场的工程即代号“7201”工程，正式列入了国家“四五”计划；同时，军委办事组还着重指示：工程一定要加快进行，务必在1972年底以前完成西昌第一个发射场以及配套工程的建设，为发射飞船做好准备!

于是，火箭部队当即确定了“先建设，后生活”、一切以工程建设为主的方针，力争在三个月内实现发射场区的“三通一平”，即桥通、路通、电通、场地平；并决定在1970年年底之前，打响西昌第一炮——抢建安宁河大桥!

安宁河为雅砻江的一条支流，河面宽一百五十余米。据《西昌县志》记载，此河因两岸宽敞平坦，土地肥沃，盛产稻谷，为民造福甚多，故人们给它取名为“安宁河”。1935年5月22日，红军到达此地时，为了攻破泸沽和冕宁的守敌，一支小部队曾在此渡过了安宁河。时任彝族先遣队政委的聂荣臻和司令员刘伯承就在此指挥渡河。没想到事隔三十五年后，由聂荣臻元帅统领的航天大军又来到此地。

遗憾的是，尽管安宁河流失了无数个岁岁月月，载走了无数个春夏秋冬，祖祖辈辈生活在这儿的山民们却始终没有能力架起一座通向彼岸的桥。由于没有桥，山里山外受到严重阻隔。山外的人要进去，或者山里的人要出来，唯一的办法只能靠一艘小木船摆渡。而西昌发射场恰恰就选在这条河对面的一个大峡谷里，若是大桥不先抢建起来，航天大军便难以进山，发射场便无法开工，有关的大批物资器材更是无法运送进山。

因此，抢建大桥成了“7201”工程关键的第一仗！

这关键的第一仗，落在了工兵团的身上。

而这关键的第一仗的关键，是把握好西昌的季节。西昌几乎四季不分，但雨季和风季相当明显。每年的雨季一旦到来，安宁河便会洪水上涨，进而泛滥成灾，祸及四野。故大桥必须抢在雨季到来之前建成，否则难以开工，即使开工，到时也会功亏一篑。于是随着一声令下，刚刚立足的工兵团官兵们立即投入了紧张的战斗。

战斗打响在1970年12月27日的上午。这天，大雪纷飞，寒风呼啸，安宁河畔，战鼓咚咚，红旗飘飘，工兵团三千多名官兵昂首挺胸，列队成行，雄赳赳气昂昂地站在安宁河南岸的沙滩上，面对伟大领袖毛主席在长征途中的一张巨幅画像，举行集体宣誓：“大干一百天，确保大桥通！”

领头进行宣誓的，是工兵团团长马长根。这是一位以大干苦干拼命干而著称的硬汉子。他从战士到团长，可以说全是凭着一个“干”字熬过来的。苦，对他来说，就像夏天的凉水，要是每天不喝上几口，心里就憋得难受。他领头宣誓完毕，转身抱起一个酒坛，将酒倒进一个个事先摆好在地上的军用水壶里，而后自己举起其中的一壶，灌下一口，大声说道：

“同志们，我们的脚下，是当年红军二万五千里长征走过的地方，我们今天要在这长征路上抢建一座大桥！现在，抢建大桥的战斗马上就要打响了。今天，天气格外的冷，为了御寒，不！为了壮胆，我们必须喝酒！我知道，有的战士不会喝酒，甚至有的战士还从来没有沾过酒，但为了抢建大桥，为了截住滔滔的河水，今天你们必须喝！会喝的，要喝；不会喝的，也要喝！”

说完，马团长拿起水壶，脖子一仰，咕咚咕咚，又灌下了几大口，然后交到营长的手上；

营长接过水壶，灌下一口，再交到连长的手上；

连长接过水壶，灌下一口，再交到排长的手上；

排长接过水壶，灌下一口，再交到班长的手上；

班长接过水壶，灌下一口，再交到战士的手上；

…………

就这样，当最后一名战士在极其悲壮的气氛中灌完最后一口烈酒时，马长根团长又领着大家一起高声背诵了一段在那个年代军营里最为流行的毛主席语录：

> 下定决心，
> 不怕牺牲。
> 排除万难，
> 争取胜利！

而后，马团长一身令下，三千多名将士便纷纷脱下棉衣棉裤和全部上衣，光着身子扛起草袋，争先恐后、奋勇当先地跳进了冰冷刺骨的安宁河！

时值冰天雪地的 12 月，战士们光着身子在深山中的河水里作业，其艰苦的程度可想而知。只片刻工夫，许多战士便浑身发抖，脸色铁青，牙齿冻得“咯咯”直响；甚至一部分人刚一跳进水里，便难以站立起来；有的战士实在忍受不了时，便爬上岸来，灌上几口烈酒，再咬牙跳进河里……

从开始到结束，没有一个战士离开水里！

就这样，靠草袋、苦力和意志，外加热辣辣的烈酒，工兵战士们终于截住了安宁河千百年来那肆意滔滔的水流。

大堤截流后，需把堤内的河水抽干，方能挖掘桥基。但当时的施工设备极为简陋，连普通的抽水机也没几部，若仅靠几部抽水机抽水，至少需要半月。而雨季即将来临，此举显然不可取。怎么办？战士们终于想出了办法：用洗脸盆端水！

于是，安宁河永远记得，在1970年那个雪花飘飘的冬季，在沉睡了千年的大凉山脚下，数千名火箭官兵纷纷手上拿着脸盆，在安宁河中排成若干个长长的队伍，彼此展开了一场悲壮的脸盆接力赛：团长首先从河里端起一盆水来，递给身边的营长；营长将这个脸盆递给身边的连长；连长将这个脸盆递给身边的排长；排长将这个脸盆递给身边的班长；班长将这个脸盆递给身边的战士；战士再将这个脸盆递给身边的战友……就这样，你传我，我传你，在火热的劳动号子声中，一个个装满河水的脸盆在战士们的手上飞速地传来传去。河水长一尺，干劲长一丈。一周后，大堤内的水，硬是叫战士们用一个个破脸盆给端了个底朝天！

一次，紧张的桥基浇注工作正在进行，上游急速而来的洪流突然将草袋垒成的河堤冲开了好几米宽的口子。滔滔洪水奔腾而下，冲向人群，冲向桥基，直接威胁着正在灌注的桥墩工程。二营八连连长一声大吼，连棉衣棉裤都来不及脱，便率先跳进了河水里。接着，全连的战士也个个奋勇当先，纷纷跳进河水里，臂挽着臂，肩靠着肩，迅速组成了一道坚固的人墙，硬是用自己冰凉的身体，挡住了撒野的洪流！

解放军抢建大桥的行动，深深打动了当地的老百姓。一些淳朴憨厚的山民，从几里甚至几十里之外的地方纷纷走出大山，抱鸡的抱鸡，背梨的背梨，提蛋的提蛋，挎菜的挎菜，甚至有的还挑着一捆捆取暖的柴草，前来向架桥的“天兵”们表示亲切的慰问。开始，他们把东西偷偷放在河堤边上，不让任何人知道。可两天过去了，他们送的东西依然放在原处，没人碰一下。后来，他们又将东西亲自塞到战士手中，却不说一句话，转身就走。再后来，他们与这些“天兵”渐渐熟悉起来，开始有了对话。可“天兵”们听他们讲话，如同听外语一般，总要翻来覆去折腾好几遍，才算明白大致的意思。有一位彝族阿妈，她从很远的地方用一个竹篮子提来十几个鸡蛋，叽里呱啦说了半天彝族话，“天兵”们就是一句也听不懂。直到后来找来当地的一位“翻译”，才知道她说的是：“你们这些红军战士，又回来给我们架桥了。我要感谢你们，给你们送鸡蛋来了，请你们一定要收下，好好补补身体！”原来，她把架桥的解放军当成了当年的红军。

安宁河大桥终于赶在雨季到来之前抢建成功。为了继承昔日红军长征的精神，同时也为了表示今天的航天人远征太空的雄心，大桥取了一个极有寓意的名字：“长征桥”。

几年后，曾经抢建过长征桥的一个班长就要复员退伍了。就在退伍兵们纷纷登车离队的时候，人们却发现人群中少了这位班长。当战友们终于找到他时，他正坐在长征桥上望着滔滔的安宁河水痛哭不止。连长问他为什么要哭？他说：“我就要和这座长征桥分手了，心里很难受，来与它道个别。今后，也许我就再也看不到长征桥了！”

还有一位老兵，在抢建长征桥时因家庭的灾难而患下了神经分裂症，致使后来记忆力严重衰退，连他过去要好的朋友都忘得一干二净。但他唯独对长征桥以及有关抢建长征桥的一些细节，始终记忆犹新，一旦说起当年抢建长征桥的事来，简直如数家珍。

1984 年，当中国第一颗通信卫星从西昌升空时，记者们采访了当年抢建长征桥的指挥官马长根。这位当年工兵团的团长后来基地的副司令刚一谈起架桥的历史，便忍不住泪流满面，泣不成声，让在场的十几名记者感动得一同陪着流下了热泪。

23. 飞船计划与林彪出逃

1971 年，中国共产党的历史上发生了一件惊天动地的大事：已被写进《中国共产党章程》的毛泽东主席的接班人林彪副统帅突然驾机出逃，摔死在温都尔汗！

这一消息震撼了中国，震撼了世界，也震撼了远离首都、位于大凉山峡谷的几乎与世隔绝的西昌发射场！

把新的发射场选定在西昌这个原始的峡谷，让发射官兵们“钻山沟，找隐蔽”，当年除了考虑到航天发射自身的因素，与林彪的“1号令”有着一定的关系；加之摔死前的林彪始终主持着军委工作，所以，在“一年赶，二年超”“政治第一”“政治就是一切”等极“左”思想的统治下，西昌发射场在总体规划和技术指标上，无法避免地带有浓厚的政治色彩和很大的盲目性。其主要的问题是：摊子铺得太大，标准定得太高；发射场的建设目标，一开始就很不明确；在国力和科学技术水平都还无力达到、在总体方案尚缺乏严密论证的情况下，便上了马。

于是，尽管部队从西北转移到西昌后马上就投入了施工，并取得了很大的成效——不仅很快建成了大桥和铁路，平整出了两个发射场地，同时还修建了一条长十九公里、宽八米的专用公路。特别值得一提的是，在修建这条公路中，得到了当地群众的大力支持——冕宁县在三五天就组织起了一支三万多人的彝族和汉族的民工队伍，在地方各级干部的率领下，积极投入到施工当中。缺少工具，他们就架起火炉，自己动手制造钢钎、铁铲和铁锤；没有机械，他们就用肩扛石头，用背篓背泥土。晚上，汉族兄弟就睡在临时搭起的草棚里，而彝族同胞则身披“查尔瓦”蹲在公路边或山坡上。而且，在修建地面测量站的一条道路时，工兵团五连一个叫徐青春的班长，在排除哑炮中为了保护战友的安全，还献出了自己年轻的生命！然而，到了1971年年底，发射场的基本建设便遇到了许许多多意想不到的困难，工程再也难以往前推进了。

究其原因，主要是发射场一开始就按“卫星、飞船”的模式铺开了干。而这种“卫星、飞船”的模式，工程实在太大，标准太高，既不切合实际，又难以达到目的。而且，这个发射场一旦建成将来到底用来干什么，一开始上面就没有一个明确的说法，而各种版本的传说倒不少：一会儿说，要发射卫星；一会儿说，要发射载人飞船；一会儿又说，要用来发射军事导弹。但到底用来干什么，谁也不知道——谁也不说知道，谁也不说不知道。搞得整个部队上上下下惶惶不安，无所适从。

因此，西昌发射场在经过了一年多的轰轰烈烈的大干快干之后，响亮的口号声变得弱小了，战士们的情绪开始低落了，火热的工地也渐渐冷却下来了。尤其是“敬爱的林副统帅”摔死在温都尔汗之后，国防科委的领导班子几乎处于瘫痪状态，西昌发射场下一步的建设不但没有计划，甚至连施工的材料和施工的图纸都没有了！正在抢建中的浩大工程，像一艘突然失去了航向的小船，在政治的风雨中漂来荡去，随时都面临着搁浅或沉没的危险。

而一腔热忱、满怀希望的战士们，像一群突然遭到解雇的失业者，攒了一身的劲儿，却找不到地方施展——用有的战士的话来说，“几天不摸铁镐，手就直痒痒”。心里只有那个年代的人才能理解的那股敢怒而不敢言的埋怨情绪和英雄无用武之地的难受滋味，想吐还不敢吐出来。于是，战士找到班长，班长找到排长，排长找到连长，连长找到营长，营长再找到团长，逐级向上反映情况，积极要求下达任务，奔赴施工的“战场”！

西昌宇航工区的领导们当然也很着急，认为这种局面再也不能继续下去了，决定派专人上北京反映西昌发射场的情况。

于是，1972 年 4 月 1 日这天，西昌宇航工区副主任赵廉清肩上背着两个军用黄挎包——一个挎包背着图纸资料，一个挎包背着军用馒头，踏上了去北京的路程。

赵廉清千里迢迢赶到北京后，先找了国防科委，又找了中央军委，接着再找国务院。每到一处，他便向有关领导汇报西昌发射场工程建设的进展情况，讲述现在遇到的困难和面临的危机，希望中央早日定论，国防科委尽快拿出一个意见，以保证工程的正常进行，尽量给国家减少经济损失。因为他最清楚，西昌发射场的兴建工程在 1971 年年底以前，国家已投资了一千五百三十万元人民币！若是工程真的中途夭折，国家的损失该是多大啊！

与此同时，赵廉清还跑去找了钱学森，把一些具体的情况和问题当面做了汇报。他对钱学森说，西昌“7201”工程的总体方案和各分系统方案至今没有确定下来，实验任务对工程的要求也不明确，所以西昌的工程设计、物资订货和设备研制生产等根本无法落实。现在，参加施工的军方和地方的总人数已达一万两千多人，但大规模的工程建设却难以开展，好些正在施工的工程经常停工待料，窝工的现象也十分严重。希望上级能尽快明确西昌的任务和建设的要求，及时扭转当前被动的局面。

同年 4 月底，国务院根据周恩来的指示，下发了《1972 年全国计划会议纪要》，开始纠正基本建设中存在的极“左”思潮和无政府主义。三总部根据叶剑英的指示精神，专门召开会议研究了“三线”建设问题，认为国防尖端建设不能下马。对一些建设方向暂不明确的工程，可以缩短战线，先上民用项目。

同年 8 月初，国防科委又传达了钱学森关于西昌“7201”工程的讲话精神。钱学森说：“‘7201’工程现在来看，当初上马有些急促。叶剑英副主席说了，干，还是要干的，而且还要干得快，干得好！但到底怎么干？暂时还没定下来。‘7201’工程能接受以往的经验教训，这很好。西昌发射场在布局上，我没什么意见，现在的问题是已经搞乱了，再这样继续搞下去，是件很麻烦的事情。具体的问题，不好表态，反正 76 年以前建成就行了。至于选择西昌发射场这个点的问题，国务院已经批了，这没有什么动摇的。”

根据钱学森的讲话精神，8 月 24 日上级用电报通告西昌宇航工区：“7201”工程的建设周期，改为“1976 年做好发射同步通信卫星准备工作，1978 年做好发射不载人飞船的准备工作”。

于是，西昌火箭部队全体官兵的情绪再次高涨起来。

为了加快两个发射阵地和营区的工程建设，工程指挥部集中了十五个连队两千多名新兵及几千名民工，搞起了轰轰烈烈的“工程大会战”。在只有经历了那个年代的人才可能体会得出什么叫“火红年代”的年代里，西昌发射场的工地上，随处可见红红火火的动人景象：红旗、标语迎风招展，歌声、号子声惊天动地，牛车、毛驴车奔跑不息，拖拉机、推土机昼夜不停。

非常不利的是，大会战开始不久，便遇上了倒霉的阴雨天。西昌的阴雨天十分奇特，雨量说大不大，说小不小，就是不分白天夜晚，总是下个不停，而且一下就是好几个月。整个工地到处都是泥水泥浆，如同被人倒满了一层厚厚的糨糊，双脚踩在上面，一个劲儿地打滑，给施工带来极大的困难。

然而，吃大苦、流大汗、讲牺牲、讲奉献，是军人在那个时代也是在这个时代的精神特征。由于施工中没有像样的机械设备，战士们就用手挖，就用肩扛，全凭苦力全靠拼命去完成一个又一个常人难以想象的任务。有的战士脚崴了，腰扭了，甚至感冒发烧四十摄氏度，依然坚持轻伤不下火线；许多战士的双手磨破了皮，鲜血已经染红了泥土和石头，还是每天坚持施工。大会战从开始到结束，整个部队没有因为下雨放过一天假，停过一天工。一首当时流行在战士们中间的歌谣，颇能说明问题：

刮风当电扇，
下雨当流汗。
宁脱几层皮，
也叫工程完！

遗憾的是，在那样一个“左”得冒烟的年代里，不仅人间的小道充满了艰险，通往太空的道路也同样并不平坦——正当西昌发射场的官兵们大干快干、工程连连取得大的进展之际，“四人帮”又发动了“批林批孔”运动。

1974 年 2 月上旬，江青和王洪文先后两次给酒泉基地的两个人写信，坚决支持他们在基地“放火烧荒”。3 月 8 日，王洪文、张春桥在听取了国防科委汇报“批林批孔”的情况后，极不满意。3 月 15 日，一个由十五人组成的“放火烧荒”小组便到了酒泉基地，传达了“四人帮”在国防科委的代理人的讲话精神：经中央批准，酒泉基地机关要支持群众贴大字报，彻底揭发问题。在各试验部以及团以下的部队，可动用大批判专栏和墙报等形式，开展“批林批孔”。对各级领导干部的揭发和批评，可用小字报、写信等形式。

如此一来，“批林批孔”的“火”，也就开始在西昌发射场“烧”了起来。

8 月 13 日，上级特意派来了“批林批孔”工作组，帮助宇航工区的党委“过关”。工区副主任赵廉清只因说了几句“发射场的建设刚刚起步，要坚持施工”之类的话，工作组便说他“对运动有抵触情绪，态度不老实”。气得他直捶胸脯。

而受害最深的，是政治部主任初清泽。

初清泽的“反革命罪行”很简单：有一次，他站在操场看了看正在升起的太阳，然后说：“我的眼睛可能出了毛病，有时看太阳像一把刷子，有时看太阳又像美国的星条旗。”说者无心，听者有意，此话很快传到了“批林批孔”办公室那里，“批林批孔”办公室的人便说他是反党反社会主义，是崇拜美帝国主义。

于是，他被揪了出来，押到会场进行批斗。在批斗中，他只能站，不能坐，甚至有人还撕掉了他的领章帽徽。此后不久，他被隔离审查，每日在两个战士的监视下劳动改造。他的身体本来就患有重病，再去劳动，实在是力不从心，所以在劳动中常常连脚都站不稳。但“批林批孔”办公室的人说他拒绝改造，很不老实，又罚他去割牛草、挖树坑。因此在那段时间里，部队大院的官兵们总能看见一个病恹恹的老头儿，肩背一个军用水壶，头戴一顶破草帽，弓着腰、驼着背，每天在大院里挖坑栽树，割草铲地——这一情节给人们留下了极为深刻的印象，以至于多年后当有人在院子里散步时，还指着高大参天的柏树对自己的儿子或女儿说：“瞧，这就是当年你初清泽爷爷栽下的树！”

…………

由于“文化大革命”的干扰破坏，加之当时经济条件和技术水平有限等原因，直到1975年3月，西昌发射场的总体建设方案都未正式确定和批准下来；已经批复的发射和技术两个阵地等分系统方案，也总是不断修改变化，反复不定；工程的建设周期和发射的时间，也一变再变，一推再推。直至1974年5月19日，周恩来关于“先把卫星通信的制造、协作和使用方针定下来”的批示出台后，国家计委和国防科委才组织有关单位对卫星通信的方针、原则等问题，重新进行了研究和论证。

1975年1月5日，邓小平复出，主持军委工作。1975年3月，张爱萍出山，主持国防科委工作。1975年3月31日，通信卫星工程即著名的“331”工程，终于得到中央和毛泽东主席的正式批准。

此后，“331”工程的五大系统，包括西昌发射场工程，又掀起了研制和建设的新高潮。

1975 年 9 月 6 日，中央军委决定，原西昌宇航工区改称为国防科委第二十七试验训练基地，部队代号为 89770 部队。同年 11 月 1 日，中央军委命令张敏为该基地司令员，许震为该基地政委。从此，西昌卫星发射基地开始了“名正言顺”的历史。

然而，当“反击右倾翻案风”的恶浪突然席卷而来时，西昌发射基地的建设又被整日的学习和开会所代替。邓小平被打倒，张爱萍靠了边，眼看着已经透出了点阳光的大凉山峡谷，又一次被锁在了政治的烟雨之中。直到“四人帮”被粉碎，直到张爱萍再度出山，十一届三中全会胜利召开，西昌发射基地——这艘在风雨中飘摇了长达八年的小船，才结束了苦难徘徊的历史，开始驶向正常的航线。

1977 年 7 月，西昌发射基地根据国防科委的指示，正式成立了发射团、指挥控制站、首区测量站、宜宾测量站四个筹建处。此后，为了适应发射任务的需要，为了不光用苦力而且还要用智力铺平通向太空的道路，基地在抓基建工程的同时，开始了另一个伟大工程的建设，即科技人才队伍的培养!

于是，从 1977 年起，从各地招聘的知识人才和从各大院校挑选出来的一大批优秀的大学生，怀着满腔的热血和好奇的心情，穿上绿军装，先后来到西昌，加入了远征太空军的行列!

如果说，西昌发射场初期的创业者——广大的工农干部和战士，主要经历的是肉体上的痛苦，那么中期和后期的创业者——从地方有关单位和各大学挑选到西昌基地的大学生们，经历更多的则是精神上的痛苦。这批大学生在给大山带去文明并用文明改造着大山的同时，大山也在默默地改造着他们。

于是，在美丽的“月亮城”，在荒凉的大凉山峡谷，在通往宇宙的门前，在远征太空的长征故道上，便留下了这一代知识分子用青春、爱情、心血乃至生命谱写的一个个凄苦悲怆却又耐人寻味的故事。

第六章
生命·血液·燃料

24. 一座大山和一个女人

在离西昌发射场不远的地方，有一座彝汉混居、海拔两千多米的大山，当地人叫作“花果山”。

在花果山上有个卫星跟踪测量站，代号为“27号小分站”。一次，有位从北京去的年近六十岁的女摄影记者爬上这个山头，当她举着相机对着荒凉大山看了看后，气喘吁吁地说了这样一句话：“这是我一生中看到的最壮丽、也是最凄凉的镜头!”

可以想象，这样的山头如果让今天的城里人去玩上一天，也许会说真美；如果住上一月，也许会说真闷；如果待上两三个月甚至一两年，那恐怕不骂天也得骂娘，甚至还会想到两个不愿想却又不得不想的字眼：自杀!

然而，就在上个世纪70年代，却有一个年轻的女大学生在这千古荒凉的大山上，默默生活、奋斗了整整六年!

这位年轻的女大学生叫陶学兰。她个子不高，长着一双又大又圆的眼睛。她跨进西昌发射场的第一天，便将自己的一头长秀发剪成了齐耳短发，所以，当一副四百多度的眼镜架在她那张圆圆的脸上时，本来就显得文静、纯洁而又朴实的她，便又增添了几分娃娃气。

陶学兰生在北京，长在北京。在她刚刚学会走步时，便随父母去看故宫，逛颐和园。等她长到自己能挑选玩乐的地方时，她选择的第一个景点，便是高高的长城。正是这次爬长城，让她开始喜欢上了北京，也爱上了北京，而且随着一天天长大，她对北京的一山一水、一草一木产生了一种别样的感情。尤其是那可爱可亲的四合院以及那别致朴实的小胡同，更是时常令她梦魂牵绕、难舍难分。然而，十二岁那年，命运的小舟却将她从北京无情地载向了一个盛产盐巴的地方——四川自贡。此后，她变成了一个“川妹子”!

1977年，陶学兰从重庆大学毕业了，西昌基地去学校挑选人才时，她被选中。而她，一听说西昌基地是发射卫星的，并且还可以穿上一套漂亮的军装时，便欣然同意了。

就这样，她上了花果山。花果山上没有女人，更未有过女大学生。刚上花果山时，她除了激动与欣喜，好像并无别的什么感觉。那是一个风雪弥漫的上午，她刚一爬上花果山，一下就被山上稀奇的景致迷住了：幽谷丛林中，野艾莠草间，一枝枝美丽的墨兰拥抱着山崖，簇守着小路，在寒风中傲然开放，悠悠摇曳；山风拂来，清香扑鼻，令人心醉。正值青春妙龄而又充满浪漫诗情的她，过去从未见过如此美景，禁不住扑向花丛，不一会便采回一束墨兰，边走边轻轻吟诵着苏辙的《种兰》诗：

> 兰生幽谷无人识，
> 客种东轩遗我香。
> 知有清芬能解秽，
> 更怜细叶巧凌霜。
> ……

然而，就在当天晚上，陶学兰一天的美感顿然消失，留在心里的，只有凄苦与惆怅。她万万没有想到，偌大一座山上，就她一个女的，其余全是清一色当兵的“和尚”!

那晚，她躺在吱吱作响的军用木板床上，黑乎乎的小屋就她只身一人。她睁着一双傻愣愣的眼睛，望着没有窗扇的窗户辗转难眠。刺骨的山风像刀子一样呼呼地刮着，整个小屋和大山仿佛都在同时旋转。远处，松涛阵阵，泉水咚咚，偶尔还传来一声声野狼或者乌鸦的惨叫。她蜷缩在被窝里，浑身惊悸，毛骨悚然。她从小就怕孤独，怕清冷，怕这无边无际的黑暗。可她所怕的东西仿佛在这个夜晚全都一起赶到了她的身边。渐渐地，她再也憋不住了，终于忍不住“哇哇”大哭起来……

但第二天，她抹去眼角的泪痕，又微笑着扑向了大山。

当时，山上的卫星测量站正值初创阶段，营房的修建，机房的布局，设备的安装，山路的铺垫，还有那挖不完的树根、除不尽的野草、赶不走的风沙和扫不净的羊屎牛粪，每天都在等着她去一点一点地干。加之山上空气稀薄，荒凉孤寂，该有的几乎什么都没有，不该有的反而一样不少。孤独的大山像一双无情的大手，遮挡住了她与外界的联系，使她常常陷入难言的苦闷之中。

更让她不能忍受的是，整个一座山上就她一个女的，而且还是一个刚刚走出大学校门的小姑娘！她的周围虽说还有几十个战友，可毕竟一个个都是青春澎湃、热血沸腾的男人啊！而这几十个男人对她来说，既像一堵堵无法穿越的土墙，又似一轮轮滚烫似火的太阳，她和他们成天生活、工作其间，每时每刻都让她感到尴尬。虽然有时相互也能碰撞出青春生命中一点点微妙的火花，但那毕竟是铁打的军营，她一个女儿身成天在男人圈里晃来晃去，算怎么回事儿呀？

因此，大山上这种过分的阳盛阴衰的生存结构，给她的生存与生活造成了极大的不便。比如，她心里有了苦闷，想说说只有女人之间才能说的话时，却找不到一个女伴；她碰上了只有女人之间才能做的事情，却找不到一个帮手；她每天下班后，很想在太阳快要落山那会儿沿着山路散散步、吹吹风、透透气，却找不到一个同性做伴。若是自己单身行走，又怕脚下忽然钻出一条毒蛇，或者身后猛地蹦出一只狼来。如果找个男兵作陪，男兵当然既幸福又美好，可军营中那无情的纪律和可危的人言，她又如何承受得了！

如此一来，当美丽的黄昏到来时，当恐怖的夜色降临时，她便将自己锁在小屋里，然后伸出自己的指头，在窗户纸上小心翼翼地凿个小孔，一边悄悄地窥视着神神秘秘的大山，一边偷偷抹着苦涩的泪水，独自咀嚼着孤独的痛苦。

尤其令她感到难堪的是，当女人的“倒霉期”来临时，她更是哑巴吃黄连——有苦难言。她能出早操要出早操，不能出早操也要出早操；可以上班要上班，不可以上班也要上班。因为她一个年纪轻轻的姑娘，总不能好意思跑去找比她大不了几岁的“男首长”请假吧——“站长，我、我有特殊情况，不能出操!”如果这位“男首长”是个“懂事的”倒好，万一这位“男首长”是个可爱的“大傻瓜”，再老老实实地反问一句：“什么特殊情况?”这可如何是好?

有一次，山上设备的安装正处于紧张阶段，恰好碰上她的“倒霉期”，没有办法，她只好硬着头皮去上班。她沿着山路爬来爬去，爬了整整一天，等到太阳落山时，便累得气息奄奄了。每走一段，眼前就一片眩晕，小腿就微微发颤；每走一步，小腹就一阵揪心的坠痛。甚至当她坐在山坡上休息时，青春的血液也顺着裤腿流了出来，悄悄染红了嫩绿的小草。

她之所以要如此默默坚持工作，其想法说来十分简单，也难以令人置信，就是希望有一天能亲眼看到卫星从西昌升起。于是为着这一简单的想法，或者说是理想，她坚持留在了山上（虽然她也有办法下山）。她白天钻研、调试设备，晚上就在灯下读书看资料。心情好时，便上山采回一枝枝最喜爱的墨兰，然后插进一个军用罐头盒里，再送到自己的鼻前，让那醉人的清香将一身的疲劳驱散；心情烦闷时，她便独自跑进深山，向着阳光灿烂白云飘荡的天空又蹦又跳、又哭又笑，然后站在高高的山崖上，对着酣睡的山谷反反复复地喊着自己的名字：

“陶——学——兰——”

“陶——学——兰——”

等山谷传来阵阵回音时，她仿佛才感到了自己的存在。

几年后，陶学兰被任命为激光经纬仪室技术总体负责人。也就是说，她一个年轻的弱女子，将领导众多的男子汉。而一个女人要想在男人的庄园里摘取成功的果子，谈何容易！但她是个从不服输的姑娘，如山的困苦反而铸就了她岩石般的决心：用青春作资本，在山上打牢自己事业的地基。

为实现这一理想，她有意躲开了从北京和自贡射来的爱的金箭，就在西昌发射场找了个技术干部做丈夫。并且刚结婚不到一年，她便将在机关任参谋的丈夫也拽上山头，当了跟踪测量卫星的操作手。

刚当操作手的丈夫缺乏经验，每次一上操作台就心慌意乱，大汗淋淋，还常常抓不住目标。为了练就一套跟踪卫星的过硬本领，除平常工作时间外，每逢星期天和节假日，她便领着丈夫爬上观察圆顶，从理论到实际，从图纸到操作，一点点地讲，手把手地教。她下口令，丈夫操作——白天以飞鸟当火箭，夜晚用流星作卫星。那段时间里，她已怀孕九个月，小腿浮肿，脸色菜黄，吃不下饭，睡不好觉，还常常呕吐不止，并伴有严重的高山反应。但她每天还是挺着鼓鼓的肚子，坚持在六七米高的观察圆顶上爬上爬下、爬下爬上。

后来，丈夫成了技术室的主任，而她又是同一室的技术负责人，好比一个艺术团，男人是团长，老婆是导演。这本是好事一桩，可小两口“同台唱戏”，也有难为之处。比如，她本是党支部委员，丈夫当主任后，她的“委员”就得免去。因为一个山头就一个党支部，一个党支部就三个支部委员；她不免去，岂不成了“夫妻党”？再比如，她一旦生病了，也得坚持上班。原因很简单，她是主任的老婆，人员本来就紧，她不上班谁上班？特别是她有了“特殊情况”，也和原来一个样，照样得上班，甚至更难受。因为虽说丈夫知道，可有什么用呢？丈夫总不能在军人大会上来个声明：“我老婆这几天有‘特殊情况’，不能上班，请同志们原谅！”

其实，她并不是我们过去在电影或者书本上常见到的那种“铁女人”，甚至说连一点点“铁”味都沾不上。相反，她恰恰属于那种无论是性格还是体能都很柔弱的女人。她之所以能在一座孤独的大山上坚持干下去，用她的话说完全是被工作逼迫的结果——因为西昌要发射卫星！如果我们透过她坚强的外表，便可看到，她虽然的确热爱山上的事业——跟踪测量卫星，但同样也渴望做一个合格的妻子、孝顺的女儿、称职的母亲。一个普通女人具有的欲念与情感、兴趣与弱点，她同样具有、同样强烈。

——她天生喜欢孩子。女儿生下后，她很想把女儿就留在山上留在身边，甚至还幻想过等女儿长到一岁或两岁后，利用节假日或星期天，带着女儿去爬山玩耍：先为女儿采上好多好多的兰花，然后自己平躺在花丛里，让女儿骑在自己的肚子上，接着再教女儿唱："蓝蓝的天上白云飘，白云下面马儿跑……"但山上的生活太苦，连幼儿园都没有，女儿的教育问题怎么办？自己大大小小算个知识分子，总不能让女儿在这儿变成个文盲吧！再说自己已经奉献给了大山，难道还要让孩子也奉献给大山？于是女儿生下后，她只好将女儿送回婆婆家。因此，当大山的寂寞与苦闷向她袭来时，她最想念的就是女儿，每天下班回家，第一件事就是趴在写字台的玻璃板上看女儿的照片，有时一看就是半小时。

——她长年同跟踪卫星的机器设备打交道，枯燥的数字公式和逻辑线路把她的脑袋都快塞涨了。她很想抽空躺在沙发上，给妈妈织件毛衣，为女儿做条裙子，再给自己的小家织上一块桌布；或者学学服装剪裁、美容常识；或者翻翻菜谱，提高一点烹调技术，改善一下饮食结构；或者偷偷去一趟舞厅，哪怕装模作样，也"嘣嚓"几下，走它几步。因为她连什么叫"快三步""慢四步"都搞不清楚。但她的台历上每天总是写着：今晚加班！明天开会！

——她大学毕业已经多年了，在实际工作中，她已成了新来的大学生们的老师。可不知什么时候部队又掀起了一股"文凭热"，她不得不为文凭的问题而发愁。因为她是"工农兵学员"，而听说"工农兵学员"文凭不算数了，要作废，就像被搁凉了的炸鱼片，必须"回炉"再"烤"一下，文凭才算有效。部队不少的"工农兵学员"都回学校去"烤"过了，她也很想找个学校去"烤"一下，以便再弄张能算数的文凭，不然到评职称的时候就傻了。可卫星又急着要发射，山上又实在离不开她。

…………

的确，多年来她想了很多很多。遗憾的是，这一个个美妙的想法还来不及变成现实，转瞬间她的青春已随风飘去，残酷的皱纹也早早爬上了额头。

毫无疑问，作为一个军人，她和战友们用自己的青春、热血和智慧，为那座叫花果山的大山建起了一个初具规模的卫星观测站。应该说，她已尽到了自己的那份责任；她的人生是美好的，青春也是壮丽的。

但，作为一个女人呢？

25. 同步卫星与百岁奶奶

她叫陈丽姗，也在卫星跟踪测量站工作。不同的是，她所在的测量站离发射场很远——在距西昌千里之外的宜宾。

陈丽姗大学毕业被部队挑选到西昌后，被分配到了宜宾卫星跟踪测量站。因为西昌一旦发射卫星就要经过四川宜宾的上空，故宜宾必须设立一个卫星跟踪测量站。一般来说，刚到部队的大学生都愿意在西昌而不愿到宜宾，原因是轰轰烈烈的发射场在西昌，且西昌属于“首府”，是外界看重的中心；而宜宾测量站则有点“远房亲戚”的味道。

对刚到部队的陈丽姗来说，分在哪儿都是一个样，她本人对此不会有意见，别人也不会把她放在眼里，因为她的外表实在过于平淡，很难有人在意她的存在。她穿军装时，如果有人向你介绍她的身份，你有可能承认她是个大学生；她要穿便装时，你要见了她，准会认定是个农村妇女。她从小到大，与这个世界相处，只有别人欺负她的时候，从来没有她欺负别人的可能。她给人的感觉，仿佛天生就是一个弱者，一个过去受苦受难，今后还会继续受苦受难的人。

陈丽姗是个孤儿。在她很小的时候，父亲便去世了。父亲去世后，母亲改了嫁，孤身可怜的她只好跟着没钱的奶奶过日子，当然就很苦。为了能生存下去，她从小就学会了干各种家务活儿，家里没粮了，就跟着奶奶出去捡菜叶吃，甚至，她还跟着奶奶出去要过饭！

自然，奶奶是她唯一的依靠，她也成了奶奶唯一的心肝。奶奶从小就非常爱她、疼她，可奶奶穷，没钱给她买东西吃，只能在过年时给她买上一块她最喜欢吃的麦芽糖。奶奶的一小块麦芽糖，足以令她记忆一生。奶奶疼爱她的另一方式，是常常为她梳小辫子。每当一天艰辛的劳作结束之后，奶奶便让她坐在自家的小院里，为她慢慢地梳着头发，细细地扎着小辫儿。每当这时，奶奶就会告诉她，要好好劳动，好好念书，长大了才能过上好日子；而这时的她常常在心里想的是：等长大后，一定要攒好多好多的钱，再也不让奶奶受苦，再也不让奶奶饿肚子，让奶奶每顿都能吃得饱饱的。

为了实现这一愿望，她拼命劳动、拼命学习。而奶奶则一直省吃俭用，将她爸爸的抚恤金全部用来供她念书。

她没有辜负奶奶的一片苦心，有一天终于跨进了大学的校门。而且，上大学不久，她还入了党。当她把这一喜讯写信告诉奶奶后，奶奶高兴得不得了，为她买了一大包麦芽糖，专门从百里之外跑到学校去向她表示庆贺！在奶奶看来，进了大学门，就是进了幸福门；入了党，就有了希望，就找到了依靠，孙女今后就能过上好日子了！

陈丽姗大学毕业后被挑选到了西昌发射部队，穿上了军装，成了一名解放军军官。年逾百岁的奶奶更是高兴得合不拢嘴，逢人就笑，逢人就讲："瞧，我闺女多有出息！"陈丽姗第一次从部队回家探亲，奶奶见了穿着军装的孙女，高兴得连话都说不出来了。第二天一早起床，就要给孙女梳头扎小辫儿。陈丽姗忙对奶奶说，她现在已经是解放军了，部队有规定，不能扎小辫儿。可奶奶像个小孩，什么也不听，坚持要给她扎小辫儿。没有办法，她只好让奶奶给她扎小辫儿。奶奶一边给她扎着小辫儿，一边还唠唠叨叨地问个不停："姗儿，当兵苦不苦？能吃上大米吗？能吃上白面不？你到底啥时才能回家？"陈丽姗回答说："奶奶，部队啥都有，您放心，我明年就回来，天天和您在一起！"

可一个又一个的明年过去了，陈丽姗依然还是没有回到奶奶的身边。西昌要发射中国的第一颗通信卫星，准备工作一年比一年多，一天比一天紧。她是宜宾卫星跟踪测量站为数不多的大学生，搞的又是计算机软件工作，就是编程序的。而且，她还是程序组的组长，是编程序的得力干将，根本不可能离身。

一天，一百零九岁的奶奶再也等不住了，竟自己坐上火车，跑到部队看孙女来了。

奶奶一到部队，见了什么都感到新鲜，总是不停地问这问那。当她从邻居那儿得知自己的孙女是放卫星的工程师时，高兴得简直像一下年轻了十岁。一旦与人聊天，总要对人说上一句："我孙女是部队的军官，是放卫星的工程师!"字字句句，充满了无比的骄傲与自豪!

奶奶来到部队，陈丽姗当然高兴。然而，这位"部队的军官，放卫星的工程师"，却因生活的贫困被压得喘不过气来，甚至在梦中流下的也是酸苦的泪水。因为那段时间的陈丽姗，生活上正处于最困难时期。她为了给公公治病，在单位借了一千多元的账。而她和爱人的工资加起来才一百六十元。这一百六十元的开支是：给在北京学习操作跟踪设备的爱人寄去五十元的生活费；给保姆三十元；单位财会部门扣去欠款九十元。因此，她每月的工资除去上述用途外，不但不剩一分钱，反而还要再向同事借上十元钱的生活费，才能最低限度地让自己生存下去。

而且，奶奶刚到部队不久，半身瘫痪并患有脑血栓的公公又被送到部队来治病。全家老少几口人张嘴等着吃饭，她却拿不出一分钱！为了能让全家生存下去，她只好厚着脸皮向战友们借钱。但部队的干部都是靠工资吃饭，且当时每个人的工资都少得可怜，哪里可能有更多剩余的钱借给她呢？她只好采取这儿借上几元，那儿再借上几块的办法，让一家人的日子每天在她精心的盘算中，小心翼翼地过着一天又一天。

说来叫人难以置信，由于没有钱，稍微好一点的蔬菜，她从来不敢买，全买便宜的蔬菜。而且，全家无论老人还是小孩，全部停止了吃肉。每顿吃饭时，全家围着一锅白菜汤，一声不响地咽馒头干，唯独陈丽姗一个人躲在厨房，偷偷地咽着泪水。等全家吃完了，她才走出厨房，笑着说上一句："奶奶，我已经吃过了。"

奶奶对吃饭的问题，开始并不在意，但孙女不给她喝酒，却有了意见。一次，全家正在吃饭，奶奶问了一句："姗儿，听说那有名的'五粮液'就是宜宾这地方出的?"陈丽姗一听奶奶这话，真想一头钻进地缝里！她知道，奶奶虽穷，不管什么酒却总喜欢喝上两盅。而她当时的经济条件连饭都吃不上，别说给奶奶买一百多元钱一瓶的"五粮液"，就是买一瓶一般的酒，她也买不起呀!

当晚，她躺在床上悄悄抹了一个晚上的眼泪——奶奶好不容易辛辛苦苦把她养大，她却连一瓶酒都买不起给奶奶喝，她为此感到很惭愧，很内疚，恨自己命太苦、太无能！

一段时间过去后，奶奶终于觉察到了她的艰辛与难处，便说自己在这儿待不惯，要回老家去。已是一百零九岁的老人了，好不容易来部队一趟，没住几天就要走，陈丽姗实在不忍心。但奶奶什么也不说，就是要走。她只好同意了。

那是一个阴雨绵绵的夜晚，陈丽姗把奶奶送到了火车站。一百零九岁的老人了，一双颤悠悠的小脚在风中走着，步伐却显得很是硬朗。一路上奶奶什么也没说，只要她多保重身体，但当火车快进站时，奶奶突然抱着她失声痛哭起来。奶奶一边哭一边说："姗儿，奶奶什么都看见了，什么都明白了。你这么苦，奶奶真不该来拖累你。你就在这儿安心工作吧，奶奶回去为你挣钱。回去后奶奶就是讨口、要饭、卖血，也要让你过上好日子！……"

奶奶回去不久，便去世了。陈丽姗收到电报后，失声痛哭不止。因为只有她知道，奶奶是在深深的遗憾中死去的；在奶奶苦命的一生中，她是奶奶生命中的一盏希望之灯，奶奶是靠着这盏灯才活到一百零九岁的！可她不但在奶奶生前没有好好报答老人，而且奶奶去世时因要发射卫星，她连奶奶最后一面也没见着！于是，每当她想起奶奶，就拿出照片来看，一看见奶奶的照片就流泪。在那段时间里，卫星和奶奶到底哪个重要？她似乎已经很难分清了。

然而，从小就经受过各种苦难的她毕竟已练就了一副坚强的性格。短暂的痛苦过去后，她开始投入到拼命的工作当中。不久，她爱人从北京学习结束后回到了部队。于是她每天晚上便和爱人一起加班。由于家里只有一张写字台，爱人在写字台上搞设计方案，她只能趴在床上编程序，常常一干就是一个通宵。因为没钱，加之为了省时间，她和爱人几乎每天、每顿都吃面条或者方便面。

陈丽姗吃方便面远近有名，在西昌发射基地，几乎家喻户晓，人人皆知。因为她每次一买面条或者方便面，都是整筐整筐地买，整箱整箱地扛，常常一吃就是十天半月。所以在西昌基地有一种说法，陈丽姗所编的每一部跟踪卫星的程序，都是吃方便面吃出来的！

如此一来，她的身体状况很不好。西昌发射基地的人都知道，陈丽姗最大的特点就是瘦；再加上她穿着朴素，从不讲究打扮也没时间讲究打扮，所以她看上去总比实际年龄大上好几岁甚至十几岁。由于营养不良，她患下了严重的贫血病，有好几次昏倒在了机房。但她一旦醒来，还得接着再干。因为她是去西昌基地的第一批大学生，西昌是第一次执行发射任务，各种工作繁多而又紧迫，而她又是宜宾测量站有名的编程序的高手，有的程序只有她才能编，离了她就不行。所以她能干时要干，不能干时同样也要干。

陈丽姗能干，是大伙公认的，无论领导还是群众，都说她能干，都说她是业务尖子。她所编的程序如果加起来，恐怕比她的身高还要高。然而她生活的程序到底应该怎样编写，用她自己的话来说，“是一点不懂”。

她到部队已经多年，如果按她的工作能力和所作的贡献，她的职务应该比一般的人高。但事实却恰恰相反，与她一起去的大学生职务都比她高——有的高一职，有的高两职。对此，她开始没有任何感觉，等后来感觉到是个问题了，又没有办法去解决它。她只知道一年四季上班干活，从来搞不清这里面有什么奥妙可寻，不像编程序，再难的问题她都有办法解决。但这方面她不行，早在大学时老师就说过了，“你这人只知道实干、苦干，就是不知道巧干!”

由于职务低，本来就贫穷的她就愈加显得贫穷，甚至说是相当的寒碜。因此，不少人都劝她转业回地方算了，因为她的家乡离厦门很近，是福建最富裕的一个地方，那儿百分之九十的人都是侨民。她的弟弟只认得几个字，干十天的活儿，就能顶她一年的工资，而且还盖起了一幢小洋楼！可她是堂堂正正的解放军军官，是发射卫星的工程师，却连维持基本的生活都困难。所以她本人也想走。但西昌的卫星还没上天，她是卫星跟踪测量站的业务骨干，组织上又不肯放她。而她自己也觉得在发射场干了这么多年，若是不将卫星亲自送上天，自己的一生恐怕也是一个遗憾，于是也就继续留了下来。

事实上，部队后来在政治方面也给了陈丽姗相当多和相当高的荣誉，诸如优秀啦、先进啦、模范啦、标兵啦，等等——这些东西挂了满满当当的一面墙，多得让她都感到很不好意思了。但她始终以一种正常的眼光来看待这些荣誉，并不觉得自己有什么特殊之处，更未把这些荣誉当作一种政治包袱背在身上。相反，她对自己已经去世的奶奶始终怀有一种难割难舍的情感。她一直为无能给奶奶买上一瓶五粮液而深感内疚。为此，她心里一直隐藏着一个小小的愿望：总有一天，我要买上一瓶五粮液，回去跪在奶奶的坟前，亲手为奶奶敬上一杯，以了却她老人家生前的一点点心愿。

不过，她听说五粮液要一百多元呢！她不知道自己什么时候才能攒够这一百多元？

26. 昨天的苦恋与明天的回忆

爱情，像一道费解的高次函数方程。古往今来，世上的男男女女对各自的爱尽管总是像小学生咬着铅笔头做作业一样，认认真真反反复复地算来算去。然而，在命运这位大师面前，得满分的又有几个？

如果说从 1977 年起，大批的大学生潮水般涌进西昌发射基地后，多数大学生都为环境、生活、前途而感到苦恼，那么她，则因一个“爱”字而伤透了心！于是，她连姓名也不愿透露了。

少女时代的她，什么理想、抱负、事业、未来等等的一切，在她看来，统统是男人的事情，与女孩一概无关。而她常常幻想的是，女孩像棵小草，男人像棵大树，女孩只有静静地躲在大树下，才能平稳舒服地度过一生。

然而，人生并非像她画画本上用铅笔勾画出来的草图，她自己也非命运的宠儿。年仅十六岁，她便进工厂做工，开始了自己挣钱为生的日子。在厂期间，因她活泼俏丽、纯洁可爱，颇受四方小伙的青睐。不少小伙或直截了当或拐弯抹角地向她表示过那方面的意思，她的师傅也多次向她介绍过男朋友，可她对此似乎没有多少兴趣，总觉得自己的爱就像那天边的云彩，还是一件十分遥远而又飘忽不定的事情。

后来，她有幸跨进了大学的校门。大学期间，她依然不谈爱情，而是将自己全部的时间和精力都用在了对各科知识的学习上。本校一位教授却偏偏看中了她的人品和学业，毕业前夕，教授向她正式摊牌：她如果愿意做他儿媳的话，可以留校工作。

她婉言谢绝了，却志愿选择了西昌发射场。

在她的想象中，一个要发射中国卫星的地方，应该是神秘莫测的，应该是雄伟壮丽的，应该是到处都充满了浪漫的情调和现代化气息的！然而，当她踌躇满志地来到西昌发射基地时，四周冷酷的自然环境却令她目瞪口呆！那是一条50年代才从奴隶社会一步跨进社会主义社会的大山沟，旧奴隶制的烙印处处可寻。半山腰上的彝家小户，有的没有锅灶，有的没有床铺，有的与猪、羊、猫、狗同居一屋，甚至有的第一次见了汽车时，还去割野草当牛喂！更想象不到的是，草坪里，指挥大厅与臭牛棚平起平坐；公路上，“伏尔加”与毛驴车并肩而行；现代化的发射架下，是牛拉人拖的刀耕火种；身穿军大衣的“洋姑娘”后面，跟着的是光屁股的“野孩子”；戴眼镜的大学生们坐在冒着热气的羊屎堆旁，读的却是《高科技的展望》和《人的现代化》。而且，这儿交通不便，信息不通，四周那一座座荒凉的大山，犹如一堵堵高大厚实的围墙，将人死死地困在里面，恍若与世隔绝一般。

这与她想象中的卫星发射场大相径庭。

更没想到的是，她被分配到了一个充满了高频辐射的技术室。这个技术室的任务，就是专门对上天后的火箭卫星进行遥控。在这个技术室里工作的人，如同生活在一个强大的电场里，随时都要接受电磁波的辐射，因而多数人都会引起白血球下降、血小板减少。如果时间长了，还会大面积地掉头发。尤其是女同志，据说还会直接影响生育！在她去之前，这个技术室从来没有进过一个女大学生。过去曾经给这个室分配过一个女大学生，可这位女大学生还没跨进门槛，只听人说了说情况，便给吓跑了。

其实，她去之前，对这个技术室的情况也有所耳闻，可她觉得自己刚到部队，就挑肥拣瘦、不服从分配，担心造成印象不好，所以还是硬着头皮去报了到。她没想到的是，报到的第一个晚上就睡不着觉。

那是一个风雨交加的夜晚，阴森森的山谷，电闪雷鸣，冷风啸叫，大雨滂沱，山洪咆哮。她虽然怀着要在西昌发射场大干一番的志向，对自己的前途与未来也充满了各种各样美妙的幻想，可一想起那电磁波的辐射，心里就直发毛。因为电磁波辐射问题到底是怎么回事，她并不完全清楚，自然恐惧大于事实。何况她是刚到部队的大学生，又是一个年轻的姑娘！如果真像有人所说的那样，受了辐射后就要秃头，就会得不育之症，一辈子也生不了孩子，那对一个女人来说，不等于是宣判了死刑吗？所以，她越想越睡不着，越睡不着还越想。恍惚中，她的眼前仿佛横起了一道淡青色的门槛，而那门槛里徐徐喷射出来的，正是一道道红色的电波。不知是因条件反射，还是为精力分散，不知不觉中她竟在脑子里默默背诵起了在大学里学过的屠格涅夫的名著《门槛》：

啊，你要跨进这道门槛来，想做什么？你知道有什么在等着你？

我知道。

寒冷，饥饿，憎恨，嘲笑，蔑视，侮辱，监狱，疾病，甚至死亡！

我知道。……我准备好了。我要忍受一切痛苦，一切打击。

你准备无名的牺牲吗？你会灭亡——没有一个人……甚至没有一个人会尊敬地怀念你……

我不要人感激，不要人怜悯，我也不要名声。

你知道吗？将来你会不再相信你现在这个信仰，你会认为自己受了骗，白白地浪费了你的年轻的生命。

这我也知道。然而我还是要进来！

进来吧！

她进去了。像屠格涅夫笔下的那位少女，最终还是跨进了有高频辐射的大门。在西昌卫星发射场，她是第一个敢于跨进那道门槛的女人！

此后，她忍心剪掉了自己的长辫子，一头扎进机房，为准备通信卫星的发射，认认真真地钻研起了自己的业务。当有人要给她介绍男朋友时，她总是莞尔一笑：“等熟悉了专业再说吧！”

后来，她被任命为遥控台的安全军官。安全军官的任务，就是专门负责炸毁火箭！即是说，到了真正发射卫星时，火箭起飞后一旦出现故障，偏离了“安全飞行轨道”，需要立即炸毁时，将由她亲手按下“炸毁”电钮！

启用女性按动“炸毁”电钮，在中国的航天史上，这是第一次。

肩负如此重任，她更是加倍努力工作。

四年一晃而过。

一日，她独自沿着弯弯的山道散步，当她来到一个原始的山洞前时，发现山洞里竟有一对当地的彝族男女亲密地依偎在一起。那一刻，她才恍然意识到：生活中除了事业，也该有爱情。

然而，这时的她已是二十七岁的老姑娘了！

她突然感到自己有了一种从未有过的危机感，就像一个在办公室里只顾埋头干活的人，当突然意识到自己该回家了时，回家的公共汽车已经过去了好几趟；而末班车又不知啥时来，来了还不知能不能挤上。

于是，她开始悄悄编织起关于一个女人和一个男人的故事了。

但这个故事实在是复杂而微妙。与她一同来的大学生，该找的已找了，该谈的已谈了，该结婚的也结婚了，一句话，该组合的全都组合了。而剩下没找的，不是别人对她不合适，就是她于别人不恰当。总之，高不成低不就，一时很难选择到理想的伴侣。再说，发射场就在那么一条孤独荒凉的山沟里，过来过去，就那么几个未婚青年，哪有选择的余地！

不久，她和一个志愿兵相爱了。所谓志愿兵就是有某个专业特长的士兵，虽然衣服上还是挂着四个包，却不是干部。这位志愿兵来自农村，入伍后当炊事员，靠自己长期的自学，成了技术室里一名电工。由于他俩同处一个单位，彼此对对方的人品、性格、脾气、特点等都有所了解。时间长了，接触多了，也许是在某个夜晚，抑或是在某个黄昏，友情突然转化成爱情，两人便相爱了。

爱情这玩意儿就这样，说复杂很复杂，复杂得让你一辈子也搞不清楚到底是怎么回事儿；说简单也很简单，简单得有时就如同小学生课文里的“1+1=2”一般。她对自己的这一选择，说有准备，也有准备，说很突然，也很突然。若论外貌、地位、才学、经济、家庭等条件，她自然大大优于对方。但她择爱的标准似乎就一条：只要人好。她对自己的这一选择，当然也有所顾虑、有所犹豫，甚至在心灵深处还经过了反反复复的思想斗争。但她除了“人好”这一条，对别的社会因素并未做过多的考虑，或者说年轻幼稚，考虑不到？或者说爱的节奏太快，还来不及考虑那么多？总之，当孤独的大山沟里又一个月色朗朗的夜晚降临时，她用事实告诉人们：他们相爱了！

然而，在长期被单一生活方式所固定了的封闭型的大山沟里，一个女大学生、一个遥控火箭的女工程师，突然与一个没有文凭、家是农村的兵相爱，其新闻效应恐怕并不亚于山沟里放了一颗人造卫星！因此，各种版本的说法很快便在荒山沟里流传开来——

“扯淡！真的？根本不可能！”有人怎么也不信。

“多好一个姑娘，要模样有模样，要地位有地位，家在城市，又有文凭，怎么会偏偏爱上了一个穷当兵的？”有人莫名其妙。

“唉！常年闷在大山沟里，也没地方找去，有啥办法？总不能在山里当一辈子尼姑吧！”有人为之叹息不已。

“哼！一个堂堂的大学生，人也长得漂亮，会不会是……”有人闲得无聊，开始推理。

面对各种舆论的压迫，她只好举起人类最软弱的、也是最有力的武器：沉默。

她能说什么呢？又说给谁听呢？她只有在沉默中哭泣，在沉默中思索。她想，梁山伯、祝英台的时代早已死去，可到了20世纪的今天，自己爱的权利为什么还得不到尊重？万般天体在宇宙中各自都有自己运行的轨道，人在生活里为什么就不该有属于自己的爱的位置？假如爱情的模式只有一个，世界该是多么的乏味！如果爱情也要像走队列一样统一，生活又该是多么的无聊！

当然，她在沉默中也感到痛苦、悲愤，感到茫然、困惑。她大学毕业来到这个荒山沟，究竟为了什么？不就是为了要让中国的卫星从西昌升起吗？不就是为了要让中国早点结束租用外国卫星的历史吗？如果当初她不到这山沟，她择爱的频带要宽得多；要是当初她留在了城市，向她求爱的男人也许会排成一个班，甚至一个排、一个连！

但她来了。

她也承认，当今社会里，对有些女人来说，爱情就是一块跳板，不少女人也正是借助这块跳板从山沟跳到城市，从边疆跳到首都，从中国跳到外国；从艰苦跳进舒适，从创造跳进享受，从沉重跳进轻松。她也完全可以踏着这块跳板，跳出原始的山沟，跳进文明的都市，跳进金钱的蜜罐，跳进权力的怀抱。

但她没有。

在那段因爱而使她日夜痛苦不堪的日子里，她深感自己面临的根本不是一道门槛，而简直就是一张网，一张经过了几千年世俗观念编织起来的密不透风的网！她坚信自己的爱是对的，她所选择的人，尽管一无权力，二无金钱，三无文凭，社会地位更是趋于零，但她固执地认为，在爱情这道高次函数方程里，权力、金钱、文凭、地位不过是一个变量而已，唯有真诚的心才是一个相对不变的常数！自己的爱其实只有自己才能掂量，无须放到别人评说的天平上，如同有人说得好，爱情就是自己的鞋，舒不舒服只有自己的脚趾头才知道。

于是，她把自己的这一选择主动向有关领导做了汇报，满心希望自己的个人问题能得到组织的支持。然而她万万没想到的是，领导的回答竟使她目瞪口呆：部队有明文规定，凡是志愿兵一律不能在部队驻地找对象。也就是说，她所选择的那位志愿兵连找她的资格和权利都没有！

她简直被震蒙了！像一个还没搞清方向就急于匆匆赶路的过客，等经历了漫长而痛苦的艰难跋涉之后，有一天才猛然发现自己竟然走错了路：横在前面的是一条河——既没有桥也没有船的河！

当晚，她躺在被窝里偷偷地哭了。

她睡不着，想着自己倒霉的爱，种种怀旧的情绪开始向她频频袭来。

她索性爬起，打开台灯，慢慢翻开自己那本最喜欢的天蓝色的影集。她一边翻看，一边回想着自己往日的青春岁月，一边偷偷流开了眼泪……

后来，她的眼睛停在了一张四寸的照片上。这是她大学毕业时的一张合影照。照片上，她站在人群的中间，个子最高，年轻而又漂亮，一双大大的眼睛对未来充满了无限的希望与幻想；她身旁的几个女同学，众星捧月般地围在她的四周，个个对未来都充满了天真的向往；照片右上角的空白处，一行雪白的题词格外醒目：留给明天的回忆！

她看着看着，心里一阵火烧般的难受，慌忙合上影集；往日美好的青春岁月，仿佛再也不堪回首。

此后，她关掉了自己爱的门窗。因为通信卫星的发射任务已进入直接准备阶段，她必须全力以赴，把爱情的位置暂时让给卫星。于是，白天，她强装笑脸，埋头苦练操作；夜晚，她不顾身体，拼命加班。她除了要忍受社会舆论对她心灵的压迫，还要忍受机房高频对她肉体的辐射。由于高频的辐射，她的白血球开始下降，血小板开始减少，常常出现头晕、眼花、厌食等现象，甚至，有一次还晕倒在了监控台前！

然而，她总是默默忍受着，也默默期待着。她想，等通信卫星从西昌升起后，她爱的天空也许就会云开雾散？

27. 软件专家与跛脚儿子

他是西昌卫星发射基地有名的计算机软件专家，通俗点说，就是编程序的。与上述几位大学生不同的是，他毕业于60年代，且已进入不惑之年，是一位名副其实的老大学生了。并且他不是从大学直接到的部队，而是大学毕业后在社会生活中浸泡了多年，才偶然成了一名“老兵”。

他有一个听起来很令人振奋的名字：王振中。这个名字可能是他父亲取的，也有可能是他自己取的，反正就是要振兴中华的意思。若单就个人素质而言，他的确具备了振兴中华的条件。因为当年的他，是兰州大学数学系有名的高才生，一毕业便分到了西安计算机研究所，一直搞计算机软件工作，后来成了该研究所一位有权威的软件专家。

但他和中国多数的知识分子一样，似乎都犯有一个通病：对自己的专业总是十分精通，而对自己人生的程序究竟该怎样设计，却始终茫然无措，一塌糊涂。他活得很苦很累，生活中的每一个步点，迈得都很沉重、都很艰难；命运的小舟尽管多年来一直在现实的河谷里拼命颠簸，苦苦折腾，却始终寻找不到一个平静的港湾。

终于，命运赐给了他一次选择的机会。1978 年，西昌卫星发射基地到他所在的研究所去挑选搞计算机软件方面的人才，快到 40 岁的他一下便被部队选中了。也就是说，如果他愿意的话，他就可以离开原来的研究院，换上一身新军装，马上成为西昌卫星发射基地一名光荣的“老兵”。

他同意了。

这与其说他是为了献身国防，还不如说是为了摆脱贫困，或者干脆说是残酷的现实生活迫使他做出的一种带有某种冒险意味的选择。因为他的这一选择，不光是他自己的工作岗位要变动，而且全家也将随他离开西安而举迁西昌。西昌是个什么样？他不知道；等待他和他全家的是什么？他同样也不知道。但西安却是一个实实在在的城市，是他已经生活过多年的地方。西安与西昌虽然仅一字之差，结果很可能就大不一样。力一到了那儿不如愿，后悔恐怕都来不及。可部队向他谈的条件又的确优于地方：有住房；工资比他现在的高；职称可以定高级工程师；而且，最为重要最为关键的是，他爱人和孩子可以由农村户口转为城镇户口——生活在那个年代的人，户口可是至关重要的一条！

于是，他考虑再三，最终还是舍弃了西安，领着老婆孩子来了西昌。

王振中参军来到西昌卫星基地后，被分在了指挥控制中心计算机室，依然搞他的软件专业。和过去不同的是，他现在是为上天的火箭卫星设计程序。就他本人的工作而言，他很满意，也很有兴趣。发射卫星这一惊心动魄的事业，应该说对他有着相当大的吸引力。他为自己能参与这样伟大的事业，在心里感到自豪，并愿意为之献身。并且，他全家有了房子住，老婆孩子的户口也由农村户口转为了城镇户口，从此吃上了商品粮。而他本人也如愿以偿，评上了高级工程师，还穿上了笔挺光鲜的上校军官服。虽然他人到中年，胡子一大把，单从年纪上说，当兵是大了一点，也晚了一点。可出门在外，只要不讲话，不仅谁也不知道他是个刚刚入伍的新兵，而且常常还会被人看成是一个“首长”，受到特殊待遇。

然而，从另一方面来说，西昌毕竟不是西安，山沟毕竟不是城市，表面的荣耀代替不了严峻的现实，虚假的“首长”终究不能当饭吃。由于他所在的指挥控制中心处在一个原始的大山沟里，远离城市，生活缺乏社会依托，再加之他家庭的特殊情况，因而即便他有幸改变了一下自己的生存环境，却依然无力改变自己生存的艰难与家庭的困顿。

他遇到的第一个难题，是妻子的工作问题。他妻子虽然跟他随军到了部队，并从农村户口转成了城镇户口，实现了他和全家多年来的一个梦想，但部队位于山沟，没有工厂之类的单位，他妻子的工作问题便无法解决。虽说部队也有学校、幼儿园，也有服务小卖部，可他妻子没文化，学校和幼儿园肯定进不了；服务小卖部这样的单位，他妻子倒是可以进，因为小卖部不过就是卖点针线、手纸、盐巴、酱油而已，并不需要什么文化。可整个部队就那么一个小卖部，家属却有几十个，早已人满为患。像他这样一没官位、二没特权、三没关系的基层技术干部，又怎么可能进得去?

妻子找不到工作，就意味着没有一分钱的收入，就意味着他那百十块钱的工资，除了要养三个孩子，还要养妻子。在万般无奈的情况下，他和妻子商量后，决定让妻子伙同另两个家属一起，去豆腐房做豆腐卖。虽说一个上校军官（相当于一个师级干部）、一个高级工程师的老婆去自做自卖豆腐，多少有失面子，却能解决实际问题。因为妻子一月辛苦下来，怎么也有二三十块钱的收入，可以勉强维持自己的生活。再说，山沟买菜困难，极不方便，妻子卖豆腐，家里每天就有了一份既便宜又固定的菜可吃，这自然是件很实惠的事情，何乐而不为呢?

当然，天长日久，家里豆腐吃多了，孩子就有意见，每顿一见豆腐上桌，便满脸的不高兴，放下筷子不动弹。而他自己也因豆腐吃得太多，早就吃倒了胃口，张嘴说话，满嘴都是豆腐味儿。但不吃怎么办？一次，一个邻居到他家，见饭桌上又放着一盘豆腐，便问："你们家怎么老吃豆腐呀?"他嘿嘿一笑，半开玩笑地说："搞软件工作的嘛，喜欢吃点软东西。"

他遇到的第二个难题，是孩子上学问题。西昌卫星基地只有唯一的一所中学，却在百里之外的机关大院。他所在的单位在大山沟里，只有幼儿园和小学，没有中学。他一共三个孩子，除老三可以就近上小学外，大女儿和二儿子都只有到百里之外去上中学。由于路途远，部队特派一辆大轿子车在星期天下午统一将孩子送到百里之外的学校，等到周六下午再将孩子统一接回来，第二天下午再将孩子送回学校。由于两个孩子长期住在学校，每个周末只能回家一次，所以生活、学习等方面的问题全靠自理。

但孩子毕竟是孩子，况且年纪小不懂事，长期在外，非但不能自己管理好自己，反而还常常闹出一些可笑的事情。比如，孩子在学校常常吃不饱饭，周末回家返校时，就给带上几块诸如馍和咸菜之类的"救济粮"。这"救济粮"本来是用作一个星期吃的，可孩子不懂事，只要饿了，一个晚上就可以吃光。等过两天又饿了时，由于没有了"救济粮"，只好躺在床上睡大觉。又比如，每个周六孩子们都要在学校门口等车回家，但由于没钱给孩子买表，孩子很难掌握一个准确的等车时间，有时去早了，车又迟迟不来；有时去晚了，车又不知拐到哪儿去了，急得孩子满院儿找车。

上学最艰辛的，是他可怜的儿子！儿子在一岁时患了小儿麻痹症，因当时没钱，未予及时治疗，不知不觉中左腿便萎缩了四厘米，后来便成了一个跛子。多年来，为了生存，为了自己在事业上有所作为，为了自己心中那始终不泯的理想，他疲于奔波，忙于操劳，苦于心计，几乎忘了儿子那跛脚的存在，一转眼，儿子便到了自己奔走自己人生道路的年龄！每当看见儿子迈动艰难的双腿走向百里之外的学校求学时，他心里总会涌起一股酸楚的滋味。

所以，每个周六的下午，他的一个主要任务，就是站在大山的路口等车——等待汽车把孩子从百里之外的学校拉回来。无论春夏秋冬，不管刮风下雨，他总是准时站在路口，认真地守望着，耐心地等待着，只有看见载着孩子们的车从远远的山路上出现了，自己的两个孩子实实在在地从车上下来了，他惶惶不安的心才会平静下来。孩子每次一回到家，扔下书包的第一件事，就是找吃的。虽然家里穷，不可能给孩子准备什么好吃的（连一个鸡蛋都不可能），但咸菜馍馍、汤汤水水还是有的。他想，只要能让孩子填饱肚子就行，怎么也比学校强。所以，每次看见孩子回家后那副狼吞虎咽的样子，他心里就高兴。当然也难受。

两个孩子的学习成绩，是他最关心的。可惜，两个孩子的成绩都很不令他满意。他自己从小上学就十分艰难，苦苦奋斗了多年才好不容易考上了大学，所以他希望能给自己的孩子创造一个好的学习环境，长大后能比自己更有出息。可他没想到的是，西昌卫星发射基地的孩子们上学竟是如此的艰难！

由于西昌基地地处荒凉的大山沟，孩子们从小就没有好的教育条件，更谈不上接受好的教育；再加上西昌基地只有一所中学，而这唯一的一所中学由于种种原因，教育质量又一直不行，孩子们的学习成绩一直不好。所以，西昌卫星发射基地从组建起，长达二十年的时间里，竟然没有一个军人的孩子考上大学！而这些军人中，不少人还是大学生，甚至一部分还是工程师和高级工程师！

面对如此残酷的现实，作为一名高级工程师的他，当然无法接受。孩子若是考不上大学，将来就无法就业，别说有所作为，在这原始般的山沟里连起码的生活恐怕都难以自理。身为一名知识分子，他总不能眼睁睁地看着自己的孩子成为一个没有大学文凭的“文盲”吧！

但有什么办法呢？孩子在百里之外上学，接送孩子的车在蜿蜒崎岖的山路上行走，每周能保证顺顺当当地去，再安安全全地回，就算谢天谢地了，哪敢还有什么奢望！他当然也很想帮助帮助孩子的学习，可孩子一个星期才见一次面，见面时他不是在加班设计程序，就是在熬夜调试设备，根本无法在学习上给予关照。因为西昌要准备发射卫星，他是设计程序的工程师，成千上万条指令都要等着他去设计编写，各种各样的问题需要他去解决处理，时间比什么都紧，比什么都缺，他哪里顾得上去管孩子的学习呢！

他遇到的第三个难题，是沉重的家庭生活负担。王振中是独子，母亲去世后，父亲便来部队和他生活在一起。这样，加上爱人和三个孩子，他全家就有六口人。而他每月的工资，只有一百多块钱，这一百多块钱的工资要养活六口人，对他来说无疑又是一道难解的题。而且，更为不幸的是，他父亲还患了癌症！他不光需要花钱治疗，还得对父亲精心照顾。

背负着如此沉重的家庭负担，王振中还得学习，还得工作，还得为了发射任务而拼命加班加点，他内心承受着何等重大的压力，可想而知。难怪有人说："老王的腰好像都伸不直了。"

好在王振中和大多数中国知识分子一样，苦惯了，累惯了，无论如何的苦，不管怎样的累，只需四个字便可全部化解：默默忍受。他整天上班下班，寡言少语，埋头干活，谈不上有任何一点点业余爱好。除了他的工作，他对这个世界似乎没有什么兴趣，也顾不上和不敢有什么兴趣。他把自己对生活需求的欲望，强压到了最低甚至负数的位置——不吃糖，不饮茶，不抽烟，不喝酒，甚至连袜子烂了，他也舍不得买上一双。倘若偶尔得到一点小小的实惠，就像山里的孩子偶尔得到一块奶糖，含在嘴里久久舍不得咽进肚里。

然而，残酷的现实虽然压弯了他的脊梁，却并未压垮他的精神。他尽管很穷，却穷得有骨气，穷得有精神——他从来不向任何人诉说自己一个穷字！他不会唱歌，更不知道后来流行一世的"卡拉 OK"是什么东西，但几十年来他的心里一直都在默默唱着《国际歌》中的一句歌词："从来就没有什么救世主，一切得靠我们自己。"他很有自知之明，知道自己来到这个世界，命中注定和有的人就是不一样。他不是来捞取什么和享受什么的，而压根儿就是来吃苦的、来创造的。他也知道金钱是万能的，离了钱是万万不能的，但他总觉得这个世界还是有比金钱更重要或者说与金钱同等重要的东西。他知道金钱永远不属于他，他也永远不属于金钱，而唯有吃苦与创造，才是历史赋予他这一代知识分子的使命，也才是他生命的全部。当他明白这一点后，内心的一切便都获得了平衡与平静。于是我们看到，在他紧张的工作之余，他的生活便呈现出一种“悠然南山下”式的淡漠尘世、超然物外的情景。

每到星期天，只要不加班，他便提着口袋和菜筐，和住在大山沟里所有发射卫星的军官们一样，到十几里之外的一个小镇去买菜。部队有时派一辆大卡车去，他就爬大卡车去；有时没有大卡车，他就自己走路去。走路对他来说算不了什么，他从小就走路，早就习惯了。而且走路既自由，又安全，不光可以呼吸新鲜空气，还能在路上思考好多问题。由于全家六口人要吃一个星期，所以每次赶集回来时，他都会买上好大一筐便宜菜，怎么说也有几十斤。有车时，他就坐车；没车时，他就背着一大菜筐走路；如果有时实在觉得累了，便在公路边上拦住一辆老乡的毛驴车，然后给老乡递上一支烟，说上几句话，就可以免费搭乘毛驴车回家。坐毛驴车与坐大卡车虽是两种感觉，可毕竟省力、省时又实惠。他坐在车上，尽管上校军官服与毛驴车反差太大，让人看起来很不协调，甚至多少有点滑稽——尤其是当毛驴车上载着鸡鸭鹅或者小猪小狗时。但他不管这些那些，平平静静，不惊不诧，没有任何感觉，每次只要往毛驴车上一坐，先点燃一支廉价的香烟，然后一边用眼睛欣赏着山里的自然景色，一边用脑袋想着自己的事情。等发射场离他越来越近时，他坐在晃晃悠悠的毛驴车上思考的某个程序，很可能就已经在脑子里编好了。

为了尽可能减少家庭的开支，同时也为了节省出一些时间，他还发扬自力更生的光荣传统，自己动手，在后山脚下开垦了一块种菜的“自留地”。于是，上班时，他穿着白大褂在机房调试发射卫星的程序；下班后，一有空闲，他便挑上粪桶或者扛上锄头，去伺候自己的“自留地”。辣椒、茄子、韭菜、蒜苗，他样样都种。尽管一个上校军官、一个高级工程师挑大粪种“自留地”，在有的人看来有失面子，总有点“那个”，但他觉得没有什么大惊小怪的，只要能解决他的实际困难，比什么“面子”都重要。何况，在西昌发射基地，营、团甚至师级干部挑大粪种菜地的大有人在，他一个埋头干活儿的技术干部，又有什么不好意思的呢？

当然，随着岁月在大山沟里一年一年地过去，他生命的年轮开始以倒计时在做着计算，他内心深处也就难免不产生种种的顾虑。当年同他一起从地方部门到西昌发射基地的十六名同志，大部分都因各种原因先后离开了部队，剩下的几个人也在做着离开部队的准备或者打算，唯有他，似乎顾不上或者说还没有勇气来考虑是走是留的问题。他对此虽然有些想法，却感到这是一个相当沉重的问题，沉重得令他简直不知道到底应不应该考虑和如何去考虑。如果提出走，他觉得还真有点不好意思张口，因为西昌的卫星还没上天，自己在计算机软件方面是专家，是脊梁，是骨干，是每天只要一到机房就难以离开、一旦离开就不行的那种人。再说各级领导对他也很关心；要是不走，继续留在部队，三个孩子都考不上大学，怎么办？万一有一天部队不需要自己了，一声令下，叫转业重新回地方去，又怎么办？因为部队就是部队，不是养老院！

然而，最令他一想起就感到揪心和难受的，还是他那跛脚的儿子。人生的路本来就难走，儿子成了残疾，将来怎么去闯荡社会？他为此深感不安。为了改变儿子那倾斜的人生，他曾多次找过中医，想用廉价的药方为儿子治愈那短了四厘米的左脚。可中医无效。他又找到西医，西医说办法是有，那就是趁孩子小，用做手术的办法强行把孩子的腿拉长四厘米！

可他一打听，要给孩子拉长那短短的四厘米，需要四千块钱！这对他来说，如同一个挂在天边的月亮！多年来，他连维持全家基本的生活都困难，哪里拿得出四千块钱来给孩子做手术！即便他想去挣钱给孩子做手术，可他常年闷在大山沟里编程序，谁给他挣钱的机会啊？结果，多年过去了，孩子腿上那短短的四厘米依然还是没有拉长。

不过，他并没放弃为儿子做手术的打算。在繁忙的工作之余，他常常想的一个问题是：等通信卫星上天后，他一定要到成都或重庆找上一家医院，为孩子做个手术。哪怕就是借上四千块钱，也要把儿子的腿拉长四厘米！

28. 死去的与活着的

生活中有专门为人看病的医生。

发射场上也有专门给火箭检查身体的专家。

西昌基地发射团的谢梦锦，就是一位专门给火箭检查身体的专家。可他的身体早就出了问题，自己却浑然不知。

谢梦锦是上海人。或许父辈的日子过得太苦，当他还躺在母亲的子宫时，父亲便为他想好了一个吉祥的名字——谢梦锦——锦上添花，锦绣前程!

可他刚刚坠地时，小拳紧握，两腿乱蹬，第一声啼哭便惊心动魄——邻居们听了，都说他是在拼命地又叫又喊：苦啊，苦啊!

他说过，他是在妈妈的童话里长大的。他的童年，就像一个永远长不大的梦。即使多年过去之后，他也始终无法忘记上海外滩那块浅浅的草地：夕阳下，晚风里，妈妈领着他放风筝，惠特曼的诗句像块绵绵的软糖，从妈妈的嘴里缓缓流进他的心窝——

> 走呀，向着那无始无终的地方走去
> 不要观看任何地方任何东西
> 只要看你可以到达而且可以超越的东西
> 不要想到任何时候
> 只想到你可以到达而且可以超越的时间

他三岁的小腿踩着摇晃的人生，好奇的双眼在天空任意放飞。

> 不要上下观望其他道路
> 只注意伸展在你面前等待你的那一条
> 不要注意任何人任何神的存在
> 只注意你同样可以到达的境界

旗帜样的风筝牵着他不停地往前走呀走，他每个步点踩着的，仿佛步步都是生命欢乐的窝。

那时，天空在他眼里还是一个好玩的氢气球，他当然没想到日后还会为它献出生命。直到1970年4月24日，当他和他的战友们在戈壁滩上将中国的第一颗人造卫星托举上天时，他才热乎乎地感到，他的生命其实早已属于那片天空。

为了那片天空，当不少人正忙着用“打、砸、抢”的方式闹“革命”时，他却坚定地走出了上海船舶学校的大门，跨进了大漠深处的火箭发射场。那个时代的青年，谁的心里不是一个梦幻缤纷的世界！为了实现心中的理想，让自己将来有所作为，他刻苦学习技术，拼命强健体魄，珍惜分分秒秒，青春和梦幻始终与千里大漠苦苦相依。但大漠没有女人，爱的艺术已被遗忘。他将一个男人的精力全部使在了工作上，三十已经出了头，还顾不上找老婆。

后来，作为一名技术骨干，他又从戈壁来到了西昌，分在了他熟悉的发射团。闲暇时，他最喜欢站在发射架上望天。每当望着湛蓝湛蓝的天空，他的心里就会生出一种沉重感和紧迫感。而他最爱向人说起的，是那个许多中国人都曾经历过的夜晚：电视里中日女排决赛正打得难分难解，转播信号却突然中断，随之一行字幕赫然推出：卫星租用时间已到！他说他看了后，就像得了一场大病，肚子里也有气，鼓鼓的。于是，为了通信卫星能早日上天，他恨不得把一天当作两天用，一人掰成两半使。

没想到，远在上海的父亲偏偏在这个时候患了食道癌！但他是发射团的主任工程师，是负责测试检查火箭的指挥员，那段时间里他根本无法离开发射场。于是接到电报后的他很急，急得用凉水冲头，急得用烟头烫脚，急得把自己关在屋里捶着胸脯、扯着头发连声长叹。

等他忙完回到上海，一切都已经晚了。那是个阴冷的傍晚，他一到家门口，便愣住了：妻子靠在冰凉的石库门上，臂缠黑纱，泪水涟涟，痴呆的双眼正焦急地望着远方；女儿趴在桌上睡着了，手中的铅笔折成两节，眼角还挂着泪痕；白发苍苍的母亲躺在床上，嘴里发出带痰的喘息；窗前的供桌上，是父亲那气息可闻的骨灰盒。

他一下扔掉手中的提包，扑通一声便跪在了父亲的灵前……

他匆匆料理完父亲的后事后，又要忙着离开家门。爱，最重要的是在一起。可家对他来说，就像旅店。次次如此，十年如此。十年来，他从军在外，妻子带着一个女儿和婆婆、公公在一起。妻子又要伺候两位老人，还要哺养孩子，每晚都要忙到十二点，第二天五点还要起床赶到几十里之外去上班。一个娇小体弱的上海女人，年年岁岁，日日月月，早出晚归，忙里忙外，日子过得是何等的凄苦！可丈夫是军人，有什么办法？她早已习惯了一切，懒得再说什么，唯一的权利，便是赌气——他离家归队的那个夜晚，妻子第一次没去送他。尽管他在登上列车的那一刻还是回望了一眼，但他泪眼看到的，仅是一个记忆中的身影。后来他曾这样说过，没办法，军人就是军人，即使满嘴含着黄连，也只有将它嚼碎咽进肚里。

回到西昌发射场不久，他的喉头开始隐隐作痛，有时连吃饭喝水都有一种阻塞感。这种现象到底持续多长时间了，他自己都说不清楚。

渐渐地，他连饭也不怎么咽得下去了，还常常通夜失眠。于是下班后，他把自己关在屋子里，开始狠劲儿地抽烟，开始用手指恶狠狠地抠着喉咙拼命地往外吐。直到后来病情恶化，情况实在不妙，他才利用在上海开会的一个机会，在妻子的逼迫下走进了医院。

然而，几乎从不进医院的他，这次一进医院，便再也没有出来。

经检查，他被确诊为食道癌！而且早已到了晚期，连手术的机会也失去了！

二十年的风风雨雨，二十年的匆匆忙忙，二十年的苦苦拼搏，现在终于结束了。他，也总算歇下来了——尽管结束在医院里，歇脚在病床上。他用二十年的时间走完了一生的旅程，用二十年的时间转了一个大圈，最终又回到了他人生之初的上海。但他生命的小船似乎再也撑不动了，再也撑不动了！

其实，病魔早就向他伸出了黑手——也许是三年前，也许是五年前。

可多年来，为了卫星，他忙惯了，累惯了，也苦惯了，因而忙、累、苦也就成了习惯，成了自然。而他对自己的身体，从来就不在乎，也顾不上去在乎。更何况，他是一个总是善于把浓浓的苦难化作淡淡梦境的人，一个向来总想承担一点责任的人。他是发射团的主任工程师，是测试检查火箭的专家，火箭上的每一根导线、每一块元件、每一个插头、每一颗螺栓，他都必须组织和参与成百上千次的测试和检查。倘若留有一丝隐患，则上天后的火箭随时都会毁于一旦！

当然，假如他换一种活法，假如他改变一下习惯，假如他不是常年在山沟而是一直在上海，假如他不是整天忙于检查火箭而是哪怕提前抽一点时间去检查一下自己的身体——假如所有的假如都不是假如，那么他生命的乐章会不会另起一段？

然而，命运拒绝假如。谢梦锦就是谢梦锦，他就是他。他早就说过："世界是大家的，人人有份。我拼命工作，只不过是要尽到我自己的那份责任！"

是的，责任！责任这东西，曾经压垮过中国好几代人！

可现在的他，却躺倒在了病床上。

一开始，妻子并没有告诉他真情，后来他还是知道了。他天天缠着医生，硬是说自己没病，肯定是哪儿搞错了！医生对他的问题不置可否，安慰他好好养病时，他终于明白了。然后，他就苦苦哀求妻子，把他送回部队去。他说："就是死，我也要死到发射场！"

妻子当然不同意。

于是，他每日躺在床上，望着天窗，像一位冻僵的老人，默默回忆着童年的大雪；全身的每块骨头，似乎都在发着痛苦的呻吟。他真想大哭一场，却不能哭，只有晚上捂着被子偷偷抽泣。每一行泪水，仿佛都是一条伤心的河！

但到后来，他再也不闹了，也不流泪了，对即将降临的死亡报以平静的等待和默默的向往。当西昌基地的领导和战友们去看他时，他只问有关卫星和发射场的情况，别的什么也不提；当亲人和领导用真诚的欺骗来宽慰他时，他悲哀的脸上甚至还戴着微笑的面具。

或许，他想到了诗人斯蒂文斯的话："死亡是美的母亲。"或许，他想到了"黑洞"物理学家的话，"没有死亡的生活，仿佛一幅画没有框架"。或许，他想到了神学家蒂利克的话："如果一个人不能死，那他还能活吗?"当然，或许他什么也没想，唯一让他感到牵挂的，就是卫星，就是发射场，就是他的母亲、妻子以及年仅六岁的女儿。

那是他生命的最后一个夜晚，缀满星星的夜空像个忧伤的祭坛，喧闹了一天的上海出奇的静。他的眼睛微微睁了一下，像要寻找什么。寻找什么呢？卫星？火箭？母恋？爱情？还是儿时那只蓝蓝的风筝？

母亲轻轻走近他的身旁，无语，无泪，只默默地望着他，像儿时望着他熟睡在摇篮。他也望着满头白发的母亲，心里涌出的是一种复杂的悲凉。作为独子，他何尝不愿常年守在母亲的身边。可他偏偏选择了军人，选择了发射场。

妻子也伏下身来，拉住了他的手。可他刚一见到妻子，忙愧疚地闭上了眼睛……他与妻子第一次见面，是在上海的冬天。那天的他，当第一眼看到年轻漂亮的妻子时，一下便感到自己过去的日子尽是一片荒凉。妻子是"右派"的女儿，从小很苦，刚上中学时，就开始天天替父亲写检查。十五岁下乡到农场砖瓦场，干了整整七年，才病退回到上海，当了一名泥瓦工。结婚时，他曾发誓要给妻子幸福，没想到如今给妻子的，却是流不尽的泪、去不了的痛！妻子带着女儿和父母一直挤在一间不到九平方米的小屋里，她把全部的希望都寄托在他的身上，盼望他能早点转业回上海，好分到一间属于他们自己的小房。可他为了一颗卫星，至死也未给妻子筑起一个爱的小巢。

这时，刚做完作业的女儿也来到了病房。女儿一见到他，便哭着叫了一声："爸爸!"然后扑通一声跪在了床前，抓住他的手凄凄地说，"爸爸，我一定好好听话，好好念书……"

他全身猛地一阵颤抖！

他曾经说过，这个世界他最喜欢的，除了宇宙，就是孩子！可他每次从部队休假回家，女儿从不叫"爸爸"。他为此很伤心，悄悄对妻子说，女儿对他没感情。现在，他终于听到了女儿那甜甜的一声"爸爸"，欣喜得嘴唇发颤！然而遗憾的是，他再也没有力气答应了。

其实，女儿对他极有感情。在他生病住院的这段日子里，他不愿让女儿看到人生的残酷，所以不让妻子带着女儿来医院看他。可在家的女儿每晚都要搂着他的照片才能入睡，而醒来的第一件事就是问妈妈："爸爸呢?"平时，女儿最不愿听到的就是有人说她没有爸爸，只要一听到这话，女儿便总是骄傲地对人说："等到国庆，我就有爸爸了!"因为十年来他每次回家休假的日期，一般都选在国庆。可以后，女儿再也没有"国庆"了。

此刻，也许是女儿的叫声感动了死神，他本已关闭的眼睛又睁了一下，终于看了女儿最后一眼。接着，他的手在床沿摸索着，然后突然举起一张卡片!

那是一张纯白色的卡片，没有字迹，没有数码，连一个细小的痕点也没有。他用尽全身的力气举在空中，像举着一段空白的人生!

他是要让女儿填写什么吗?

他要女儿填写什么呢?

他去世几天后，女儿依然不相信他已经永远地走了，坚持认为他又去了发射场。于是每天一放学，女儿便跑到车站，说要在那儿等爸爸。那晚下着大雨，女儿又跑到了车站，泥泞中鼻子摔破了，雨水、泪水伴着血水，顺着她的脖子一起往下流。可女儿还是不肯回家，见了穿军装的便问："叔叔，见到我爸爸了吗？见到我爸爸了吗?"

一个月后，西昌发射场出现了一个佩戴黑纱的女人。那是他的妻子，专门到发射场为他送魂去了。他生前曾对妻子说过："等有空了，去发射场看看，到时别忘了把我的魂带上。"

他妻子去了他的房间，流着眼泪清理了他的每一件遗物——除了技术学习资料，没有一件值钱的东西，只发现了他留给这个世界唯一的一笔存款：九十元钱的国库券！他妻子还去了他工作过的火箭测试大厅和发射场。她走到哪里，就把他的魂带到哪里。最后，妻子站在发射架下，用一双泪眼久久望着天空，照了一张相。

妻子离开发射场时，留下的话是："谢梦锦一辈子拼得太苦，现在去了阴间，应该找块地方好好歇歇了。我要专门去苏州为他买上一块墓地。不管几千元，一定要买！”

妻子还谈到了他们的女儿。妻子说，女儿现在一天说不上一句话，很想她爸爸！自从她爸爸去了后，她像丢了一件最心爱的玩具。不过，也许等她长大了，就什么都淡漠了，什么都忘记了。

然而，那曾经发生在发射场的一切，能淡漠，能忘记吗？

第七章
沉重的起飞

29. 氧气、心脏和卫星

1983 年 8 月 12 日，发射中国第一颗通信卫星的第一次工作会议，在北京举行。

这是一个炎热的夏日，火盆似的太阳高高挂在天上，北京的大街小巷一片燥热。而在宣武门外白广路一幢高大的楼房里，中央军委副秘书长张爱萍、国防科工委主任陈彬、通信卫星总设计师孙家栋和航天专家任新民、谢光选、戚发轫以及西昌基地司令员王世成等来自国务院各部委、解放军三总部、国防科工委的有关领导和专家们，似乎完全忘记了这个炎热的夏季，而正云集一堂聚精会神地对通信卫星发射中有关的重大问题进行着热烈的讨论。通信卫星在风风雨雨中走过了整整十三年，现在总算具备了发射的条件，所以与会者们的发言个个十分激动。

会议从 8 月 12 日起，至 8 月 27 日止，历时半月。由于发射通信卫星在中国是第一次，且意义非凡，关系重大，所以会议对通信卫星发射中的各个重大问题都进行了反复认真的研究讨论，并通过了《关于执行“东方红二号”卫星发射任务的报告》。会议最后确定：中国第一颗同步通信卫星，即“东方红二号”卫星的发射时间为 1983 年年底至 1984 年 4 月初；发射将准备三枚火箭、三颗卫星，万一第一次不成功，可再接着组织第二次发射！

同年 9 月 8 日，国防科工委向国务院、中央军委正式递交了关于发射中国第一颗同步通信卫星的请示报告。

10 月 9 日，胡耀邦、赵紫阳、邓小平、杨尚昆、叶剑英、徐向前、聂荣臻等中央领导人审阅并批准了这一报告。即是说，中国的第一颗通信卫星终于可以按计划实施发射了！

这一消息当即传遍了整个航天战线，所有参试人员无不为之拍手称快、欢欣鼓舞。对地处偏远的西昌卫星发射基地来说，这一消息更像从远天吹来的一股浓浓春风，使刚刚建成的发射场到处都呈现出一派生机蓬勃的动人景象；昔日荒凉的大山沟，一夜间仿佛便改换了一副模样。

粉碎“四人帮”后，为了把过去损失的时间夺回来，从而让中国的第一颗通信卫星早日起飞，基地工程指挥部曾向全体将士发起总动员。于是，一段时间里，决心书、请战书、保证书、军令状如同雪花般频频飞向基地工程指挥部。为了加快“331”工程的进度，1978 年 6 月，基地及时召开了抢建工程的协调大会。参加大会的有国家建委、总参、总后、国防科委、四川省委等五十九个单位。会议决定在年底之前发动三次大会战，将几个重点项目全部完成！

第一次大会战，是完成发射场上导流槽的混凝土浇筑。该任务要求：“大干二十天，以优异成绩向国庆献礼！”于是，一千八百多名官兵，背包一扛，当即开赴发射场区。时值 9 月，大山沟阴雨连绵，每天从早到晚，几乎都在下雨。整个场区，上上下下，里里外外，全是一片稀泥！别说上班干活，单是行走都很困难。在这种地段上施工作业，由于机械用不上，就只有靠人挖、车推、肩扛。没房住，一千八百多名官兵辛辛苦苦干完一天后，晚上全都睡在用油毡和草席搭起的临时棚子里。夜半下起雨来，屋里屋外全是泥水，连被子也能拧出水来。所以战士们穿的衣服从来就没干过，时间一长，水泥粘在身上，硬得像“牛皮”！一旦走起路来，连肉皮也能擦掉。由于在泥水里作业的时间太长，多数战士的四肢都长起了风湿疙瘩，感染后便一个劲儿地流脓流血，止也止不住。但是，战士们凭着对航天事业的无限忠诚，在“苦不苦，想想红军二万五；累不累，想想革命老前辈！”“谁英雄，谁好汉，施工场上比比看！”“出大力，流大汗，誓为航天作贡献！”等口号的鼓励下，硬是按时完成了发射场坪的施工任务。

第二次大会战，是安装发射塔架。就是说，必须要在12月底以前，把七十七米高的发射架竖立在发射场上。执行这个任务的，是国防科委安装大队、基地工兵团和后勤部修理营等单位。在那段时间里，场坪上二十四小时指挥的哨声不断，战士们扛钢筋、抬铁架，不分白天夜晚，一个班接一个班，总共只用了三十七天，便将这座后来被人称之为“通天塔”的发射架稳稳当当地竖立在了发射场上，创造了发射架安装史上速度最快的纪录。

第三次大会战，是完成“302山洞”，即地下指挥所的最后施工。时间只有半个月。这一期间，正逢十一届三中全会的召开。为了向十一届三中全会献上一份厚礼，工兵团几个连队的战士们昼夜加班加点，几乎把命都豁出去了——即使有谁生病发烧，宁肯倒在工地上，也不愿躺在床板上。由于是在不见天日不见阳光的山洞里施工，所以危险极大，随时都有塌方的可能。可战士们全然不顾。在进行水磨地面施工时，因缺少水磨机，战士们就每人拿一块四五斤重的砂轮用手磨。等地面磨平了，战士们的双手也全都磨破了，吃饭时，连筷子都拿不住……

三次大会战顺利结束后，基地又从人才着手，开始狠抓技术队伍。在安装调试各种设备的同时，对技术队伍进行培训。从1980年1月到10月，基地共举办了各类培训班六十多期，培训技术骨干两千多名，为发射卫星在智力上做了充分准备。接着，基地又开展了一系列的模拟发射练兵活动，为卫星的正式发射，在技术上做了充分的准备。

然而，历史无情。为了在编制体制上更好地适应发射试验任务的需要，根据上级的指示，基地不得不进行精简整编，让三千名官兵脱下自己最心爱的军装，或离休，或转业，或退伍。这批官兵中，有当年参加过抗美援朝战争的老首长，有从戈壁滩转战到西昌的创业者，有为建设西昌发射场而负伤的残疾人，还有刚入伍不久的新同志。他们为西昌发射场的建设贡献了自己生命中最宝贵的年华，熬过了创业时期最艰苦的岁月，眼看着盼望已久的通信卫星就要发射了，他们中没有一个愿意离开发射场的，但又不得不离开发射场！因此他们每个人的心里都非常难受！宣布转业退伍命令那天，大雪纷飞，寒风呼啸，三千名即将离开部队的官兵穿着崭新的军装，个个昂首挺胸，站在军旗飘扬的发射场上。命令一宣布，司令员领着大家一起高唱《长征组歌》：

雪皑皑，
夜茫茫，
高原寒，
炊断粮。
红军都是钢铁汉，
千锤百炼不怕难……

唱着唱着，三千名将士一起抱头号啕大哭！大片大片的雪花落在他们的头上、脸上和肩上，一个个很快成了雪人。可他们却浑然不知。

之后，为了确保发射的成功，根据国防科工委的指示，西昌发射基地成立了发射现场指挥部。现场指挥部由西昌基地和航天部的十六名领导及专家组成。担任现场发射指挥长的，是西昌基地司令员王世成！

王世成是继西昌基地第一任司令员张敏之后的第二任司令员。他出任西昌基地司令员的时间很短，也很突然。一天，还在国防科工委测量通信总体研究所担任所长的他，突然接到通知，要他立即去北京，接受国防科工委主任陈彬的召见。他匆匆忙忙赶到北京后，刚与陈彬的手握在一起，陈彬便将一纸命令放在了他的面前：他被任命为西昌基地司令员了！

陈彬对他说："通信卫星发射的时间已经迫近了，为了保证这次发射的成功，科工委常委几经挑选，并经慎重研究，决定派你去西昌基地担任司令员。有什么意见？"

能有什么意见？军人以服从命令为天职。作为一名老兵，他当然懂得这纸命令的分量。尽管他曾担任过共和国第一个发射大队的参谋长，担任过中国第一枚火箭发射的阵地指挥员，而且后来指挥发射过的各种火箭卫星更是不计其数。可他依然感到压力很大。因为他将要指挥发射的，毕竟是西昌的第一颗通信卫星，也是中国的第一颗通信卫星！

“身体最近怎么样?”陈彬关切地问了一句。

“没事儿，去时多带几瓶氧气就行了!”说完，他自己先苦笑起来。

是的，如果说这位即将上任的司令员心里还有一点余悸的话，就是他那不争气的身体！几十年来由于他一直拼命工作，搞得自己的心脏就像一部常年不停的发动机，最终还是把心血管累出了毛病。当几位著名的心血管专家几次将他从死亡线上抢救回来后，为他诊断的三个病因是：高原缺氧，长期疲劳，睡眠不足。正由于这三条他明明知道但又无法改变的病因，他的心脏总是不得安宁，时不时地会闹腾一下。所以他无论走到哪里，氧气和治心脏病的药，总是左右不离身。

但他还是走马上任了。

王世成人尚未到西昌，西昌基地卫生所专供他使用的氧气瓶就已经准备好了。可他一到西昌，屁股还没坐热，就召集有关人士了解情况，然后满发射场地跑。从这个点到那个点，从这个站到那个站，从早到晚，几乎不歇脚，搞得跟随他的女护士只有抱着氧气瓶跟在他的后面追!

1983年9月13日，“长征三号”火箭和“东方红二号”通信卫星从北京安全运至西昌发射场。王世成司令员代表西昌基地正式办理了交接手续。

火箭卫星的到来，对经历了十四年艰辛创业的西昌基地的全体官兵来说，无疑是一个天大的盛事。他们以最隆重的仪式和最虔诚的心情迎接了这两位上天的使者。当不少人第一次真真切切地看到了银龙似的火箭时，禁不住流下了激动的热泪。

为最大限度地调动广大参试人员的积极性，确保“首战告捷，一次成功”，10月13日下午，基地举行了隆重的“331”任务誓师动员大会。基地政委傅晓辉在会上宣读了“331”任务的动员令；司令员王世成在会上做了动员报告，号召全体参试人员紧急动员起来，全力以赴，夺取首次发射的胜利！国防科工委参谋长张敏也出席了这次大会并讲了话，他要求大家深刻认识这次发射的重大意义和国际影响，以国家和民族的利益为重，踏踏实实地做好各项工作，为通信卫星的发射成功而建立功勋!

10月27日，国防科委老主任、军委副秘书长张爱萍从北京飞往成都，同四川省委、省政府和成都军区的谭启龙、王成汉、万海峰、杨析综、杨汝岱、蒋民宽等主要领导一起，听取了张敏、尚庆明、王世成和“331”工程五大系统的总设计师任新民等对这次发射的情况汇报。10月28日，张爱萍一行又来到西昌基地，亲临发射场检查工作。张爱萍将军亲自视察了发射阵地、技术阵地和指挥控制中心等单位。视察中，张爱萍反复告诫参试人员说：“一定要记住，淹死的，不是不会水的!”

第二天，即10月29日，在基地召开的排以上的干部会上，张爱萍又做了动员讲话。他再次要求全体将士要用最大力量去完成发射任务，避免失败；并鼓励研制单位和试验单位要密切协作，团结一致，共同争取胜利，定叫“三鸣”更惊人!

张爱萍对西昌基地的视察，极大地鼓舞了基地全体将士取胜的信心。各单位结合张爱萍的讲话精神，进行了任务再动员和再教育，并纷纷立下军令状。发射场上的士气空前高涨。

按照分工，基地和航天部试验队的两班人马，开始对火箭、卫星进行地面测试。测试中，所有人员始终坚持“五定”（定岗位、定人员、定职责、定设备、定协同关系）、“四不乱”（聚精会神不乱想、专心致志不乱看、坚守岗位不乱走、严守岗位不乱捅）和“五不操作”（没有指挥不操作、任务不明不操作、设备有故障不操作、协调不好不操作、口令不清不操作）等岗位责任制度，从而确保了火箭卫星的测试质量。

12月底，卫星和火箭相继完成了在技术阵地的测试工作，共排除了卫星方面的故障二十五个，火箭方面的故障八十九个，增加和修改了三百三十五个项目。

1984年1月1日9时，经测试后的“长征三号”火箭从技术阵地顺利转运到了发射阵地。当日下午，指挥部在高高的发射架下举行了隆重的火箭转场誓师大会。张敏参谋长在会上宣读了国防科工委关于《执行“331”任务的动员令》；指挥长王世成、副指挥长张镰斧、总总师任新民分别在会上讲了话。

会后，发射团官兵立即对火箭进行吊装、起竖、对接。

两天后，“长征三号”火箭高高竖立在了发射架上。

1 月 5 日，经测试后的通信卫星从技术阵地转到了发射阵地。

从这时起，西昌发射基地的工作重心落在了发射场，而人们关注的目光也集中在了发射场。

30. 司令官侯福

主管发射系统工作的，是副指挥长侯福。

侯福是西昌基地的副司令员（一年后为司令员）。火箭卫星从北京抵达西昌发射场后，他就再也没有睡过安稳觉。现在，火箭卫星从技术阵地转到了发射阵地，他就更是睡不着了。他知道，这一阶段发射场的每一步工作都相当重要。火箭卫星的测试工作若能顺利完成，发射各系统的设备也运转正常，半月之后，火箭便可正式实施发射！但凭他在发射场近三十年摸爬滚打的历史经验，事情是不怕一万，就怕万一。发射场如同战场，各种情况瞬息万变，很难预测，什么样的情况随时都有可能发生。一根导线、一颗螺丝、一句口令、一个动作，都有造成失误的可能。更何况，西昌这支部队是第一次执行发射任务，无论工作经验还是应变能力，肯定都会存在不足。因此，每晚睡觉前，他总是要把各种问题和各种应急方案想了又想。甚至，火箭卫星转入发射阵地后，患有心脏病的他，把救心丸也随时带在了身上。

侯福在中国走向太空的路上，真正称得上是一位名副其实的老兵。自中国的第一个导弹发射团创建起，他便出任副参谋长。从钢刀到大炮，从导弹到卫星，从原始到现代，从陆地到星空，他一直担任指挥工作。从他的身上，你既可以看到一个真正的军人的形象，又能感受到一个火箭专家的气派与学识，同时还能体味得到他那隐藏在极其严厉背后的一副菩萨心肠。

关于这位老兵，有许多传奇的故事。

侯福的童年，可以说是用血泪写就的。为了能活下去，凭着一根三尺长的打狗棍，他五岁便随父亲一路要饭闯关东，开始了人生艰难的跋涉。十六岁那年，他当上了骑兵。可在三年后的一次战斗中，他不幸负伤。那是一次攻打县城的战斗，敌人据守在火车站里，负隅顽抗，我军打了一天，就是打不下来。最后，他抓起一支爆破筒，纵身跃上马背，飞驰而去。等敌方反应过来，他已翻身滚落马下，将爆破筒扔进了敌人的暗堡。等一声爆响后，他才发现自己的左腿血流如注。他拔出枪条，再撕下一块衬布裹在枪条上，然后“噌”的一声，将枪条从小腿上的弹孔里穿了过去。接着，他抓住布条，“嚓、嚓、嚓”，像拉锯一般在伤口上拉了几下；等腿上的血污蹭净后，他用布一扎，又跟着队伍冲了出去。可没跑几步，他便倒下了。等他从医院出来时，他的左脚已成了残疾。这一年，他才十九岁。

此后，他只能迈动残疾的左脚继续一步一步地往前走着。抗美援朝战争爆发后，他出任了志愿军炮兵营的营长，同美国的王牌军打了五年的仗。1958 年夏，从朝鲜战场回国后不久的他，接到了炮兵学院的录取通知书。可正当他准备上学之际，师长突然打来电话，要他放弃上学的机会，马上到北京一个重要的部队去报到。

到了北京，他才知道，中国的航天之帆已经升起，共和国的第一个导弹卫星发射部队正在组建之中。他被送进了一所秘密学校，分在指挥班学习导弹知识。为了尽快掌握导弹知识，冬天，他一早爬起，站在雪地上迎风捧读，身体常常冻得像根冰棍；夏天，他提来一桶冷水，把双腿泡在水里，再在耳朵里塞上两团棉球，一学就是一个通宵。困了，便用别针在腿肚子上扎上几下。半年下来，他一副粗壮的腰身，竟小了一圈！苏联的教员最喜欢吃中国的花生米，他要是碰上了难题，便在兜里装上一袋花生米，陪着苏联教员散步聊天，一边聊，他一边请教各种问题。有人说这是给中国人丢脸，他却说这叫丢了花生米抱回了大金娃！1959 年秋，他学业期满，然后一瘸一拐，去了戈壁滩上的酒泉发射场，担任了发射团的副参谋长。

1966 年，为了发展中国的中程导弹，上级决定由他负责在东北建立一个新型的竖井发射场，要求三年建成，并任命他为这个工区的主任。他二话没说，当即迈动残腿，率部踏上了长白山千古洪荒的冻土地带。那正是中国历史上的多事之秋，漫天的红色风暴席卷全国，“卫星上天，红旗落地”的谬论泛滥成灾，正常的科研秩序已被完全打乱。可他一走马上任，便大刀阔斧地干了起来。没房子住，他就住进一间猪圈里，头顶用油毛毡一盖，地上用稻草一铺，四周的墙壁用稀泥一糊，被子一扔，倒下便睡。长白山的冬天，气温低达零下四十三摄氏度，猪圈四面透风，犹如冰窖，他常常睡到半夜就被冻醒。冻醒后他干脆再也不睡，点燃蜡烛看图纸。白天，他或拄着棍子踩着半尺厚的积雪，在工地走来走去；或驾着越野吉普，穿行在乱哄哄的人群中。什么枪声、炮声、革命口号声，他全然不顾；什么大字报、批斗会、学习班，他一概不理。哪里有了问题，他就赶到哪里；哪里出现混乱，他就当场处理。有人挡路，他绕道而行；有人劫车，他大吼一声，直冲而去。

一次，一队红卫兵冲进了正在施工的工地，硬要施工人员去开大会，“闹革命”。他闻讯后赶到工地，拨开人群一步跳到车上，大声问道：“谁是红卫兵头头？”

“我就是！”一个小白脸挺胸站了出来。

“我是这儿的最高指挥官，”他拍了拍胸脯说，“你们知道吗？这是毛主席、周恩来亲自批准的重要工程！你们不都是毛主席的革命小将吗？怎么能跑到这儿来与毛主席的革命路线唱对台戏呢？”

接着，他跳下车来，指定一个施工人员画线为界，然后大声宣布说：“从今天起，任何人不得跨越这条线一步！若是有人胆敢违抗，我就打断谁的腿！”说完，“刷”的一声，竟拔出了锃亮的手枪！

乱哄哄的人群一下就被镇住了。

从此，再也没有一个红卫兵敢踏上工地一步。

三年后，一座新型的竖井发射场大功告成。然而，就在1969年深秋的一天，有人却突然跑来通知他：速回戈壁参加“清队学习班”。这一年，美国的“阿波罗号”宇宙飞船发射成功，三名宇航员登上了月球。而他，却一脚跨进了牛棚。

在蹲牛棚期间，他们的伙食常被管理人员贪污，他为此十分恼火。一天，他领着几个老兵一脚踢开管理员的房门，怒吼道：“我们要自己成立炊事班！”对方冷冷一笑：“成立炊事班，好啊，谁来当班长？”他胸脯一拍："老子来当！"结果，他真的当了炊事班班长。

后来，又让他去山西的一个基地工作。他满怀希望地赶到山西，可接待他的一位领导说："你的问题现在还没搞清楚，就先去管管民兵训练吧！"他听后桌子一拍，勃然大怒："我侯某不是吃干饭的！如果要我干，第一，我要兵权；第二，我要指挥权。别的，一律不干！要是你们认为我的问题还没搞清楚，那就继续搞！"说完，他拂袖而去。第二天，他便乘飞机离开了山西。

在那段他人生中最痛苦的日子里，他的神经受到了很大的刺激，常常在晚上对着夜空拼命吸烟。什么"大雁"牌、"工"字牌，一支连一支，一包接一包，仿佛人间的辛酸苦辣他都要全部吸进肚里。他还成天骂人，骂鸡骂狗，骂天骂地，有时睡到半夜，也会突然坐起，张口就骂。

有时闲着无聊，他便提着一个菜篮上街买菜。可等他提着菜篮在街上转了一圈之后，提回来的仍是一个空空的菜篮。也许是他当过骑兵的缘故，他还喜欢靠在墙根一边晒太阳，一边掌鞋。一把锤子，一盒钉子，整天敲得当当响。不管是好鞋还是烂鞋，他都要拿出来敲打几下，像一名待命的将士，随时做着远征的准备。以至于当有人问他小女儿："你爸在部队是干什么的？"女儿居然回答说："修鞋的！"

直到 1974 年，他这个所谓的"特务"才终于接到了平反通知书，去山西发射基地担任副部长。可等三发导弹一上天，一纸命令下来，又让他到西昌基地担任了副司令。

一到西昌，他就风风火火地干了起来，过去的脾气、过去的性格，一点没改，一点也不愿改。他深知通信卫星的发射是一个庞大而复杂的系统工程，不同于以往的任何发射，仅参试人员就数以万计，如果没有一个严格的现代化管理制度，是根本不可能完成任务的。他对部队的管理一向很严，对西昌发射部队的管理更严。他在西昌的带兵之道，概括起来就一个字：严！严格管理，严格训练！他常常强调说："中国要与世界同步，自己就得先同步，要同步就必须贯彻一个'严'字！否则，错了一个动作，差了一个微秒，出了一点问题，卫星都上不了天。"

因此，大凡西昌发射基地的人都知道，侯副司令员是个相当严厉的人，而且，脾气挺大，大得吓人！

一位老干部说："侯副司令发起脾气来，像一门开天的大炮！"

他的老伴说："'文革'中，他一发起脾气来，见了石头都要踢两脚；要是骂起人来，连老天也能骂个窟窿。"

他女儿说："我爸发起火来，一拳都能将电话砸烂！"

他自己也说："我这人最大的缺点，就是脾气厉害。不过，我的脾气是有历史的。"

在朝鲜战场上，一次外出查看地形，一个连长晚到了五分钟，他让这个连长在坑道里站了整整一个通宵。

从朝鲜回国不久后的一天，一个地方的干部骂警卫员是"土匪"，他路见不平，上去一拐子就将那个干部打翻在地。为此，他挨了个记过处分。有趣的是，第二天部队举行校阅，团长仍点名要他担任指挥。他刚站上指挥台，人群中就有人嚷开了："瞧！这不是昨天打人那小子吗？怎么上了指挥台？"他却旁若无人，一声令出，把吵嚷的人群镇得鸦雀无声。

他到西昌上任不久，发现一个团站因管理不严，翻了车，死了人，连续出了几次大事故。他赶到那里，把连以上的干部全部集合起来，集体训话。几十个干部直挺挺地站在火辣辣的太阳下，除了呼呼的出气声，没人敢动一下，没人敢吭一声。事后，从团到连，他一家伙就撤掉了好几个干部。

一个干部带着几个战士去打架，他知道后，命令那个干部从十二里之外的地方跑步到他办公室，然后拿上他写给警卫连连长的字条，再跑步到警卫连，自己找警卫连连长把自己给关起来。

一位团职干部在机关大院采摘了一朵黄桷兰，竟连花带枝一起折断。他碰见后，先将这个干部狠狠训斥一顿，然后再罚这个干部在那棵黄桷兰树下站了一个小时。

在选择西昌一级火箭的落点区时，视察的飞机必须贴着云雾缠绕的山顶反复盘旋，因而危险性很大，部属们都坚持不让他上飞机。他一下就火了，手中的笔记本一甩，说："怕个尿！死了不就一百多斤肉！"说着，推开众人，登上飞机，把军用背包带往自己腰上一系，然后一边趴在舱口察看地形，一边用手抠着脚丫。

他常去基层检查技术准备工作，每次下去之前，他既不事先打招呼，去了后也不坐在会议室里一边抽着烟卷、喝着茶水、嗑着瓜子，一边听汇报，而是突然袭击，一竿子插到底，一旦发现某个领导严重失职，当众就是一顿训……

因此，有人一提起他心里就紧张，甚至还会有“谈虎色变”的感觉；有人设备出了故障，听说他第二天要去检查，连忙通宵加班；有人犯了错误，一见他便会低头绕道而走，甚至两腿发抖。

然而，厉害只是侯副司令员的外表。

一位跟随他多年的秘书说：“侯副司令很像美国的巴顿将军，带兵严，用兵狠，但爱兵真！”

真正熟悉了解他的人也说：“别看侯副司令外表厉害，其实，他是关公脸，菩萨心！”

事实的确如此。你若与他聊天，他会亲手递给你一个苹果或者一个橘子，说：“吃，不吃白不吃！”你若与他同在食堂吃饭，或者一起散步，他会笑呵呵地问你：“老家地瓜够吃吗？昨晚又想媳妇了吧？”

一次，他老家东北来了人，说家乡收成不好，想请他想法帮忙买几十吨化肥。他说：“家乡的生产搞不好，你们这些当领导的是干什么吃的？我是搞导弹的，又不是造化肥的，我上哪儿去搞化肥？”可他训人归训人，办事归办事，第二天就到处托人找门路，想办法，总算买到了化肥。他说：“我是喝家乡水长大的，家乡人民有了困难，我能不管吗？”

一批老干部转业时地方没人要，本人急，他更急，碰上有关人士就呼吁：“这些人与我情同手足，没有他们，我就是个光杆司令。他们为了中国的航天事业，把青春、终生、子孙都奉献了，不安排好他们的退路，我这个当司令的，吃不好睡不着啊！”为此，他四处“烧香磕头”，八方“求神拜佛”，亲自为他们找关系、托门路。

有一天，他在发射场处理一个紧急情况，已经过了中午 1 点了，连水都没顾上喝一口。一位战士端着一碗热气腾腾的水饺来到他身边，怯怯地说：“司令员，你还没吃饭呢，先吃几个水饺暖暖身子吧！”正忙得焦头烂额的他大手一挥，一下发火道："现在忙都忙不过来，吃什么水饺？去去去！"小战士像个不知错在哪里的孩子，端着水饺委屈地走了。第二天，事情处理完了，正在吃饭的他突然想起那位给他端水饺的小战士，忙放下筷子，拿起电话，找到了那个连队的指导员，说："请一定转告昨天给我送水饺的那个小战士，就说我昨天的态度很不好，向他赔礼道歉，请他原谅！"

此外，工作之余，每当在发射场休息时，他不是和战士们聊天，就是与干部们闲扯，有时还和战士们讲笑话、开玩笑。所以，他给官兵们的印象是：既可亲，又可怕！

然而自"长征三号"火箭和通信卫星全部转到发射阵地后，他那本来就缺少笑容的脸上就更是见不到一丝笑容了。患有心脏病的他每天拖着一条残腿，匆匆穿行在每个岗位，一旦发现问题，他当场想法解决。尤其在关键的岗位、关键的时刻，他总是出现在现场，不管出现任何险情，也从不退步。他说："作为一个发射靶场的指挥官，应该与靶场生死共存亡！"在一次燃料加注演习中，领导和无关人员全都撤离了发射场，可就他一个人没走。发射团的一位领导跑来拽着他的胳膊，要他离开，他就是不肯。他说："没事儿，我不怕死！你回去告诉你的部下，就说他们的司令员就在下面，叫他们沉着、冷静，放心大胆地干，不要怕，出了问题我负责！"说完，他一屁股坐在一块冰凉的石头上，谁拽也不走。

…………

在侯福副司令的精心组织下，经过二十天的紧张战斗，发射阵地顺利完成了对火箭卫星的测试检查工作，并对出现的四十九个故障做了妥善处理。至此，通信卫星发射前的所有工作全部准备就绪。

发射指挥部当即召开会议。根据卫星火箭的技术状态以及气象情况，会议认为发射通信卫星的条件已经具备，决定在 1984 年 1 月 26 日晚 8 时整，正式实施发射！

国防科工委和中央很快批准了这一决定。

于是，从中央到地方，从北京到西昌，关注中国第一颗同步通信卫星发射的目光，一起投向发射场！

31. 远离发射场的女人

当中国第一颗同步通信卫星即将发射升空时，还有一个特殊的群体，也在以另一种感情、另一种方式关注着发射场，关注着发射场上的火箭和卫星。

这个特殊的群体，就是西昌基地发射官兵们的妻子！

据不完全统计，西昌基地官兵们的妻子有数千人。她们无论是官不是官，不管有多大的官，在部队统统以“家属”二字代称。她们中除20世纪80年代后有极少部分随军到了基地外，绝大多数都远在老家，几十年来一直过着分居的生活（即便就是随军到了基地的家属们，也常年在家烧菜做饭带孩子，并不知道发射场的情况）。这些远离发射场的女人，多年来默默承担着家庭的重任，所付出的心血与努力，应该说与西昌基地的官兵们具有同等的分量。她们远离发射场，甚至连发射场都没看过一眼。至于发射场到底在什么位置，是个什么模样，究竟起什么作用，到底是怎么把火箭卫星弄上天等问题更是一概不知。而她们的丈夫多年来也守口如瓶，从来不说。她们自己也从来不问，反正知道自己的丈夫工作的地方很神秘，神秘得不能问；所干的事情很重要，重要得不能讲。她们一月、两月或者半年能收到丈夫的一封信，一年、两年或者三年能与丈夫团聚一次，就是爱的全部内容。至于其他，用不着她们去管，也顾不上去管。

在20世纪70年代，甚至已经到了80年代，西昌发射场一直相当保密。而正因为保密，基地使用的通信地址全部是：四川省成都市376信箱。然而就这么一个简简单单的通信地址，却“坑害”了不知多少远离发射场的女人！她们第一次收到丈夫的来信时，高兴得心里怦怦直跳，因为丈夫的信封落款地址是“四川省成都市376信箱”。她们由此推断自己的丈夫在“天府之国”的四川工作，而且居然还在“成都市”！于是想象着有一天能去“天府之国”游逛一次，那该是多么幸福啊！后来，当她们真的要去部队探亲时，便提前向丈夫发去接站的电报，然后按照丈夫信上的地址，千里迢迢，不顾辛劳，兴冲冲地赶到成都。她们满以为火车一到成都，马上便能见到朝思暮想的丈夫。可当她们抱着、背着或者牵着孩子，再提着大包小包的行李，拖着疲倦不堪的身子走下火车时，乱哄哄的车站上却人海茫茫、举目无亲——亲爱的丈夫不但没有出现在面前，反而连个影子也没见着！尽管如此，她们还是满怀希望在车站随便找个地方先坐下来，然后再耐心等待。在她们的猜想中，丈夫可能是因为工作忙，一时离不开身；或者是由于事情太多，记错了时间弄错了车次。也许再等上一会儿，孩子他爹就笑眯眯、乐呵呵地站在面前了。所以她们并不着急，依然心平气和地坐在车站的某个角落等待。然而，一个小时过去了，两个小时过去了，后来整整一个晚上也过去了，丈夫的身影依然没有出现，她们这才开始着急起来，同时也绝望起来……

她们在乱哄哄的火车站熬过一夜之后，这才恍然想起兜里丈夫写给自己的信，于是慌忙捧着一个已经被汗水或奶水打湿了的皱巴巴的信封，开始在成都寻找那个梦魂萦绕而又莫名其妙的“376 信箱”！她们背着孩子、提着行李，走在成都冬日阴冷的马路上，问大爷、问奶奶、问小伙、问姑娘，从东问到西，从南问到北，从早问到晚，用了几天甚至一个星期的时间，几乎跑遍了成都的大街小巷、旮旮旯旯，就是找不见那个清清楚楚、明明白白写在信封上的“376 信箱”！后来，等腿跑酸了，嗓子问哑了，泪流干了，钱也花得差不多了，她们才生气地把信封——“376 信箱”一把撕了个粉碎，被迫踏上了回家的路程。而后，再将一肚子对丈夫的火气、对“376 信箱”的怨气、连同多年来两地分居“培养”出来的怪脾气，借助一封比草鞋还厚的信全部撒到丈夫的头上！

多年后，当昨天的秘密不再是秘密，她们这才终于明白，原来那个既“诱人”“迷人”而又“骗人”“害人”的“376 信箱”，压根儿就不在成都，而是在离成都千里之外的大凉山峡谷——西昌！可当她们得知西昌基地之所以要挂出“376 信箱”这个“骗人的”“假招牌”，为的是对发射场保密，好让中国的卫星能顺顺当当地上天时，她们又从心底原谅了常年隐名埋姓并还将继续隐名埋姓的丈夫们。于是只有军人的老婆才可能具有的那份情、那份爱、那份与生俱来的和军人难割难分的缘分，又像从前一样死死地系在了丈夫和丈夫所在的卫星发射场上……

如今，十多年艰辛的日子总算熬过去了，西昌就要发射中国第一颗通信卫星了，这些远离发射场的女人，少部分已随军到了西昌，成了西昌基地名副其实的家属；大多数则依然还在千里之外的老家，苦苦支撑着一个军人的“半壁江山”。无论是已经随军的，还是仍在老家的，尽管全都远离发射场，但当她们得知马上就要发射卫星后，每个人的心就像开会商量过似的，全都贴近了西昌发射场。

那些远离发射场、至今仍在老家的女人，当晚就给丈夫写信，除了鼓励丈夫要好好工作、争取立功，千嘱咐万叮咛：千万不要扳错了开关；发射时不要靠火箭太近，万一火箭掉下来，要注意躲避，等等等等。有的平时本来不看报的女人，也天天找报看，急于知道哪怕一点点关于西昌发射场的情况。因为无论是成功还是失败，与自己的丈夫都紧密相关；有的则日夜心神不定，日子过得恍恍惚惚，整天像丢了魂似的，心里老惦记着西昌发射场，惦记着发射场上的丈夫，有事没事，便掰着指头算着发射卫星的日子，或焦急地盼望着丈夫的来信。

而已经随军到了西昌发射基地的女人，由于就在部队内部，有关发射场的各种消息随时都能听到，各种危险的传闻甚至谣言也能随时得知；再加上她们每天亲眼看见丈夫来去匆匆、辛辛苦苦、熬夜加班，所以内心的忧虑就显得更为现实。例如，有的丈夫在一百里之外的发射团工作（都说发射场危险最大，人也最辛苦），每个周末才能回家一次，有时加班太忙，要两周才能回家一次。丈夫回家那天，她们总是早早上街，提前下厨，把一周来省下的好吃的，全都拿出来提前做好（有的因家庭太穷，整整一周时间里，无论是大人还是小孩，连一次肉、一个鸡蛋都舍不得吃）。即便是一个很普通很廉价的菜，她们也总要想法做出花样来。然后，就和孩子一起等待丈夫的归来。有时因班车晚点或者因别的事情丈夫未能按时回来，她们也照样等，不管等到多晚，只要丈夫没回来，就绝不动一下筷子。等到丈夫终于回来后，筷子还没拿起，张口问的第一件事就是卫星！好像发射卫星是他们自己家里的事一样。第二天，丈夫离开家门时，她们还要唠唠叨叨地交代这样那样的注意事项，诸如

“操作时一定要小心”，“手指头千万别乱动”，“方便面不能泡得太久”，“下班后一定要记住关电源”，等等（她们听说有一个技术员就是因为下班忘了关电源而挨了处分）。有时丈夫已经去了发射场，她们一旦听到一个什么传闻，或者突然想起一件什么事情，还会打电话给丈夫，再说上几点“注意事项”，心里方才踏实下来。

尤其是丈夫在加注中队工作的女人，心里就更不踏实了。因为在基地第一次燃料加注演习中，由于没有实践经验，曾经发生过燃料泄漏的事故，不少在发射场的人吓得狂奔乱逃，以致在基地引起了一场很大的惊慌。所以，她们至今心有余悸，甚至连晚上做梦也会梦见发射场燃料爆炸，火光熊熊！于是，为了图个吉利，保个平安，有的家属就专门上街买回一块红布，然后自己动手，将红布做成一条红裤衩和一条红腰带，再逼着丈夫穿上红裤衩、系上红腰带；有的则让丈夫在手腕上系上红线——系一根还不行，必须要系几十根——如果是三十岁，就要系三十根；如果是四十岁，就要系四十根。一根不能少，少一根也不行！说是有了红腰带、有了红线线、再有了红裤衩，就能逢凶化吉，遇事平安！但丈夫毕竟是男人，又是军人，为了男人的面子和军人的尊严，有的丈夫开始坚持不穿红裤衩，不系红腰带。可不穿不系，老婆不让出门。没办法，后来只好乖乖地把红腰带系在腰上，把一根又一根的红线系在手上，然后再把红裤衩老老实实地穿在身上。

此外，还有一类远离发射场的女人，她们虽然没有随军，但在卫星发射前却已经探亲来到基地。这类家属在部队被称之为“临时来队家属”。有的来自山东，有的来自甘肃，有的来自陕西，有的来自东北。她们当中，一部分纯属正常探亲，正好赶上西昌要发射卫星；一部分属于既为了探亲，又为了看发射卫星，两者兼而有之；还有一部分则完全是为看发射卫星而来的。她们中不少人都是第一次来发射场，自然是兴致勃勃、情意绵绵。然而，很不走运的是，卫星发射前夕，西昌基地对临时来部队探亲的家属，却做出了一条在今天看来很不人性化的规定：所有临时来队家属必须在卫星发射前，即 1984 年 1 月 26 日前，全部撤离西昌，返回老家！其理由是：第一，减少干扰，让发射卫星的官兵们集中精力，安心参加发射任务；第二，发射有一定的危险性，要确保家属和孩子的人身安全。

这一临时出台的新规定刚一宣布，便在两地分居的官兵和临时来队的家属中引起强烈反响。近几年来，为了准备发射卫星，西昌基地不少官兵已经一两年没回家探亲了，有的甚至三年都没和老婆见过面了。夸张地说，老婆孩子现在什么样，都有点记不清了。夫妻间那份特有的感情债需要加倍补偿不说，老家许多积压下来的事情也需要商量处理。例如，有的父亲或母亲去世时，由于自己要准备发射卫星不能回去，父母的丧事都是由老家的妻子一手操办的。可现在，老婆孩子千里迢迢一路辛苦好不容易来到部队，突然要被“赶走”，感情上实在难以接受，许多现实生活中的矛盾也很棘手。其原因是，这些远离发射场的女人大都来自北方，有的已经来了十天半月（这部分家属相对来说要好得多，感情上既可接受，经济上也还划算）；有的来了一个星期；有的来了一天两天；有的则刚刚下了火车，屁股还没坐热；甚至有的千里迢迢，几经转车，好不容易已经到了成都，但在成都火车站也被堵住。这些家属不仅在感情上受到打击，经济上也受到损失。而且，凡是从北方来的家属，全都做好了在西昌过冬的准备。因为西昌冬暖夏凉，四季如春，有“小昆明”之称，北方的家属每次都是专门选择冬天到西昌探亲的。现在突然要让她们离开基地回到北方老家，一旦回去，她们连烧炉子过冬的煤都没有！更何况，这些远离发射场的女人，虽然自己不在发射场工作，可十几年（有的甚至几十年）来她们那一颗伤痕累累的心早已和自己的丈夫一起死死地系在了发射场，对发射场同样有着很深的感情，对发射场的事儿同样非常关心！现在，盼星星盼月亮，盼了十几年，好不容易盼到发射卫星的时候到了，可万万没想到，部队却如此残酷无情，要将她们统统“赶走”，一个不留！她们在感情上如何接受？

然而，军令如山，部队就是部队，能走的要走，不能走的想法也要走；已经住了一段时间的要走，刚刚见面还没来得及住下的也要走。于是，在发射前夕，这些本来就远离发射场的女人饱含着热泪，全都离开了西昌发射场。当发射官兵们将妻子送到车站时，彼此泪水涟涟、依依不舍，有的甚至抱头痛哭，颇像战争年代妻子送丈夫上前线的情景。

在此后的日子里，发射场区域内再也见不着一个家属的身影，再也听不见一个女人的笑声，尤其是几个地处大山深处、非常偏远的测量站，平常没有女人的日子本来就像没有太阳的天气——倒霉透了！现在仅有的一个或两个女人也突然离去，山上的石头树木仿佛一下子感到了寂寞与无聊。

而那些为了卫星而刚到发射场，现在同样为了卫星而又不得不离开发射场的女人，虽然人回到了老家，心却依然留在了西昌。她们牵挂着自己的丈夫，也牵挂着中国的卫星。她们到家后做的第一件事，就是急忙放下孩子，扔掉行李，转身跑到邮局，给丈夫发去一封电报！而电报内容几乎都是惊人的一致："我和孩子已经到家，放心"；"一路平安，不要挂念"；"妈好爹好孩子好，我也好，请一定安心工作，千万不要出错！"等等。

之后，她们便每晚坐在家中的门槛或者石碾上，望着西南方向，用心默默地等待着那个辉煌日子的快快到来。有的甚至还偷偷跑到古庙里，点燃一炷香火，双膝跪在地上，反复祷告——既祝福丈夫平安无事，也保佑卫星顺利升天！等到 1984 年 1 月 26 日这天，当窗外的雪花正把隆冬的寒意反复抛向大地时，这些远离发射场的女人又和家里的老人孩子一起，围坐在一个小小的收音机旁，一边啃着冰冷的窝窝头，一边焦急地等候着西昌发射场卫星上天的消息！

然而，整整一个晚上过去了，这些远离发射场的女人却没有听到西昌发射场的任何一点消息……

32. "长征三号" 首次发射失败

1984 年 1 月 26 日这天，是西昌发射场十四年来最热闹、最喜庆、同时也是最紧张的一天。

一大早，各个岗位的安全保卫工作悄然启动。由于西昌发射场地处凉山彝族自治州内，发射场区周围居住着彝、汉、藏等多个民族；加之山高林密、地形隐蔽，故情况相当复杂。早在 1983 年 9 月上旬，公安部和国防科工委便在成都联合召开了安全保卫工作会议，对发射任务中的安全保卫工作进行了严密部署。根据会议精神，西昌基地和地方实行军民联防，成立了各级安全组织和安全指挥系统；为了防止敌特的破坏活动，公安部批准成立了冕宁县沙坝公安分局，派驻了三十人的公安工作队；在技术阵地和发射阵地的周围以及交通要道，设立了四个军民联防哨所和巡逻哨；在发射阵地周围的制高点上，设立了四个哨所；在通向发射阵地的道路上，增设了两个检查站，实行昼夜值勤；为了确保发射时通信线路的畅通，仅凉山州地区就组织了五万民兵昼夜站在电线杆下，担负着发射场区的护线等安全任务。

与此同时，为保证发射场区附近老百姓的人身安全，基地还提前向地方有关部门发出通知，让靠发射场较近的老百姓撤离家门，暂时转移到别的地方躲避一下。于是当地的山民们，有亲戚的投奔亲戚，有朋友的投靠朋友，没有亲戚朋友的也想方设法找依靠。总之，在发射前的头天晚上就远远地离开了发射场。有的彝族同胞实在找不到躲避的地方，干脆跑到大山顶上，自己临时搭个草棚或者找棵大树隐藏起来。因为西昌是第一次发射火箭卫星，谁都没见过发射是个什么情况，谁也想象不出发射到底会有多大的危险；加上各种谣传甚多——有人说燃料一旦爆炸，整个山沟就会一片火海；火箭一旦从天上掉下来，山沟里所有的人都得炸死！所以，绝大部分老百姓都有一种无名的恐惧心理，把火箭视为怪魔，把发射日视为灾难日（这与后来把看发射火箭当过年，形成了鲜明的对比）。甚至有的听说真的要发射了，吓得魂飞魄散，连家中的财产也不要了，只带着老婆孩子，早早就像躲避瘟疫一样逃到几百里之外的地方去了。

而在此之前，发射、测控、通信、气象、后勤五大系统，也做好了充分的准备。发射系统对长达五十公里的各种油、气、水、电管路进行了检修，抢建了两百七十多个各种修改和新增加的工程项目，并根据国防科工委的要求，更换了发射阵地四氧化二氮的管路；测控系统进行了三百六十次单向联调、八次系统联调和十四架次的综合校飞，发现和排除各种故障及隐患一万余起，使每台设备都处于良好的技术状态，达到了设备之间、系统之间都能联得上、沟得通。而且，为了搞好这次测控系统的演练，半月前，广州空军轰五机组飞行员张绪民在执行校飞任务中，还因飞机失事而壮烈牺牲。通信系统共组织了三百五十多天的单向联试和合练，使九百四十八杆公里的架空明线和五十七条出口电路处于良好状态。气象系统充分利用西南五省的气象网资料，结合西昌山区气候特点，整理了历年 12 月至翌年 4 月的气象要素的逐时分布资料，并落实了天气会商网、气象情报网和雷电监测网。勤务保障系统在环节多、协作面广的情况下，保障了任务中所需的各种特种设备、仪器仪表和电源供应。经“设备挂牌小组”的检查，先后对六千五百七十三台（套）设备和仪器挂了“准许证”。此外，根据国务院和总参谋部的指示，基地和贵州省政府联合组成二十一人火箭一级落区联合复勘小组，对火箭的一级落区进行了空勘和地勘，摸清了火箭落区的地形地貌、军事设施和工业、交通、通信、气象以及人口分布等情况，最后确定了火箭落区指挥所和观察所位置。

1 月26 日12 点整，发射程序开始以倒计时进入。全体参试人员提前吃完中午饭，便各自进入岗位。平常闹哄哄的大山沟，像是有人突然下了命令，突然便沉静下来。

下午 3 点，发射进入五小时程序。

地下指挥所里，发射控制系统指挥员、发射测控室主任李联林正在组织对火箭进行第二次功能的检查测试。这是发射前的最后一次检查，若是此次检查顺利过关，各系统设备情况正常，第三级火箭所需的低温燃料——液氢液氧便开始加注。即是说，再过五个小时，火箭就可以点火起飞了！

就在这时，李联林从有关的仪器上突然发现火箭平台出现了很不稳定的现象。李联林是西昌基地有名的“脑子反应快”的年轻指挥员。发现这一异常情况后，他马上组织召开了一个只有五分钟的紧急会议。经过简单的分析，认为要么是平台坏了，要么是与平台有关的仪器出了问题。处理的最佳方案是：先更换与平台有关的仪器，更换之后如果情况依旧，那么由此便可判断是火箭平台的问题，而不是与平台有关的仪器问题。

于是，五分钟的会议一结束，李联林一声令下，几位技术人员立即扛起有关备份仪器，跟着李联林跑出了地下指挥所（地下指挥所设在一个秘密的山洞里），接着又快速冲上七十七米高的发射塔架，然后按照预案，开始迅速更换仪器。

仪器更换完毕后，李联林等人重新返回地下指挥所。当他们再次对火箭平台进行测试检查时，发现平台不稳定的现象依然存在，于是由此判断：故障原因是火箭陀螺平台本身的问题所致。唯一的处理办法，就是更换火箭平台！

李联林当即将处理结果向01发射指挥员佟连捷做了报告。

佟连捷很快下达了中止发射程序的命令。

于是，刚刚热腾起来的发射场又马上归于平静，像一锅眼看就要烧开的水，突然灭了火。

当晚，发射指挥部召开紧急会议。司令员王世成、副司令员侯福、航天部副部长孙家栋、总总师任新民、火箭总师谢光选、卫星总师戚发轫等专家全都到达会场。只是，专家们没了常见的笑容，每个人的心情都很沉重，会场的气氛一下比平常严肃多了。

卫星首次发射便出现了意想不到的关键故障，等于给这次发射敲了一次警钟。所以，专家们对下一步的行动便显得格外的谨慎。会议通过认真的分析研究，最后决定：重新更换火箭陀螺平台；已经加注的常规燃料不用泄出，在确保安全和质量的前提下，尽快争取时间，1月28日24时前务必做好一切准备，1月29日重新发射！

发射推迟后，张爱萍多次发出指示：基地和航天部试验队要保持清醒的头脑，不要慌乱，不要紧张；既要认真做好充分的准备，又要在确保质量的前提下争取时间。

军委副主席徐向前看到关于推迟发射的报告后，也指示说：不要泄气，要总结经验，继续再干！

由于我国是第一次发射通信卫星，尤其是西昌发射部队大多数人是第一次参加发射任务，因此发射推迟后，发射场上一阵骚动。指挥部很快向全体参试人员进行了再动员和再教育，鼓励大家坚定必胜的信心，再接再厉，一定要争取最后的成功！

1月27日，火箭换上了新的陀螺平台。测试检查结果：正常。

1月28日，各系统发射前的工作准备就绪。

1月29日，再次实施发射！

29日午时12点整，各系统正式进入发射程序。有过第一次的经历，这次发射场的秩序较之1月26日好了许多。不过由于发射场多数设备都是国产货，加之参试人员多少有点心有余悸，所以每个参试人员对自己负责的设备总是十分担心，害怕某台设备突然出现问题。

但这天的发射程序却进行得出乎意料地顺利。

下午3点20分，北京下达了发射进入“5小时准备”的命令。

西昌、西安、北京、太平洋，沿途数千里的航线上，庞大而复杂的卫星发射测控系统已做好了随时捕捉火箭卫星的准备，一切都在按发射程序有条不紊地进行。

“各号注意，1分钟准备！”

晚8点24分2秒826毫秒，随着指挥员一声令下，携带着“东方红二号”通信卫星的“长征三号”火箭腾空而起。火箭笔直上升大约10秒钟后，开始按程序向东南方向拐弯，而后向着茫茫夜空加速奔去。在发射场附近观看发射的人群，顿时欢呼雀跃。坐于指挥大厅的各位首长和专家们，也鼓响了热烈的掌声。山里山外，一片欢腾！

“火箭一级飞行正常！”

“火箭一二级分离！”

“火箭第二级飞行正常！”

随着调度指挥员此起彼伏、惊心动魄的报告声，载着卫星的火箭在广东汕头经济特区北部上空跃出大陆，向着太平洋上空直奔而去。

“火箭第三级第一次点火成功！”

沸腾的指挥大厅里，再次爆发出阵阵热烈的掌声。

但是，专家们这时依然显得十分冷静，因为火箭第三级第一次点火成功并算不了什么，关键要看火箭第三级在空中的第二次点火——火箭在空中的第二次点火是世界上难度相当大的一个新技术，当时只有美国才运用过此技术。如果“长征三号”火箭的第三级能在空中顺利完成第二次点火，那么今晚的发射才算大功告成。所以，深谙内情的专家们这时不敢高兴得太早，仍在耐心地等待着火箭第三级发动机在空中的第二次点火。

“火箭第三级第二次点火成功!”

“星箭分离!”

从遥远的太平洋上空，传来了激动人心的报告。

调度指挥员的声音刚一落下，专家们一下全站了起来，热烈鼓掌。

然而，失败之神，偏偏就在人们纵情欢呼之时突然叩响了发射场的大门！火箭第三级第二次点火刚刚点着，突然出现失常——大屏幕上橘红色的指示光点渐渐离开了理想的轨道，向着右下角缓缓沉去；而“远望号”测量船上，“卫星准确入轨”的报告也迟迟没有传来。

刚刚还在欢呼跳跃的人群，顿时惊呆了！

33. 地上抢救天上卫星

当载着“东方红二号”卫星的“长征三号”火箭从西昌腾空而起，并向着预定轨道急速飞去时，位于秦岭脚下的西安卫星测控中心与西昌基地一样，同样处于一片热烈的狂欢之中。

然而，接踵而来的现实却冷若冰霜、残酷无情——西安测控中心计算机最后送来的数据明确表明：火箭第三级发动机在空中点火后仅过了三秒钟，就突然熄火了！

第三级发动机突然熄火，火箭就失去了推力，只能靠惯性往前做一定阶段的滑行。怎么办?

不幸中的万幸是，火箭姿态控制系统工作良好。

于是，火箭起飞一千两百四十五秒后，火箭上的程序控制系统器顽强地发出了“星箭分离”的指令，卫星才被拼尽全力的火箭勉强送入了高度为四百公里的椭圆形停泊轨道；但是，火箭再也没有一点“力气”将卫星送到同步大椭圆轨道了。

通信卫星不能进入预定的大椭圆轨道，卫星就无法与地面进行通信，已经发射上天的卫星就等于是一块废铁！面对如此残酷的事实，耗费了十四年心血的航天人悲痛万分，几位火箭总师还当场落下了心酸的泪水。

但感情不能代替现实。现实问题是，这颗价值连城的通信卫星正按自己的意志谁也不理睬地往下滑行，倘若能将它及时抢救过来，尚可当作一颗低轨道卫星试用，以获取这次发射的各种试验数据；如果不能及时抢救或者根本就不能抢救，这颗卫星很快便会从天上坠落下来，或葬身海底，或毁于山岩。

正当西安卫星测控中心的专家们为此懊丧万分、焦头烂额时，国防科工委的特急电报从北京飞到了西安：

全力以赴，抢救天上的卫星！

于是，西安卫星测控中心很快召开紧急会议。参加会议的有测控中心的测控专家夏铭智、郝岩、巫致中、张凤翔、段双泉，以及测控总体、通信、计算机、测量、轨道理论、天体物理等学科的负责人；著名航天专家孙家栋和著名测控专家陈芳允也出席了会议。会议通过对现有数据的分析，尤其对一些技术细节的反复推敲乃至激烈争论后，一个大胆而又富有创意的方案很快形成：

第一步，采用多天线、多区域、多跟踪站的手段对卫星进行二十四小时不间断跟踪测量。首先想法抓住天上失控的卫星，以确保各种预报数据的准确性；

第二步，抓住机会，强令断开卫星上的加热器，以保住卫星上极其珍贵的剩余电能；

第三步，在调整卫星姿态的基础上，抢在卫星进入“盲区”和电池耗尽以前的第十三圈，点燃卫星上的远地点发动机，从而将卫星重新送入高空轨道！

这个紧急抢救卫星的任务，落在了闽西测控站和渭南测控站的肩上。在遍布大陆的航天测控网中，只有这两个测控站是能控制通信卫星的全功能的大型测控站。如此艰巨的任务能落在他们肩上，既让他们高兴，又令他们担忧。因为天上的卫星现在如同一匹脱缰的野马，到底处于太空的什么位置，究竟运行在一条什么样的轨道上，连上帝也不知道。要在有限的时间内将它捕获，并让其“服从命令，听从指挥”，无疑等于大海捞针、太空捕鸟！

然而，当“紧急集合”的哨音刚一响起时，两个测控站的专家和技术人员立即从夜梦中进入了各自的岗位。

中心计算机根据火箭卫星分离后仅有的几十秒钟内所获得的数据，首先对天上的卫星做出了粗略的预报：卫星正从西半球飞快地转回身来，再过十分钟左右，就要从我国的可控领域飞过。

于是，两个站的五部雷达同时迅速启动，将搜寻的目标对准卫星预定出现的空域。人们以万分焦急的心情，等待着卫星的随时出现。

“渭南155发现目标！”

报告声刚一响起，人们禁不住欢叫起来。可只片刻工夫，报告声又传了过来：“155目标丢失！”

怎么办？再过三分钟，卫星又将飞出大陆可测控的空域。若是这次抓不住卫星，往后的形势就会更加严峻。人们的心紧张起来。

这时，闽西突然传来报告：“闽西450发现目标！”

测控中心指挥员立即下令，让闽西抢发指令，断开卫星上的加热器，以保住卫星上剩余的那一点点电能。

然而，由于目标已到了跟踪范围的下限，尚未等闽西的指令发出，卫星已经逃得无影无踪了。

逃走后的卫星以每九十六分钟绕地球旋转一圈的速度继续狂奔，转瞬间又一次进入了大陆不可见空域，这就只有等到第十一圈或第十三圈以后才可能再次出现在本土的上空。但由于卫星上的太阳能电池未能得到太阳充足的照射，而卫星上的蓄电池又在不断消耗，所以，随着时间一分一秒地流逝，卫星便向坠落一步步逼近。经计算，如果在二十个小时之内不能将卫星抢救回来，天上的卫星定将成为一颗死星！

1 月 30 日晨，闽西、渭南两个测控站的参试人员经短暂的休息后，又提前五小时进入了岗位。上午 11 点零 3 分，各测量设备再次启动，所有的天线一起指向了卫星即将到来的空域。

十分钟过去了，所有的雷达没有捕捉到卫星的影子。

此刻，无论是北京还是西昌，或者是波涛汹涌的南太平洋，都在焦急地等待西安卫星测控中心的消息。连北京的老将张爱萍，也一直守候在电话机旁。

测控中心的飞行控制组此时正为如何选择卫星上的发动机点火姿态问题，而展开激烈的讨论。有人认为肯定能点着，有人认为点着的希望不大，而多数人的心里都隐隐有一种担心，怕万一姿态没确定准，或点不着火，或点着后又不知把卫星弄到哪儿去了。

于是，测控中心将飞行控制组的点火方案和大家的顾虑通过电话向北京的张爱萍做了汇报。张爱萍听了后说：“只要你们做到了全力以赴，如果还找不准卫星姿态的话，万一打到国外去，出了问题，我负责！”

张爱萍的这番话，给测控中心的专家们以极大的鼓舞。

12 点 18 分，闽西、渭南两个站所有的雷达再次启动，又一次开始对卫星第十一圈进行搜寻。可眼看十分钟又要过去了，两个站所有的雷达都未发现卫星的任何踪影。

测控中心的气氛再次紧张起来，甚至有人发出了失望的叹息。

“转用第二方案跟踪，所有雷达转向第二空域！”闽西测控站的指挥员果断下达了新的命令。

就在雷达刚刚转向第二空域时，操作手又惊又喜地发出了报告：“发现目标！”

紧接着，另一部雷达也发现了目标。

闽西立即向正焦急等待的西安测控中心发去报告。中心指挥员听到报告后，当即向闽西下达了命令：“立即发令断点！”

闽西测控站听到命令后，立即通过巨大的微波向天上的卫星发出了R32和R67两条控制指令。

片刻，测控中心接到了闽西测控站的报告："发出的指令返回后，经过对比，指令正确，卫星已开始执行指令！"

即是说，卫星一旦执行了地面发去的指令，其电能便可保住；卫星只要还有电能，就能继续工作，救活卫星就大有希望。

这一消息顿时让测控中心的人们振奋起来。北京的张爱萍得到这一捷报后，十分高兴，当即对北京指挥所回话说："请转告西安测控中心的参试人员，让他们再接再厉，稳妥可靠地搞好下一步卫星的控制工作，一定要想办法把卫星挽救回来！我相信他们能取得成功。我等着他们的好消息。"

而此时，西安卫星测控中心所有的跟踪测控设备已全都启动，计算机、X－Y记录仪等各种仪器也快速运转起来。由于已经捕捉到了天上失控的卫星，所以卫星的高度、速度、姿态以及旋转速度等各种技术参数，很快全部获取，然后经中心计算机迅速做出处理后，证明天上的卫星功能依然正常。

接着，在测控中心统一的指挥下，闽西和渭南两个测控站对天上的卫星进行了一系列的调整控制，最后使卫星在太空中按照人的意志翻转了九十度，从而让卫星确定了向更高轨道飞去的新姿态。

但问题是，这已是卫星飞行的第十三圈即最后一圈了。就是说，抢救卫星只剩下了最后一次机会，如果能抓住这最后的机会，向天上的卫星发去指令，成功地点燃卫星上的远地点发动机，那么卫星便可再次飞向更高的轨道，从而可以对通信卫星的各项功能进行一次全面的检验。

而要达此目的，就必须要向卫星发去一条极其特殊的指令：R26指令！

这是一条极其神秘而又神奇的指令。这条指令之所以特殊，是因为它在通信卫星入轨、定点过程中具有极其重要的作用。通信卫星发射上天，最后定点于赤道上空，是通过地面测控系统对它进行一次又一次的变轨之后实现的。而其中最关键的一次变轨，就是当卫星运行到离地球最远的那一时刻，由地面测控系统向卫星发出 R26 指令，让卫星携带的远地点发动机在空中点火，燃烧三十七秒后将卫星送入大椭圆轨道。但这种远地点发动机只能是一次性点火，点火成功了，卫星便能进入大椭圆轨道；点火失败了，卫星就彻底报废，绝无可能进行第二次点火。

正因为如此，在西安卫星测控中心向卫星发射的数百条指令中，唯有 R26 这条指令，按上级的严格规定，是绝对不允许事先储存进计算机内的。其根本的原因是为了防止地面人员在操作中发生错误操作而将卫星毁于一旦。这条指令由研制遥控终端的专家用手先一笔一笔地写下来，平时由机要人员专门负责，将其锁在保密柜里，不准传看，不准复印。每次发射卫星时，除了指挥长、主要作试参谋以及负责软件操作的主操作手之外，任何人不允许接触，也无法接触。如果因工作需要有非接触不可的人，事先也要将名单报到保卫部门进行严格的政治审批。而且，可以接触这条指令的几个人，也绝对不许记录，不许背诵，只有等到需要发送这条指令时，才由保密员和机要员一起从保密柜里取出，然后送到软件操作手的手上，再在有关专家的监督下，将这条指令的密码写入计算机里。到了实施发送这条指令时，为防止万一发送有误，还采取了双保险制，即主控站首先发送一次，间隔十秒后，另一个测控站接着再补发一次。

显然，要发送这样一条指令事关重大，且成败在此一举。但事到如今，测控中心的专家们也别无选择，只好孤注一掷。

于是，1 月 30 日下午 4 时 9 分 25 秒整，当失控了二十个小时的卫星再一次也是最后一次出现在大陆可见空域时，西安测控中心果断下达了命令："闽西、渭南，发送 R26 指令！"

闽西测控站接到命令后，立即发出了 R26 指令。十秒钟后，渭南测控站紧跟着也发出了 R26 指令。

结果，R26 指令发送成功！

西安测控中心大厅一片欢呼，七十多个小时没有合过眼的几位测控专家相互拥抱在一起，禁不住流下了热泪……

通过地面发送 R26 指令，卫星上的远地点发动机点火获得成功，卫星被送到了近地点四百公里、远地点六千四百八十公里的小椭圆轨道上，把一颗本来已经濒临死亡的卫星，又变成了一颗有试验价值的低轨道卫星。

晚7时整，中央电视台的播音员正式向国人宣告：我国又成功地发射了一颗低轨道的科学试验卫星！

遗憾的是，由于火箭第三级在空中的第二次点火失败，卫星最终未能进入三万六千公里高的同步轨道，当然也就无法实行与地面通信。因此就发射通信卫星而言，这次发射依然是一次失败的发射！

34. 老将张镰斧

事情再明白不过了，首次发射失败，未能将卫星送入同步轨道，都是因为火箭不争气。

这对研制“长征三号”火箭的专家和技术人员而言，实在是一次残酷的打击；而对航天部试验队的总指挥张镰斧来说，更是心灵的一次重创！

张镰斧已经是六十二岁的老人了。六十二岁，该是退休的年纪，可为了中国的第一颗通信卫星，为了这个盼望已久的日子，他留下了，并以航天部发射通信卫星试验队总指挥的名义，带着他的队伍，从北京来到了西昌。

出发那天，他穿着一身褪色的军装，满怀信心一脸高兴地和前来与他送行的同事们一一握手。他的儿子来了，他儿子的儿子也来了。小孙子见爷爷又要走，一下子扑过来就抱住了他的头，把冻得通红的小脸蛋紧紧地贴在他的脸上。那意思，他明白，孙子对他说过多次了，要他一定把卫星打上去！他搂着小孙子，亲了一口，然后颇是感慨地对几位同事说：“瞧，昨天，为了他们我们去打仗；今天，还是为了他们，我们又要去发射场！”

开赴发射场的专列一启动，张镰斧向站台上送行的人群和小孙子挥了挥手，然后一转身，对秘书说：“通知各队队长，马上开会！”航天人把这种火车上的会，称为“行车会”。在行车会上，张镰斧抓紧一分一秒，和专家、技术人员一起，进一步讨论修改到发射场后每一个行动计划的细节，修改或制定部分技术方案。到了晚上，为了火箭在运输过程中的安全，他又和有关技术人员一起轮流值班，监视着因沿途地势海拔高度不同而造成的火箭储存箱内部压力变化情况。

一到西昌发射场，放下行李，张镰斧当即投入工作。可高山反应使他感到头重脚轻，再加上水土不适，他又闹开了肚子。大伙劝他说：“你年纪大了，身体又不好，先休息几天，有什么事指点指点就行了。”他不听，仍忙个不停。于是，无论是在测试厂房，还是在发射阵地，人们总能看见一个穿着旧军装、戴着安全帽、高高地挽着袖口、手上拿着对讲机的老头，从早到晚，不停地跑来跑去。

一次，火箭的发动机舱出了问题，需要有人爬进机舱检查。因机舱里充满了对人体有害甚至可以令人窒息的惰性气体，有人显得有点犹豫。他什么也没说，走过去，戴上潜水员使用的那种呼吸器，还没等大伙反应过来，便爬进了发动机舱里。当他从机舱里出来时，脸色苍白，大汗淋淋，喘了一会儿气，还要进去。在场的人忙恳求他说：“总指挥，你就放心吧，我们一定保证把机舱修好！”说完，有人争着爬进了发动机舱。

经过一百多天的昼夜苦战，张镰斧和他的队友们共解决了上百个故障或技术问题，终于完成了首次发射前的全部准备工作。但当火箭已经竖在了发射架上，发射的日子就要临近时，在做火箭发动机舱温度调试试验中，却发现环境温度很不理想，预计到真正发射时环境温度会低于设计要求。这一问题的出现，成了按时发射的一个重大障碍！

大伙着急，他更急。为了能迅速解决这一难题，他甚至提出：所有人员必须“共赴国难”！号召前后方有关专家和技术人员献计献策，以最快的速度攻破临射前这一新的技术难关！于是，工程师们经过四个昼夜的分析计算，拿出了试验的技术方案；指挥调度系统以神奇的速度从千里之外调来了足够的氦气和其他试验器材；三十多名技术人员通宵达旦进行试验，终于得出新的参数，解决了这一技术难题。

可火箭在进行第二次总检查时，因某个大功率调整管短路，火箭上六个仪器受到高压冲击，从而造成“大面积烧伤”事故。他再次组织“紧急行动”，连续干了三天三夜，才解除了少见的“大面积烧伤”故障。

未等大伙喘一口气，新的事故又发生了！在北京的设计大楼里，当专家和技术人员冒着严寒冰雪正对火箭的二三级分离爆炸螺栓盒进行强度试验时，盒盖突然爆炸，盖顶被炸飞出去十多米！螺栓盒盖只好重新设计，然后再进行爆炸试验。直到离发射期限还有三天，这一重大隐患才得以排除。

然而，出人意料的是，1 月 26 日首次发射时，本来马上就要点火了，发射平台却突然出现问题；1 月 29 日好不容易已经打上去了，火箭的第三级第二次点火又没成功！这两次失败，特别是第二次失败，对身为火箭研究院院长、发射通信卫星试验队总指挥的张镰斧来说，可以说是致命一击。这位早在 1960 年年仅三十八岁便出任了国防部第五研究院副院长同时兼任火箭总装厂厂长的火箭专家，几乎一生都在与火箭打交道，对一枚火箭从设计研制到发射成功的艰难，有着切肤的感受。尤其是对“长征三号”火箭所经历的艰辛过程，更是体会极深。因此，失败二字对他来说，分量实在太沉太沉！

“长征三号”火箭采用的是低温推进剂的方案，早在 1974 年 9 月在七机部召开的通信卫星工程方案讨论会上便提出来了，只因当时还有另一部分专家主张采用常规燃料作推进剂，故到底采用何种方案，一时难以决策。由于两种意见争执不下，1974 年 11 月 3 日，七机部才被迫做出了“两种方案同时并举，一年后再做取舍”的决定。此外，关于火箭到底采用一次启动还是二次启动的方案，也存在着两种意见的分歧。两种方案引出的两种意见，足足争论了两年，直到 1976 年 8 月 24 日，七机部一院才发出通知，正式决定采用低温推进剂二次点火的方案。

火箭总体方案确定后，紧接着的问题是在哪儿研制？何处生产？按理说，由于北京原有的物资和技术条件较好，火箭的研制生产地点放在北京，应是情理之中的事情。但在那个“史无前例”的年代，由于极“左”思潮泛滥，个别“首长”竟置客观规律于不顾，强制性地将火箭的研制、生产地点定在了西南山区。同年 9 月 19 日，又将一百六十五名专家和技术骨干从北京迁往西南山区。接下去，本来还有“迁移”两千余名专家和技术骨干的行动计划，因为“四人帮”的垮台才停了下来。

1977 年 7 月 30 日，负责火箭总体设计的龙乐豪等八位专家，鉴于火箭的研制、生产工作很不正常，抱着对国家对民族负责的精神，向新的党中央写信反映情况。他们在信中指出：火箭的生产地点布局不当，西南山区不具备火箭的研制和生产条件，应该重新迁回北京进行研制生产；目前科技队伍涣散，科技人员的科研时间不能保证。

重新恢复工作不久的邓小平接到这封群众来信后，十分重视，于 8 月 19 日亲笔作了如下批示：

> 这些意见都很重要，特别是：第一，不要多动，耽误时间；第二，必须给科研人员以充分的研究时间，政治活动要大大减少。

根据邓小平的这一指示，火箭的研制和生产地点不久又从西南山区重新迁回了北京，科研工作者的研究时间也有了一定的保障。

1977 年 10 月，张爱萍主持召开了由五个省、两个市参加的会议，对发射通信卫星的任务专门做了研究落实。就在这个会上，对火箭的研制工作做了明确的分工：火箭的总体设计和第三级由北京方面负责完成；火箭的第一级、第二级由上海方面负责完成，从而结束了多年来火箭研制工作混乱的局面。接着，1977 年 12 月 28 日，七机部下发了《关于改变“331 工程”运载火箭名称的通知》，将火箭的名称正式确定为“长征三号”!

此后，发射通信卫星的“长征三号”运载火箭的研制工作，才真正开始。

然而，由于极“左”思潮的干扰，在此之前，仅仅一个火箭的生产定点布局问题，就被耽误了整整十五个月时间！这是令张镰斧等专家们感到十分痛心的事情。

“长征三号”火箭的研制工作真正开始后，各种各样的困难和阻力仍然很多。但难度最大的，还是第三级液氢液氧发动机！其实，早在1965年3月，液体火箭发动机研究所便开始了氢氧发动机的探索与研究。1971年1月进行了首次液氢、液氧燃烧试验，并取得了成功。1974年3月，第一台液氢泵半系统试车成功，打开了通向氢氧发动机新技术领域的大门。在刘传儒、王之任、朱森元等火箭专家的指导和工程技术人员的共同努力下，从1967年3月到1983年3月的十六年时间里，氢氧发动机先后经过了一百多次艰难的试车，发动机累计工作时间达三万三千五百秒，终于掌握了氢氧发动机这一世界高难度的航天技术，成为中国液体燃料火箭发动机史上一个重要的里程碑，从而为通信卫星的发射创造了一个极其重要的条件。

高难度的低温技术问题解决后，为了全面考核和检查三级火箭各系统的协调性和可靠性，1983年5月，又对火箭进行了全系统的试车。不幸的是，在这次全系统的试车中，火箭在模拟点火中，当程序进行到一定阶段时，仪器舱和卫星整流罩内突然起火，发生爆炸，被迫紧急关机。

这一无情的爆炸声，震动了成千上万科技工作者的心！离计划发射的时间只剩下半年了，眼看"长征三号"火箭的研制就要大功告成，仪器舱内偏偏又燃起了大火！这火简直把不少人的心都快烧焦了。于是，许多人在问：这次火烧到底是偶然还是必然？这次火烧会不会使通信卫星的发射化为泡影？甚至有的人还失去了信心，产生了动摇。

但这一次又一次的失败，反而激发起了专家和广大科技工作者破釜沉舟的决心。经过五十个日日夜夜的苦战，终于查找到了故障的原因，并取得了第二次全系统试车的最后成功，保证了火箭按期到达发射场。

遗憾的是，历尽无数艰难才到达发射场后的火箭，在点火升空后的关键时刻，给张镰斧带来的并非成功的喜悦，却是难堪的痛苦。在1月29日的那个晚上，当火箭第三级第二次点火失败的信息传到指挥大厅时，这位六十二岁的火箭专家忍不住流下了辛酸的泪水，当晚彻夜未眠。

但面对残酷的现实，张镰斧和全体专家技术人员并未气馁，而是决心背水一战！从1月30日起，火箭设计师们以最快的速度和最高的效率，在发射场进行全面深入的飞行试验结果分析，查找火箭的故障和制定新的方案。经过十天的紧张工作，终于找到了火箭第二次点火失败的原因，随即提出了三项改进措施。紧接着，从 2 月 20 日起，开始第二枚火箭的测试检查工作。而身处北京大后方的数以千计的专家、工程师、技术员以及工人师傅们，则连夜设计图纸、生产零件，按照新的技术状态很快组装了五台发动机，从 3 月 12 日到 27 日，成功地进行了五次试车。

于是，首次发射失败后，仅用了七十天的时间，便做好了再次发射的准备！如此闪电般的行动，在世界航天发射史上，绝无仅有！

35. “少帅”李联林

通信卫星首次发射失败，对西昌基地的全体将士来说，同样也是一次沉重的打击。

不过，经过这次实战，全体参试人员在心理上得到了锻炼，起到了一次大练兵的作用。而且，被挽救回来的那颗低轨道卫星，通过与地面测控网的试验，取得了不少宝贵的数据，从而验证了火箭的设计方案，为再次发射提供了经验和借鉴。而中央、国务院和中央军委，对这次发射也给予了高度的评价。张爱萍和聂荣臻还及时做了指示，并对大家给予了充分的肯定和鼓励。

因此，再次发射的任务下达后，西昌基地的官兵们马上又投入到积极的准备之中。虽然正值春节前夕，可全体将士别说过节，就连休整一下的机会都没有。有的爱人生孩子，有的父母去世，有的等着结婚（有的已三次推迟了婚期），但为了准备再次发射，全都留在了发射场，争分夺秒，挑灯夜战。二十多天里，全体将士没好好吃过一顿饭，没好好睡过一次觉，一直加班加点连轴转。

从 1984 年 2 月 20 日起，至 3 月 7 日止，一枚新的“长征三号”火箭便测试完毕。这次测试，比第一次测试时间缩短了四十四天，共发现和排除故障四十四个。卫星的测试则只用了二十六天，共发现和排除故障二十二个。而测控系统也进行了十多次的联试、校飞与合练，排除了大量的系统故障，完善了各种方案和预案。

3 月 16 日，第二枚“长征三号”火箭从技术阵地转往发射阵地。3 月 28 日，第二颗通信卫星也从技术阵地转往发射阵地。第二次发射准备工作，一切顺利。于是经指挥部研究决定：4 月 8 日，再次发射！

但就在离发射日还有一个星期时，问题发生了：在技术阵地的一次总体检查中，火箭控制系统所控制的摇摆发动机出现抖动！

这让在场的专家们大吃一惊。

但在发射测试室主任李联林的记忆中，这个问题并非新问题，也不是什么大问题，在 1983 年的合练中好像就出现过。当天晚上，李联林把自己关在屋子里，认真仔细地翻开了他的“秘密武器”—— 一个有几十万字的测试笔记本。当他找到了那次测试的原始记录并查到了可靠数据，再经过自己的反复思考之后，他放心了。他认为这次出现的发动机抖动的现象不会影响发射，等到发射那天只要平台一打开，抖动现象就会自动消失。

于是，第二天一早，李联林迈着轻松的步子走进了设在山洞的地下指挥所。他刚准备组织新的测试项目，作试参谋突然跑来通知他说：“去指挥部参加开会。”

“开什么会？”李联林不解地问。

“指挥部扩大会议。”作试参谋说，“老总说了，火箭出了问题，要重新查找故障，工作暂不往下进行。”

“没有什么问题呀！开什么会？”

“不行，老总已经和司令员说过了，司令员也同意开会研究分析一下。”

李联林不好再说什么，尽管自己心里认为火箭没有问题，根本没有必要开会，但还是放下手头的工作，赶去指挥部参加会议。

在西昌发射基地，几乎没有人不知道李联林的大名。这位两年后成为发射团副团长、01 发射指挥员的年轻指挥员，这时的年纪不过三十岁。他的父亲，便是大名鼎鼎的火箭将军、“东方红一号”卫星的发射指挥官、酒泉发射基地第二任司令员李福泽。也许是遗传基因的作用，也许是命运的使然，李联林刚满十六岁，便闯入吕梁山中的发射团发射连。由于他聪明能干，当年便成为一名操作手，第一次参加了发射导弹的任务。1972 年，他又有幸跨进了长沙工学院，专攻导弹控制系。四年苦读，如虎添翼。当他大学毕业重新回到他原来所在的发射连队时，他的专业水平得到了空前的提高。然而，由于他的父亲这时已被江青点名为“黑司令”，他在一夜间也就由“火箭王子”变成了“狗崽子”，本该提为干部的他也不予提干了，只能继续当兵睡通铺。在那段痛苦的日子里，他每天早出晚归，去大山沟里打猪草。有人劝他复员回北京，可他舍不得自己最喜欢的导弹。再说，父亲的问题没有搞清楚，他凭什么要复员？于是，他把心中的怨愤转化为动力，一边打猪草，一边开始读书。读《力学》《拓扑学》，读《孙子兵法》《拿破仑传》，也读《三国演义》和“毛选”。一本美国人写的《非线性控制论》英文原版书，被他啃了个稀烂。同时，他还向世界上最复杂的数学难题发起过冲击。直到 1978 年，他才被提为干部，而后到了西昌基地发射团。

西昌基地发射团的人都知道，李联林只要干起工作来，堪称“亡命徒”！他讲究效率，喜欢大刀阔斧、干净利落，讨厌拖泥带水。他的一句口头禅是：“妈的，玩命了！”因此，当他发现有人在工作中拖拖沓沓、玩忽职守，他就会破口大骂：“混账王八蛋！”可当评功授奖时，他首先提名的，又往往是他曾经骂过的人。他兴趣广泛，冬天溜冰，夏天游泳，桥牌、象棋、军棋、围棋不在话下，大学时还享有“围棋高手”之称。他的乒乓球夺过全团之冠，他率领的“山沟桥牌队”击败过“北京桥牌队”。每逢节日，他便和一堆“光棍”厮混一起，拱猪、升级、争上游。输了，钻桌子、喝凉水、顶被子，从不赖账！不过，他最喜欢的还是下围棋。他说：“下围棋不仅可以培养一种大将风度，而且常常能激起我拼搏的欲望。”或许正是这种欲望滋长了他的勇气，他敢于讲真话，容不得半点虚假，只要认准是理，天王老子也不怕。再加之他才华横溢，年轻气盛，生性狂放，胆魄过人，直言快语，无拘无束，所以他在西昌基地成了一个有争议的人物。但无论是喜欢他的也罢，不喜欢他的也罢；说他好的也罢，说他不好的也罢，有一点都不得不承认：李联林是个不可多得的人才！甚至有人还送了他个“少帅”的美称。

李联林来到会场时，发射指挥部的会场里已坐满了不少专家。科工委的，航天部的，西昌基地的，发射系统的，控制系统的，通信系统的，司令员、副司令员，总师、副总师，近百名将帅专家济济一堂。李联林自知自己的职务最低、资历最浅、年纪最轻，便颇有自知之明地找了个最靠边的座位坐了下来。

会议开得简洁透明。司令员先讲了一下开会的目的，总师接着介绍了一下昨天故障的情况，然后各系统负责人分别发表自己的看法。最后总的意见是：原计划内的工作暂时停下来，先对昨天出现的故障做一次检查，等故障排除后再往下进行。

按常规来说，这个意见无可非议。有了故障，先做检查，等排除后再往下进行，当在情理之中。但李联林对此却难以接受。在他个人看来，昨天出现的问题压根儿就不是一个故障。就像一个人，本来没有毛病，却要全身上下里里外外做一次检查，有何必要？完全是白白浪费时间嘛！而且，他是发射测试室的主任，查这个故障的任务完全要落在他的头上。他自己都认为没有故障，叫他怎么查？从何查起？

但全场却没有一个人站起来反对。性情急躁、敢于直言的李联林终于坐不住了，他腾的一下站了起来，不紧不慢地说道：“我认为，昨天总检查出现的情况属于正常，火箭没有故障！”

李联林话一出口，全场的目光都盯在了他的脸上。

李联林当然知道，在这个会上，他是最没资格讲话的一个。发射指挥部的会议，他是没有权利和资格参加的，只因为今天是扩大会议，所以才扩到了他的头上。但出于一种强烈的责任感，他不得不说。

“怎么回事？”主持人问。

李联林这才说道：“去年 3 月 28 日下午 2 点 30 分，我就曾经做过一次试验，当时出现的情况与昨天出现的情况几乎一模一样，两个数据也是吻合的。火箭控制系统出现的这种抖动现象，完全是因为我们在地面测试过程中，由于测试方法而引起的干扰信号所致。根据我去年做过的一百多次试验表明，火箭现在出现的这种现象，不是火箭本身的故障，等到时发射平台打开后，这种抖动现象便会自动消失。因此，我个人认为，没有必要再去重新检查什么故障!”

李联林刚一讲完，一位专家便站起来谈了反驳意见。于是，两人当场便争论起来，争得面红耳赤，相持不下。但最后，主持人还是宣布，按刚才研究的意见办。

自认为真理在手的李联林便来了脾气，会还没结束，他屁股一拍，转身便出了会场，还生气地甩出一句话来：“要查你们查，我不管了!”

司令员和老总们见李联林气冲冲地走了，马上叫副参谋长把他追回来，看他到底有什么绝招。

于是，副参谋长出门叫住了李联林，问：“你说火箭没有问题，你用什么来证明火箭没有问题呢?”

李联林回答说：“当然有办法证明!”

“那需要多少时间?”

“半个小时!”

“那好，你跟我来。”

李联林这才又跟着副参谋长进了旁边的一间小屋，然后向司令员和老总详细谈了自己的意见，并讲明了检测火箭的方法，那就是，先把发射平台全部打开，对火箭进行一次模拟发射试验。

指挥部同意了李联林的这一试验方案。

有关人员随同李联林一起，当即驱车赶到发射场。经过短暂的准备，除了最后不按动“点火”发射电钮外，一切照发射程序进入试验。结果表明，火箭没有问题！真理的王牌，握在了唯一一个持不同意见者李联林的手上。

历史就是这样，有时只需一句话或一分钟，便能更改原有轨迹。这天的李联林如果俯首帖耳，听之任之，后来的结果肯定是另外一个样。但他当众发了脾气，讲了真话，而这脾气这真话又被司令员和老总们看见了听见了，司令员和老总们看见了听见后又能以事业为重而不计小节，所以问题轻而易举就解决了。

于是，双方皆大欢喜。发射场的测试工作继续按原计划进行，既节省了宝贵的时间，又减少了多余的扯皮。

可事后的李联林转念一想，头上竟冒出了冷汗。当着那么多大领导、大专家、大人物的面，他无所顾忌、口出狂言，万一后来的结果证明，不是他对了而是他错了，他的人格、他的自尊、他的水平、他的脸面，岂不全部完蛋！

然而历史常常就是这样，它有时会像枪口一样逼着使人成为一个胆大包天的强者。当这种后怕转瞬过去之后，李联林想到的另一个问题是：如果一个国家、一个政党、一个单位、一个会场，在任何情况下都只有一种声音，那岂不更为可怕？

36. "长征三号"再次发射

1984 年 4 月 8 日这天，是西昌再次发射"东方红二号"通信卫星的日子。

这个日子首先让气象工作者感到头疼。

西昌是个多雷暴的地区。从 4 月初起，西昌地区便开始进入雷暴季节。如何准确预报理想的天气，怎样选择一个令上上下下、方方面面都称心如意的发射日，这对此次发射的成功与失败至关重要。因此，选择最佳发射日，便成了一直压在气象工作者心上的一块石头。

近两年来，基地的气象工作者们认真查阅了西昌地区自 1939 年以来的气象资料，翻看了近十年的历史气象图册，同时还验证了三百五十多个雷暴预报指标，并派出雷电报警观测组，走访了当地许多的气象哨所。为了报准这次发射的天气，中国科学院副院长、著名气象学家叶笃正先生也来到了西昌基地，指导天气会商；基地气象台还专门请来了一位很有经验的彝族老人，每日上山观察天气、提供情报。最后，通过对气象资料的综合分析，基地气象部门做出了 4 月 7 日至 9 日发射场区天气较好的结论。

于是，国防科工委决定：4 月 8 日晚再次实施发射！

这个日子一旦确定，基地的气象工作者们就更是坐卧不安了。因为天有不测风云，虽然在理论上预测4月8日是个好天，但真正到了4月8日这天，到底还是不是个好天？谁也没有绝对把握。所以4月8日这天天刚蒙蒙亮，负责气象预报的参试人员便早早起了床，走出房门或者爬到山上，提心吊胆地看老天的脸色去了。

而4月8日这天对其他人员来说，也同样是个难以叫人心平气和的日子。因为通信卫星的发射，今天已经是第三次组织发射了，要是再打不上去，“发射窗口”就会越来越小以致完全消失！再说，经过了十四年的艰辛努力，好不容易才获得了今天这个发射日，如果还是像前两次一样打不上去，又如何向国人交代？因此，从北京到西昌，各级领导、每个专家以及全体参试人员，无不为此充满了焦急与忧虑。

好在这天上午阳光灿烂、晴空万里，发射场的上空一片宁静安详。中午11点进入发射八小时程序后，各系统设备也运转正常。不过，各系统仍不敢有丝毫的麻痹大意，特别是发射系统，每一步工作更是小心翼翼，如履薄冰。因为昨天晚上发生的事故，至今令他们心有余悸：发射团加注中队在加注第一级和第二级火箭的常规燃料时，常规加注系统的一个阀门因质量问题突然出现阀瓣脱落，四氧化二氮刹那间急剧向外喷出，整个加注泵间顿时弥漫了棕红色的滚滚烟雾。情况十分危急！在此紧要关头，发射团三中队的操作手们在副中队长陈志岭的带领下，冒着有毒气体奋不顾身冲入泵间进行抢救，最后终于排除故障，保证了火箭低温燃料加注的继续进行。

然而到了下午5点——离火箭点火发射还有两个小时，老天爷好像要故意作对似的，突然在发射场的上空卷起层层乌云，随之还下起了豆大的雨点！

刚刚还沉静的发射场，很快出现一片躁动。

几位搞气象预报的同志在发射场上围着高高的发射塔架跑来跑去，随时传递和交换着各种情报信息。他们表面上显得很是冷静，内心却比谁都着急。而在发射场东边的一个角上，总总师任新民、火箭总师谢光选、火箭副总师王之任、卫星总师戚发轫等几位航天专家，更是焦虑万分。他们有些无可奈何地站在那儿，时而望东，时而望西，时而看天，时而看地，可天上的雨依然谁也不顾地下着。雨水打湿了他们花白的头发和花白的眉毛，不一会儿，他们全身的衣服也都湿透了，却分不出哪是雨水哪是汗水。几位专家望着七十多米高的发射架上那枚头顶着通信卫星却巍然屹立在风雨中的“长征三号”火箭，一种强烈的悲壮感不禁油然而生。

天上的雨还在下着，发射场的气氛愈加紧张。尽管发射场和火箭本身均已采取了周密的防止雷电击打的措施，但低温燃料火箭的特点，就是最忌讳雷雨天发射。所以，面对乌云密布的天空和淅淅沥沥的雨点，指挥员们的决心多少有些动摇了。

是马上中止发射，还是程序继续往下进行?

发射时雷雨是肯定消失，还是会突然增大?

针对诸如此类的问题，发射指挥部在发射场边，召开临时紧急会议。指挥长和专家们赶到指定地点时，个个气喘吁吁，神色严峻，几个人就在草坪上随便围在一起，便开始了会议。会议对有关的几个问题简单议了议之后，焦点便集中到了气象问题上：两小时后实施点火发射时，到底会不会出现雷雨?!

这个问题必须由气象科科长吴传竹正面回答。

大腹便便的吴传竹，平常是个很随意很潇洒的人。十四年前，中国发射第一颗人造卫星时，他和他的战友们就曾经准确地预报过发射天气，并因此而立下了三等功。但今天值此关键时刻，一旦要他一锤定音，他心里也难免有点紧张。西昌地区的气候本来就复杂，又是第一次发射，再加上“长征三号”火箭还是第一次使用低温燃料，而这种低温燃料对雷电又最为敏感，火箭起飞后万一碰上雷电，顷刻间便会毁于一旦！现在，离火箭点火发射还有两小时，两小时内老天会有什么变化？两小时后到了发射那一时刻，老天又会是个什么脾气？天有不测风雨，两小时后的事情，谁能说得准？预报对了，万事大吉；预报错了，自己坐牢掉脑袋倒是小事，国家的利益，民族的希望，如何了得！

但推卸责任、胆小怕事，不是吴传竹的性格。经过短暂的思考，他认为通过全体同志对各种信息资料的分析，之前做出的今晚可以发射的预报是有科学根据的，也应该是准确的。现在虽然乌云密布，伴有小雨，但等这片乌云过去之后，应该出现好天。于是，他从人群中一步站了出来，尽管说话时神情有些紧张，但语气却很肯定：

“根据目前掌握的信息资料来看，7 点前后发射场区上空不会再有雷雨，地面风小于五米每秒，可以发射!”

“能保证吗?”指挥长问。

“我们是立了军令状的!”吴传竹答。

听了气象科长这番话，多数专家放心了，但仍有少数专家半信半疑。因为气象科长毕竟是人不是神!

为了慎之又慎，有关部门很快又请来一位七十多岁的彝族老人。这位彝族老人中等身材、脸膛黝黑，头戴一顶羊角帽，身披一件“查尔瓦”，眼睛里充满了一种很容易让人看出的得意与自信。老人最大的嗜好是喝酒。据说他饭可以不吃，但酒不能不喝，三斤酒一次灌进肚里，依然还能分清天上人间东西南北。这是一位有着相当丰富气象经验的老人，在西昌一带享有“活气象”之称。为了给这次发射选准一个好日子，他已经带着酒壶蹲在山上连续观察了五天的天气变化情况了。所以当他乐呵呵地来到发射场接受指挥部的“考验”时，他只老老实实地说了一句：“等一会儿就是好天。”

“会有雷雨吗?”有人担心地问了一句。

“不会有雷雨!”老人还是一句话。

“万一你说错了怎么办?”有人又紧逼一句。

老人笑了，提起裤腰上的酒壶，猛地灌下一口，而后肯定地说：“我要是说错了，这一辈子不再喝酒!”

在场的人一下笑了。

根据“土”“洋”两方面的意见，发射指挥部最后决定：发射时间不变，按预期计划进行!

紧张了一时的发射场，又很快平息下来。

然而，给第三级火箭加注低温燃料——液氢液氧的时候，发射场上另一个颇有风险、令人担心的场面又出现在人们的面前：七十多米高的发射架，被两盏强烈的聚光灯照得一片透亮。头戴安全帽、身穿防护衣的加注战士，正在小心翼翼地给火箭加注低温燃料。渗透出来的燃料与空气刚一接触，很快形成一团团白色的烟雾，时强时弱，飘飘忽忽，弥漫了整个发射塔架，看上去让人多少感到有点毛骨悚然。

此刻，夜色已经开始降临，天上的云块游戏似的做着漂移，零零星星的小雨还在不紧不慢地下着。由于加注低温燃料危险极大，所以除应该留守的工作人员外，其余人员已经全部撤离了发射场。于是喧闹了一天的发射场突然寂静下来。而正因为这种突然而至的寂静，使正在加注的发射场又一下显得有点恐怖起来。

迎着这恐怖的气氛，却偏偏走来一个人。

这是一位七十开外的老人。花白的头发，中等的个子，身体瘦小，却显得硬朗，尤其是走起路来，总是格外地精神。这位老人就是通信卫星五大系统的总总师——任新民。每次发射加注时，任老总都要亲自到加注现场看看。他知道，液氢液氧的加注，是今晚给火箭的最后一道“晚餐”。这顿“晚餐”能否顺利“喂”进火箭的肚子里，对今晚能否点火发射相当关键。

任老总越过发射场坪，径自往发射架走去。他的身后，是他左右不离的秘书。这时，为了防止静电引起火花，发射架上的电梯已经停止使用了，任老总便迈动双腿，一层一层地往上爬。这发射架对他来说，实在是太熟悉了。几十年来，无论是在戈壁，还是在秦岭，不管是在东北，还是在西昌，每次发射时，他都要爬好几次发射架。尤其是在火箭起飞的前夕，他总要来看一看，如同一位慈祥的父亲，为远去的儿子送行。

“任老总，您不能上来！”任老总刚爬到第三层，就被站在发射架上的李联林叫住了。

“我看看就下去。”任老总说。

“不行！”李联林态度严肃。

“我有特别通行证。”任老总指了指自己胸前的红色特别通行证。

“有什么证也不行！现在正在加注，极不安全，您必须离开！我是这儿的现场指挥员，您得听我的！”李联林十分严厉，甚至态度有点过分。

“没事儿，我看看就下去。”任老总态度很是诚恳，依然竭力争取着。

“绝对不行!”李联林几乎是喊了起来。

任老总不再说什么。他抬起头来，望着发射架上加注战士们晃动的身影，望着火箭腰身上“中国航天”那四个金光闪闪的大字，眼睛慢慢潮湿起来，而双脚却难以挪动半步。

就在这时，李联林突然看见了任老总眼里滚动的泪花，他的心猛地受到了震颤。就在那一时刻，他的心一下软了下来，真想让老总留下算了。但理智又很快控制了他的感情。他知道，任老总是航天事业的栋梁，是国家的宝贵财富，在低温燃料加注时，发射场比战场还要战场，什么情况都有可能发生（他自己在昨天晚上就写好了一份遗书，今天出门时已悄悄压在了枕头底下）。他必须对国家负责，对任老本人负责!

于是，李联林当即转身喊了一句：“安全员!”

“到!”安全员立马赶了过来。

“马上把这位老总扶下去!”

“他、他不走怎么办?”

“就是扛，你也要给我扛下去!”李联林厉声下了命令。

任老总终于还是走下了发射架，离开了加注现场。李联林望着老总远去的背影，心里禁不住涌起一股酸楚的滋味，于是在心里说了一句：“老总，对不起了!”他知道自己刚才态度不好，但他相信老总能理解他的一片好意。

半小时后，低温燃料的加注顺利结束。

晚6点30分，发射场上空的云层渐渐开始散去。

7时许，天边露出了几颗星星，发射场的上空果然是一片好天!

气象科科长吴传竹和其他搞气象预报的同志，心上的一块石头总算落了地。整个发射场区的气氛，也一下变得轻松起来。

此刻，各系统设备运转正常，发射进入了最后二十五分钟的准备。所有参观发射的人群已在指定的大厅或者山上就位。所有测量、控制和跟踪设备均处于待命状态。高悬在避雷塔上的扬声器不断传出的发射指挥员们相互之间的报告声和口令声，把发射场的气氛推向了一个白热化的程度。

“二十五分钟准备!”发射指挥员发出了命令。

五分钟后，动力系统指挥员报告：“发动机预冷正常!”火箭发动机的设计师们一直绷得紧紧的心弦这才一下松弛下来。因为这一声报告，意味着他们担心已久的费尽周折的三级发动机舱的环境温度合格!

“四分钟准备!”液氢液氧自动补加完毕，三级火箭的储存箱开始发射前的加压，卫星指挥员随之报告：“卫星转电好!”一分钟后，三级火箭的加注、排气共五个连接器自动脱落。

“两分钟准备!”口令刚出，只听“啪”的一声响，三级火箭的两个连接器自动脱落。紧接着遥测、外测和控制系统发出报告：“转电好!”

“一分钟准备!”各脱落插头自动脱落。电缆摆杆离开箭体，准确摆动到位。乳白色的“长征三号”火箭此刻挣脱了任何束缚，一丝不挂地袒露在了众目睽睽之下。

“牵动——”离火箭点火还有三十秒钟。光学跟踪系统设备启动。

“开拍——”离火箭点火还有四秒钟。各种高速摄影、录像设备和遥测系统设备启动。

“点火!”发射指挥员佟连捷发出洪亮的声音，庄严地下达了最后一道命令。发射操作手敏捷地按下了“点火”按钮。

刹那，随着一声隆隆的巨响，整个峡谷如同山崩地裂一般，几十里之外的窗户都被震动得嚓嚓直响。在橘红色的熊熊火焰中，四十八米长的火箭载着通信卫星穿过滚滚黄烟拔地而起。短短十几秒钟后，火箭便化作一团白色的火球，向着东南方向扶摇而去。

古老的峡谷，顿时滚过一阵雷鸣般的掌声。

片刻，指挥大厅里不断传出各种激动人心的报告：“一级火箭飞行正常!”“二级火箭飞行正常!”“三级火箭第一次点火成功!”“火箭跟踪正常!”……最后，当人们听到“三级火箭第二次点火成功!”的报告后，再也按捺不住激动的心情，一下子放声欢呼起来。无论是身经百战的司令员，还是历尽风霜的老专家；不管是肩挑重担的中年技术人员，还是初次上阵的年轻大学生，他们相互握手、拥抱，相互祝贺、问好！每个人的脸上，都闪烁着幸福的光彩；每一个人的眼里，都饱含着滚烫的泪水。甚至有的好几个人搂抱在一起，高兴地哭起来……

然而，通信卫星的发射，有别于其他的卫星。今晚的发射，对西昌发射基地而言，现在可以说已经成功；但对整个通信卫星发射的全过程来说，还不能说是大功告成。卫星上天之后，还必须经过地面测控人员实施一系列的调整、控制、指挥，而后再进行一次又一次的变轨，让卫星在天空“漂流”半月左右，才能最后将卫星定点于赤道上空。而要让卫星到达并定点在赤道上空，还需走完三万六千公里的遥远路程！

因此，如果我们把通信卫星的发射比作是一次艰难的太空远征，那么此刻西昌火箭的成功起飞，仅仅只走了一半的路程。

第八章
发射一波三折

37. 太平洋上的“白天鹅”

载着卫星的火箭从西昌点火起飞后，只经过了约十秒钟，便离开发射塔架，开始程序拐弯，向着东南方向飞去。

这时，西昌测量站的光学仪器和遥测仪器首先对起飞后的火箭进行跟踪。接下去，宜宾、贵阳、南海、湘西等测量站相继进行跟踪，上站传给下一站，下站紧接上一站，中间不许有任何间断。各站将跟踪火箭的情况随时报告给西昌指挥控制中心，西昌指挥控制中心再将火箭飞行情况随时向北京指挥中心报告。

火箭在飞行过程中，第一级发动机熄火即完成使命后，与火箭第二级脱离，然后坠毁在贵阳地区的深山老林中。接着第二级发动机点火，再用强大的推力将火箭推向更高更远的空域，让火箭迅速跨过五个省份，在广东汕头北部上空跃出大陆，而后直奔太平洋的上空！

火箭的第二级发动机熄火后，耗尽燃料的第二级火箭与第三级火箭再次分离，而后坠毁在波涛滚滚的太平洋之中。

现在，“长征三号”火箭的前两级，为把卫星送往三万六千公里高的赤道上空，已经耗尽了自己生命的全部热血，只剩下了第三级火箭还载着卫星在太平洋的上空继续飞行。

火箭一旦飞入太平洋上空后，陆地上的一切测量跟踪设备，便再也无能为力了。而能够继续承担跟踪、测量火箭卫星重任的，就只有“远望一号”和“远望二号”两艘测量船。

此时此刻，两艘“远望号”测量船正航驶在辽阔无垠的太平洋上。这里台风频频、海浪汹涌，水域深不可测。据说，著名航海家麦哲伦1520年途经太平洋时，曾用测深绳探测过太平洋叨摩群岛附近的深度。他一连放下去五六根测深绳，也始终没有够着太平洋的底。事隔多年，科学技术发展后，有人才发现当年麦哲伦探测的那个深度，竟达五千余米！而这样的深度，据“远望号”测量船老船长说，在他们行驶的航区里，不过是一个普通的数字罢了，有的地方最深的深度可达一万多米！就是说，如果将珠穆朗玛峰扳倒扔进这里，顶峰距离海面也还有两千米！

在这样险恶的海面上航行，两艘“远望号”测量船的困难与风险，可想而知。

但由于中国无法在全球布置测量站，唯一的途径就只有在险恶多端、深不可测的大洋上建造机动性能强、测量跟踪功能齐全的远洋测量船，开辟为我所用的试验航区，让这万吨测量船定点在事先确定好的方位上，以便比陆地更精确地测量、计算从万里之外突然飞来的洲际导弹和从西昌大凉山峡谷腾空而起的火箭卫星。

这种办法自20世纪50年代末期起，美国、俄罗斯和法国便先后开始使用了。如今，美国已经拥有二十余艘这样的远洋测量船，俄罗斯则拥有三十多艘。也就是说，理应属于全世界共同享有的茫茫公海，长期以来却成了美国和俄罗斯独来独往的试验天地。而占世界人口四分之一的中国，直到1980年才成功地建造出了两艘远洋测量船。而仅有的这两艘测量船的问世，还经历了非同寻常的磨难。

关于中国的海洋观测船的问题，周恩来早在1965年的中央军委会上，便提出了要建造两艘两万吨级的高级海上测量船的设想，并责成国防科委制定研制规划。1967年7月18日，国防科委与总参谋部等单位经过研究论证，提出了远洋靶场测量船的研制意见，并以这天的日期将其命名为“718”工程，而后报中央军委审批。1968年的6月17日，毛泽东、周恩来和中央军委批准了这一工程。

然而，由于“文化大革命”的干扰，“718”工程的技术班子几经调整，人员不断发生变动，总体技术工作难以进行。特别是林彪“9·13”

事件发生后，“718”工程的研制工作更是受到严重挫折。“四人帮”借机破坏，有意将“718”工程与“571工程”混为一谈，甚至把测量船说成是“贼船”，致使部分专家被关进了牛棚，技术人员遭到遣散，不少工程设计也被停止。好在周恩来、叶剑英等人力挽狂澜，在1974年5月召开的中央军委会上，审定了测量船总体设计方案，最后做出了测量船可以进行设计施工的决定。

尽管如此，远洋测量船的研制工作仍然举步维艰。张爱萍复出后，建造测量船的任务再次被列入重点。1979年9月，张爱萍亲自赶到上海主持召开了“718”工程协调会，并在会上下达了死命令：1979年12月31日24点前，测量船必须完成出海执行洲际导弹发射的一切准备！并强调说：“谁超出了这个规定的时限，我就只有‘挥泪斩马谡’了！”

号令发出，由全国二十四个省市、三十五个部委、一千多个单位数万人参加的远洋测量船研制工作，当即火速行动起来。至1979年年底，终于如期建造成功！

1980年5月，“远望号”测量船首次出海，并在那片“漂浮的国土”上成功地执行了我国在南太平洋上发射第一枚洲际导弹的任务。此次出海，安全航行四十三天，总航行时间近八百小时，总航程达九千余海里。由于两艘“远望号”测量船均为白色，双双航行在海上时，颇像一对游弋的天鹅，故被人称之为海上“白天鹅”。

发射同步通信卫星的任务开始后，“远望号”测量船从1983年9月22日起，到1984年4月8日这天止，七个月时间里三次远航太平洋，历时一百二十多天，总航程达八万多海里。由于测量船上安装着数百台（套）现代化的仪器设备，云集着全国几十所名牌大学的高才生，汇聚了几百位精通业务的专业人才，所以有人又把测量船誉为“海上科学城”。

然而，太平洋上的风光虽然不乏美丽动人，可要在那与世隔绝的只有男人存在的船上生存、工作几个月，却又是一件相当残酷的事情。船上既看不见报纸，也看不到电视，更见不到陆地上比比皆是的灯红酒绿以及生长在大自然怀抱里的各种鲜活生命；而有的只是无情的台风、凶狠的海浪和在长长黑夜中枕着狂涛难以入眠的痛苦与孤独。

尤其是当台风袭来、大浪涌起时，测量船一会儿被抛高七八米，一会儿又被埋下七八米，上下震动，左右摇晃，常常弄得人呕吐不止，产生一种连五脏六腑都快被倒出来的感觉。有的人已经呕吐了七八次，连黄疸水都吐出来了。而且，有的部位温度高达四十多摄氏度，噪音高达一百多分贝，可每人每天的高温补助费却只有六毛钱！但船上的专家和技术人员们一直坚持守候在各自的岗位上，昼夜刻苦练兵，随时准备捕捉从西昌飞来的火箭卫星。

4 月 8 日这天，“远望号”测量船上应该说与陆地一样，充满了神秘与紧张。指挥室里，将军和总工在做着最后的检查；计算机中心，无数红绿灯在兴奋地闪烁；船外风声萧萧，海浪滔滔；船内眼花缭乱，神色紧张。晚 7 点 10 分——西昌的火箭腾飞前夕，等候在预定海域的测量船拉响了进入一级测量部署的警铃，船上全体人员飞快地进入各自的战斗岗位。7 点 20 分，当西昌“点火”发射的口令传来时，“远望号”测量船上的测控设备，一起对准了从祖国大陆飞来的火箭卫星。

当第二级火箭坠毁于太平洋后，船上的所有测控设备全都紧紧盯住了第三级火箭。因为“远望号”上的专家和技术人员都知道，“长征三号”火箭在整个飞行过程中，第三级是最重要最关键的一环，它的发动机将在空中自动实施两次点火：第一次点火成功后，火箭在空中自动滑行一百秒，然后再自动实施第二次点火，将卫星推入准同步轨道。火箭这种在空中进行两次点火的技术，全世界只有美国使用过，中国这还是第一次。所以“远望号”上的专家和操作手们此刻都特别仔细，同时也格外担心。

“三级第一次点火成功!”

第三级火箭刚一点火，“远望号”便准确地捕捉到了信息。

现在，关键就看第二次点火了！

“远望号”上所有的测控天线都高高地扬了起来，专家和操作手们屏住了呼吸，瞪大了眼睛。因为上一次发射之所以失败，正是火箭的第二次点火未能成功。那么这次会是什么结果呢?

“第三级二次点火成功!”

“星箭分离!”

指挥员兴奋地发出了激动人心的报告，船上的人们顿时一片欢呼。

然而，卫星与火箭最后分离之后，卫星自身携带的远地点发动机还必须在空中进行最后一次点火，卫星才能最后进入三万六千公里高的同步轨道；而这卫星上的远地点发动机能否成功点火，点火后又能否准确入轨直至定点，关键还得看西安卫星测控中心。

38. 空中二次发射

4 月 8 日晚的西安卫星测控中心，与西昌发射场和“远望号”测量船一样，既充满了激动与兴奋，又隐伏着焦虑与紧张。截然不同的是，这里看不到轰轰烈烈、辉煌壮观的发射场面，有的只是成千上万条指令和难以统计的数据信息在无声无息中交流运行。

在这个被人称为“中国休斯敦”（美国著名的航天测控中心）的神秘之地，可以说云集了中国测控技术人才的全部精英。此刻，这些出色地驯服过中国的和外国的各种卫星的测控专家，就坐在测控大厅，正不间断地通过计算机向飞行在天上的卫星发送着各种指令。他们表面看上去是那样的平平常常、普普通通，但在每一次关键的时刻，历史总是留下了他们的名字：司令员王盛元、副司令员郝岩以及测控专家巫致中、祁思禹、南书军、李济生、陆镇麟、王正凡、王方德、李琪正、胡正海、张淑凤等。

西安测控中心正是拥有了这批杰出的测控人才，才一次又一次地完成了对各种卫星的跟踪测量任务——自 1970 年中国第一颗人造卫星上天以来，中国发射的所有卫星，其跟踪观察、遥测遥控、运行管理、信息交换、数据处理和姿态控制等任务，全都是由该中心负责承担的。他们将人类的思维和意志变成神奇的计算机语言，然后再将这些语言发往茫茫太空，让天上飞翔的卫星完全听从他们的摆布。这些在常人看来根本不可思议的事情，他们只在手指跳动的一瞬间便可完成。比如返回式卫星，这种卫星与别的卫星的区别在于，不光要成功地把它发射上天，还要让它完全按照人的意志重返人间。其技术之复杂、工作之艰难，是常人无法想象的。但他们凭着可贵的敬业精神和高超的测控技术，竟让中国的返回式卫星的回收成功率达到了百分之百。即是说，返回式卫星每次发射上天，每次他们都能保证卫星乖乖地回到人间。这一测控水平在全世界也是罕见的。

尤其值得一提的是，西安测控中心在执行国际测控任务中，还有过十分出色的表现。有两个惊险的故事，最说明问题。

第一个故事发生在 1979 年 6 月的一天上午，美国驻华大使馆受命向中国外交部发出通告：美国“天空试验室”在回收时失控了！希望中国能伸出援助之手，协助搜寻并预报落点。同时，美国的电台电视也公开做了报道，有关部门还向世界其他国家发出了通告，呼吁全世界协助搜寻。中国外交部接到通告后，当即通知了国防科委，国防科委马上又把此任务交给了西安测控中心。

美国这个所谓的“天空试验室”，实际上就是一颗远地点返回式卫星。这颗卫星虽然重量不重，但变轨次数却极为频繁——在返回大地接近陨落时，平均几十秒钟就要变轨一次，因而控制起来有相当大的难度，连拥有世界一流水平的雷达跟踪测量设备的美国北美防空司令部，对此也颇感棘手。更何况，茫茫太空早已星满为患，要从数千颗日夜飞旋的卫星中及时捕捉到这颗卫星并预报出它的准确落点，无疑等于是大海捞针！

但西安测控中心接到任务后，当即组织成立了卫星拦截组、计算组和预报组。经过一段时间的熬夜苦战、精心计算，最后终于在 7 月 11 日正式预报出了美国“天空试验室”陨落的时间和位置，“抓住”了这颗企图逃离人类手掌的卫星。这次预报不仅比美国预报的时间提前了四小时，而且与卫星实际陨落的时间只相差了四分钟！

这一结果，令美国同行们大吃一惊。

第二个故事发生在 1995 年 1 月。俄罗斯成功地发射了一颗海洋核动力侦察卫星——“宇宙 1402 号”卫星，在国内引起一阵欢呼。出乎意料的是，这颗卫星执行完任务后，在返回途中突然失控！据悉，该卫星腹内装有相当数量的核原子，其当量与美国当年扔在日本广岛的那颗原子弹相差无几！若是一般的卫星失控了，能抓住当然更好；实在抓不住，也没什么大不了的。可俄罗斯的这颗卫星非同小可，它虽然已经执行完了任务，但体内仍剩有一定数量的核燃料，倘若不能将它及时捕获并控制住，那掉在任何一个国家的头上，肯定都是一件相当麻烦的事情——不仅生命财产受到巨大损失，还会引起无法说清的国际纠纷。

为此，俄罗斯航天界一片恐慌。塔斯社发出公告，向世界通报了这一险情。各国政府也纷纷发出呼吁：有跟踪测控能力的国家，希望能为世界人民着想，马上组织力量，及时预报卫星陨落的时间和地点。有的国家还专门成立了对付这颗卫星的“警戒司令部”。一时间里，这颗卫星搅得满世界人心惶惶、不得安宁，甚至在有的国家眼里，如同世界末日马上就要降临一般！

中国政府得知此事后，也极为重视。国务院专门成立了一个班子。中央军委当即通知国防科工委尽快想法采取措施，并通知有关军区做好防化准备。杨尚昆还专门找到国防科工委的有关专家，商讨究竟如何处置的问题。

1 月 10 日，国防科工委向西安卫星中心正式下达了跟踪预测俄罗斯这颗卫星的命令。中心接到任务后，立即通令航天测控网，紧急开机，昼夜实施跟踪。众多的软件测控专家，也牺牲了过春节的时间，积极投入到这场捕捉“飞贼”的战斗中。在近一个月的时间里，西安测控中心先后四次向国防科工委和中央正式上报了俄罗斯卫星陨落的时间，新华社也两次向世界各国通报了中国对俄罗斯卫星的观测情况及卫星陨落的时间。最后，中国对俄罗斯的这颗卫星做出了较为精确的落点预报，得到国际航天界同行的赞肯。

然而，实在令人难以置信的是，创建了如此卓越功勋的西安测控中心的专家们长期以来所使用的计算工具，竟是一台“老掉牙”的 320 计算机！

具有一般常识的人都知道，计算机相当于人的大脑。那么西安卫星测控中心的大脑，当然就是计算机了。在中国每一次的卫星发射中，西安测控中心的计算机不仅要对各个跟踪观测站不断发来的数据进行汇集、处理、记录和运算，同时还要不失时机地对天上飞行的火箭卫星发送数以万计的各种指令。承担如此重任的计算机，当然应该也必须是一台运算速度快、数据通道多、储存容量大、计算精确和运行稳定的计算机。

遗憾的是，十五年前配备给测控中心的计算机，竟是两台由我国自行研制生产的、诞生于“文化大革命”中的晶体管计算机。这种计算机的运算速度每秒钟只有二十二万次，且既不可靠又不稳定，还在多方面明显表现出先天不足。而更为可笑的是，当年首次接触它的主人们，连计算机是个什么模样都从来没有见过。

但，正是这台被人称作“老掉牙”的320计算机，在那些当年连计算机都不曾见过的主人的手中，十五年来却一直充当了测控中心的主角，相当出色地完成了我国十五次卫星的入轨和卫星的回收，以及对美国、俄罗斯的两颗失控卫星的高难度测量控制等任务。

尤其值得一提的是，1975年我国第一次对返回式卫星进行回收时，由于卫星发射上天后要在空中运行三天三夜，这就要求参加任务的320计算机也必须保证连续三天三夜无故障运行。但因320计算机诞生于混乱年代，生产时在工艺质量上未能进行严格把关，再加上许多元器件已经老化，所以平均每三十分钟就会出现一次故障！

面对如此严重的问题，测控中心当时颇感为难。重新更换机子吧，320计算机当时在中国也算最先进的第二代计算机了，即使再换新的，其运算水平也莫不过如此而已；从国外进口吧，别人又不肯给你，再说又到哪里去弄这笔钱？最后，自己动手翻新改造，便成了他们唯一的选择。

于是，以胡正海为首的机组人员发扬了“新三年、旧三年，缝缝补补又三年”的雷锋精神，开始了对320计算机的一系列革新改造。他们重新审定了逻辑线路的设计，调整了各种各样的参数，甚至对计算机的上百万个焊点也进行了逐一的检查，并更换了数以万计的不良元器件，进而排除了一个又一个的隐患，解决了一个又一个的难题，使320计算机由原来平均半小时就出一次故障，变为可以连续无故障运行几十小时乃至上百个小时，从而顺利地完成了卫星的回收和“一箭三星”的测控计算任务。

1978年，法国空间技术代表团前来西安卫星测控中心参观访问。在这个代表团的想象中，中国的测控中心既然能多次出色地将天上的卫星回收，想必所使用的计算机也是当今世界最先进的产品。可当法国代表团走进计算机机房时，既没看到他们十分熟悉的大规模集成电路，又未瞧见他们想象中的国际通用电子网络，而呈现在他们眼前的，只有两部在国外早就被扔掉的分离式晶体管320计算机！面对这两台“老掉牙”的计算机，法国代表们无不感到惊讶万分，问：“贵国这么多年来，难道就是用这样的计算机在回收卫星?”当中方做出肯定回答后，法国代表中不少人仍然不肯相信，连连摇头说，根本不可能。甚至有的代表还怀疑是中国有意隐藏了最先进的设备。

1979年9月，日本代表团也来到了西安卫星测控中心，当他们见到320计算机时，同样感到惊讶和不可置信。中方代表向他们讲明真情后，日方代表说：“没想到你们中国就是用这样的设备回收卫星，这简直是一个奇迹，真了不起！不过，以后你们一旦要发射同步通信卫星时，这种计算机就再也用不上了！”

果然，两年后，当我国要发射同步通信卫星的任务下达后，320计算机当即陷入困境。因为通信卫星的发射、定点是一个相当复杂的系统工程，要测量、控制好这样的卫星，对计算机就提出了更高的要求。在实施发射中，计算机不仅要向绵延数千公里的各测控站和测量船提供引导数据和信息交换，用生成的控制指令去对卫星进行一系列的遥控，而且还要对卫星轨道进行计算，选择远地点发动机点火的最佳时刻，以及对各种遥测数据进行快速处理。而320计算机虽然几经改造大有起色，可毕竟先天不足，且随着时间的推移，元器件的老化越来越严重，机子的稳定性能越来越差，仅六十万字节的存储器容量根本就不可能去计算处理通信卫星的有关数据和信息。

怎么办？从国外买，国际巴黎统筹委员会对中国始终不开绿灯，再说，所需经费也依然还是一个问题；如果自己研制自己造，时间来不及，也不可能。唯一的选择还是只有一条，再次革新改造。于是，郝岩副司令员大胆提出了一个四机并联的方案，即将两台 320 计算机与两台 717 计算机合并起来使用。根据这一方案，软件专家编写出了新的通信软件编制，硬件专家也对并联后的计算机重新做了设计、安装和调试，然后又对内存储器进行了改造，使其容量比原来增大了一倍。

这样，320 计算机在这次发射通信卫星的任务中，再一次挑起了测控中心的重担，并在 1 月 29 日的那次发射中有过相当出色的表现。

此刻，与火箭分离后的卫星还在天上飞速地运行着。测控中心的指挥大厅里，各种测量仪器显示，正在运行的卫星工作正常；多种运算结果也再一次表明，320 计算机一切正常！

遗憾的是，这台为中国航天事业效力了十八年、先后参加过四十一次航天发射试验任务、被国防部长张爱萍称为“功勋计算机”并提议拿到军事博物馆去展览的计算机，1987 年“退役”后，被南方一家乡镇企业只用了几万元人民币便全部买走，然后拿去拆散当了元器件使用！

…………

1984 年 4 月 9 日，经过一天一夜运行的卫星，已在大椭圆转移轨道上绕着地球转了一圈，开始了第二圈的飞行。从西昌乘专机赶到西安的通信卫星五大系统的总总师任新民、通信卫星总师孙家栋、副总师戚发轫和从北京乘专机赶来的航天部副部长宋健以及著名航天专家陈芳允、屠善澄等一批专家，此刻均已在大厅就座。通过一天一夜的连续奋战，测控中心对天上的卫星进行了精确的测量，同时通过向卫星发送的上千个指令，对卫星的轨道、卫星的姿态、卫星的转速等，进行了反复的控制和一系列的调整，从而把卫星完全按照人的意志调整到了一个最佳的等待点火的姿态。

4 月 10 日，卫星进入了大椭圆转移轨道最后一圈的飞行。各种数据表明，卫星在地面测控系统的一系列控制指挥下，各种仪器工作正常，已具备了最佳的点火条件。

对飞行在太空中的卫星实施第二次点火，实际上就是卫星在宇宙空间的再一次发射。这种空中二次发射的难度极大，却十分的神奇。它既看不见也摸不着，只需在计算机的控制下，通过地面遥控系统向太空中发去一串无线电指令，便可让卫星上的远地点发动机应命点火，即在空中再进行一次发射，从而让卫星在其推力下，从转移轨道进入准同步轨道。

然而，这种空中的二次发射虽然了得，却风险极大。如果地面的“点火”指令因设备突然发生故障发不出去，或“点火”指令发出后卫星上的发动机又不点火，那卫星就无法到达赤道上空三万六千公里高的准同步轨道，而只能在大椭圆轨道上继续“流浪”，直至陨落坠毁；倘若点火的时机把握不准，或者卫星的点火姿态控制有误，地面的“点火”指令尽管发送出去了，发出去的“点火”指令也把卫星上的发动机点着了，但仍不能保证卫星的准确入轨——轻者，会使卫星偏离预定轨道；重者，会让卫星变成脱缰的野马、断线的风筝，永远飘荡在茫茫太空。

因此，当“长征三号”火箭用燃烧自己的生命为代价，将卫星奋力托举到大椭圆轨道而再也无能为力后，能否让卫星在太空再次成功地实施二次发射，便成为西安卫星测控中心关键的第一步。

4 月 10 日 9 点，卫星空中点火的最佳时机到来了！这是一个激动人心的时刻，测控指挥大厅的所有人都屏住了呼吸，眼睛紧紧地盯住了大屏幕上的指示曲线。

R26 点火指令迅速被装入了 320 计算机内。

“远地点发动机点火!”

随着指挥员一声令下，遥控系统成功地向太空发出了一串“点火”指令。

在座的全体人员呼地站了起来，眼光一起投向大厅正面巨大的显示屏，只见屏幕上标志着卫星倾角的曲线迅速下跌，而远地点高度的标线却呼呼地直往上蹿……

片刻，指挥员发出了振奋人心的报告：“卫星点火成功!”

测控指挥大厅顿时掌声雷动，人声鼎沸。

返回的有关数据表明，卫星已进入准同步轨道。

然而，谁敢保证，在离地球三万六千公里的太空飞行的卫星，不再发生问题？

39. 卫星突然“发烧”

通信卫星进入准同步轨道后，西安渭南测控中心的工作非但没有结束，反而更加忙碌起来。

首先，测控中心要发去一系列的指令，让放倒的卫星重新站立起来，接着对卫星运行的轨道要进行适当的控制，然后再给卫星建立一个漂移的速度，让卫星向着最后定点的区域缓缓漂移。当卫星漂移到预定的区域后，测控中心再通过遥控系统向卫星发去“刹车”指令，让卫星停止漂移，最后将卫星定点在三万六千公里高的赤道上空。

卫星在太空的这段漂移过程，一般需要一周到半月。在这段时间里，测控中心每天要对卫星进行遥测监视，看卫星内部的工作状况是否正常，有时还要把卫星颠来倒去地检查一番；同时还要对卫星进行一定的控制，把它限定在东西南北一定的范围，始终不让它溜出规定的圈子。如此这般，每天让卫星向前漂移五六度。

这种用地上的现代科学技术遥控天上的卫星的办法，颇有点像牧人用鞭子抽赶着骆驼。卫星老实听话时，只需举着鞭子在后面紧紧跟着它，让它自己往前走就行；卫星假如不听话时，就用鞭子抽它两下；要是实在太调皮捣蛋了，就狠狠抽它几下。总之，只要最后能把这匹“骆驼”赶到目的地就成。

然而，卫星这匹“骆驼”是在遥远的太空，而赶“骆驼”的“牧人”却在地上，二者相距三万六千公里！要让天上的“骆驼”完全听从地上“牧人”的调遣摆布，也绝不是一件容易的事情。

第一天，卫星很规矩地走完了预定的路程；

第二天，卫星一路上也还老实本分；

第三天，卫星依然听从指挥，服从命令，没犯什么毛病。

于是，测控中心的“牧人”们有了一种欣慰之感，很希望这颗卫星能就此顺顺当当地走完自己的路程。甚至有人把这颗卫星与 1 月 29 日的那颗卫星做了比较，认为这颗卫星从发射到现在，一切都较顺利，简直就是一颗福星！

可正当人们在心里暗自有些庆幸时，天上的卫星却突然“发烧”！

所谓卫星“发烧”，是指卫星上的电池突然发热，引起卫星的温度升高！据测，卫星电池发热，是因为卫星电池的线路出了故障，使卫星的温度失去控制。

本来，按照设计要求，卫星上的电池温度最高不能超过三十摄氏度，可现在，不到半小时，卫星上的电池已“高烧”到了六十摄氏度！

这个问题过去从未出现过。在 1 月 29 日的那次发射中，虽然曾发现卫星上的热管有不周到的地方，但电池发热的问题并未出现。因此，卫星的“发烧”问题刚一出现，测控指挥大厅的专家们无不感到大吃一惊！尤其是搞卫星电池设计的专家们，更是急得面红耳赤、额头冒汗，甚至个别专家还围着椅子团团转！

显然，这是一个再严重不过的问题。卫星亦如人体，如果照此继续“高烧”下去，轻者，会把别的系统“烧”出毛病；重者，将把卫星彻底“烧”坏，甚至引起爆炸！而这颗卫星从提出方案到研制成功，经历了长达十四年的苦难历程。国家投入了大量的资金，成千上万的科技工作者付出了无法估量的劳动、智慧和心血。现在好不容易发射上了天，上天后又好不容易在空中点火成功，眼看着离最后的胜利还有一步之遥，可卫星又偏偏发起了“高烧”！倘若不能让卫星及时“退烧”，那千千万万科技工作者十四年的心血便将功亏一篑！于是，不少技术人员急得眼圈发红，甚至有的还悄悄抽泣起来。

最为着急的，是通信卫星的总设计师孙家栋和副总设计师戚发轫。这两位我国著名的卫星专家，从中国的第一颗卫星“东方红一号”起，就一直与各种各样的卫星打交道，每一颗卫星无不浸透了他俩的智慧与心血。毫不夸张地说，搞火箭卫星设计的人，每参加一次卫星的发射，寿命就会减少几岁！为了这颗卫星能够早日上天，以结束中国租用外国卫星的耻辱历史，改变中国通信长期落后的面貌，这么多年来他俩可以说是殚精竭虑、呕心沥血。现在，好不容易才发射上天的卫星突然“发烧”，作为这颗卫星的总设计师，岂有不急之理！

但他俩毕竟是有着丰富经验的卫星专家了。在这种时刻，他俩最懂得冷静的重要。经与司令员短暂的商量后，他们决定召开“飞控组”紧急会议，共同商讨如何对付卫星“发烧”的问题。

“飞控组”即飞行控制组。它的诞生，与航天部副部长宋健有关。去年底，宋健来西安测控中心了解考察通信卫星发射前的准备情况时，发现各部门在一些技术接口问题上常常很难协调，甚至有的还有扯皮的现象。于是宋健提议，成立一个飞行控制组，专门负责重大技术问题的决策。这一提议得到了张爱萍的认可。于是由五个大单位、三十余名各方面的专家组成的飞行控制组很快便组建起来。在 1 月 29 日的那次发射测控任务中，由于“飞控组”在关键的时刻将通信卫星从死亡线上抢救了回来，还荣立过集体一等功，故在测控中心有“智囊团”之称。

此时，在测控大厅旁边的一间屋里，有宋健、任新民、孙家栋、戚发轫以及测控中心的郝岩、巫致中、藏光臻等专家们参加的“飞控组”紧急会议正在举行。专家们你一言、我一语，纷纷发表自己的意见，甚至为某一技术难题还争论起来。但卫星的“发烧”问题，非同小可，何况这还是专家们从未遇到过的新难题。现在，卫星远在天边，既看不见，也摸不着；既不能将它拿回地面重新安装，又不能爬到天上去更换线路。所以，到底如何及时有效地解决这一难题，让总师和“飞控组”的成员们也颇感棘手。

显然，当务之急是先让卫星的温度降下来。但怎样才能让卫星的温度降下来呢？

大家反复研究讨论后，问题渐渐明朗起来：卫星之所以“发烧”，是因为卫星上的蓄电池热失控而引起的，与太阳光辐射卫星顶部的蒙皮有关。于是，李晔、黄才勇等提出，要让卫星“退烧”，一是打开卫星上全部耗能仪器设备，尽可能多消耗些电能；再一个办法就是让卫星避开太阳的直射。

经分析，大家认为后一个方案可行，关键的问题是，要让卫星避开太阳的直射，就得对卫星的现有姿态进行大角度的调整，甚至让卫星躺倒下来！而这种大角度地对卫星进行调姿，已超过了原来卫星上硬件的设计要求，属于故障状态下的应急调姿。如果调得好，卫星可以得救；万一调不好，卫星就会夭折！尤其是在调姿过程中，要让卫星颠来倒去，反复躺倒，就更具风险。因为现在卫星是在天上，而不是在地上。地上要放倒一个物体，并不困难，要在天上将卫星放倒，谈何容易！再说，现在卫星好不容易已经建立起了定点漂移的姿态，一旦放倒之后，又会不会出现别的什么问题呢？万一卫星放倒之后节外生枝，又如何是好？

专家们一度陷入了沉默。

最后，“飞控组”拍板：可以对卫星进行大角度调姿，甚至放倒！

但发射场就是战场，打卫星不是放风筝。决策定下之后，还必须有人签字，有人负责。这是发射场历来的一条规矩。在过去的每次发射中，比如火箭是否可以发射？卫星是否可以发射？以及发射日期的确定和处理火箭卫星在飞行过程中的各种问题，都必须要经有关的总师和专家签字，使每一决策都具有法律效应。一旦有误，事后将视情节轻重，追究法律责任！

所以，调整卫星姿态这一决策定下后，测控中心的负责人就必须签字。于是，副司令员郝岩来不及起草什么正式的文件，便随手撕下一张打印纸，然后在上面写好意见，率先签上了自己的名字。接着，宋健、孙家栋、戚发轫等有关领导和专家也全都签上了自己的名字。

领导和专家们这种敢于负责敢于承担风险的大无畏精神，使在场的技术人员深受感动。

这时，测控中心的总师巫致中很快对有关的程序做了修改，然后交软件人员实施。

接着，遥控系统先对卫星现有的姿态进行了测定，并根据卫星当前的姿态和它的目标姿态，很快算出了测控量。然后随着指挥员一声令下，操作员按动电钮，一条有着很大风险的特殊的指令链迅速发往太空。

片刻，天上的卫星便乖乖地躺倒了。之后，遥控系统再次将一组指令发出，卫星又竖立了起来，重新变换了一个姿态。

如此几次反复调整，卫星在天上卧倒、站起，站起、卧倒，一连翻了七八个“跟斗”，才被暂时确定在一种姿态上。这时的卫星，由于避开了太阳的直射，温度也就随之降了下来。

新的问题是，通过姿态调整后的卫星，温度虽然有所下降，但并未降到卫星原来规定的范围。卫星将在天上长期工作，现在的这个温度，卫星上的蓄电池能否长期承受得住？卫星调整后的这个姿态，到底能否保证与地面的正常通信？在场的专家们谁也没底，而只有搞卫星蓄电池设计的专家才能最后确定这个问题。

可搞卫星蓄电池设计的研究所和专家，此刻均在千里之外的天津。

卫星副总设计师戚发轫当即乘专机赶到天津，找到四机部1418所所长陈景贵，向他通报了卫星现在在天上的危急情况。陈景贵当即紧急动员全所行动起来，连夜对卫星的蓄电池进行了模拟试验。经过连续几天几夜的苦战，终于获得了一系列可靠的试验数据。

戚发轫和陈所长拿上试验数据，脸顾不上洗，饭顾不上吃，甚至连牙刷也忘了带，立马又乘飞机赶回西安渭南测控中心。两人刚一跨进测控中心的大门，便被专家们围住了。

“怎么样？试验成功吗？”

“成功！”

“共做了多少次试验？”

“一百多次！”

“可靠吗？”

“没问题！”

“最高温度到底能到多高？”

陈所长做了回答。

“最低温度到底能到多少？”

陈所长也交了底。

陈景贵所长和戚发轫副总师在回答了专家们一系列急切的询问之后，马上抓住机会告诉大家说：“经过这次试验，发现了一个规律：当太阳照射角为九十度时，有可能保持卫星能源系统的平衡，将温度控制在设计指标范围内；卫星与地球赤道面的夹角约为八十度时，卫星每天工作时间可以在十二小时以上!”

有了这一可靠的试验数据和认识上的飞跃，测控系统的专家们心里总算有了底。于是，指挥员当即下令，发出指令链，对卫星的姿态再次进行了反复的调整。

卫星“发烧”的问题终于得到了解决，并为卫星调整了一个可以长期进行通信的最佳工作姿态!

紧张了几天几夜的专家和技术人员，终于松了一口气。

但“退烧”后的卫星，还能正常定点吗?

尾　声
太空，中国不再缺席

1984年4月16日18时27分57秒，当“东方红二号”通信卫星一路风险终于漂移到了最佳定点区域时，西安渭南测控中心一声令下，当即向天上飞旋的卫星发去了“刹车”指令。一瞬间，太空仿佛突然伸出一只无形的大手，轻轻一提，便将卫星从准同步轨道拽到了同步轨道，最后定点在东经一百二十五度的赤道上空！

卫星定点成功，最高兴、最兴奋的是通信地面站。通信地面站是卫星通信工程中的五大系统之一，卫星的通信就是靠地面站和卫星构成一个通信网来完成通信信息传递的。为完成卫星定点后的在轨测试和通信试验，从1975年起，中国先后建成了一批通信地面站。这批通信地面站有石家庄和乌鲁木齐的十五米天线地面站、北京的十三米天线中央站、南京和昆明的十米天线地面站。此外，为了能让西藏各族人民看上国庆三十五周年天安门前盛大的阅兵仪式实况，在通信卫星发射前夕，还抢建了拉萨十米天线地面站。但近十年来，由于中国没有发射上去自己的通信卫星，这些通信地面站就只能租用外国的通信卫星进行试验。所以，用自己国家的卫星进行通信试验，是他们盼望已久的事情。

卫星定点后的第二天下午6点，卫星通信的试验正式开始。首先，由石家庄地面站对卫星上的转发器件进行在轨试验，然后进行通信信息试验。通信信息试验包括通信、广播和电视等传输试验。电视传输试验是由北京通信中央站发送的中央电视台当天的电视节目，其过程是这样：先将中央电视台的节目通过地面微波中继线路传送到北京通信中央站，北京通信中央站再将中央电视台的节目发送给天上的卫星，然后由卫星进行转播。电视传输试验进行了约一小时，画面稳定，图像清晰，色彩鲜艳，伴音纯正，传播效果比预想的还好。当地处偏远地区的乌鲁木齐和昆明等地区的各族人民看到由中国自己的通信卫星第一次从北京直接转播过去的电视节目时，个个激动得热泪盈眶。

在进行电视传输试验的同时，也对多路数字电话进行了试验。通话双方的对话，尽管经过了七万多公里的传输距离，声音却依然如同近在咫尺。

4 月 18 日上午 10 点，国防部长张爱萍专程来到国防科工委指挥所，利用刚定点的通信卫星与远在乌鲁木齐的新疆维吾尔自治区党委书记王恩茂通了电话。王恩茂第一次听到通过卫星从北京传来的张爱萍那清晰、真切的声音时，心情十分激动。他在电话里对张爱萍说："乌鲁木齐市各族人民第一次看到了中央电视台播送的当天的新闻，非常高兴，非常激动！感谢你们为祖国、为人民作了很大的贡献！"张爱萍也心情激动地对王恩茂说："这是参加研制试验的全体同志共同努力的结果，也是全国人民包括新疆人民大力支持的结果！"

此外，还通过中国国际广播电台对卫星进行了十五套广播节目的传输试验，向边疆地区的对外广播电台传送了中外音乐节目，并用广东话、闽南客家话、日语、西班牙语、俄语、缅甸语以及菲律宾语等播送了节目。节目广播时，音乐优美动听，语音清晰悦耳。

1984 年 5 月 14 日，各种试验结束。通信卫星功能正常，正式交付使用。

从此，中国结束了长期租用外国通信卫星的日子！

从此，中国开始了用自己的卫星通信的历史！

为祝贺这一举世瞩目的辉煌成就，4 月 18 日，中共中央、国务院、中央军委向参与研制和试验的全体同志发了贺电。聂荣臻元帅也写信表示祝贺！

4 月 19 日，张爱萍接见了新华社记者。他在会上这样说道："我国是完全依靠自己的力量完成通信卫星试验的。这些试验表明，我国的运载火箭技术水平不亚于其他先进国家，卫星的通信技术也接近世界先进水平!”

4 月 30 日晚，在人民大会堂还举行了庆祝试验通信卫星发射成功的庆功大会。参加通信卫星研制和试验的专家代表同首都八千多名群众欢聚一堂，共庆这一来之不易的重大胜利。党和国家领导人胡耀邦、赵紫阳、杨尚昆、余秋里等出席了大会。国务院总理赵紫阳还代表中央和国务院在会上讲了话。

…………

中国第一颗通信卫星的发射成功，在世界各国也引起了热烈反响。国际舆论一致认为：中国通信卫星的发射成功，是中国航天技术史上的“一个里程碑”，它表明了中国“长征三号”火箭的崛起与强大!

4 月 15 日，美国国家航空局局长贝格斯还给中国航天部部长张钧发来一封贺电。贺电这样写道：

> 尊敬的张钧部长：
>
> 请您接受我对中国 4 月 8 日成功地发射地球同步轨道卫星的祝贺! 你们完全可以为中国航天计划中的这一重要技术里程碑感到自豪，为“长征号”运载火箭的性能感到自豪，因为仅有少数几个国家达到了这次发射所显示的技术能力。我们为中国在和平利用空间方面的重要进展而感到高兴。请向贵部完成这一光荣任务的工作人员转达我的祝贺!

是的，中国的航天人历尽十五年的艰难岁月，终于用自己研制的“长征三号”火箭成功地发射了自己研制的“东方红二号”通信卫星，使电视、电话、传真等现代文明的天使迈着轻松的步子，走进了九百六十万平方公里土地上的每一幢高楼大厦、每一间办公室，走进了中国寻常百姓的千家万户，为幅员辽阔、人口众多的中国大陆解决了长期通信不便的一大难题，让今天的我们即便躺在沙发上也能时刻享受到现代科技文明带来的阳光雨露，使中华民族在人类文明的历史上又向前迈进了一大步。

而且，正因为“长征三号”火箭的首次亮相，使中国古文明的太阳再次放射出诱人的光芒，由此开辟了中国火箭走向世界商业发射市场的道路，从而让我们既看到了民族崛起的形象，又看到了中国明天的希望！这无疑是一件值得骄傲、值得铭记，同时也是值得回望、值得反思的大事情！

1996 年 9 月 18 日写于北京

附　录

李鸣生报告文学的意义

李炳银

李鸣生的报告文学创作，正以其独特的题材内容引起人们的兴趣和充分注意。

现在，对李鸣生的“航天四部曲”（《飞向太空港》《澳星风险发射》《走出地球村》《远征三万六》）进行充分的个性分析，依然是十分必要的。但是，把李鸣生的创作作为一种特别的文学现象，放在更大的范围内来进行分析认识，我们或许可以得到更有价值的东西。而这种东西，对于进一步认识中国的报告文学创作和李鸣生本人的作品，都是很有益处的。

一

了解报告文学这种新型文体的人，都十分清楚地知道，报告文学因为其写实性特点，具有很分明的个体性特征。报告文学作品，时常因其题材对象的不同而有所不同。作家的创作，时常也是因为作品的题材对象不同而有大不相同的表现。因此，在报告文学的创作中，作家一般是很难创造出鲜明的个性风格来的。有人说，报告文学作家是打一枪换一个地方，找到一个舞台，就在这舞台上表演。各有各的新节目，人人都有一手绝活。然而，这种现象虽然能造成一种五彩缤纷的局面，但却不易形成一种相对稳定的个性风格。至于有些作家作品中表现出的或严峻，或诗化，或质朴的一些特点，尽管可以给人某种细小的区别；但是，这与文学的风格还是有不小的区别的。风格，既是题材的特殊表现，也是作家对题材的独特认识开掘及个性化的表现。

李鸣生的报告文学是有风格的。这种风格既突出地表现在他作品题材的选择上，同时，更多地表现在他处理题材、表现题材的方法上。中国航天领域的生活人物，对于李鸣生来说，事实上不是一种选择，而是一种介入。他在西昌卫星发射基地生活了多年，对于航天领域的生活和人物是有许多了解与感受的。因此，当他拿起笔来报告他的理解和感受的时候，往往就不是只盯住一个人一件事，而是对生活有一种全局的把握和通透的认识。因为李鸣生报告文学的这种题材特殊性和认识表现的通透特点，所以他的作品总能给人以鲜明印象。能给人造成这种印象的东西，就是李鸣生报告文学的风格所在。

我们十分看重李鸣生的每一部作品。但是，我们更应当看重李鸣生报告文学所造成的这种现象。这种现象已确切地告诉我们，报告文学创作是可以造成鲜明的个性化风格的。这种风格的形成，与作品题材的相近极有关系，与作者对题材的表现角度及认识开掘的深度也是十分有关系的。有的作家以作品题材相对近似产生特色，有的则以作品主题的思想性形成风格。李鸣生报告文学风格的形成是这二者兼得的结果。

航天领域的生活历史及人物故事，对广大的读者来说，是非常好奇却又是非常陌生的。李鸣生占有并选择这种题材的本身，就已对读者产生诱惑，造成分明的印象。更何况他对题材的开掘与表现又是十分深刻丰富的。作为一种读者非常陌生的题材对象，李鸣生采取了历史的、实事求是的报告方法。他在占有大量史料和向众多当事者做深入采访的基础上，把有关火箭制造、卫星发射的许多信息生动地描写出来，让读者极有兴趣地了解到，这些有关国家声誉乃至命运的高科技航天工程，是怎样在最高决策机关运筹帷幄，在许多科技工作者的精心研制下，在经济条件极端困难、自然环境非常恶劣的情况下创造出来的。这一切描写，都在逼向历史纵深的同时，也逼向了人的生活与心灵情感深处。作者以自豪和喜悦的心情描述了历史的辉煌，同时也以十分沉重的笔墨描写了历史的苦难，描写了他对历史的复杂感受。这些感受既有政治的、经济的、军事的，也有大量有关人物感情命运的。林林总总，非常丰富。

然而，更加可贵的是，李鸣生在航天这个题材对象上，开掘出了既具历史意义的思想，又开掘出了有分明未来意识的一种理解。而这一种理解，无疑是很有意义的。在《飞向太空港》里，李鸣生就已经由中美共同合作发射“亚洲一号”卫星的成功，看到了在不同的政治、文化生活背景下的人，是完全可以在飞向太空的高科技领域实现合作，完成人类一起合作寻找新的家园的目的。这是一种对现实生活的理解，同时也是对现实生活中包含着的内容的一种升华。这种理解和升华，体现了作者的美好愿望，也表达了作者的浪漫主义激情。也许，正是这个愿望和浪漫主义激情的存在，更让人感到科学的纯洁和文明。李鸣生把现实和理想结合得如此紧密，在航天这个神秘的领域、这个高科技的舞台上发现了历史的曲线，发现了一种文明的精神和美好的未来。这实在是使人高兴的事。

《走出地球村》，也有与此相近似的表现。但是，李鸣生的视野更加开阔，面对的生活也更加丰富。中国着手研制人造卫星并发射成功，不过几十年的历史。可是，中国人的飞天梦，却已做了几千年了。李鸣生借助“东方红一号”卫星的研制和发射，系统地追溯了中国人的飞天梦想及其反复实践过程，描述了其他民族的飞天愿望和实际行动。让读者清楚地看到，经过长时间的追寻，人类是怎样把梦想变成现实的过程。飞天的梦想是纯真的，但生活却是现实的。在现实生活中，因为各种复杂的社会原因，即便是科学，也会受到许多干扰。在《走出地球村》里，李鸣生充分地描述了人类飞天梦想的美丽，描述了人类对这种梦想坚定不移的追求。同时，他也比较充分地报告了人类飞天梦想成真的艰难历程。像对中国的航天事业做出了开创性贡献的著名大气物理学家赵九章的含冤自尽，用一腔热血报效祖国的火箭材料专家姚桐斌在“文化大革命”中被“造反派”用乱棍打死，等等。李鸣生报告了“东方红一号”卫星在研制发射过程中的欢喜与悲苦，尴尬与辉煌，更使人认识到了从现实到美梦成真的曲折和艰难。

在《澳星风险发射》里，李鸣生则通过对“澳星”的两次失败和成功的发射的解剖，具体而深入地分析研究了不同文化生活背景下的人，在面对失败和成功时所表现出的截然不同的态度，是很有形而上的价值的。在科学的道路上，成功和失败是相伴而行的。在某些时候，它们互为作用与结果，是不易分出个是非来的。然而，并不是所有的人都是这么认识的，这才出现了李鸣生在他的作品中描写的那许多种成功就欢欣鼓舞、失败就如丧考妣的奇怪现象。但是，人生社会的风险不光存在于科学研究的过程之中，也存在于人们的一切社会生活活动之中。只有勇敢直面失败的人，才可能取得成功。《澳星风险发射》具体而形象生动地告诉人们这种深刻的辩证关系，让人清楚地看到理想的浪漫和现实的严峻。

而在《远征三万六》里，李鸣生则以另一新的叙事风格出现在我们的面前。作品同样写卫星的发射，但事件本身已不再是重点，而是把作品的重心落在了写人上——通过写人生旅途的艰难跋涉，来看一个民族远征太空的不易。且作品写得更为冷静，更为客观，也更为细腻。作者追求的已不再是发射事件的轰动效应，而是更接近人生本质的文学意味。

选择自已熟悉的题材领域做十分深入的开掘与表现，并使这种表现形成相近的个性特点，这样，一个作家作品的风格就形成了。李鸣生报告文学的风格就是以航天题材为对象做历史的、现实的乃至浪漫的描写与表现而体现出来的。李鸣生的成功，给我们以启示，给我们树立了一个成功的榜样，标明了一个通向成功的指向。当然，这并不是说，只有题材的集中才能实现个性风格的形成，而是说，题材对于风格的形成是至关重要的。对于那些不断变换题材的作家来说，就要在题材的认识与表现上多用心思了。也许，在多次相近似的开掘表现之后，能够在其思维特点上，表现手段上产生出个性风格来。应当说，报告文学创作风格的形成，因为受题材真实性的限制，比起其他文学品种来，要相对困难一些。可是，李鸣生在这相对困难的情况下，取得了成功，这是一件让人为之高兴的事。

二

我以为，李鸣生的报告文学还可以给我们这样的启发：一个作家若是集中笔墨对某一个生活领域的重大题材做全景式的艺术报告，并把这报告指向题材生活的历史和现实、事件的进程以及人物的心灵情感之中，他就有可能文学式地反映出某个生活领域的历史面貌来。

对于报告文学创作来说，作品的现实性自然是十分重要的。但是，这种现实性并不排斥以现实性为基础，把认识的目光投向更加宽阔的生活领域中去。那种只强调报告文学的快速现时性的主张，自然也是不错的。但是，我们不能凝固地看问题，不能把报告文学的现实性理解成一个僵死的教条，只是简单地用时间概念来理解这个问题。现实是历史的延续，历史是现实的起始。单纯地去看现实往往是不易看得清楚的。而应把现实放到历史的过程中去看。也许，不少作家正是分明地意识到了这一点，才在他们的创作实践中多把审视的目光由现实延伸到稍远或更远的历史生活中去；从而，就在较为广阔的生活背景下更加清楚地认识了现实。

有的人不承认稍多地介入了历史生活的报告文学的现实性，认为它太多地报告了历史生活而远离了现实，因此也就失去了报告文学的功用。这是对报告文学的一种狭窄的理解，把报告文学人为地简单化了。若是人人都如此认识理解报告文学的话，那么，报告文学就只能是些对生活进行现炒现卖的文字了。这样的结果，既模糊了报告文学同新闻的区别，又严重地缩小了报告文学的社会功能，使它无形中减弱了对社会的影响。今天，报告文学已经用它自身的成功实践大大地发展了自己的表现方式，丰富了自己的题材内容。它完全可以立足现实，放眼历史和未来，对社会的现实生活做大范围的思考，从而以新思维、大智慧、大笔墨影响社会，在社会的现实和历史生活中留下自己的足迹。

我把这种立足现实放眼历史，以一部或是几部作品很好地报告了一个行业的历史面貌，报告了一个地方的社会历史变迁状态，从而在历史和现实的两面都有较好的表现的报告文学，称之为“史志性报告文学”。李鸣生的“航天四部曲”，可以说是这种“史志性报告文学”的很好例证。另外，早期作品像瞿秋白的《俄乡纪程》、范长江的《中国的西北角》等，近期的创作有李延国的《中国农民大趋势》，赵瑜的《强国梦》，李存葆、王光明的《沂蒙九章》，钱钢的《海葬》，麦天枢、王先明的《昨天》，张建伟的《大清王朝的最后变革》《温故戊戌年》，等等。“史志性报告文学”称谓的提出，是对一种非常突出的创作现象的理性总结。同时，它也是对报告文学创作态势的一种认真把握。我以为，在读者接触并认识了这些出色的报告文学作品之后，人们对于“史志性报告文学”也许会有一种“蓦然回首，那人却在灯火阑珊处”的感觉。

“史志性报告文学”的出现，不光扩大了报告文学作家的思维和视野，也极大地丰富了报告文学的题材领域，使报告文学找到了新的驰骋天地。“史志性报告文学”依然坚持报告文学的鲜明现实性原则，始终把关注的目光和思辨的焦点放在社会的现实生活当中。它把目光和思维投向宽泛的历史生活，在文化经济等天地间漫游，其目的也完全在于以历史生活、以文化经济状态为参照来更加清楚地认识现实生活的内在本质。这种行为，绝不是无目的的随意行为。报告文学是个现实性很强的文学品种。但是，现实性不是现时性。简单地用时间性来看待报告文学所表现的事件和人物，并以此来判定报告文学的现实性程度，是一种机械的行为。“史志性报告文学”并不脱离现实性要求，而是借助更多、更丰富的历史参照来审定现实，因此，它更能接近现实的本来面貌。例如，李鸣生若不是历史地写出了“东方红一号”卫星在研制以至发射过程中经历的那许多艰难和曲折，就不能很好地、很全面地报告这一事件。而只是接受一个结果，却把结果产生的过程隐去，怎么能分明地认识这个结果呢！李鸣生的报告文学之所以对人们认识今天的航天科学活动有许多帮助和启发，其原因就在于他历史地表现了现实，他的作品具有一种明显的“史志”品格。很难想象，若是没有了这种“史志”品格的话，那么，李鸣生的报告文学该是个什么状态？我想，自觉分明地在创作中表现一种“史志”品格，这不光是李鸣生报告文学的成功，也是李鸣生对

“史志性报告文学”的贡献。

三

李鸣生的报告文学，在其形式上也是能给我们一些启发的。

报告文学在其初期发展阶段，因为还不能完全从新闻的范畴脱离出来，所以，在其形式上一般都比较短小。因为篇幅短小，应变起来就快速灵活。也许是根据报告文学的这种表现，有人就把报告文学称之为“轻骑兵”。报告文学的这种“轻骑兵”式的表现，在复杂多变的社会生活环境下，例如战争、大灾害的状态下，是有很强的功能和表现力的。因为，在这种复杂多变的社会生活状态下，人们更多地关心的是生活外在状态的变化情形，这时，快速性就显得特别的重要。但是，在社会生活相对平稳的环境下，人们关心的是生活的比较内在的矛盾冲突及其演变情形。这时，快速性已经不是非常重要的了，重要的是作家对生活的观察认识判断能力。因此，始终不变地以“轻骑兵”的活动特点来要求报告文学，就不是完全妥当的了。报告文学的形式是和它的内容结合在一起的。相对单薄的内容是和短小的篇幅配合在一起的。而重大的事件和丰富的内容是要有较大的结构和篇幅来承担的。许多人发现，今天的报告文学在篇幅上已明显地加大加长了。这不完全是个外在形式的问题，而是内容对形式的要求的结果。李鸣生的“航天四部曲”，在报告文学的形式和内容上都是一种新的表现，既有丰富的内容，又有相对应的较大篇幅。在大的题材范围内，《飞向太空港》《澳星风险发射》《走出地球村》《远征三万六》是相互联系的，但是，它们又都是相对独立的个体。在创作的过程中，作家从相近但却有所区别的题材上独立谋篇，找出各自包含的不同的社会文化内容加以生动报告，从而使内容和形式达到了和谐一致，既不空泛，也不零散，有一种凝重丰富的美。

李鸣生的作品，在形式和内容上是融合得比较好的。我们在他的作品里看不到那种头重脚轻的情形。他总是把题材、内容和形式安排得比较适当，而不像有的作品那样，要么题材大内容少，要么题材大内容也丰富，但形式却散乱芜杂。李鸣生作品在形式上的成功，是和他对题材的准确认识与把握分不开的。例如，《飞向太空港》，作者就在报告中美双方合作发射“亚洲一号”卫星的过程中，生成一种美好浪漫的畅想，呼唤人们超越政治、民族等间隔，在科学的基础上团结协作，共同寻找和建造人类的新家园。这种不局限于事件报告的美好畅想，伴随着所有的事件描写，既现实又浪漫。再加上作者在描写时常常把叙事与写人结合在一起，这样，实际就在内容和形式上有了一种内在的联系，内容成全了形式的完整。《澳星风险发射》，报告“澳星”的发射失败与成功。这样的题材对象，初看起来，是不易放在一起来报告的。但是，李鸣生从这完全不同的两种结果中，发现了一个共同的主题。这个主题就是：人们应当如何来认识并超越成功和失败。一个很有意义的主题设定，一下子就把两个看似完全不同的事件统一起来了。在其表现形式上十分紧凑。《远征三万六》是围绕人物来谋篇布局的。通信卫星从提出到上天，经历了十四年的历史，这漫长的十四年如何表现？李鸣生舍去了繁杂的过程，而选择了人物这条主线来贯穿全篇。每个人物就是一段历史，每个人物就是一个支点，当这一段段历史和一个个支点被有机地连接组合起来后，中国航天的艰难历程便清晰地凸现出来了，并使人物、事件和问题也得到较完美的统一。也许，《走出地球村》的内容最为多样，弄不好就会杂乱无章。可是，李鸣生用一条历史文化的线条把相关的内容串联起来，使它们各得其所。作品内容丰富多样，可是结构严密，线条明晰。在李鸣生的报告文学作品中，我们几乎看不到那种在形式上的恶俗表现，如人们厌烦的那种大而无当的结构方式，那种杂乱无章的资料信息堆砌等。在报告文学创作中，面对大量真实的材料，篇章结构是非常重要的。表现形式的问题，在不小的程度上是个结构的方式问题。李鸣生在这方面的努力是应当肯定的。

李鸣生是 90 年代以后成熟起来的报告文学作家。他以他的作品引起了读者的喜欢。他的作品在题材和表现中的个性特点和艺术追求是十分明显的。我十分看重他的成功。因为，他在自己成功的同时，还为报告文学作家创出自己的个性风格提供了例证。但是，李鸣生的报告文学并不是十全十美的。我们不否认李鸣生报告文学的现实性，可也应当指出，他作品的这种现实性更多地表现在浪漫畅想和文化层面上。这种现实性对现实尽管有深层的参与效果，但它对眼前的现实的直接影响毕竟还是缓慢的。我们绝不是排斥李鸣生如今的成绩，可是我希望李鸣生的报告文学能给现实生活以更直接、更有力的冲击力。

1996年9月31日

思辨的力量

——读李鸣生《远征三万六》有感

傅逸尘

置身当下多元多变的文化语境中，面对着渐趋碎片化的生活，我们的认知、思想与审美也变得支离破碎。想要在写作中达成集体共识并进行概括性的叙事，似乎已成为少数笔力雄健的作家们的文学野心。李鸣生的文学理想与他儿时便种下的“星空乡愁”紧密相连，在长达二十年的时光里，他持续跟踪和建构“航天文学”这一特殊的题材领域。坚实厚重的“航天七部曲”承载并见证了他的文学野心，“中国航天文学第一人”的荣耀自是实至名归。然而这种权威的形成并非单纯依凭对特定题材的“垄断”，而是得益于他纯粹的文学感觉、深刻的思想洞见和独立的价值判断。在我看来，报告文学这一文体最终比拼的是作家的思想能力，而李鸣生恰恰就是“思想力”“思辨性”都极强的作家。

作家不是哲学家，但作家若是没有哲学的滋养是很难成为文学大家的。在特定的意义上说，文学最深刻的力量所在，就是对人的精神存在的探寻，对人的心灵世界的叩问和对生活表象的超越。米兰·昆德拉说，从塞万提斯、薄伽丘到卡夫卡、布洛赫，一以贯之的文学传统就是对于不同时代的人们及其生存环境的执着追寻。昆德拉自称他的创作是对于存在的诗意凝思，是对于人的存在的严肃的质询：“整部小说都不过是一篇长长的询问。沉思的质询（质询的沉思）是我所有小说赖以构成的基础。”（米兰·昆德拉《关于小说艺术的对话》）昆德拉当然是作家，而且是很独特的作家，他对小说可能性的极端性探讨，使他成为20世纪的文学大师；但我读昆德拉的小说所获得的感受，与其说是文学性的，不如说是思想性的。昆德拉把小说分为三种类型：叙事的、描绘的和思索的。昆德拉的极端表现在他就是要把小说和哲学结合起来，就是要以小说的方式进行哲学思考，而且20世纪以卡夫卡、萨特、加缪等为代表形成了这种现代主义小说的潮流。托尔斯泰用他一系列的经典性作品阐释了他对人道主义的理解，而陀思妥耶夫斯基的小说更是一个庞大的思想与哲学的宝库，所触及的人类思想与心理问题至今仍为无数研究者提供了无限的阐释空间。李鸣生之所以执着书写航天文学长达二十年，是因为在他看来，辽远的太空除了浩瀚寂寥，更隐藏着诸如天道人伦、生命存在等哲学甚或宗教层面的终极意义；人类恢宏壮丽的航天事业与个体独异幽微的生命经验之间，蕴含着丰富广博的文学可能与厚重驳杂的精神空间，需要作家持之以恒地追问、发现并做出置身时代前沿的思辨。因之，以个性锐利的价值判断因应混沌未名的时代主潮，提供对历史、对现实富于穿透力和超越性的思想智识，便成为李鸣生孜孜以求并坚定执守的写作伦理。

《远征三万六》以中国第一颗同步地球轨道卫星的成功发射为核心事件，串联起西昌卫星发射基地从无到有的建设历程，其间穿插进若干典型人物的生命片段。书中既涉及中央高层的政治博弈和决策秘闻，又描写了基层科技工作者困窘的生存境遇和艰难的科技探索；既有航天专家的坎坷命运，又有发射失败的一波三折；既有登天路上的血火碰撞，又有现实人间的儿女情长。全书的结构方式和时间跨度并不宏大，各个章节相对独立且缺乏连贯的故事，但在李鸣生极富文学性的剪裁和思辨性的叙事中，不同层面的事件和人物相互交织，形成了一种跨越时空和逻辑的对话关系。对乖谬的特殊历史、悲壮的个体遭际乃至国家民族的前途命运，李鸣生都分别给予或强悍，或温情，或批判，或体贴的关照。每一个感人至深的故事背后，都留有耐人寻味的思考，这自然需要强大思想质素的贯穿与融注。

序章《我们先聊天》以近乎屈原天问般的方式抛出了一个颇具想象力的哲学命题——人类为何患有孤独病？这就是李鸣生的方式，他从来不会拘泥于某个单一的事件，更不会被事件本身的逻辑羁绊住自己飞升跳跃的思维。强烈的问题意识使他往往能够直抵现实生活的深处与细部，进而关照人类共同性的美好情感和精神世界。关于孤独，李鸣生自是有着一番不同常人的深刻体察，刚当兵走进西昌发射场那个荒僻的山沟后，李鸣生最大的痛苦就是信息不通。压抑、苦闷、孤独，成为他精神生活中交替变奏的三部曲。用他自己的话说，“像被一下塞进了一个军用罐头盒里”。当时供他阅读的只有《解放军报》和《解放军文艺》。于是每当他感到孤独无望时，只能坐在山坡上抬头望天。久而久之，抬头望天便成了一种习惯。

按照美国著名汉学家夏志清的一个说法：现代的中国作家普遍存在着一种感时忧国的精神。他们非常感怀中国的问题，能无情地刻画中国的黑暗与腐败，着力于以文学来拯救时世、改善中国民生，重建人的尊严，但恰恰是这种过于强烈的道义上的使命感、过多的爱国热情，使得中国作家未能获得更为宽广的精神视野，以至于整个现代文学当中，真正有成就的作家屈指可数。夏志清的观点虽然尖刻，但也道出了中国文学一直以来较为稀缺的一种写作向度：即既要批判让中国人的灵魂匍匐在地的历史，更要探寻一种具备统摄和整合力量的精神资源，呼唤一种能够俯视众生、拔擢精神的“理想视角”。李鸣生后来在一篇文中写道：“每当我伫立星空之下，仿佛不是在看天，而是在与天对话，在同外星人约会，在对宇宙审美。天空气势恢宏，意象沉雄，境界寥远。望着天空，我仿佛能触摸到生命的宽广、人生的悠长；能感受到时空的流逝、万物的律动；还能隐隐听到大自然的箫声从远古岁月的岸边徐徐荡来。感谢上天的馈赠——十五年的发射场生活，使我比一般人更有条件仰望天空，使我有机会伴着火箭的一次次升腾跳到地球之外对我们生存的地球进行立体的思索，从而改变了我跪着看待人生的姿势，获得了一个新的审视世界的角度。”

寻获了高远的理想视角还不等同于攀上了文学的高峰，高蹈的精神和灵魂恰恰需要弥漫着烟火气息的日常生活来承载。从这个意义上说，一个作家也好，一部作品也好，其所以成功的因素有很多，但都脱离不开他所描绘的生活的质地。是否真实，是否厚重，是否艺术化地还原了人生存的本真状态，这对作家是一种根本性的检验。《远征三万六》是李鸣生航天系列报告文学的第四部，于他个人亦有着特殊的意义。因为他本人当兵伊始便来到初创时期的西昌卫星发射基地，在这个荒凉闭塞的山谷中度过了刻骨铭心的青葱岁月。因之，这里的一草一木、一山一景，这里曾经惊天动地的事、默默无闻的人，在李鸣生的回忆和重访中越发地清晰和生动。尤其是那些普通基层科技工作者，他们的情感是理性内敛的，生活是单调封闭的，似乎很难写出跌宕起伏的精彩故事。然而创作主体炽热情感与痛切体验的自觉代入使得李鸣生的叙事与故事主人公的生命经验融为一体。因为投入，他对人物形象的描摹更显精准；因为熟悉，他得以捕捉到大量鲜活而有意味的细节；因为思辨，他才有可能更真实地直接面对生命个体所遭遇的处境，写出人的“灵魂的深”，并最终上升为一种国家和民族的生存状态。文学最重要的价值，是它的独特性，包括作家的思想与经验。在《远征三万六》中，李鸣生追求的不是覆盖而是穿透，不是宏大而是精微，不是概括而是深入，他并不刻意讲述一个完整的故事，而是试图通过这些生命的断章表达自己尖锐且有力的现实思考。而这种思考与反省往往以设问的方式提出，由人物的命运解答，夹杂在李鸣生情感沛然且不无浪漫气质的叙述中，全书俯拾皆是。

当今时代，社会构成远比过去复杂，即使在一个人身上，他的生活形态、社会交往、身份认同，也常常是多重的、混杂的。生活考验着文学，对一个作家的知识储备和经验积累提出了更高要求，与此同时，他还需要强大的思想力量。而生活经验的缺失与思想能力的匮乏往往是互为表里的。不了解生活，写作就没有血肉；没有思想，作品就没有灵魂。一个作家要超越复杂的事象说起来容易，实际上太难。作家必须要为自己搭建起有思想资源作为支撑的对话场域，才有可能与广阔的时代、社会对话，与具象的生活、生命对话，与高远的灵魂、信仰对话。从这个意义上说，李鸣生的航天系列报告文学，既是在同自己对话、同智者对话，更是在同理想的读者对话。而李鸣生就是一个真挚热诚的对话者、洞悉世事人情的对话者，一个有思想勇气和思辨力量的对话者。